THE BEST OF
CHINESE SF

BY FEMALE & NONBINARY WRITERS

김이삭 옮김

아작

차례

逃跑星辰

도망가는 별

✦

시우신위

가을 내내 우리는 아기별을 주우러 다녔고, 거즈로 입구를 막은 유리 어항에 주운 별을 넣었다. 작은 돌들은 매우 부드러웠고, 날지 못했다. 그저 옅은 녹색으로 반짝이면서 어항 바닥에서 꿈틀거릴 뿐이었다.

우리는 전리품을 쉽게 나누기 위해서 끝없는 낙엽을 치워 공터를 만들었다. 가장 밝고도 부드러운 아기별은 왕 대장의 차지였다. 남은 아기별들은 왕 대장이 순서대로 모두에게 나눠주었는데 나는 달걀노른자만 한 별을 얻었지만, 장양은 손톱만 한 크기의 어둡고 부서진 별을 가졌다. 당연한 일이었다. 맨 뒤에서 조용히 쫓을 줄만 알았던 장양은 무리 중 힘이 가장 약했으니까.

할 일이 없는 아이와 누구보다 집요한 끈기를 가진 과학자만이 인내심을 가지고 온갖 방법을 사용하며 별을 길들이려고 할 것이다. 또한 그들만이 자신이 해낼 수 있다고 굳게 믿을 것이다.

우리에게는 시간이 넉 달 정도 있었다. 우리는 별빛이 밝아지기를 바라면서 눈 녹은 물로 아기별을 닦아주었다. 한기가 별을 강하게 만들어 줄 거라고 믿은 아이는 별을 적신 천으로 감싸 창문 밖에 두고 얼렸고,

별이 간단한 명령 정도는 알아들을 거라고 믿은 아이는 매일 손바닥에 아기별을 쥐고 말을 걸었다.

어쨌든 별들은 점점 더 가벼워졌고, 더 커졌다. 이듬해, 생명력이 가득한 봄이 되면, 별의 색은 반투명한 형광 녹색에서 모호한 회갈색이 되었다. 어른들은 그때부터 그것을 갈아서 팔아버리자고 우리를 부추겼다.

처음부터 별을 갈아서 팔겠다고 계획한 건지, 어른들의 의지는 종종 그 무엇보다 굳건했다. 자라난 유성은 굼떠서 재미가 없었고, 생긴 것도 볼품이 없었다. 평범한 돌덩어리 같았다. 묶어놓지 않으면 느릿느릿하게 부유하면서 사방으로 돌아다녔기에 적잖은 문제까지 일으켰다.

나는 나이가 들고 나서야 십몇 년 전 여름에 모든 일이 일어났다는 걸 알게 되었다. 별들이 천천히 허공에서 맴돌았다. 별들은 남북위 30도에 있는 특정한 소도시에 나타났는데 미국, 오스트레일리아 그리고 중국에 있는 작은 촌락들이었다. 처음에는 과학자도 이 일을 몰랐기에 누구도 우리에게 무엇을 어떻게 해야 하는지를 일러주지 않았다. 훗날 따로 제재가 생겼지만, 그때는 무모한 이들이 각자의 방식으로 이미 별들과 접촉한 뒤였다.

벌떼처럼 모여든 기자들이 빠르게 세부 사항을 파헤쳤다. 별들이 최초로 나타난 곳은 안휘성에 있는 어느 마을들인지, 도사들이 불진(拂塵)을 어떻게 휘두르면서 별들에게 주문을 외웠는지, 정신 나간 이들이 어떻게 무릎을 꿇으면서 유성에게 머리를 조아렸는지, 땅에 찧은 이마가 얼마나 피범벅이 되었는지를 말이다.

그러나 아무 일도 일어나지 않았다.

이건 가장 좋은 결말이었다. 사람들은 느릿하게 비행하는 별들을 둘러싸면서 갖은 방법을 동원해 별들과 소통하려고 했지만 모든 게 허사였다. 몇 년이 지나고 나서야 과학자들은 별의 무해성을 인정했고, 다시 몇 년이 지난 뒤에는 분쇄된 별 가루를 사용해 성능이 탁월한 시멘트 첨가제를 만들 수 있다는 걸 알게 되었다. 별을 주제로 한 공원을 세우겠다고 한 곳도 몇 곳 있었지만, 대다수 지역은 별을 평범한 천연자원으로만 보았다.

별들이 무엇을 말하고 싶어 하는지 아무도 알지 못했다. 그것들이 어디서 왔는지도 몰랐으며 그것들이 무엇을 동력으로 삼았기에 쉴 새 없이 허공을 부유할 수 있는 건지도 몰랐다.

어쩌면 자기장이나 에너지장 때문일 수도 있지만, 우리는 잘 알지 못했다.

우리는 어려서부터 산속에서 둥둥 떠다니는 유성을 볼 수 있었고, 이를 일상으로 여겼다. 우리는 가로등 아래에 모여 자신이 길들인 아기별을 조심스레 꺼내곤 했다. 매번 왕 대장의 별이 제일 밝았고, 가장 컸으며 매끄럽고도 평평했다. 왕 대장의 별은 다른 어떤 아기별보다 부드러웠다. 그가 대장이 될 수 있었던 건 큰 키에 희고 고운 살결을 가졌기 때문이었다. 게다가 왕 대장은 어렸을 때부터 집에서 사랑을 받고 자라나 언제나 위풍당당했다.

그래서 왕 대장이 장양의 아기별을 힘껏 짓밟았을 때, 우리는 잠자코 있었다. 누구도 막지 않았다.

그날은 평소와 달랐다. 우리는 나뭇가지와 돌을 땅 위에 내려놓으며 아기별에게 작은 난관을 주었고, 힘껏 움직이는 별들을 옆에서 보면서 흥분에 찬 응원을 했다. 장양은 이런 놀이에 좀처럼 참여하지 않았다. 마을에는 원래부터 비밀이랄 게 없었다. 누가 어떠한지, 어떤 상황인지 모두가 알았다. 장양에게 엄마가 없다는 것을, 장양의 아빠가 외지에서 일한다는 것을, 그래서 할머니와 같이 산다는 것도 말이다. 장양의 할머니는 성격이 매우 괴팍했으며 삐삐 마른 데다가 흉흉한 눈으로 다른 이를 보곤 했다. 겨울이면 귀한 손자인 장양에게 두꺼운 패딩을 입혔고, 늦은 밤에는 손자의 외출도 금했다.

　그러나 그날 장양은 새로 산 붉은 재킷 코트로 몸을 단단히 감싼 채 놀랍게도 밖으로 나왔다. 조금 기뻐하면서도 부끄러워하는 것 같았다.

　"내 별은 엄청 빠르게 움직여."

　장양은 우리에게 장담했다. 장양의 주머니에서 나온 별은 크기가 아주 작았지만, 매우 밝았다. 형광 녹색이라고 할 수 없는 빛으로 흰색에 가까웠다. 아기별이 이렇게 밝을 수도 있다는 걸 이제껏 누구도 알지 못했다.

　"뭘 어떻게 한 거야?"

　궁금증을 참지 못한 왕 대장마저 장양에게 묻더니 쭈그리고 앉아 아기별을 움켜쥐었다.

　장양은 더듬거리면서 어떻게 된 일인지 자기도 모르겠다고 답했다. 곧이어 자신의 대답에 관심을 가지는 이가 없다는 걸 깨달았다. 또한 왕 대장이 자신에게 별을 돌려줄 생각이 없다는 것도.

　장양은 완전히 정신을 놓았다. 입에서는 흐느낌이 새어 나왔고, 손톱은 왕 대장의 손목을 파고들었다. 왕 대장은 침을 퉤 뱉더니 작은 별을 땅에 내던졌다. 그러고는 작은 별을 힘껏 짓밟으며 말했다.

　"이 별은 병들었어. 병든 것도 몰랐단 말이야? 이렇게 밝은 별은 방사선을 내뿜는다고. 사람을 바보로 만들어. 게다가 자기 에너지를 금방 다 써버릴 거야. 이런 건 절대로 커지지 않아!"

　새 옷을 입고 있었는데도 장양은 바로 땅 위로 엎드리면서 자기 팔로 별을 감쌌다. 그런데도 왕 대장은 장양을 봐주지 않았다. 아예 짓밟아 몸에 발자국 몇 개를 남겼다. 땅 위에 엎어져서 오랫동안 꿈쩍 않던 장양은 우리가 흥미를 잃고 그곳을 떠나고 나서야 빠르게 몸을 일으켰다. 그러면서도 손은 힘껏 별을 움켜쥐고 있었다. 흐릿한 기억이기는 하지만, 장양은 울면서 돌아갔고 우리는 노는 걸 멈추지 않았다. 그 시절의 우리는 아이만의 잔인함을 가지고 있었다. 비참한 일을 보고도 못 본 척하며 매일 생기발랄하게 지낼 수 있었다.

그 뒤로 장양은 밖으로 나오지도, 우리와 놀지도 않았다. 우리도 더는 장양의 별을 보지 못했다.

나중에 봄이 되었을 때, 그리고 우리가 학교에 가야 했을 때, 어른들은 유성을 수매하는 이와 가격을 협상했고, 별들을 아예 사라지게 했다. 우리는 당연히 울고불고 난리를 쳤다. 다 함께 모여 저항할 방법을 찾기도 했다.

"난 싫어."

머리카락을 하나로 묶은 여자아이가 말했다.

"나는 팔려고 별을 키운 게 아니야."

왕 대장은 별들의 생김새가 형편없는 걸 보니 우리가 제대로 길들이지 못한 거라고, 내년에도 기회가 있으니 그냥 팔아버리자고 했다.

며칠 뒤, 우리의 울음은 자취를 감췄다. 엄마 아빠에게서 충분한 양의 사탕을 얻었기 때문이었다. 또한 생기가 넘쳐흐르는 봄이 되었으니까. 하천에는 물고기가, 나무 위에는 새가 있었다.

다 자란 별들은, 길들이지 못한 별들은 모두 팔렸다. 장양의 것만 제외하고 말이다. 이건 나도 나중에 알게 된 거였다. 나는 장양보다 나이가 어렸고, 장양의 집에서 비교적 가까운 곳에서 살았기에 장양과 이야기를 나눠볼 기회가 많았다.

방학하던 날, 나는 자기 집 문 앞에 서 있는 장양을 보았다. 장양이 입은 붉은 재킷 코트는 조금 낡아져 있었다. 뭔가 하고 싶은 말이 있는 듯했지만, 장양은 우물쭈물하며 말을 뱉지 못했다.

나는 발걸음을 멈추며 몸을 돌릴까 했지만, 장양이 말하지 않는 걸보고는 도로 집으로 돌아가려고 했다. 걸음을 내디디려고 할 때 등 뒤에서 장양의 목소리가 들렸다.

"너희는 별을 다 판 거야?"

여자아이의 음색을 닮은, 낭랑하면서도 망설이는 듯한 목소리였다.

내가 고개를 끄덕이자 장양이 다시 말을 이었다.

"그럼… 우리 집에 별 보러 올래?"

손자를 지나치게 아낀 장양의 할머니는 장양이 우리와 함께 산과 들을 쏘다니는 걸 허락하지 않았지만, 홀로 남은 손자에게 같이 있어줄 친구 정도는 허용할 수밖에 없었다. 그래서 장양은 집에 별을 남길 수 있었다. 장양은 윗목에 별을 묶어놓았는데, 묶은 천의 길이가 충분했기에 별은 둥실둥실 허공을 떠돌았고, 자유롭게 움직였다. 그리고 별 표면에 자신의 이름을 새겨 자기 권리를 드러내기도 했다.

딱히 구경할 만한 건 없다고 생각했지만, 나는 차마 거절할 수 없었다. 나는 별을 보러 장양의 집을 몇 번 방문했고, 내 방문은 장양에게 큰 용기를 불어넣어 주었다. 결국 장양은 별을 가지고 집 밖으로 나섰다…. 그러자 온 마을 사람들이 장양이 아직 별을 키우고 있다는 걸 알게 되었다.

점잖은 표정으로 느릿하게 걸어가는 장양을 어른들은 우습다고 생각했다. 두세 명씩 모여서는 웃으며 수군거리기도 했다. 그러나 장양은 아무것도 보이지 않는다는 듯, 아무 말도 들리지 않는다는 듯 앞만 보고 걸었다. 다만 시선을 올리며 자신의 별을 힐끗거릴 뿐이었다.

나와 사람들이 장양을 뒤따르며 구경했지만, 왕 대장만은 동요하지 않았다. 강아지를 품에 안은 채 자기 집 문 앞에 서 있던 왕 대장은 바보를 보는 듯한 눈빛으로 우리를 보다가 장양에게 소리쳤다.

"우리 아빠가 그랬어. 너희 아빠는 널 속이는 거야. 도시에서 재혼해 새로 부인을 얻었다고. 널 버린 거야…. 네가 별을 길들였다고 해서 네 아빠가 돌아오지는 않아!"

그 말에 우리는 장양의 부친이 설날에 돌아오지 않았다는 걸 떠올렸다.

장양은 왕 대장의 말에 반박하지 않았다. 그저 의기소침한 모습으로 걸음을 옮기면서 구명줄이라도 잡는 것처럼 힘껏 천을 움켜쥐었다. 장양의 뒤를 천천히 따르고 있는 별도 장양처럼 울적한 것 같았다.

그날 밤, 나는 장양의 집을 찾아가 문을 두드리며 별을 보러 왔다고 했다. 비쩍 마른 할머니가 나를 한참 노려보다가 문을 열며 안으로 들어오라고 했다. 장양은 크게 기뻐하며 내게 많은 이야기를 해주었다.

장양은 자기 아빠가 공장에서 비행기를 만든다고 했다. 나는 남방 지역에 있는 외진 시골에서 자라났기에 비행기를 텔레비전에서만 봤었다. 그리고 아주 가끔 비행기가 하늘에 남긴 하얀 흔적을 보았다. 그래서 나는 장양의 아빠를 존경하게 되었고, 그 아들인 장양에게도 기묘한 경외감을 조금 느끼게 되었다.

장양은 비행기 조종사가 되고 싶다고 했다. 그럼 아주 먼 곳으로 갈 수 있으니까. 심지어는 하늘에도 갈 수 있었다. 구름과 별 그리고 달에 가장 가까이 있을 수 있었다. 무엇보다 가장 중요한 건 조종사가 많은 돈을 벌 수 있다는 거였다. 그럼 장양의 아빠도 더는 매일 공장에서 일할 필요가 없었고, 자기 아들을 자랑스럽게 여길 게 분명했다.

"조종사가 될 수 없다면, 나는 별을 키울 거야."

"별을 키우는 게 뭔데?"

나는 장양의 말이 조금 우습다고 생각했다.

"걔는 네가 안 키워도 알아서 크잖아."

"달라."

장양은 나를 보고 답하지 않았다. 고개를 숙인 채 작은 돌을 만지작거렸다.

결국, 장양은 내게 이렇게 말해주었다. 내가 네게 비밀을 하나 알려줄게. 사실, 내 별을 길들였어.

밖에 나가서 놀 수 없었던 장양은 매일 별에게 교과서를 읽어주었고, 말도 걸었다. 포기하지 않고 끈기 있게 지속한다면, 언젠가는 별이 말을 알아들을 거라고 굳게 믿었다.

어스레한 불빛 아래, 고개를 숙인 장양은 끝이 살짝 접힌 교과서에서 열심히 글자를 찾았다. '위루고백척(危樓高百尺), 수가적성신(手可摘星晨)'*이나 '성수평야활, 월용대강류(星垂平野闊, 月湧大江流)'**처럼 별과 관련이 있는 문장이 대부분이었다. 한 글자 한 구절 아주 천천히 읽었지만, 발음은 매우 정확했다.

내가 와서 그런 건지는 모르겠지만, 장양은 조금 큰 목소리로 말했다. 장양의 할머니가 다급하게 안으로 들어와 상황을 살펴보았다. 내가 자신의 손자를 괴롭히지 않았다는 걸 확인한 할머니는 잔뜩 화가 난 모습으로 방 밖으로 나갔다. 할머니의 표정은 정말 사람을 불편하게 만들었다.

하지만 장양은 이를 알아채지 못한 것 같았다. 장양은 시구를 읽는 데에만, 별에게 "안녕"이라고 말하는 데에만 전념했다. 장양이 말했다. 봤지. 별이 깜빡였어. 얘는 자주 깜빡여. 못 믿겠으면 네가 직접 해봐.

나도 "안녕"이라고 말했다. 그 별은 정말로 빛을 반짝였다. 아주 선명하게. 그러나 별들은 언제나 깜빡이기 마련이기에 나는 반신반의할 수밖에 없었다.

모든 게 순조로운 것 같았지만, 나중에는 그 별도 사라지게 되었다.

누구도 어찌 된 일인지 알지 못했다. 마을 전체가 장양의 집에서 전해지는 울음소리를 들을 수 있었다. 장양은 늦은 밤까지 울며불며 법석을 쳤고, 목이 다 쉬어버렸다.

처음에 장양은 자기 할머니가 별을 팔았을지도 모른다고 생각했다. 하지만 별을 수매하는 사람은 이 계절에 마을을 찾지 않았다. 그러자 다음에는 누가 자신의 별을 훔쳤을지도 모른다고 생각했다. 하지만 이런

---

* 당나라 시인 이백의 시 〈야숙산사(夜宿山寺)〉에 나오는 구절로 '산 위 사원의 누각이 백 척은 될 듯 높으니 손을 뻗으면 별을 딸 수 있을 것 같구나'라는 뜻
** 당나라 시인 두보의 시 〈여야서회(旅夜書懷)〉에 나오는 구절로 '별은 드넓은 들판에 드리워지고, 달은 흘러가는 큰 강물에 솟아난다'라는 뜻

산골에는 널린 게 별이었다. 그런 걸 대체 누가 훔쳐 가겠는가? 그 별이 길들인 별이라고 할지라도 말이다. 게다가 장양이 별을 길들였다는 걸 아는 사람은 나와 장양, 두 사람뿐이었다.

그날 밤 나는 한참을 주저하다가 장양의 집 문을 두드렸다. 나는 그저 위로해주고 싶었다. 하지만 문은 열리지 않았다. 어쩌면 장양이 나를 의심하는 걸지도 몰랐다. 아니면 장양의 할머니가 나를 싫어하거나.

그러나 나는 장양의 마음을 이해할 수 있었기에 또다시 찾아가지는 않았다. 다만 나중에 이런 이야기를 들었다. 장양은 주변에 있는 시멘트 작업장을 찾아가 높이 쌓인 별 가루를 향해 큰 소리로 외쳤다고 한다. 그곳에 자신의 별 가루가 있을 거라고, 자신의 외침에 반응을 보일 거라고 여긴 것이다. 하지만 별 가루 더미는 시종일관 생기 없는 회갈색을 띠었다. 장양은 할머니에게 얻어맞은 뒤 엉엉 울며 집으로 끌려갔다.

그 별이 실종된 뒤로 장양은 다시는 아기별을 키우지 않았다. 그리고 몇 년이 지나자 우리도 별을 키우지 않게 되었다. 우리는 중학교에 들어갔고, 매일 많은 양의 숙제를 해야 했다. 우리는 조금 자라고 나서야 많은 걸 알게 되었다.

우리는 도시 사람들이 별을 키우지 않는다는 걸 알게 되었다. 도시 아이들은 장난감이 많았다. 변신 로봇, 인형, 도라에몽 등등. 도시 사람들은 성분이 불분명하고 출처도 불확실한 별을 꺼림칙하게 여겼고, 아이들이 별을 가까이하는 게 좋지 않다고 생각했다.

또한, 우리는 별을 길들이는 게 불가능하다는 걸 알게 되었다. 별의 성장은 천천히 못생겨지는 과정이었다. 그것들의 빛은 점점 어두워졌다. 더는 따스하지도, 부드럽지도 않았다. 조악하면서도 어두운 존재로 변해버린 별은 매연으로 얼룩진 눈덩이 같기도 했고, 젖은 채로 얼어붙은 원형 스펀지 같기도 했다. 마지막에는 허공으로 떠오르며 날 수 있게 되지만, 모습이 전혀 예쁘지 않았다. 그건 우리의 성장도 마찬가지였다.

우리는 여드름이 나기 시작했고, 키도 훌쩍 컸다. 마른 몸은 굼뜨기까지 했다. 장양은 키가 나만 했지만, 나보다 얼굴이 창백했으며 말수는 더적었다.

장양은 나보다 한 살 더 많았지만, 1년 유급을 했다. 늘 교실 맨 뒷자리에, 그것도 구석에만 앉았다. 어쩌면 왕 대장의 말이 맞을지도 몰랐다. 그렇게 밝은 별은 방사선을 내보낼지도. 그런 별을 오래 키워서 그럴까. 장양은 정말 병에 든 것 같았다. 장양의 얼굴은 늘 창백했다. 사실 장양의 아버지는 비행기를 만드는 게 아니라 선전(深圳)에 있는 공장에서 장난감 모형을 조립하는 일을 한다고 했다. 노점상에게 도매로 넘기는, 값싸고 조악한 비행기 모형 말이다. 종일 열몇 시간을 일해야, 그렇게 매일 일해야만 집에 돈을 보낼 수 있다고 했다. 돈을 못 보낸 지도 몇 년이 되었는지 요즘 장양은 새 옷을 입지 못했다.

왕 대장은 이제 골목대장이 아니었다. 더 업그레이드가 되어 농구팀 주장이 되었다. 키가 매우 컸고, 성적도 좋았다. 걸핏하면 다른 이들과 치고받고 싸우기는 했지만, 어쨌든 매번 이겼다. 이맘때 왕 대장은 교실 뒤 창문을 통해 자신의 여자친구에게 간식을 전해주곤 했는데, 중학교 1학년인 왕대장의 여자친구는 전교에서 가장 생기 발랄한 학생이 었고, 남학생 대다수가 그 소녀를 좋아했다.

나와 왕 대장은 같은 반이 아니었기에 딱히 교류할 일이 없었다. 그러던 어느 봄날에 큰일이 터졌다.

왕 대장 부모와 여자친구의 부모가 학교로 찾아온 것이었다. 그들은 학교 정문에서 크게 싸웠다. 한참을 싸우고 나서야 우리는 그들의 대화를 종합해 상황을 가늠할 수 있었다. 두 사람이 산으로 별을 보러 갔는데 돌아오는 길에 왕 대장이 산길에서 굴러떨어지면서 다리와 갈비뼈가 부러졌다. 앞으로 반년은 집에서 누워지내야 한다고 했다.

"당신네 아이가 파란 별을 봤다고 말하는 바람에 우리 아이가 고개를 돌리다가 넘어진 거잖아!"

억척스러우면서도 유능한 왕 대장의 엄마가 성난 목소리로 말했다.

"대체 파란 별이 어디에 있다고 말이야!"

나중에는 촌장이 도사를 데려왔다. 경험이 많은 촌장은 이런 일에도 도가 튼 것 같았다. 촌장이 데려온 도사는 아주 마른 중년 남성이었다. 도사는 바람 소리를 내는 검을 움켜쥐고는 이상한 글씨가 적힌 부적 뭉치를 입구에서 한참 태웠다.

"자네 자식은 삿된 것에 홀린 거네."

도사는 그렇게 말했다. "객성(客星)이 밝아지고 주성(主星)이 어둡구나!"* 같은 말을 중얼거리기도 했다.

"마을에 있는 누군가가 몰래 별을 키우고 있는 게 분명해. 삿된 술수로 자네 집 아이를 저주하는 걸세!"

도사는 단언했다.

"아기별로 저주를 건 거야. 이런 건 나도 책에서만 보았는데… 간악한 사람은 무슨 짓이든 할 수 있겠지!"

겁주는 말이었지만 아예 말이 안 되는 건 아니었다. 십몇 년 전, 별들이 처음 이곳에 내려왔을 때 마을에 있는 어떤 여자가 농약을 먹고 죽었고, 그 어머니는 슬픔을 이기지 못해 목을 매었다고 들었다.

왕 대장이 장양을 괴롭혔다는 건 주지의 사실이었다. 그리고 장양이 별을 키웠다는 것도, 게다가 누구보다 잘 키웠다는 것도.

"장양? 어디서 들어본 이름인데. 우리 딸이 그 아이한테 연애편지를 받았던 것 같은데."

소녀의 모친이 말을 덧붙였다.

"젊은 애들은 질투가 심하지…."

---

* 《삼국연의》 제103회 〈사마의는 상방곡에 갇히고 제갈량은 오장원에서 별을 물리치는 기도를 하다(上方谷司馬受困, 五丈原諸葛禳星)〉에서 제갈량(諸葛亮)이 강유(姜維)에게 하는 말이다. 객성은 고대 중국에서 신성과 혜성을 총칭할 때 쓰던 표현이며 주성은 쌍성(雙星)에서 동반성보다 밝은 별을 가리킨다.

그래서 왕 대장의 아빠는 교실 안으로 쳐들어갔고, 작은 닭을 움켜쥐 듯 장양을 붙잡아 밖으로 끌고 나왔다.

"네놈이 벌인 짓이지, 그렇지?"

왕 대장의 아빠가 큰 소리로 물었다.

장양은 아무 말도 하지 않았다. 그저 고개를 숙이며 몸을 웅크릴 뿐이었다. 마르기는 했어도 장양은 키가 큰 편이었다. 그러나 웅크린 몸은 작고도 작았다.

왕 대장의 아빠는 분노로 조급해졌다. 장양의 책상 서랍 안에 놓인 책을 모조리 꺼내 바닥에 집어 던지고는 책가방을 뒤집어 담긴 물건을 쏟아냈다. 놀랍게도 밝게 반짝이는 아기별 몇 개가 어딘가에서 나왔다. 그제야 우리는 장양이 아직도, 그것도 남몰래 별을 키우고 있다는 것을 알게 되었다.

범인으로 의심되는 이가 잡히고 물증까지 나왔으니 학생주임은 이 일을 장양의 할머니에게 알렸다. 사무실에 모인 사람들이 문제가 해결되기를 기다리는 사이, 장양의 할머니가 당도했다. 할머니는 내가 기억하는 모습보다 훨씬 더 말라 있었고, 머리카락도 백발이 되었지만 두 눈만은 빛으로 번뜩이고 있었다. 그리고 식칼을 두 자루나 쥐고 있었다.

"그 아이는 어디 있어?"

할머니는 고함을 질렀다.

"너, 그 빌어먹을 별들을 어디다 숨긴 거야?"

장양은 고개를 숙인 채 아무 말도 하지 않았다. 복도에 새카맣게 모여 구경을 하던 우리 또한 찍소리도 내지 못했다.

학생주임은 무의식적으로 사무실 탁자 위에 놓인 '물증'을 흘깃 보았다. 할머니의 시선이 곧장 그곳으로 향했다. 그러고는 식칼을 번쩍 들어 위에 놓인 아기별을 내리쳤다.

자른다고 잘리는 건 아니었다. 다 자란 별은 마르고 가벼웠지만, 아기별은 어른별과 성분이 달랐기에 유연하면서도 탄성이 있었다. 견고하거나 날카로운 것에도 망가지지 않았다.

우리는 모두 이를 알고 있었지만, 장양은 너무 놀라서 사고회로가 멈춘 것 같았다. 장양은 사선으로 발걸음을 내디뎠고, 놀랍게도 손으로 칼을 막았다.

칼날에서 피가 뚝뚝 떨어지며 땅을 적셨다. 흠칫 놀란 할머니는 몸을 부르르 떨더니 식칼을 던져버렸다. 옆에 있던 학생주임은 그제야 용기를 되찾았는지 입을 열어 "이서 의무실로!"라고 외쳤고, 장양을 바깥쪽으로 떠밀기까지 했다. 장양은 얼이 빠진 얼굴로 비틀비틀 걸음을 옮겼다.

장양이 의무실로 갔는지 가지 않았는지, 누구도 알지 못했다.

그 뒤로 오랫동안 나는 장양을 볼 수 없었다. 듣기로 학교를 그만둔 뒤 선전에 있는 자기 아빠를 찾아갔다고 했다. 왕 대장은 석고붕대를 하고 목발을 짚은 채 학교에 나타났고, 몇 달 뒤에는 완쾌했는지 목발도 던져버렸다. 그때 일에 놀라서 심경의 변화가 있었는지 더는 전처럼 거들먹거리지 않았다. 제삼자인 우리에게는 좋은 일인 셈이었다.

우리는 다른 지역에서 공부했기에 설날에나 고향으로 돌아왔다.

지난 몇 년 동안 별의 수는 안정적이었다. 마을은 채집 규정을 정해 평일에 산 출입을 금했고 매년 겨울에만 일률적으로 현지 인력을 고용해 다 자란 별들을 수확했다. 보조금과 노동비는 정부가 부담했다. 1년에 한 번 고향으로 돌아오는 청년들에게 단기 아르바이트는 가계에 보탬이 되는 좋은 기회였다. 실로 누이 좋고 매부 좋은 일이라고 볼 수 있었다.

우리 집은 올해 재정 상황이 좋은 편이었고, 부모님도 내가 산에 가서 고생하는 걸 원하지 않으셨다. 하지만 대문에 매단 붉은 연발 폭죽에 불을 붙였던 날, 폭죽이 모두 터졌을 때 나는 장양을 보았다. 장양은 자기 집 입구에 서서 나를 보고 있었다. 커다란 회색 스웨터를 입고 있는 장양은 내가 기억하는 것보다 키가 더 컸다. 선전에서 운동이라도 했는지 더는 전처럼 허약해 보이지 않았다. 약간의 근육도 엿보였다. 하지만 얼굴은 변함이 없었다. 여전히 우유부단한 기색이었다. 집안 어른들에게 구박을 받으며 형성된, 그런 형태의 우유부단이었다.

나는 여러 소문을 들었다. 장양의 아버지가 다시는 돌아오지 않았다는 소문도 있었고, 중병에 걸린 할머니가 돈이 없어 집에서 죽을 날만 기다린다는 소문도 있었다. 마을 사람들은 장양이 자기도 모르는 사이에 천지신명의 노여움을 샀을지도 모른다고, 오랫동안 별을 삿되게 키웠기에 그 업보를 받았을지도 모른다고 했다. 다들 그렇게 말했다.

"새해 복 많이 받아."

내가 말했다. 장양은 대답을 하지 않았지만, 나도 딱히 답을 기대하지는 않았기에 몸을 돌려 집으로 돌아가려고 했다. 그런데 한쪽 발이 문지방을 넘는 순간, 갑자기 똑똑 소리가 들렸다.

장양이었다. 여전히 시선을 낮춘 채 손가락으로 문을 두드리고 있었다.

"뭔데?"

이제 나는 어릴 때만큼의 인내심이 없었다.

"요즘 돈이 없어서 산에 가서 돈을 벌고 싶어."

장양이 말했다.

완곡하게 돌려서 말했지만, 나는 장양이 별을 잡고 싶어 한다는 걸 알았다. 이곳에 사는 사람들은 돈이 없을 때마다 제일 먼저 별을 잡는 일을 떠올렸다. 정부는 산길이 위험하기에 팀으로 일할 것을 요구했다. 두 명씩 짝을 이뤄야만 별을 잡는 일을 신청할 수 있었지만, 장양과 짝을 하려는 사람은 없었을 터였다.

원래는 거절하려고 했지만, 시선이 나도 모르게 문틀에 놓인 손으로 향했다. 장양의 손가락에 남은, 오래되었으나 선명한 흉터가 보였다. 알겠다는 답이 저절로 입에서 나왔다.

나는 가족들에게 사실대로 말해주지 않았다. 대신 현(縣)에 있는 친구네 집에 놀러 간다고 했다. 그런 뒤에는 장양과 함께 장비를 얻어왔다. 튼튼한 포대 여러 개, 휴대용 별 분쇄기 그리고 마스크 여러 장. 마스크는 별을 분쇄하면서 생기는 가루가 폐로 들어가지 않도록 착용하는 일종의 안전 장비였다.

우리는 작은 길을 걸으면서 산속으로 들어갔고, 서로 협력하면서 찾아낼 수 있는 별들을 모조리 분쇄기 안에 넣었다.

나는 장양에게 하고 싶은 말이 많았지만, 적당한 기회를 찾지 못했다. 묻고 싶었다. 너의 아버지는 어디로 갔느냐고…. 온 마을 사람들이 한동안 그에 관한 이야기를 했지만, 거취를 아는 사람은 없었다. 장양의 아버지는 장양이 키웠던 별처럼 갑자기 사라졌다. 어쨌든 마을 사람들의 마음도 좋지는 않았다.

그러나 내가 입을 열기도 전에 장양이 먼저 물었다.

"네게 묻고 싶은 게 있어."

장양이 고개를 숙인 채 산길을 걷는 데 집중하면서 말했다.

"그때 내가 별을 길들였다는 걸 믿어?"

"당연히 믿지. 별이 네 말을 따르는 걸 나도 두 눈으로 봤는데."

나는 다급하게 말했다. 사실 내 기억은 흐릿해져 있었다. 게다가 다른 사람들은 그 별을 본 적도 없었다.

"넌 뭐든 다 믿는구나."

장양은 고개를 돌려 나를 흘깃 보았다. 그러고는 뜻밖이라는 얼굴로 웃었다.

우리는 집중하며 길을 걸을 뿐 이야기를 이어가지 않았다.

산 전체가 고요했다. 가끔 나뭇가지나 낙엽이 밟힐 때 나는 바스락 소리가 들렸다. 산에 별을 잡으러 온 사람들을 마주칠 때면, 우리는 인사말 몇 마디를 나누었고, 빠르게 작별을 고했다. 우리 같은 사람을 자주 마주칠 수 있는 건 아니었다. 산 옆에는 또 산이 있으니까. 이곳의 산은 끝없이 이어져 있었다.

산 외부에 있는 별들은 거의 다 잡혔기에 우리는 산속 깊숙이 들어갔다.

나중에는 어쩔 수 없이 자루와 분쇄기를 짊어지고 골짜기 안으로 갔다. 대체 어디서 가져온 건지 장양은 침낭 하나와 간이 텐트, 핫팩 묶음을 가지고 있었다. 우리는 별이 모이는 장소를 찾을 생각이었다. 그런데 그런 장소가 있기는 한 걸까? 그날 밤 우리는 얕은 동굴 안에서 잠을 자고 있었다. 동굴 안에는 버려진 플라스틱병과 낡은 이불이 있었는데 별을 잡던 사람들이 이곳에 머물렀던 것 같았다.

"나도 잘 모르겠어."

장양이 말했다.

"그런데 신문에서 그러더라고. 겨울에는 별들이 자주 모인대. 어쩌면 별들도 추위를 느껴서 따스함을 취하려고 모이는 걸지도 모르지… 예전에 내가 키웠던 별도 집에 있는 전등 옆에 머무는 걸 좋아했거든. 빛을 좋아하는 걸 수도 있고."

장양은 손전등을 켜고는 빛의 방향을 동굴 입구 쪽으로 두며 말했다.

"일단 이렇게 해두자. 눈 좀 붙여. 건전지는 내가 많이 가져왔거든."

손전등 불빛이 밝아봐야 얼마나 밝겠는가. 1미터도 퍼지지 못할 테니 땅 위에 있는 마른 풀만 비출 수 있을 것이다. 우리는 며칠 동안 평범하게 잤고, 평범하게 깨어났다. 아무 일도 일어나지 않았다.

셋째 날까지는 그러했다.

한겨울 깊은 산 속이었기에 온몸에 핫팩을 붙여도 밖으로 드러나는 얼굴은 추위를 피할 수 없었다. 얼굴이 시려 제대로 잘 수가 없었다. 그러니 그날 밤에는 내가 꿈을 꿨던 걸지도 모른다. 아닐 수도 있고. 지나친 긴장으로 그때의 기억이 아주 모호해졌다.

내가 또렷하게 기억하는 건 깨어났던 순간 눈앞의 세상이 청아한 푸른 빛으로 물들었다는 거였다. 그와 동시에 누군가가 내 손을 힘껏 붙잡은 것 같았다.

"밖을 봐."

장양이 나지막하게 말했다.

동굴 밖을 보았다. 더는 나무와 하늘을 볼 수 없었다… 별. 다 별이었다. 수천 개의 별이었다. 이맘때에는 별도 다 자라지 않았을 터인데 모두 몽롱한 빛을 내뿜고 있었다.

이맘때에 무슨 일이 벌어질 수 있는지를 아는 사람도, 이렇게 많은 별을 본 적이 있는 사람도 없었다. 저들은 복수하러 온 걸까. 아니면 우리도 무슨 저주에 걸린 걸까? 별들은 아주 가벼웠고, 느릿하게 움직였다. 이제껏 누구도 별들이 치명적인 존재가 될 수 있을 거라고는 생각하지 않았다.

별빛이 밝힌 장양의 표정은 무덤덤했다.

"안녕."

장양이 웅얼거렸다. 무심결에 한 말 같았다.

순간 나는 장양의 어린 시절을 본 것 같았다. 고집스럽게 별에게 말을 건네던, 그때 그 아이 말이다.

그 순간, 별 전체가 반짝였다. 우리 말을 알아들은 것 같았다.

하지만 길들여진 별이 이렇게 많을 리 없었다.

별들은 무슨 명령이라도 들은 듯 규칙적으로 움직이더니 질서 정연하게 퍼지기 시작했다. 그러자 중심부에서 사람 머리보다 큰 별이 모습을 드러냈다.

농구공만 한 별이었다. 아기별과 어른별 사이에 머물러 있는 '청소년기'의 별이었다. 그것은 민첩하게 날고 있었지만, 아기별 특유의 미약한 빛을 품고 있었다. 다른 별들이 가지고 있는 녹색 형광과는 달랐다. 그것이 내뿜는 빛은 옅은 파란색이었다. 서늘한 계절의 달빛 같았다.

파란 별. 불길하다는 파란 별이었다.

그것은 주저하듯 허공에 머무르다가 갑자기 무언가를 깨달았다는 듯 천천히 우리에게 다가왔다.

별은 인류를 공격하지 않는다. 이제까지는 그랬었다.

"뛰어."

장양이 나지막한 목소리로 내게 말했다. 별이 들을까 봐 걱정하는 것 같았다.

"바깥쪽으로 뛰어."

장양은 몸을 굽히며 휴대용 별 분쇄기를 들어서는 자기 품에 안았다. 그리고 아주 느릿하게 동굴 입구를 향해 발걸음을 옮겼다.

그 별은 장양을 따르고 있었다. 삿된 술수에 걸리기라도 한 것처럼, 병에 걸리기라도 한 것처럼 말이다.

어쩌면 장양은 하지 말아야 하는 행동을 했거나, 무슨 말을 했거나, 혹은 특별한 무언가가 있는 옷을 입었을지도 몰랐다. 장양은 멍한 모습으로 그 자리에 서서는 꿈쩍도 하지 않았다.

나는 별에게 다가갔다. 홀리기라도 했는지 천천히 손을 뻗으며 그것을 만졌다. 그것은 내가 상상했던 것보다 훨씬 더 유연했고 매끄러웠다. 그것은 소리 없이 공명하듯 몸을 흠칫 떨었다. 그것의 왼쪽 아래에는 파인 자국이 있었다. 더듬어보니 글자 모양인 것 같았다. 삼수 변(氵)*.

위루고백척, 수가적성신(手可摘星晨).

산 위 사원의 누각이 백 척은 될 듯 높으니 손을 뻗으면 별을 딸 수 있을 것 같다.

별은 몸을 부르르 떨다가 뒤로 움직이며 내 손에서 빠져나갔다.

"장양."

나는 한걸음 뒷걸음치면서 나지막한 목소리로 장양에게 말했다.

"네가 길들인 그 별이야."

장양은 고개를 돌려 나를 보았다. 별의 파란빛이 그의 두 눈을 유독 빛나게 만들었다. 그의 얼굴 또한 유달리 젊어 보였으며 청년 특유의 축축한 수심마저 어렸다.

---

* 장양(江洋)의 이름에는 삼수변이 있다.

"장양?"

장양의 몸이 갑자기 앞쪽으로 휘청했다. 나는 장양이 기절이라도 하는 줄 알았다. 놀랍게도 장양은 팔을 내뻗으며 눈앞에 있는 별을 힘껏 밀쳤다. 그러고는 동굴 바깥을 향해 달음박질했다. 휘청이는 몸이 푸른 별 바다를 통과하며 지나갔다. 결국 장양은 몽롱한 남색 빛 사이로 사라져 버렸다.

나도 몇 걸음 뛰면서 장양의 이름을 불렀지만 세울 수는 없었다. 내 목소리는 깊은 산에서 메아리가 되어 울렸다. 그 소리가 아주 고독하게 들렸다. 세상에 나밖에, 나와 천천히 움직이는 별들밖에 없는 것 같았다.

장양이 멀리 도망갔기에 나는 손전등 하나에 기대면서 혼자 돌아갈 수밖에 없었다. 깊은 산의 밤은 유난히 추웠고, 골짜기에서는 쌩쌩 부는 바람 소리도 들렸다. 손발이 얼어붙을 것 같았다. 별은 느릿하게 나를 따라왔지만, 내가 못 본 척 외면하자 천천히 골짜기로 돌아가버렸다. 내가 잘 가라고 말했을 때, 그것은 내게 반짝였다. 추위로 잘못 본 걸지도 모르겠지만 나는 그것이 정말 반짝였다고 믿고 싶었다. 장양이 그 별을 정말로 길들였기를 바랐다.

산자락에 있는 가로등 아래에서 나는 덜덜 떨고 있는 장양과 마주쳤다.

산길은 아주 위험했다. 길을 잃고 산길에서 굴러 떨어진 사람의 다리가 부러지거나 목숨을 잃는 일이 거의 매년 일어났다. 그때 왕 대장도 손전등만 들고 산길을 걷다가 다리와 갈비뼈가 부러진 거였다. 그런데 장양은 어둠을 헤치며 달렸는데도 무사히 산에서 내려왔다. 가히 기적이라고 할 수 있었다. 장양은 외투를 걸친 채 땅 위에 쭈그려 있었다. 이제 장양은 그때의 소년이 아니었다. 마르기는 했어도 키가 아주 컸다. 하지만 여전히 작게 몸을 웅크릴 수 있었다.

장양은 나를 보고는 안도의 한숨을 내쉬면서 몸을 일으켰다. 낯빛은 내가 예상했던 것보다 훨씬 더 침착했다. 아주 많이.

"진짜 다행이다. 이렇게 어두운데 대체 어떻게 내려온 거야?"

나는 장양을 향해 손전등을 움직이며 물었다.

"산길에 익숙해."

장양이 힘겹게 말을 뱉었다. 겨울바람을 맞으면서 추위에 떨어서 그런지 벌써 목소리가 가라앉아 있었다. 내뱉는 말의 발음도 불분명했다.

"익숙하다고?"

"많이 익숙한 건 아니야."

장양은 가쁘게 숨을 들이켜며 말했다.

"아까 별들이 날 따라왔어."

장양의 목소리가 낮게 가라앉아 있었다. 그 목소리를 듣는 나마저 가슴이 허전해지는 느낌이었다.

"걔네가 날 따라올 줄이야…."

나는 장양의 말을 끊으며 말했다.

"장양. 아까 그 별은 네 별이었어."

장양은 기뻐하지 않았다. 심지어는 놀라지도 않았다. 그저 고개를 끄덕이며 힘껏 손을 털 뿐이었다.

"그렇겠지."

장양이 말했다.

"아마 그럴 거야."

장양은 시간을 지체하지 않았다. 휴대용 별 분쇄기를 들고 내게 따라오라고 하더니 몸을 돌려 마을을 향해 걸어갔다. 분쇄기에는 아직 별가루가 묻어 있었다. 어둑한 가로등 불빛에 닿자 분말에서 이따금 푸른빛이 번뜩였다. 나는 걸음을 옮기면서 분쇄기를 살펴보았다. 씁쓸한 냄새가 진하게 나는 것 같았다. 막 가루가 되어버린 별이 뿜을 법한 냄새였다. 죽은 별의 향기였다.

그 뒤로 우리는 별을 잡으러 가지 않았다.

다음 날 아침, 짐을 들고 나를 찾아온 장양은 작별을 고하면서 선전으로 돌아가겠다고 했다. 그곳에서 하루라도 더 지낸다면, 돈도 하루 더 벌 수 있다고. 애초에 명절 내내 고향에 머물 생각은 아니었다고 했다. 장양의 할머니는 드디어 병이 나았는지 정월 보름날 집 밖으로 외출을 했다. 손자가 돈을 모아 맛있는 걸 사줬다고, 새로 솜옷도 사줬다며 며칠이나 이웃들에게 자랑도 했다.

그 뒤로 나는 장양을 보지 못했다. 몇 번 산에 가보기는 했지만, 홀로 다니는 별들만 보았다. 그것들은 회색이었고, 생기 없이 허공을 부유했다. 그것들의 몸에서는 빛을 찾아볼 수 없었다.

나는 그때 그 풍경을 꿈에서 다시 보곤 했다. 아주 오랫동안 말이다.

장양이 말했다. "뛰어." 별들은 정말로 그 말을 알아들은 것 같았다. 그것들은 추운 겨울밤에 조금씩 움직였다. 끝이 보이지 않는 별 무리가 지평선 위로 떠오르자 대지가 빛으로 뒤덮였다. 그것들은 땅을 떠나 하늘을 향해 날아갔다. 가장 아름다운 겨울이었다.

내 꿈의 뒷부분은 이러했다. 그 뒤로 지구에는, 다시는 별이 없었다.

✦ 시우신위(修新羽)

1993년생, 중국작가협회 회원으로 칭화대 철학과를 졸업했다. 〈상해문학(上海文學)〉, 〈천애(天涯)〉, 〈부용(芙蓉)〉, 〈청년문학(靑年文學)〉 등에 글을 실었고, 단편소설 〈성북급구중(城北急救中)〉은 중국소설학회 2019년 랭킹에 올랐다. 〈해방군문예(解放軍文藝)〉 우수작품상, SF 물방울 어워드 단편소설 일등상, 라오서 청년희극문학상 등을 수상하였으며 현재 베이징에 살고 있다.

五德渡劫记

오덕의 수련기

✦

E 백작

천주(天柱)* 서쪽 천제(天帝)의 천단(天壇)에서는 등나무가 휘장이 되고, 돌은 계단이 되나니,

높이 올라 신령의 경계에 닿으니 아래를 내려다보면 인간 세상이 보이고, 태양마저 산보다 낮게 산 아래에 있구나.

불어오는 바람에 무수한 소리를 내는 소나무는 피리 가락에 맞추는 것 같고, 신선의 단약에서 나오는 오색 빛깔은 무지개와 채운을 물들이니,

봄날의 아미산에 들어서면 길은 바로 사라지고 새 지저귐만 들리며 안개만 보이고 골짜기에는 불어난 물만 흐르노라.

— 사공서(司空曙),
〈아미산으로 돌아가는 장 도사를 보내면서(送張鍊師還峨眉山)〉

* 중국 고대인들은 동서남북에 기둥이 네 개가 있어 하늘을 받쳐주고 있다고 믿었으며 그 기둥을 천주라고 했다.

당나라 사람 사공서가 쓴 이 시에서는 영산인 아미산이 기운이 뛰어나고 신선 세계와 흡사해 수행하기 좋은 곳이라고 했다. 아닌 게 아니라 수많은 고승과 도사가 아미산에 은거했는데, 이곳에 사는 화초와 짐승마저 땅의 기운을 통해 영성을 얻을 수 있었다. 개중에는 깨달음에 정진해 신선이 된 이도 많았다.

그러나 아미 이아산(二峨山)*에는 여우만 있었다. 우연히 탁발승이 나눠준 보시를 먹고 깨달음을 얻은 이 여우는 도에 정진했는데, 사백 년 뒤 소소한 성과를 거두어 인간의 모습으로 화하게 되었다. 그리고 여우 종족인 호족(狐族)의 관례에 따라 자신의 성을 '호(胡)'라고 하였고 이름을 '오덕(五德)'이라고 붙였다. 또한 '장명(長鳴)'이라는 자(字)도 지었다.

사실 이 여우는 새카만 털을 가진 검은 여우였다. 득도하기 전에는 밤 어둠을 틈타 농가에서 닭을 훔쳐먹곤 했는데, 훗날 도를 닦으면서 이치를 깨달았으나 버릇을 고치지는 못했다. 그래서 여우는 벽곡(辟穀)**을 끝낼 때마다 마을이나 읍으로 내려갔고 자기 자신에게 바치는 제물이라면서 닭을 두 마리나 먹곤 했다. 닭은 문(文), 무(武), 용(勇), 인(仁), 신(信)으로 이뤄진 오덕(五德)을 갖춘 금수이고 '장명도위(長鳴都尉)' 즉 길게 우는 부마도위라는 별명까지 있었기에 여우는 자신의 이름을 오덕이라고 지은 것이었다.

처음 인간의 모습으로 화했을 때 오덕은 동굴 옆에 있는 냇가에 자기 모습을 비춰보면서 여러 번 모습을 바꿔봤다. 처음에는 여우 머리에 인간 몸이었고, 다음엔 손 하나가 짐승의 모양이었으며 그다음에는 두 뒷다리에 털이 달려 있었다. 어렴사리 인간 형태의 사지와 뚜렷한 이목구비를 갖추었지만, 꼬리만큼은 몸 뒤에 붙어서 사라지지 않았다. 오덕은 모습을 바꾸는 술법을 여러 번 시도했지만, 매번 실패했다. 아무리 생각

---

* 아미산은 네 개로 나눠 대아산(大峨山), 이아산(二峨山), 삼아산(三峨山), 사아산(四峨山)이라고 불렀다.

** 곡식을 먹지 않거나 일정 기간 아예 곡기를 끊어버리는 양생법 중 하나

해도 뾰족한 수가 없자 결국 도술을 부려 검은색 의복을 만들어내 몸에 걸쳤다. 꼬리를 옷 안에 감추자 평범한 서생처럼 보였다. 그리고 동굴에서 나와 가르침을 청하러 떠났다.

다섯 리 밖에는 천 년을 산 소나무 한 그루가 있었고, 그 아래에는 팔백 년이나 수행을 한 청사(靑蛇) 한 마리가 있었다. 이 푸른 뱀의 이름은 '창원(蒼遠)'이었고, 성격이 매우 온화했다. 오덕은 홀로 수련한 요괴라 이제껏 스승을 모신 적이 없었지만 창원은 그런 오덕에게 기회가 있을 때마다 가르침을 주었다. 이에 둘의 교분은 참으로 두터워졌다.

창원이 사는 소나무 아래쪽에는 구멍이 하나 있었는데 평범한 사람들이 보기에는 손바닥만 한 구멍이었지만, 요괴들에게는 몸 크기만 줄이면 자유롭게 출입할 수 있는 문이었다. 오덕은 문에 도달하기도 전에 푸른 옷을 입은 남자사람이 나무 아래에서 자신을 기다리는 것을 보았다. 오덕은 황급하게 달려가 읍을 하며 말했다.

"창원 형님, 어찌 이곳에 계십니까?"

청사 낭군이 웃으며 말했다.

"금일 오랜만에 점을 쳐보았다가 아우님이 나름 성과를 거두어 이 멀리까지 찾아온다는 걸 알게 되었지. 그래서 맞이하러 나왔네."

그러고는 오덕을 아래위로 훑어보면서 칭찬하였다.

"아우님이 갖춘 인형(人形)이 참으로 늠름한 것이 수행이 깊어졌다는 걸 알겠어. 축하하네."

오덕은 고개를 숙이며 의기소침한 모습을 보이더니 몸을 돌려 창원에게 뒷모습을 보여주었다. 그리고 털이 복슬복슬하게 돋아난 검은 꼬리를 꺼냈다. 꼬리가 좌우로 움직였다. 오덕이 말했다.

"얼굴과 사지는 갖추었으나 이 꼴 보기 싫은 것만큼은 아무리 노력해도 없앨 수가 없네요. 형님도 아실 겁니다. 저희 종족은 기분이 좋아지면 꼬리를 흔든다는 것을요. 산속에 머물 때는 상관없겠지만, 다른 곳에서는 옆에 있던 이들이 이 모습을 보고 깜짝 놀랄 겁니다."

창원은 어안이 벙벙해졌는지 잠시 말을 잇지 못했다. 이리저리 움직이는 여우 꼬리가 눈앞에서 보이자 창원은 자기도 모르게 손을 뻗어 털을 몇 개 뽑았다. 오덕은 아픈 나머지 소리를 질렀다. 고개를 돌린 오덕은 눈을 부릅뜨며 말했다.

"창, 창원 형님, 뭘 하시는 겁니까?"

창원이 황급히 말했다.

"아우님, 놀라지 말게! 이 어리석은 형이 놀라서 그랬던걸세. 아우님의 모습을 보니 아직 도겁(渡劫)*을 하지 않은 것 같은데?"

오덕은 얼굴이 멍해진 것이 창원이 무슨 말을 하는 건지도 이해하지 못하는 것 같았다. 창원은 고승의 감화를 받은 오덕이 홀로 천지의 영기를 흡수해 요괴가 되기는 했지만, 가르침을 주는 스승이 없다는 걸 잘 알고 있었다. 오덕이 신선의 반열에 오르는 데에 있어서 꼭 거쳐야 하는 중요 단계들을 모르는 것도 어찌 보면 당연한 일이었다. 창원은 오덕을 잡아끌어 푸른 돌 위에 앉히고는 자세히 설명해주었다.

"아우님은 잘 모르겠지만 천지 만물은 모두 정해진 운명을 가지고 태어난다네. 들짐승으로 태어나면 들짐승으로 살아야 하고, 날짐승으로 태어나면 날짐승으로 살아야 하지. 인간으로 태어나면 평생 인간으로만 살아야 하고. 허나 자네와 내가 하는 수련은 각자의 윤회에서 벗어나 하늘을 거스르는 거라네. 그러니 여러 고초를 겪는 것도 당연한 셈이지. 수련이 어려운 거야 더 말해 무엇하겠는가. 거기에 하늘의 질투까지 겪어야 한다네. 도를 닦는 이들은 반드시 도겁을 해야 해. 그래야 수행이 한 단계 더 높아질 수 있어. 자네와 나만 그런 것도 아니라네. 인간도 신선이 되려면 반드시 하늘이 내린 겁을 겪어야 하거든."

오덕은 울상이 되어 말했다.

---

* 겁을 겪는다는 뜻으로, 수행을 통해 윤회에서 벗어나 신선의 반열에 오르는 것은 천지의 이치를 거스르는 것이기 때문에 반드시 하늘이 내리는 겁을 겪어 우주의 균형을 맞춰야 한다는 것

"그렇다면 도겁을 겪어야만 꼬리를 숨길 수 있다는 겁니까?"

"그렇다네."

"그럼 겁은 또 무엇입니까? 그건 어찌 겪는 겁니까?"

"자네나 나나 수련하는 방식이 비슷하지. 내 생각에는 뇌겁(雷劫)일걸세."

"뇌요?"

창원은 고개를 끄덕였다. 오덕의 안색이 어두워졌다.

"그 뇌가 하늘에서 내려치는 벼락를 말하는 건 아니겠지요?"

"맞네. 마흔아홉 번을 견뎌야 하지. 한 번도 빠지지 않고 모두 자네 몸으로 떨어질걸세."

오덕의 꼬리 끝에 달린 털이 한올 한올 쭈뼛 섰다. 온몸이 서늘해진 오덕이 새하얗게 질린 얼굴로 말했다.

"평소 벼락이 내리칠 때면 동굴 안에 숨어 고개도 내미는 법이 없는데요. 한두 번도 아니고 마흔아홉 번이 아닙니까. 그걸 맞으면 제가 통구이가 되지 않겠습니까? 창원 형님, 어서 이를 막을 방법을 알려주시옵소서. 그럼 오덕이 크게 감격할 것입니다."

창원은 고개를 숙이면서 잠시 생각에 잠겼다가 미간을 찌푸리며 말했다.

"천겁을 겪을 때는 법력으로 단전을 지킬 수 있네. 그럼 다 맞고 난 뒤에 저절로 치유되거든. 위험이 크기는 하나 수행에 정말 큰 도움이 된다네. 그러나 아우님은 지금 법력이 약하지. 자기 힘으로 마흔아홉 번의 벼락을 감당할 수는 없을 거야. 나도 처음 도겁을 할 때 선배의 가르침을 따라 다른 사람과 진법을 펼쳐서 함께 견뎠다네. 아우님은 같은 종족 중에 짝이 없는가? 도가에서 말하는 쌍수(雙修)*가 아우님에게는 도움이 될지도 모르네."

창원의 말을 듣자 먹구름이 가득하던 오덕의 마음에 해가 떠올랐다. 대아산에는 '옥주(玉珠)'라는 이름의 하얀 여우가 한 마리 있었는데 수행

---

* 본래 도교에서 쌍수는 신심을 모두 수련하는 '성명쌍수(性命雙修)'를 칭하는 표현이지만, 오늘날 중국 대중문화에서 이 용어는 방중술을 통한 수련법을 나타내는 말로 쓰인다.

을 사백 년 정도 한 데다가 오덕과 사이가 좋았다. 또한 자신은 수컷이고 옥주는 암컷이니 청하기에도 좋을 것 같았다.

오덕은 창원에게 천겁을 겪는 날짜와 시간을 계산해달라고 하였고, 창원은 닷새 뒤라고 했다. 오덕은 창원에게 작별을 고하고는 곧장 옥주를 찾아갔다.

옥주의 처소는 멀지 않았다. 걸어서 하루면 가는 곳이었다. 하지만 오덕은 마음이 조급했기에 축지법을 사용해 눈 깜짝할 사이에 그곳으로 갔다. 계곡 끝에는 푸른 물이 고여 있었고, 그 옆에는 동굴이 하나 있었는데 그곳이 옥주의 처소였다. 향기로운 풀이 한들한들 흔들리는 것이 풍경이 참으로 수려하고 그윽했다. 거기에 고요함까지 갖추었으니 실로 도를 닦기 좋은 곳이었다. 오덕은 도착하자마자 약간의 설렘을 느꼈다. 옥주와는 수행 기간이 십몇 년밖에 차이가 나지 않았다. 여우의 몸이었을 때는 함께 수련도 하고 장난도 치면서 지냈기에 두 사람을 두고 가히 청매죽마(靑梅竹馬)*라고 할 수 있었다.

옥주는 오덕보다 조금 먼저 사람의 모습을 갖추었으나 아무리 노력해도 귀와 꼬리를 없애지 못했다. 그래서 이번 요청을 흔쾌히 승낙할 거라고 생각했다. 그러자 도겁도 걱정할 필요도 없을 것 같았다. 게다가 아름다운 이와 함께 지내면서 아리따움에 취할 수 있으니 일거양득이라고 볼 수 있었다.

속으로 이런저런 셈을 하는 사이 오덕은 저쪽 못에서 물에 젖은 이가 모습을 드러내는 걸 보았다. 머리카락은 쪽잎 같았고, 피부는 응고된 기름처럼 희고 매끄러웠으며 두 눈은 가을 물을 머금은 듯 정감이 가득하며 입술은 붉게 칠한 앵두 같았다. 사람을 압도하는 아름다움을 지닌 천하절색이었다. 그런데 자세히 보니 머리 위에 새하얀 짐승 귀가 있었다. 옥주가 분명했다.

* 당나라 시인 이백의 〈장간행(長干行)〉에서 비롯된 말로 어렸을 때부터 친하게 지내 온 남녀를 칭하는 표현

오덕의 가슴이 북처럼 둥둥 울렸다. 오덕은 뺨을 붉히며 옥주에게 인사를 건넸다. 옥주가 몸을 빙글 돌리자 달처럼 새하얀 옷이 옥주의 몸을 감쌌다. 옷을 입고 뭍에 오른 옥주는 도술을 부려 돌로 된 탁자와 걸상을 만들고는 오덕에게 앉으라고 청했다.

이제껏 오누이처럼 친하게 지내 온 사이이기에 오덕은 인사말을 잠시 나눈 뒤 곧장 본론으로 들어갔다. 오덕이 간절하게 부탁했다.

"닷새 뒤에 천겁을 겪어야 하네. 옥주 동생이 옛정을 생각해 나를 돕는다면, 목숨을 잃더라도 꼭 보답하겠네."

그런데 옥주는 아리따운 얼굴을 살짝 찌푸리며 주저하더니 오덕에게 말했다.

"오라버니. 기분 나쁘게 생각하지는 마세요. 천겁이 얼마나 위험한지 저도 잘 알고 있습니다. 그런데 저는 법력이 높지 않아요. 돕더라도 제대로 해내지는 못할 겁니다. 게다가…."

오덕은 옥주가 거절하려고 하자 마음이 조급해져 연거푸 이유를 물었다.

옥주의 얼굴이 점점 붉어졌다. 그러더니 나지막한 목소리로 말했다.

"…게다가 저는 쌍수 상대가 이미 있습니다. 어찌 그를 버리고 오라버니와 간단 말입니까?"

오덕에게 그 말은 마른하늘에 내려치는 날벼락이었다. 벌써 천겁이 시작되었는지 웅웅 울리는 소리가 두 귀에 전해질 정도였다. 오덕은 안색이 나빴지만 애써 웃음을 드러내며 말했다.

"동생과 고작 삼십 년을 못 봤을 뿐인데, 내가 폐관 수련을 하는 사이에 다른 이를 찾은 건가?"

말에 뼈가 있었다. 옥주는 화가 났지만, 웃으며 말했다.

"오라버니도 우리가 삼십 년 만에 만났다는 걸 아시네요. 인간계에 이런 말이 있답니다. '삼십 년 전에는 강 동쪽에 있는 것이 삼십 년 후에는 강 서쪽에 있다'고요. 어찌 지금이 그때와 같겠습니까? 저는 법력이 약합니다. 도겁을 하려면 오라버니처럼 미리 준비해야지요. 구랑(九郎)은 법력이 높고 저를 진심으로 대해줍니다. 그래서 저도 진심이 되었지요. 선행을 계속 쌓다 보면, 언젠가 큰 복을 받아 둘이 함께 신선의 반열에 들게 될지도 모르지요."

옥주는 말을 하다가 곧장 동굴을 향해 소리를 질렀다.

"구랑, 오덕 오라버니를 보러 나와야죠?"

그러자 못 옆에 있는 동굴에서 뚱뚱한 너구리 한 마리가 몸을 흔들며 나왔다. 두 눈은 동그랗고 배는 술독처럼 불룩 나왔으며 온몸은 적갈색 털로 뒤덮여 있었는데, 긴 꼬리에는 하얀 털로 된 줄이 아홉 개 있었다. 오덕을 본 너구리가 입을 벌리면서 크게 웃더니 몇 걸음 내디뎠고, 순식간에 건장한 사내의 모습으로 바뀌었다. 살짝 붉혀진 얼굴에 웃음이 걸리자 새하얀 이가 드러났다.

너구리 요괴는 오덕에게 아주 살갑게 굴었으며 예의를 차렸다. 구랑은 오덕에게 자신이 수행한 지 칠백 년 되었으며 옥주와 쌍수한 뒤로 천겁을 함께 겪기로 약조했다고 말해주었다. 둘은 며칠 뒤에 도겁을 위한 진법을 펼칠 예정이었다.

오덕은 크게 실망했다. 옥주와 너구리가 자기 앞에서 다정한 모습으로 친밀한 대화를 나누자 속이 다 쓰렸다. 그러나 어찌할 방도가 없기에 결국 서둘러 작별을 고했다.

돌아가는 길에는 축지법을 펼치지 않았다. 그럴 마음이 아니었다. 오덕은 두 다리를 움직이며 천천히 걸음을 옮겼고, 산속을 걸으면서 옥주와 자신을 생각했다. 옥주는 자리를 잡았지만, 자기는 도겁을 홀로 해야 했다. 요즘 수행이 쉽지 않았다. 게다가 스승도 없어 적지 않은 고생을 해야 했다. 수행의 길을 빙빙 돌면서 어렵사리 성과를 거두었는데 위기가 눈앞에 놓인 것이다. 그렇다고 이 겁을 겪지 않으면, 벌을 받을 게 분명했다. 벌이 가벼우면 여우 모습으로 돌아갈 터이고 벌이 중하면 목숨이 끊어져 아예 세상에서 사라지게 될지도 몰랐다. 오덕은 물가로 다가가 자신의 모습을 비춰보았다. 이목구비가 수려한 문인의 모습이 보였다. 이렇게 준수한데도 옥주는 뚱뚱한 너구리의 마음을 상하게 할 수는 없다면서 지난날에 쌓아온 동족 간의 정을 아랑곳하지 않았다. 이를 보니 옥주의 본성이 얼마나 무정한지 알 수 있었다.

오덕은 생각할수록 마음이 괴로워졌다. 그런 뒤에는 다시 초조해졌다. 허나 방법이 없었다. 일단은 창원을 찾아가 상의를 해보는 게 좋을 것 같았다. 미처 절반도 가지 못했을 때 누군가 자기를 부르는 소리가 들렸다. 오덕이 고개를 돌려 뒤를 보았다. 구랑이었다. 구랑은 달려오다가 너구리 원형으로 돌아가더니 다시 달려왔다.

오덕은 자리에 서서 구랑을 기다렸다. 바로 앞까지 달려온 너구리는 얼굴을 비비면서 말했다.

"오덕 형님, 잠시만요. 드릴 말씀이 있습니다. 조금 전에는 옥주가 오덕 형님에게 소홀하였지요. 부디 넓은 아량으로 이해해주십시오."

오덕은 마음이 쓰렸지만, 끙 하는 소리만 낼 뿐 별다른 말을 하지 않았다. 너구리는 오덕을 보고 웃었는데 두 눈동자가 웃음에 삼켜지며 보이지 않았다. 발톱으로는 머리털을 긁어댔다. 그러고는 꼬리로 옆에 있는 바위 위를 쓸더니 오덕에게 앉으라고 청했다.

구랑이 한숨을 내쉬며 말했다.

"역시 이 모습이 제일 좋습니다. 사람의 모습을 뭐하러 갖추는지 모르겠습니다. 사실 저는 하늘로 올라가는 일에도 흥미가 없습니다. 산에서 뒹구는 게 빌어먹을 신선이 되는 것보다 훨씬 더 나은걸요."

오덕은 구랑이 상스러운 말을 내뱉자 기분이 더 나빠졌다.

"그런데도 옥주 동생과 쌍수하는 이유가 무엇인가?"

구랑은 헤헤 웃더니 부끄러움에 얼굴을 붉히며 말했다.

"옥주가 신선이 되고자 한다면 당연히 저도 함께 있어야지요."

그러더니 진지한 낯빛이 되어 말했다.

"오덕 형님, 조금 전에는 제가 말씀드리는 것을 까먹었습니다. 도겁에 관한 것인데요. 제게 방법이 하나 있습니다."

오덕은 두 눈을 밝혔지만, 의심을 모두 거두지는 못했다.

구랑은 말을 이었다.

"뇌겁은 하늘에 있는 뇌신(雷神)이 집행하지 않습니까. 어느 요괴가 언제 도겁하는지를 파악한 뒤 법기로 벼락을 내리지요. 만약에 오덕 형님이 공문을 태워서 뇌신에게 전하고 공물도 바친다면, 그럼 뇌겁을 걱정할 필요가 없지 않겠습니까?"

"그럼 겁을 겪지 않을 수 있는 건가?"

"그건 아니지요."

"그럼 시기를 늦출 수 있는 건가."

"절대 못 미룹니다."

"그럼 벼락 맞는 횟수가 줄어드는 건가?"

"하나도 줄지 않습니다."

오덕은 울분을 터뜨렸다.

"그럼 신에게 뭐하러 빈단 말인가?"

너구리의 얼굴에 있는 기다란 틈이 벌어졌다. 구랑은 입을 크게 벌리면서 껄껄 웃었다.

"오덕 형님은 참으로 순진한 분이십니다. 생각해보십시오. 벼락을 내리는 것도 공무가 아닙니까. 그런데 공무라고 하는 것은 항상 틈이 있기 마련이지요. 벼락이 꿴 구슬처럼 연이어 쏟아진다면, 대체 누가 버틸 수 있단 말입니까. 하지만 여유를 준다면, 벼락을 맞는 이도 숨을 돌릴 수 있겠지요. 그게 뭐 어떻습니까? 절묘하게 틈을 이용하는 것뿐인데요."

오덕은 크게 깨달으며 물었다.

"공문을 어느 신에게 바쳐야 하나?"

"'구천응원뇌성보화천존(九天應元雷聲普化天尊)*의 휘하에 있는 천뢰

---

* 도교에서 남극장생대제의 화신이자 뇌부(雷部)에서 가장 높은 천신

42

부(天雷部) 신들에게'라고 보내시면 됩니다."

너구리의 조언을 듣자 오덕의 마음이 삽시에 밝아졌다. 오덕은 절을 올리고 덕담을 열심히 건네주고 나서야 구랑에게 작별을 고했다.

오덕은 서둘러 동굴로 돌아가 공문을 적었다. 그러고는 제물로 바칠 소, 양, 돼지를 산 밖에서 잡아 왔다. 그리고 제사상을 차린 뒤 길한 시간을 기다렸다가 제물의 머리를 베었고, 성대한 예를 행하며 제물을 바쳤다. 제는 깊은 밤이 되어서야 끝이 났다. 큰일을 마무리 지었다는 생각에 안심한 오덕은 잠들기 직전에야 창원을 찾아가야 한다는 걸 떠올렸다. 그러나 몰려오는 잠기운을 이길 수는 없었다. 그래서 날이 밝자마자 창원을 찾아가야겠다고 생각했다.

옥토끼가 서쪽에서 저물고, 금빛 새는 동쪽에서 떠올랐다.*

지난밤에 잠을 깊이 잤는지 오덕은 정신이 유독 맑아진 것 같았다. 깨자마자 의복을 정돈해 서생의 모습을 갖추고는 창원부(蒼遠府)로 향했다. 어제 있었던 일을 자세하게 알려준 뒤 창원에게 가르침을 청할 생각이었다.

오덕은 마음의 안정을 찾은 상태였기에 새벽 초목에서 나오는 기운을 흡수하면서 여유롭게 길을 걸었다. 그런데 산허리쯤에 이르렀을 때, 앞쪽에 있는 산간 평지에서 검은 구름이 빠른 속도로 모이는 게 아닌가. 게다가 먹구름 한가운데에서 번갯불이 흘렀다. 막 날씨가 개고 있던 참이라 다른 곳은 구름 한 점 없이 맑은데 저곳만 저리하니 아주 괴이했다. 오덕은 덜컥 겁이 났지만, 창원이 해줬던 말을 떠올리며 이렇게 생각했다.

'다른 도우(道友)가 도겁을 하는 것인가? 가서 한번 봐야겠다.'

---

* 청나라 전채(錢彩)가 편찬한 소설 《설악전전(說岳全傳)》 제13회에 나오는 표현인 '금빛 새는 서쪽에서 저물고, 옥토끼가 동쪽에서 떠올랐다(金烏西墜, 玉兎東昇)'의 변형이다. 금빛 새는 삼족오를 나타내며, 삼족오는 중국 고대 신화에서 태양 속에 산다고 알려진 새다. 옥토끼는 중국 고대 신화에서 달에서 절굿공이로 약을 찧는 동물로 알려져 있다.

오덕은 다급하게 중턱에 있는 평지로 걸음을 옮겼다. 새카만 구름이 점점 더 짙어졌다. 듬성듬성 자라난 나무들 사이로 그림자가 내려앉았는데 음침한 것이 아주 오싹했다. 오덕은 두려움에 더 다가가지 못하고 다섯 장(丈) 너머에 있는 산 바위에 숨어서 머리를 내밀었다. 번개가 번쩍하더니 은빛 뱀을 닮은 모습이 되어 소나무 한 그루 위로 떨어졌다. 우르르 쾅쾅하는 천둥소리에 순간 아찔해진 오덕은 다리에 힘이 풀려 땅 위로 쓰러졌다. 귓가에 뇌성이 울리자 깜짝 놀라 밖으로 튀어나온 꼬리가 청소하듯 땅을 쓸어댔다. 뇌성이 몇 번 더 울리자 주변이 밝아지기 시작했다. 눈을 뜨자 먹구름이 흩어지고 있는 게 보였다. 벼락을 맞은 소나무는 숯이 되어 검은 연기를 내뿜고 있었다.

도겁을 한 이가 나무 요괴인가? 오덕이 이런저런 생각을 하고 있을 때, 마지막에 남은 먹구름이 한줄기씩 변하더니 새카만 그림자가 되어 뚝 떨어졌다. 거뭇한 형상을 자세히 보니 이제껏 본 적이 없는 모습인 게 아닌가.

괴물의 몸은 두 장이 넘었고, 얼굴은 돼지머리 같았으며 머리에는 긴 뿔이, 등에는 한 장 정도 되는 날개 한 쌍이 있었다. 진홍색 의복 뒤로는 표범 꼬리가 달렸고 손발은 금색이었다. 얼핏 보아도 대단히 흉악한 이 같았는데 그 기세가 매우 위풍당당했다.*

오덕은 가슴이 덜컥 내려앉아 이렇게 생각했다. 뇌신이 아닐까?

그런데 괴물이 벼락으로 쪼개진 소나무 아래에서 새카맣게 타버린 시신을 들어 올리는 게 아닌가. 자세히 보니 원숭이였다. 오덕이 정신을 놓고 구경하는 사이, 괴물은 오덕의 존재를 알아차린 것 같았다. 거울처럼 커다란 두 눈이 움직이더니 곧장 오덕이 있는 방향을 직시했다.

놀란 오덕은 혼비백산하며 빠르게 도망쳤다. 그런데 불덩이 몇 개가 등 뒤에서 연이어 날아왔다. 마른하늘에서 내리는 날벼락이었다. 날아온

---

* **저자주** 당나라 도사 주광정이 쓴 《녹이기(錄異記)》의 서리(徐俐) 편을 인용하였다.

벼락은 바위를 쪼갰고, 돌가루가 사방으로 튀었다. 오덕이 세 걸음 더 도 망쳤을까. 갑자기 꼬리 끝에 통증이 느껴지면서 몸이 허공으로 들렸다.

눈앞에 흉악한 얼굴이 있었다. 야수의 아가리 같은 새빨간 입에는 칼처 럼 날카로운 이가 돋아 있었다. 괴물이 오덕을 보고 고함을 치며 물었다.

"대체 무슨 요괴냐. 거기서 몰래 뭘 하고 있었던 거지?"

몸이 거세게 흔들리자 오덕은 더 이상 사람의 모습을 갖추지 못하고 원형으로 돌아갔다. 그러자 괴물이 웃으며 말했다.

"감히 뇌신이 술법을 행하는 것을 훔쳐보다니. 얼마나 대단하기에 간 이 배 밖으로 나왔나 하였는데 작은 여우였구나! 몸뚱이가 작으니 본좌 의 술안주로나 삼아야겠다!"

오덕은 그 말을 듣고는 바로 버둥거리기 시작했다. 그리고 목이 쉬도 록 힘껏 외쳤다.

"뇌신 나리 살려주십시오. 살려주세요! 소인은 그저 지나가던 길이었 습니다. 뇌신 나리에게 무례를 범하려고 그랬던 게 아닙니다!"

뇌신은 일 척은 될 법한 긴 혀를 내밀어 입 주변을 핥더니 웃으며 말 했다.

"네놈이 지나가는 길이었든 원래 거기에 있었든, 그건 내가 알 바가 아니다. 어쨌든 본좌를 화나게 하였으니 본좌도 가만히 있을 수는 없지!"

"뇌신 나리, 오늘 무례를 범하기는 하였으나 어제 제물을 바친 걸 굽 어보시어 소인을 살려주시옵소서!"

이 말이 도움된 건지 입맛을 쩝쩝 다시는 소리와 함께 뇌신이 오덕을 놓아주었다. 오덕은 후다닥 몸을 일으켰다. 놀란 마음을 가라앉히기도 전 에 뇌신이 자신을 훑어보는 게 보였다. 뇌신이 말했다.

"재미있는 여우로구나. 어젯밤에 나에게 제물을 바쳤다고? 나는 왜 모르고 있었지?"

오덕은 넙죽 엎드리며 말했다.

"뇌신 나리에게 말씀을 올립니다. 어젯밤 소인이 공문에 존함을 적은 뒤 제물을 바쳤습니다. 소인이 뇌겁을 잘 겪을 수 있도록, 약간의 자비를 베풀어달라고 부탁했지요. 뇌신 나리께서는 소인이 바친 제물을 못 받으셨나 봅니다?"

뇌신은 흥하고 콧방귀를 뀌었다.

"하늘에 뇌신이 얼마나 많은데. 네가 제물을 바친다고 해서 그게 꼭 나한테 온다는 보장은 없다. 네놈은 운이 참 좋구나. 본좌가 이 산의 번개를 다스리지. 나를 잘 모신다면 네놈을 봐줄지도 몰라."

오덕은 크게 기뻐했다. 그래서 주둥이가 튀어나온 것도 개의치 않고 땅에 닿도록 절을 올렸다.

"뇌신 나리의 은혜에 감사드립니다. 무슨 명을 내리시든 소인은 충성을 다할 것입니다."

뇌신은 하하 웃더니 소나무 옆으로 돌아가 원숭이 시신을 발로 툭툭 쳤다. 그러고는 오덕에게 말했다.

"오늘의 공무는 끝이 났다. 그러니 가서 술과 안주를 가져오거라. 혹시라도 입에 맞지 않는 걸 가져온다면 본좌는 너를 먹어 배를 채울 것이다."

오덕은 그 모습을 보고는 대담하게 물었다.

"뇌신 나리, 발밑에 있는 이분은 혹시 도겁을 했던 겁니까?"

뇌신은 말했다.

"그렇다. 원숭이라 버티지 못한 것이지. 여우인 네놈도 제대로 하지 않으면 똑같은 결말을 맞게 될 거다."

"어찌 소홀함이 있겠습니까."

오덕은 연이어 말하고는 자리에서 물러났다.

곧장 읍내로 달려간 오덕은 어쩔 수 없이 도술을 부려 은자를 만들었다. 가짜 은자로는 구운 닭고기와 데운 술을 한가득 샀다. 그런 뒤 몸을 숨기는 술법을 부리며 서둘러 산으로 돌아갔다. 뇌신은 기다리다가 짜증이 났는지 오덕이 오자 욕을 퍼부었다. 그러면서도 열심히 음식을 먹었다. 오덕은 감히 대꾸도 할 수 없었기에 조심스레 옆에 서서 시중을 들었다. 구운 닭고기 냄새가 오덕의 배 속에 있는 회충을 깨워 목구멍까지 뛰쳐 오르게 했지만, 뇌신이 맛있게 먹는 모습을 지켜보면서 몰래 침만 삼킬 수밖에 없었다. 그 고통이 어떠했는지는 말로 다 표현할 수가 없을 것이다.

반면 뇌신의 목구멍에는 연거푸 들이부은 술이 차오른 것 같았다. 뇌신이 오덕에게 말했다.

"여우야. 네 뇌겁은 언제더냐?"

오덕은 공손하게 답했다.

"나흘 뒤입니다."

뇌신은 금빛 손을 입 안에 넣고 핥다가 눈동자를 굴렸다.

"그렇다면 내가 급히 돌아갈 필요가 없겠구나. 아미산에서 나흘 정도 놀아야지. 여우야. 함께하겠느냐?"

오덕은 감히 아니라고 말할 수 없었다. 오히려 땅에서 금붙이라도 주운 듯 크게 기뻐하는 표정을 지어내며 알랑거렸다.

그렇게 오덕은 뇌신을 따르게 되었다. 동굴로 돌아갈 시간도 없었다. 뇌신을 모시면서 산 놀이를 해야 했다. 뇌신과 오덕은 아미산을 활보했는데 인간이 모여 사는 지역은 가지 않았고, 날짐승과 들짐승이 많은 곳만 갔다. 뇌신은 이리를 보면 산양을 먹겠다고 했고, 참새를 보면 기러기를 먹겠다고 했다. 게다가 오덕이 구운 닭고기와 데운 술로 첫끼를 대접한 뒤로 끼니마다 닭고기를 먹겠다고 했다. 그러면서도 오덕에게 닭 뼈 하나 나눠주는 법이 없었다. 오덕은 군침을 흘렸지만, 흘리는 침만이 도로 배 속으로 삼켜졌다. 오덕은 며칠 내내 이리저리 뛰어다니면서 사냥한 짐승으로 음식을 만들거나 마을로 내려가 술과 고기를 사 왔다. 부리는 종이라도 된 것 같았다.

그날 뇌신은 이아산을 거닐다가 넓은 들판을 보았고, 그곳에서 뛰노는 야생 토끼 몇 마리를 보았다. 뇌신은 크게 기뻐하며 고개를 돌리더니 혀로 입술을 핥으면서 오덕에게 말했다.

"여우야. 토끼 몸 중에 어디가 제일 맛있는지 아느냐?"

오덕은 시선을 아래로 내리며 말했다.

"뇌신 나리께서 가르침을 주시옵소서."

"너는 여우가 되어서 그것도 모르느냐?"

"소인은 배를 대충 채우곤 해서 이제껏 주의해본 적이 없습니다."

"토끼 귀보다 맛있는 것은 없지. 끓는 물에 삶아 털을 뽑은 뒤 쪄서 익히고는 양념과 잘 섞어서 술안주로 먹으면 된다."

오덕은 입에 침이 고였지만 감히 말을 뱉을 수는 없었기에 연거푸 고개만 끄덕였다. 뇌신은 그런 오덕을 보고 웃더니 들판 위의 토끼들을 가리키며 말했다.

"저 귀여운 아이들을 모조리 잡아 와라. 본좌는 오랫동안 토끼 귀를 먹지 못했다…."

그날 오덕은 종일 산허리를 훑으면서 야생 토끼들의 굴을 파헤쳐야 했다. 그렇게 뇌신을 만족시킨 오덕은 다시 마을로 내려갔고, 구운 닭고기와 데운 술을 사 와서 뇌신에게 바쳤다. 구운 닭고기를 상 위에 놓은 뒤 따뜻한 술도 놓으려고 했을 때였다. 갑자기 뇌신이 술을 멀리 던져버리며 성난 목소리로 말했다.

"낮에도 술을 마셨고, 토끼 귀까지 먹었거늘. 어찌 저녁까지 독한 술을 마신단 말이냐? 아미산에는 좋은 차가 있지 않으냐? 당장 가서 구해 와라."

오덕은 다 소인의 잘못이라면서 사죄했지만, 가슴에는 분노의 불길이 활활 타올랐다. 그럴 용기만 있었다면 닭 뼈 더미를 눈앞에 있는 뇌신의 머리 위로 쏟아버렸을 것이다. 그러나 오덕은 벼락 때문에 새카맣게 타버린 원숭이를 떠올렸고, 자신의 몸을 굽힐 수밖에 없었다. 그래서 얌전히 찻잎을 찾으러 갔다.

오덕이 종처럼 부림을 당하는 동안, 오덕을 걱정하며 불안해하는 이가 한 명 있었다.

청사 창원이었다. 도겁에 관한 비법을 알려준 뒤로 오덕에게서 다른 소식을 듣지 못했기 때문이었다. 처음에는 오덕이 하얀 여우와 수련하며 진법을 만드느라 그런 줄 알았다. 그런데 사흘이 지났는데도 연락이 닿지 않았다. 걱정하며 오덕의 동굴로 찾아갔지만, 동굴은 텅 비어 있었다. 창원은 조급해진 나머지 하얀 여우 옥주의 처소를 수소문했고, 직접 옥주를 찾아가기도 했다. 그는 못 가에서 옥주를 보았지만, 옥주 옆에 있는 이는 오덕이 아니었다. 배가 불룩 나온 뚱뚱한 너구리였다. 깜짝 놀란 창원은 옥주와 구랑에게 오덕의 행방을 물었다. 구랑이 전에 있었던 일을 상세히 알려주자 창원은 자기도 모르게 눈꺼풀을 부르르 떨었다.

오덕이 정말로 뇌신에게 뇌물을 주었다면, 그래서 그 뇌물이 효과가 있다면 그나마 다행이었다. 하지만 흑심을 품은 요괴가 이를 틈 타 수작질이라도 부린다면, 그럼 큰일이 나지 않겠는가? 아무리 생각해도 걱정이었다. 그래서 창원은 구랑에게 산 전체를 뒤져서 오덕을 찾아달라고 부탁하였다.

창원 또한 아미산을 샅샅이 뒤졌다. 그리고 몇 시진 뒤 대아산에 있는 계곡에서 물고기를 낚고 있는 검은 여우 한 마리를 보았다. 창원은 황급하게 수결을 빚어 구랑에게 연통을 보냈고, 오덕의 이름을 부르면서 달려갔다.

그러자 검은 여우가 고개를 돌려 창원 쪽을 보는 게 아닌가. 이름에 반응하는 걸 보니 오덕이 분명했다.

창원은 갑자기 화가 나서 훈계하는 목소리로 외쳤다.

"내가 아우님을 참으로 힘들게 찾았네! 내일이 도겁의 날이거늘, 어찌 이런 곳에서 낚시나 하고 있단 말인가?"

그런데 고개를 돌린 오덕의 얼굴에서 눈물 두 줄기가 보였다. 맑은 눈물이 새카만 털을 가르면서 흘러내렸다. 오덕은 구원의 신을 보는 듯한 눈빛으로 창원을 보더니 낚싯대를 던지며 엉엉 울기 시작했다.

창원은 너무 놀라 다급히 그 이유를 물었다.

오덕이 말했다.

"며칠 전에 구랑이 해준 말만 듣고 공문을 태우며 제물을 바쳤습니다. 뇌신이 제게 자비를 베풀기를 바라면서요. 그런데 원숭이에게 벼락을 내리던 뇌신과 마주친 게 아닙니까. 심지어 뇌신의 종노릇까지 하게 되었지요. 요 며칠 그 나리를 모시느라 어찌나 애를 썼던지요. 술과 고기를 바친 횟수는 셀 수도 없습니다. 귀를 먹겠다고 하면 토끼를 잡아다가 바쳐야 했고, 날개를 먹겠다고 하면 새 둥지를 털어 바쳐야 했습니다. 오늘 아침에는 아미산 생선을 먹어본 적이 없다고 말하는 게 아닙니까. 어쩔 수 없이 이곳에 와서 물고기를 잡고 있었습니다. 하, 사흘 전부터 쌀 한 톨도 먹지 못했습니다. 차라리 벽곡 수련이 낫지요. 다른 이가 구운 닭고기를 한입 가득 베어 무는 것을 매일 보기만 하는 게 아닙니까. 너무 힘듭니다!"

깊게 파인 창원의 미간이 골짜기를 이루었다.

"뇌신은 하늘의 신이거늘 어찌 그리 식탐을 부린단 말이냐. 게다가 육식이라니. 혹시 가짜가 아닐까?"

오덕은 자신이 보았던 것을 아주 상세하게 창원에게 가르쳐주었다. 청사 낭군의 의심이 더욱더 깊어졌다.

"이 일은 이상한 점이 많아. 아우님, 길을 안내해주게. 내가 가서 몰래 살펴봐야겠어. 어떤 이인지 확인을 해봐야지."

오덕은 연거푸 고개를 끄덕였다. 창원이 술법을 부려 물에서 물고기를 몇 마리 건져냈고, 오덕은 물고기를 챙겼다. 은신술을 행한 창원이 오덕을 따라갔다. 오덕은 물고기를 들고 숲으로 향했는데, 뒤따른 창원은 나무 아래에서 쉬고 있는 뇌신을 볼 수 있었다. 혹시 몰라 가까이 다가갈 수 없었던 창원은 삼 장 정도 떨어졌을 때 걸음을 멈추었다. 오덕은 물고기의 배를 가르면서 손질했고, 불을 피우려는 듯 나뭇가지를 주워왔다. 뇌신이 몸을 굽히며 손가락을 튕기자 나뭇가지에 불이 붙었다. 오덕은 그 위에 물고기를 걸어 구웠고, 술을 데워오라는 명령까지 받게 되어 눈코 뜰 새 없이 바쁘게 움직였다.

그 모습을 보는 창원의 마음이 점점 좋지 않았다. 조심스레 뒤로 물러나는데 저쪽에서 살금살금 걸으면서 잠복하고 있는 구랑이 보였다. 창원과 구랑은 시선을 교환했고, 함께 멀리까지 물러났다.

구운 고기와 데운 술을 뇌신에게 바친 오덕은 잠시 틈을 내서 둘과 합류했다. 이들은 멀리 떨어져 있는 돌 더미 안쪽으로 몸을 숨겼다.

오덕은 증오가 가득한 목소리로 말했다.

"빌어먹을 돼지야. 그것도 소보다 많이 먹는 돼지! 종일 먹기만 하는데 왜 배가 터져 죽지 않는 거지?"

창원은 그를 위로하는 말을 몇 마디 건네고는 이렇게 말했다.

"그자는 뭔가 이상해. 신의 기운이 전혀 느껴지지 않는 것이 아주 의심스러워. 구랑은 어찌 생각하십니까?"

너구리 요괴는 수염을 쓰다듬으면서 말했다.

"하늘에는 뇌신이 참으로 많지요. 생김새도 모두 다르다고 합니다. 신선의 반열에 일찍 오른 도우가 이런 말을 해줬습니다. 뇌신의 술법을 행하려면 반드시 법기(法器)를 가지고 다녀야 하는데 왼손에는 연고(聯鼓, 북 두 개가 연결된 북)를, 오른손에는 날붙이를 든다고요.* 오덕 형님, 그자를 처음 보았을 때, 혹시 그의 법기도 보셨는지요?"

오덕은 생각해보다가 고개를 가로저었다.

"못 봤네. 법기를 거둔 게 아닐까?"

창원은 도리질하며 말했다.

"신이 쓰는 법기는 그렇게 단순하지 않아. 법기를 거뒀다면 조금 전처럼 불을 일으키지는 못했을 거네."

오덕의 가슴이 덜컥 내려앉았다.

"그렇다면 물고기를 먹던 그자는 정말 뇌신이 아닌 거군요."

---

* 후한의 사상가 왕충이 쓴 《논형(論衡)》의 〈뇌허(雷虛)〉 편에 나오는 말이다.

구랑은 말했다.

"세상에는 뇌신의 방계가 존재합니다. 뇌귀(雷鬼)라고 불리지요. 신선의 반열에 오르지 않았으나 요괴에 속하지도 않는 이들입니다. 벼락을 내려치고 불을 일으킬 수 있다고는 하지만, 법력이 낮다고 하더군요. 종종 산으로 와 벼락으로 금수를 죽이고, 죽인 짐승을 먹는다고 들었습니다. 허나 술법을 행하면 힘을 크게 소모해 열흘 정도는 평범한 요물과 다를 바가 없다던데요. 오덕 형님, 지난 며칠 동안 그자가 법력을 쓰는 걸 보셨습니까?"

오덕은 망연자실한 얼굴이 되어 고개를 가로저었다. 며칠 내내 자기 홀로 힘을 썼을 뿐 그자가 나서는 것을 본 적이 없었다. 이렇게 앞뒤를 맞춰보며 따져보자 오덕의 가슴에 분노의 불길이 타올랐다. 가슴이 터질 것만 같았다. 이제껏 해온 고생이, 안절부절못하던 것이, 조심스레 행동했던 게 다 부질없는 일이었다니. 이용을 당했다는 생각에 뜨거운 피가 머리까지 솟아올랐다. 그는 곧장 따지러 가려고 했다.

너구리가 다급하게 오덕을 막으면서 말했다.

"오덕 형님, 진정하십시오! 그놈이 번개 술법은 행할 수 없어도 불을 일으키는 술법은 뛰어난 것 같았습니다. 절대 성급하게 행동해서는 안 됩니다!"

창원도 말했다.

"내일은 아우님의 도겁 날일세. 지금 뇌귀를 죽인다면, 쓸데없이 법력을 소모하는 것 아닌가?"

그 말을 듣자 오덕은 조급해졌다.

"가짜에게 놀아나 며칠을 허비하였는데, 뇌겁을 어찌 겪는단 말입니까? 그때 그 원숭이보다 더 비참하게 죽는 건 아니겠지요?"

너구리는 수염을 쓰다듬으며 말했다.

"신선이 된 도우가 이런 말도 해준 적이 있습니다. 뇌부 천신들은 명성을 중요시해서 뇌귀가 밖에서 뇌신인 척 사기를 치는 것을 질색한다고요. 만약 그런 이를 잡는다면, 뇌신이 크게 기뻐할 것입니다."

창원은 손뼉을 치며 말했다.

"구랑 말이 맞네! 아우님, 억울함을 풀면서도 도겁을 제대로 하고 싶다면, 이 뇌귀 놈을 잡는 게 아주 큰 도움이 될 걸세."

오덕은 그제야 진정을 했다. 그리고 몸에 난 검을 털을 부들부들 떨면서 창원, 구랑과 함께 앞으로의 일을 상세히 논의하기 시작했다.

하루가 눈 깜짝할 사이에 지나갔다. 벌써 오덕의 도겁 날이었다.

오덕은 날이 밝자마자 탁 트인 곳으로 가 뇌겁을 겪을 준비를 했다.

그 '뇌신'은 웃으며 말했다.

"네놈은 세상 물정에 밝고 다른 이를 모실 줄 아는구나. 걱정하지 말거라. 본좌가 너를 봐줄 터이니."

오덕은 입으로 감사하다고 말했지만, 속으로는 가증스러운 놈이라고 욕했다.

오덕은 뇌귀를 경사진 초원으로 이끌었다. 높은 봉우리와 울창한 숲에 둘러싸인 우물 같은 곳이었다. 오덕은 각양각색의 돌로 팔괘진(八卦陣)을 세운 뒤 초원 중앙에 섰다. 그리고 뇌귀에게 인사를 올리며 말했다.

"소인의 목숨이 나리 손에 달렸습니다."

뇌귀는 크게 웃으며 말했다.

"걱정하지 말거라. 안심하고 앉아서 기다리면 된다. 도겁이 언제냐?"

오덕은 웃으며 말했다.

"그건 뇌신 나리의 공무가 아닙니까? 어찌 제게 물어보십니까!"

뇌귀의 낯빛이 급변했다. 그러고는 콧방귀를 뀌며 말했다.

"네놈을 시험해본 것 아니냐. 네놈이 벼락을 언제 맞는지도 모르는데 내가 때를 맞춰서 공무를 집행하면, 준비도 못 한 네놈만 죽지 않겠느냐?"

오덕도 더는 언쟁하지 않았다. 자신의 잘못을 사죄하며 곧장 시간을 알려주었다.

"오시(午時) 일각입니다."

뇌귀는 고개를 끄덕였고, 오덕은 입정하기 위해 자리에 앉으며 더는 말을 하지 않았다.

그때 멀리서 누군가가 노래를 불렀다. 처음에는 멀리서 들렸지만, 점점 가까워졌다. 또한 노랫소리를 타고 짙은 향도 함께 전해졌다. 뇌귀는 콧구멍을 벌렁거리면서 냄새를 맡다가 크게 기뻐하였다. 아주 좋은 술에서 나는 향이었다. 뇌귀는 오덕에게 술을 가져오라고 했지만, 오덕은 아무리 불러도 묵묵부답이었다. 고개를 들어 하늘을 보니 태양이 중천에 걸려 있었다. 곧 오시였다. 두 눈을 꼭 감고 있는 검은 여우는 무아지경에 빠진 것 같았다. 그래서 뇌귀는 직접 술 향기를 따라갔다.

산속 오솔길에는 술 단지를 두 동이나 가지고 있는 뚱뚱한 사내가 있었는데 뙤약볕 속을 걸어서 그런지 땀에 흠뻑 젖어 있었다. 마침 사내는 들고 있던 술 단지를 바닥에 내려놓고 돌에 몸을 기대어 쉬고 있었다.

뇌귀는 함성을 지르면서 튀어 나갔다. 크게 입을 벌리면서 손톱으로 위협까지 했다. 큰 뿔이 달린 괴물이 진홍색 옷을 입고 갑작스레 나타나자 사내는 비명을 지르면서 도망쳤다. 술 단지도 내버려두고 허둥지둥 도망쳤는데 다리가 두 개뿐이라 네 발로 뛰어가지 못하는 게 안타까운 것처럼 보였다.

뇌귀는 술 단지 두 개를 품에 안고 짙은 향을 폐부 깊숙이 들이마셨다. 폐부에서부터 기쁨이 넘쳐났다. 그래서 술을 가지고 오덕에게 돌아갔고, 술 단지를 밀봉한 뚜껑을 뜯어서는 단지 채로 벌컥벌컥 들이켰다. 입 안에 향긋함이 맴도는 것이 아주 통쾌했다. 뇌귀는 입을 닦은 뒤 어제 남겨둔 구운 닭고기 반 마리를 품에서 꺼내며 크게 베어 물었다. 그렇게 고기를 먹으면서 술을 마시자 일각도 되지 않아 술이 반 동이만 남았다. 뇌귀는 취기가 올라와 의식이 흐릿해졌다.

그때 바위 뒤에서 누군가가 머리를 빼꼼 내밀었다. 놀랍게도 조금 전 술 단지를 버리고 도망쳤던 그 사내였다. 사내는 술에 취해 비틀거리는 뇌귀를 보고 휘파람을 불었다. 그러자 또 다른 길 끄트머리에 있는 숲에서 청사가 나왔다. 사박사박 소리를 내며 다가온 청사는 천천히 뇌귀의 두 다리를 휘감아 뇌귀를 자빠뜨렸다. 이때였다. 눈을 감고 좌선하던 오덕도 벌떡 자리에서 일어나서는 뇌귀에게 달려들었다. 오덕은 술법으로 삼밧줄을 만들어내 뇌귀를 묶으려고 했다.

뇌귀가 술에 취하기는 했어도 이렇게 큰일이 터졌는데 정신도 못 차릴 정도는 아니었다. 몸을 몇 번이나 비틀던 뇌귀는 흉악한 얼굴이 되어 호통을 쳤다.

"이런 간악한 놈들! 감히 뇌신 나리를 건드려? 당장 멈추지 않으면 네놈들의 목숨을 걱정해야 할 것이야!"

오덕은 욕을 해댔다.

"네놈이 뇌신이면 나는 옥황상제다! 나를 이렇게 오래 속이다니. 네놈 때문에 도둑질을 몇 번이나 했단 말이다. 오늘 네놈을 그냥 보낸다면, 나도 더는 살 필요가 없다!"

원형으로 돌아간 창원이 혀를 날름거리며 말했다.

"아우님, 입씨름할 필요 없네. 어서 이놈을 묶어야지."

오덕은 뇌귀의 양팔을 끈으로 세게 묶으면서 욕을 뱉었다.

"이런 식충이 같은 놈, 구운 닭고기를 나흘이나 먹어대다니. 나는 보름에 한 번 먹기도 힘들었는데! 네놈은 맛있다면서 먹어댔지, 하지만 나는 두 눈 뜨고 지켜봐야 했어⋯."

뇌귀는 손톱과 발톱으로 할퀴어댔지만, 아무리 힘을 써도 소용이 없었다. 오덕이 묶는 걸 끝내자 다리를 붙잡고 있던 창원이 인형으로 변했다. 그때 술을 운반하던 사내가 달려오더니 너구리 모습으로 돌아갔다. 창원은 뇌귀를 보고 웃으면서 말했다.

"술 두 단지는 잘 마셨느냐? 내가 그 안에 특별한 뱀독을 넣었지. 목숨을 거둬가지는 않겠지만, 네 몸의 힘을 모두 거둬갈 것이다. 너는 축 늘어진 고깃덩어리가 될 테고."

오덕은 뇌귀의 표범 꼬리가 이리저리 움직이는 것을 보고는 힘껏 발로 밟았다.

"네놈은 벼락을 내릴 수 있다면서. 지금 당장 우리를 벼락으로 죽여보지그래?"

꼬리가 밟힌 뇌귀는 "아이고" 소리를 냈다. 고통에 술기운이 확 달아났다. 그러자 뇌귀가 입고 있던 진홍색 옷이 크게 부풀어 올랐다. 몸이 공이라도 된 것처럼 동그래진 것이었다. 곧이어 뇌귀는 입을 크게 벌렸고, 화구(火球)를 몇 개나 토해냈다. 불은 그대로 오덕과 구랑을 향해 날아갔는데 마침 짐승의 형태였던 두 사람은 강력한 열기에 털이 홀라당 타버리고 말았다.

창원은 대경실색하며 외쳤다.

"큰일이다! 이놈이 불을 뱉을 줄 알아. 아우님, 조심하게!"

오덕은 깜짝 놀라 다급하게 피했고, 구랑은 술 단지 두 개를 움켜쥐며 한꺼번에 던졌다. 쨍그랑하는 소리와 함께 술 단지들이 뇌귀의 머리에서 깨졌다. 뇌귀는 고통이 일자 더 격하게 발악했다. 몸이 묶여 있는데도 벌떡 일어나며 셋을 향해 쉴새 없이 화구를 날렸다. 구랑은 몸집이 컸지만, 폴짝 뛰거나 달리는 걸 잘했고, 창원은 원래부터 음기와 냉기가 강한 요괴라 불의 기운을 와해시킬 수 있었다. 수행이 깊지 않은 오덕만이 고초를 겪어야 했다. 화구 몇 개가 몸을 스치고 지나가자 오덕의 헝클어진 꼬리털은 아예 새카맣게 타버렸다.

태양이 점점 더 높게 떠올랐다. 번개는 없었지만, 뇌귀의 화구 술법은 끝이 보이지 않았다. 결국 뇌귀는 맹렬한 화염을 토해냈고, 자신을 속박하던 끈을 태워버렸다. 창원이 끈에 법력을 실어놓았기에 힘으로 끊어낼 수는 없었지만, 본질은 평범한 사물이었다. 이대로 가다가는 재가 되어 끊어질 것 같았다.

창원은 마음이 조급해졌다.

"이런! 저놈이 도망을 치려고 한다!"

그 말이 끝나기가 무섭게 끈이 재가 되어 사라졌다. 뇌귀는 날개를 활짝 펼치며 바람을 일으켰다. 놀랍게도 큰 힘이 담긴 바람이었다. 구랑은 술법으로 커다란 술 단지를 만들어 뇌귀에게 던지고는 이렇게 외쳤다.

"오시입니다. 약 효과가 아직 남아 있으니 저놈을 잡으려면 지금 잡아야 합니다!"

그때였다. 햇볕으로 쨍쨍하던 하늘에서 갑자기 먹구름이 솟아났다. 몰려든 먹구름이 한데 모이며 공터 위 하늘을 남김없이 가려버렸는데 중간중간 번개가 번쩍였다. 은빛 뱀이 혀를 날름거리는 것 같았다.

오덕은 고개를 들어 위를 보았다. 순간 간담에 통증이 일면서 온몸의 힘이 흩어졌다. 그러고는 곧장 땅에 엎드리면서 부들부들 몸을 떨었다. 지금 당장 좌선해야 한다는 걸 알았지만, 몸이 움직이지 않았다. 이대로 혼이 흩어질 거라는 생각만 들었다. 진짜 신의 위엄은 이러하구나. 첫날 뇌귀를 보았을 때 느꼈던 공포와는 비할 바가 아니었다.

오덕은 속으로 앓는 소리를 냈다. 오늘 정말 죽겠구나, 라는 말만 머릿속에서 되풀이되었다. 슬픔에 젖은 오덕은 새카만 두 눈으로 눈물을 흘렸고, 뺨에 난 검은 털을 흠뻑 적셨다.

창원과 구랑은 뇌귀와 고전하고 있었다. 뇌귀는 술법을 펼치지 못했지만, 화구를 끊임없이 쏘았다. 연이은 공격이 거머리처럼 달라붙었다. 창원은 전력을 다해 싸우면서도 오덕을 구해낼 방법을 고민하였지만, 그 시도는 번번이 실패하였다. 셋 중 누가 가장 약한지를 알아챈 뇌귀가 땅에 엎어져 있는 오덕만 공격하기 시작했다. 구랑과 창원은 뇌귀가 쏟아낸 화구를 절반이나 막았지만, 나머지는 막지 못했다. 미처 막지 못한 화구 세 개가 몸을 웅크리고 있는 검은 여우를 집어삼키려고 했다.

그때였다. 우르르 쾅 하는 소리가 들리더니 벼락이 내리치며 화구 세 개를 막았다.

뇌귀와 오덕 그리고 다른 이들은 깜짝 놀랐고, 무심결에 고개를 들어 위를 보았다.

오덕은 눈물이 아른거리는 와중에도 먹구름에 솟아난 머리를 볼 수 있었다. 곧이어 머리 아래로 상반신이 드러났다. 사람의 얼굴이지만 새 부리를 가진 이였다. 두 눈은 거울 같았으며 손에는 법기를 들고 있었다. 그자는 오덕을 보았다가 또 뇌귀를 보더니 갑자기 손을 내저었다. 그러자 벼락이 내려와 뇌귀의 몸에 꽂혔다. 벼락을 맞은 뇌귀가 쓰러졌다. 진 홍색 옷은 재가 되어 흩어졌으며 온몸은 새카맣게 타버렸다. 구름에 있던 뇌신이 다시 손을 내젓자 뇌귀는 아이처럼 작아졌고, 구름 안으로 거둬졌다.

창원과 구랑은 무릎을 꿇었다. 감히 뇌신에게 불경한 모습을 보일 수는 없으니까. 하지만 오덕은 넋이 나간 모습으로 뇌신을 똑바로 보았다. 창원이 몇 번이나 눈치를 주었지만, 오덕은 알아채지 못했다.

뇌귀를 거둔 뇌신은 고개를 돌려 오덕을 살피더니 뾰족한 부리를 움직이며 웃었다. 그 소리가 천둥처럼 고막을 울렸다. 반면 뇌신이 내뱉은 말은 오덕을 기쁘게 하였다.

뇌신이 물었다.

"도겁을 하는 요괴가 아미산의 이아산에 사는 호오덕이냐?"

오덕은 머리를 조아리며 말했다.

"소인이 맞습니다."

뇌신이 숯이 된 뇌귀를 가리키며 말했다.

"이놈이 뇌부 신선인 척 밖에서 벼락을 내리고 불을 일으켰다지. 벌써 여러 곳에서 백성과 요괴에게 해악을 끼쳤다. 네가 이곳으로 유인해줘 내가 이놈을 잡을 수 있었구나. 네가 공을 쌓은 셈이다."

오덕은 크게 기뻐하며 절을 했다. 그런데 뇌신이 이렇게 말하는 게 아닌가.

"그런데 며칠 전에 네가 제물을 바쳤다지. 뇌부의 공무를 망치려고 말이다. 공을 세웠으나 죄도 저질렀으니 모두 없던 거로 하겠다. 너는 도겁이 처음이니 나도 너를 힘겹게 하지는 않을 것이다. 허나 앞으로는 처신을 똑바로 해야 한다.”

오덕은 두려움에 덜덜 떨었지만, 알겠다고 답할 수밖에 없었다.

뇌신은 천천히 구름 안으로 돌아갔다. 곧이어 번개가 구름 안에서 몰아쳤다. 힘을 비축하는 것 같았다. 다급하게 몸을 일으킨 오덕은 똑바로 앉아 두 손을 붙잡고는 운기조식을 시작했다.

번개는 하나씩 오덕의 정수리에 내리꽂혔다. 오덕의 정수리에 꽂힌 번개는 등줄기를 훑으면서 내려가서는 땅속으로 흘러들어갔다. 오덕은 자신의 뼈가 산산이 흩어졌다가 다시 맞춰지는 것 같다고 생각했다. 온몸이 고통스러웠다.

마흔아홉 번을 남김없이 맞았을 때는 벌써 신시(申時)가 되어 있었다. 뇌신이 떠나자 먹구름은 흩어졌고, 온몸에 힘이 빠진 오덕은 진흙처럼 나부라졌다.

오덕이 겁을 겪는 모습을 옆에서 지켜본 창원과 구랑은 곧장 달려와 오덕을 부축했다. 구랑은 하하 웃으며 말했다.

“오덕 형님, 축하드립니다. 이번에 뇌겁을 겪으셨으니 공력이 대폭 증가할 것입니다!”

창원도 크게 기뻐하며 연신 축하의 말을 건넸다.

오덕은 애써 웃었다. 귀나 꼬리처럼 귀찮은 게 없어지기는 했지만, 마음이 불안했기 때문이었다. 이번에 뇌신은 자신의 존재를 확실히 기억한 것 같았다. 이름과 함께 깊은 인상을 남겼으니 백 년 뒤에 있을 뇌겁에서는 꼼수를 쓰지 못해 고스란히 당할 것이다.

이때 오덕은 알지 못했다. 앞으로 몇백 년 동안 도겁을 겪을 때마다 자신이 온갖 방법을 짜낸다는 것을. 또한 몇백 년 뒤에는 힘겹게 만든 진법 안으로 서생 한 명이 우연히 들어오면서 자기 대신 뇌겁을 겪게 된다는 것을. 그래서 인간계로 내려가 그 은혜를 갚게 된다는 걸 말이다.

✦ E 백작

주요 작품으로는 《살로메(七重紗舞)》, 《엑사쿰 아피네의 시(紫星花之詩)》 삼부곡과 《타향인(異鄉人)》이 있으며 최근에는 《미로 도시 충칭: 안개 속 괴이 사건(重慶迷城之霧中詭事)》과 《빛의 못·혼란의 열쇠 (光淵·混亂之鑰)》를 출간했다. 제1회 화문추리대상(華文推理大賞)에 입상했으며 제2회 화문추리대상에 서는 삼등상을 거머쥐었다. 《타향인(異鄉人)》은 제2회 수석문학상(礎石文學賞)에 입선되었고, 제3회 징 둥문학상에서는 Top 5에 들었다. 또한 제1회 성운상 IP 대회에서 원석상을 수상했으며 2019년 은하상 에서는 베스트 IP 도서상을 수상했다. 《2003~2009 중국 동양 판타지 소설선(中國奇幻小說選)》, 《2014년 중국 미스터리 소설 엄선집(中國懸疑小說精選)》, 《2015년 중국 미스터리 소설 엄선집》에 단편 을 수록했다.

狐狸说什么？

여우는 뭐라고 말할까?

◆

샤쟈

The quick brown fox jumps over the lazy dog.

날쌘 갈색 여우는 게으른 개를 뛰어넘었다.

당신은 글자를 하나씩 치며 이 문장을 완성하고 기다릴 것이다.

재밌네. 당신은 생각한다. 그들은 당신에게 생각나는 건 뭐든 입력해도 좋다고 말했다. 그러자 이 문장이 당신의 머릿속에 떠올랐다. 이 문장은 가장 많은 이들이 알고 있는 영어 단문일 것이다. 26개의 알파벳으로 이루어진 이 문장은 타자기, 컴퓨터 키보드, 폰트를 시험할 때 자주 사용된다. 간결하면서도 연결성이 있지만 딱히 의미는 없다. 당신은 이 문장을 수천, 수만 번 쳐봤겠지만, 컴퓨터가 이 문장을 어떻게 이해하는지에 관해서는 이제껏 생각해본 적이 없다.

알고리즘은 이 문장을 분석했고, 명사 두 개(fox, dog), 형용사 세 개(quick, brown, lazy), 동사 한 개(jump), 관사 두 개(the, the), 전치사 한 개(over), 그리고 문장부호 한 개(마침표)로 식별했다.

'환유.'*라고 불리는 서브 알고리즘이 '여우'와 관련된 단어('불', '21세기' 그리고 '일비스(Ylvis)' 포함)를 2,785개 뽑아냈다. 또 무작위로 '동화' 카테고리를 선택했으며 그곳에서 명사 하나(숲)와 그림책 첫 구절을 골랐다. '여우 한 마리가 어두운 숲에 홀로 살았습니다.'

그다음 키워드인 '개'도 똑같은 과정을 거쳤다. 0.21초 만에 새로운 문장이 당신의 모니터에 떠올랐다.

The quick brown fox lives alone in the dark forest.
날쌘 갈색 여우는 어두운 숲에 홀로 살았습니다.

The lazy dog feels sad about that.
게으른 개는 이를 슬퍼하였습니다.

＊

인간은 문학을 어떻게 창작하는 걸까? 이건 아주 흥미로운 질문이다. 어쩌면 누군가가 당신에게 이렇게 말할 것이다. 귓가를 스치는 아름다운 수사와 운율을 붙잡아 합리적인 방식으로 다시 배치하면 된다고. 또한 어떤 이는 당신에게 이렇게 말할 것이다. 창작의 과정은 직감과 논리라는 기본적인 기능 두 가지가 기반이 된다고. 전자가 최초의 영감이 번뜩이도록 불을 붙인다면 후자는 남은 작업을 도맡아 완성한다.

그래서 고전 명작은 종종 절묘한 첫 문장에서 탄생하곤 했다. 돌 하나가 호수에 일으키는 파문처럼 말이다.

---

* **저자주** 환유(metonymy)는 A라는 사물로 B 사물을 대신 표현하는 수사법이다. A와 B 사이에는 인지할 수 있는 관련성이 있다. 예를 들어 '베이징'을 사용해 '중국 정부'를 나타낼 수 있다.

Mrs. Dalloway said she would buy the flowers herself.
델러웨이 부인은 자기가 꽃을 사오겠다고 말했다.

"Un jour, j'étais âgée déjà, dans le hall d'un lieu public, un homme est venu vers moi."
나는 이미 노인이었다. 공중 집회소 홀에 있던 어느 날, 한 남자가 나에게 다가왔다.

"列位看官：你道此書從何而來？"
여러분, 이 이야기는 어떻게 생겨난 걸까요?*

그러니 똑똑한 호모 사피엔스인 당신이 첫 문장을 쓰도록 초대받은 것이다.

✳

'이원 대립'이라고 불리는 또 다른 서브 알고리즘이 첫 문장을 분석해 대립항 한 쌍을(어두운 숲 VS 넓은 세상) 만들어냈다. 그러자 《미운 오리 새끼》에서 따온 다음 문장이 생겨났다.

I think I'd better go out into the wide world.
나는 밖으로 나가 넓은 세상으로 가는 게 좋겠어.

안타깝게도 '방해'(개는 여우를 만났다)가 생긴다. 《빨간 모자》와 비슷한 상황이 여기서도 생긴다.

---

* 버지니아 울프가 쓴 《댈러웨이 부인》, 마르그리트 뒤라스가 쓴 《연인》 그리고 조설근이 쓴 《홍루몽》의 첫 구절이다.

She did not know what a wicked creature he was, and was not at all afraid of him.
그녀는 그가 얼마나 흉악한 동물인지를 알지 못했습니다. 그래서 그를 조금도 두려워하지 않았지요.

우호적이고 천진한 여우는 《어린 왕자》의 구절을 인용해 개와 인사를 나눈다.

I am a fox, come and play with me.
나는 여우야. 이리 와서 나랑 놀자.

여우가 '금지'를 당한다. (《반지의 제왕》에서 인용)

You shall not pass!
너는 지나갈 수 없다!

여우는 이상한 나라에 간 앨리스처럼 '저항'을 택한다.

I think I could, if I only knew how to begin.
어떻게 시작하는지만 안다면 나는 할 수 있을 거야.

그러자 개는 여우에게 '저주'를 건다. 마녀가 인어공주에게 그랬던 것처럼.

You will not have an immortal soul.
너는 불멸의 영혼을 가질 수 없을 거야.

이제 여우는 뭐라고 말할까?

✳

사람들은 기계가 창의적인 사고를 할 수 없다고 믿는다. 1949년, 저명한 뇌외과 의사인 제프리 제퍼슨은 기계도 생각할 수 있다는 일설에 반박하는 연설을 했다. 제프리 제퍼슨은 이렇게 단언했다.

기계가 생각이라는 행위를 하고 감정을 느낄 수 있어야만, 14행시인 소네트와 협주곡이 무작위로 조합된 부호가 아니어야만, 우리는 기계가 동등한 두뇌를 가졌다고 동의할 것입니다. 그러니까 이 말은 그것이 시를 쓸 수 있어야 할 뿐만 아니라 자기가 시를 썼다는 걸 알아야 한다는 뜻입니다.

〈타임스〉의 기자가 앨런 튜링에게 전화하자 앨런 튜링은 이렇게 말했다.

저는 당신이 소네트가 무엇인지조차 명확하게 정의할 수 없을 거라고 생각합니다. 게다가 이렇게 비교하는 게 조금 불공평하다고 생각되고요. 기계가 쓴 소네트의 가치는 다른 기계가 더 잘 알 테니까요.

✳

이제 이야기가 드디어 완성되었다.

곧 다가올 어느 날에 한 날쌘 여우가 어두운 숲에서 홀로 살았습니다.

"세상은 정말 넓어!" 여우는 말했습니다. "나는 밖으로 나가 넓은 세상으로 가는 게 좋겠어."

한 게으른 개가 지나가던 여우와 마주쳤습니다. 여우는 개가 얼마나 흉악한 동물인지를 알지 못했습니다. 그래서 개를 조금도 두려워하지 않았지요.

"좋은 아침이야." 여우는 말했습니다. "나는 여우야. 이리 와서 나랑 놀자."

"그림자로 돌아가!" 개는 말했습니다. "너는 지나갈 수 없다!"

"어떻게 시작하는지만 안다면 나는 할 수 있을 거야." 여우는 말했습니다.

"아니, 넌 그럴 수 없어." 개는 말했습니다. "너는 불멸의 영혼을 가질 수 없을 거야. 너는 자신만의 영혼을 만들어낼 수 없어."

"그게 다야?" 여우는 말했습니다. "나는 백 가지가 넘는 재능을 가지고 있어. 게다가 묘책도 한 보따리나 가지고 있지. 난 네가 불쌍해."

조용히 그러면서도 재빠르게, 날쌘 갈색 여우는 게으른 개를 뛰어넘었습니다.

게으른 개는 이를 슬퍼하였습니다.

자, 이제 당신 차례다. 똑똑한 호모 사피엔스여. 내게 말해보라.

당신도 이를 슬퍼하는가?

✦ 샤쟈(夏笳)

본명은 왕야오(王瑤)이다. 베이징대학 중문과에서 박사 학위를 취득했으며 시안 교통대학 중문과 교수로 재직 중이다. 장편 판타지 소설 《구주·여관(九州·逆旅)》(2010), SF 작품집 《요정을 가두는 병(關妖精的瓶子)》(2012), 《당신이 닿을 수 없는 시간(你無法抵達的時間)》(2017), 《경국의 웃음(傾城一笑)》(2018) 등을 출간했으며 학술 저서 《미래의 좌표: 세계화 시대의 중국 SF 논집》(2019)을 출간하기도 했다. 현재 SF 단편 시리즈인 《중국 백과 사전(中國百科全書)》을 창작 중이다. 영문 단편집인 《A Summer Beyond Your Reach: Stories》가 2020년에 출간되었다. 학술 연구와 문학 창작 외에 SF 소설 번역과 영상화 기획, SF 창작 교육 등에 힘쓰고 있다.

검은 새

션다청

겨울밤, 떠오른 만월이 본채 위에 걸렸다. 정원에는 본채 정문에서부터 이어진 산책로가 있었는데 정문에서 몇 걸음 떨어진 곳에 누군가가 배달원을 기다리고 있었다. 젊은 여자였다. 여자는 딸기 심부름을 하고 있었다.

여자가 머리에 쓴 남색 캡 모자는 챙이 조금 들려 있었으며 조금 전 본채를 나설 때 걸쳐 입은 코트는 앞섶이 조금 벌어져 있었다. 그 사이로 남색의 간병인 유니폼이 드러났다. 유니폼 주머니에 두 손을 찔러 넣었지만 싸늘한 공기는 곧 덤덤한 표정의 얼굴을 붉게 물들였다. 배달원을 기다리던 여자가 뒤쪽 하늘을 쳐다보자 쓰고 있던 작은 모자도 방향을 틀었다. 그리고 사방으로 금빛을 뿜어내는 달을 보았을 때, 불어온 바람이 새카만 구름 줄기를 달 표면으로 옮겨놓으면서 달에는 반점이 생겼다. 또 정원에 있는 나무에서는 갑작스레 새소리도 들렸다. 음침하면서도 구슬픈 소리였다.

젊은 간병인은 속으로 생각했다.

갑자기 웬 먹구름이지? 다른 곳은 하늘이 맑은데.

검은 구름은 간병인과 달 사이에 있는 본채 지붕에서 산들산들 뿜어져 나온 검은 연기였다. 간병인은 이렇게 결론을 내렸다.

노기(老氣)로구나.

본채는 양로원이었다. 이 시간대에는 따뜻한 건물 안에 모인 노인의 수가 많아 노쇠의 농도가 지나치게 높았다. 그 노쇠는 이들의 몸에서 뿜어져 나왔고, 검은 노기가 되어 하늘로 솟구쳤다.

간병인은 노기에 적응하는 중이었다. 신참이다 보니 건물 안에서 일하면서도 종종 이런 일을 했다. 어떤 일인지 자세히 말해보자면, 고된 일, 더러운 일, 편히 쉬고 있던 사람을 불러내 갑자기 시키는 심부름 같은 거였다. 오늘도 엄동설한 늦은 밤에 어떤 노인이 입이 출출하다고 하는 바람에 배달시킨 음식을 대신 받으러 나왔다.

오토바이 소리와 전조등이 밤 어둠을 갈랐다. 젊은 배달원이 왔다.

"안 여사님이 딸기를 먹겠다고 하시더라고요."

간병인은 과일 상자를 받으면서 배달원에게 말했다.

"안 여사요? 아직도 안 죽었어요?"

오토바이에 앉아 있던 배달원은 한쪽 발로 땅을 짚고 있었는데, 너무 놀라 예의를 차리는 법도 잊은 것 같았다. 배달원은 지나간 세월을 대충 헤아려보았다. 배달원은 이 지역에서 자랐는데 학생 때 양로원에서 봉사 활동을 하곤 했다. 학교에서 벌점을 없애주는 조건으로 요구한 거였다. 배달원이 소년이었을 때도 안 여사는 나이가 많았다. 많아도 정말 많았다. 노쇠를 사람 몸에 녹일 수 있다면, 안 여사는 포화상태라고 볼 수 있었다. 젊은 간병인과 다른 봉사 활동자들은 안 여사를 보지 못한 척 다른 노인들 곁에만 있곤 했다. 사실 다른 노인들이 그렇게 많은 이의 도움을 동시에 필요로 했던 건 아니었는데도 말이다.

배달원은 졸업 후 진학하지 않았다. 군대를 갔고, 제대와 동시에 실업자가 되었으며 배달 일을 하게 되었다. 그런데 달 밝은 겨울밤에, 안 여사가 아직 살아 있다는 소식을 들은 것이다. 올겨울 처음으로 입고된 신선한 딸기를 먹으려고 한다는 것도.

땅을 짚은 다리를 거둔 배달원은 오토바이를 타고 떠났다. 오토바이가 갈라냈던 어둠은 다시 오토바이에 의해 봉합되었다. 정원에서 울던 새의 소리도 더 뚜렷해졌다. 그 새는 다른 새들과 전혀 다르게 울었다. 쾌활하면서도 아름다운 노래를 부르는 다른 새들과 달리 정원에 있는 새는 음침하게 읊조리는 듯 울었다. 나무 그림자에 몸을 숨겼기에 사람은 그 새를 볼 수 없어도, 그 새는 밤의 모든 걸 볼 수 있었다. 바람이 옮겨놓은 검은 구름이 어느새 짙어지면서 밝은 달을 집어삼키려고 했다.

양로원에서 가장 넓은 방은 종합 활동실로 쓰였는데 노인들에게는 거실이자 사교장인 셈이었다. 주말과 명절이면 이곳 좌석은 만석을 이루었고, 내려진 스크린에서는 영화가 상영되었다. 선량한 예술가가 찾아와 피아노를 연주하는 공연을 하기도 했다. 지금은 평일 밤이었기에 평상시에 하는 야간 활동만 했다. 야간 활동이라고 해봤자 낮 활동인 포커, 바둑, 텔레비전 시청, 수다 등을 저녁 식사 후에 다시 이어서 하는 거였다. 체력이 약하거나 흥미를 느끼지 못한 노인들은 활동에 참여하지 않았지만, 취침 시간 전까지 대부분은 자리에 남아 텔레비전을 보면서 시간을 보내곤 했다.

간병인들은 노인들 사이에서 분주하게 움직였다. 간병인은 보통 유니폼을 입는데 남자 간병인은 모자를 쓰지 않았고, 여자 간병인은 머리카락에 핀을 꽂아 남색 캡 모자를 고정했다. 수간호사는 유니폼 위에 양털 카디건을 입을 수 있었으며 금빛 선이 두 줄 박음질 된 모자를 썼다. 딸기 심부름을 한 젊은 간병인은 코트를 벗고 동료들에게 돌아갔다. 추위로 뺨과 눈꺼풀, 코끝, 턱이 분홍색이 되어서 같은 옷을 입고 있는데도 쉽게 다른 동료들과 구분할 수 있었다.

노인 십여 명이 딸기를 먹었다.

나이로 모양이 변해가는 손이 딸기를 쥐었고, 이가 없는 입은 딸기를 삼키면서 즙을 빨았다. 딸기를 먹기 위해 손을 한 번 들 때마다 텔레비전

속 남녀 캐릭터는 대사를 열 마디 넘게 주고받았다. 젊은이들은 한입이면 먹는 것을 노인들은 끝이 나지 않을 것처럼 오랫동안 우물거렸다. 입이 꿈틀거리면서 내는 쩝쩝 소리가 놀랍게도 활동실 안에서 맑게 울려 퍼졌다.

안 여사는 그들과 함께 있지 않았다. 딸기 먹는 속도가 그들의 속도보다 월등히 빨랐던 안 여사는 대여섯 알을 먹고는 그만 먹겠다며 노인들에게 남은 딸기를 주었다. 젊은 간병인은 다른 노인들을 도와준 뒤 안 여사의 침실에서 다시 여사를 만났다. 방 안 조명은 매우 어두웠다. 난로가 최대치로 설정되었는지 뿜어져 나온 열기는 취침 약을 전해주는 사람을 문밖으로 밀어낼 듯 했다. 젊은 간병인은 그곳에서 붉은 실크 가운을 입고 전동 휠체어에 앉아 있는, 얼굴에 짙은 화장을 한 안 여사를 보았다.

간병인들은 안 여사가 밤잠을 자지 않는 것 같다고 생각했다. 간병인들은 새벽이면 복도에서 문을 두드리면서 아침을 먹으러 나오라고 외쳤는데 몸을 움직일 수 없는 이를 제외하고 모두를 불렀다. 간병인들은 안 여사의 방문을 열 때마다 지난밤과 똑같은 모습으로 전동 휠체어에 앉아 있는 안 여사를 보았는데, 눈썹과 눈, 양볼 그리고 입술이 온전히 칠해져 있었다. 지난밤에 씻지 않기라도 한 것처럼 색이 더 선명했다. 양털 숄 아래로 보이는 가운도 어젯밤과 똑같은 모양이었지만, 색이 전혀 달랐다. 안 여사는 실크 가운을 세상에 존재하는 색깔별로 다 가지고 있었고, 매일 다른 색으로 갈아입었다.

양로원 근무를 시작했을 때, 첫 주에 있었던 일이다. 젊은 간병인은 청소 때문에 안 여사의 방을 처음 찾았다가 옷장과 화장품을 보고 지나가듯 물었다.

"여사님 혹시 전에⋯."

"전에 뭐요?"

그때 안 여사는 방 안을 오가면서 흉곽 확장 운동을 하고 있었다. 몸의 중심축이 구부러진 팔을 안쪽에서 바깥쪽으로, 다시 바깥쪽에서 안쪽으로 옮겼다. 안 여사의 머리는 골격과 근육이 퇴화해 다른 노인처럼 앞쪽으로 기울어 있었지만, 안 여사의 자세만큼은 노인의 것처럼 보이지 않았다. 또한 안 여사는 머리카락 망을 머리에 써 자신의 머리카락을 남김없이 감싸고 있었다.

젊은 간병인은 얼굴을 붉혔지만, 노인의 얼굴에서 시선을 떼지는 않았다. 안 여사의 얼굴에는 아주 다양한 색이 있었다. 두 사람은 눈을 마주쳤다. 안 여사의 눈 주변에는 주름살이 가득했고, 영구 문신이라도 한 것처럼 자리를 잡은 파란 아이섀도는 관자놀이를 향해 길게 뻗어 있었다. 간병인은 용기를 내서 물었다.

"혹시 전에 영화배우셨나요? 제가 영화를 잘 안 봐서 선생님을 못 알아본 걸 수도 있어서요."

안 여사는 고개를 살짝 들더니 말없이 가느다란 목을 좌우로 움직였다. 노화로 탄력을 잃은 성대는 바로 웃음소리를 내지 못했다. 첫 웃음이 목울대를 지나며 목을 적시고 나서야 웃음을 단속적으로 뱉었다. 운동을 끝낸 안 여사는 가운의 허리띠를 바짝 조인 뒤 채색 무늬가 있는 비단 쿠션이 놓인 의자에 앉았고, 화장대 거울에 자기 모습을 비추면서 가발을 썼다. 그렇게 완전 무장을 했다. 안 여사의 손가락이 가발 몇 가닥을 붙잡으며 비비 꼬았다.

간병인은 자신의 질문이 안 여사를 기쁘게 만들었다는 걸 깨달았다. 안 여사는 그제야 웃으며 대답했다.

"영화배우요? 아니에요."

그런 뒤 옷매무새를 정리하면서 전동 휠체어에 앉았다. 한 손으로 전동 휠체어 컨트롤러를 붙잡은 안 여사는 미끄러지듯 방에서 빠져나갔고, 젊은 간병인은 바로 옆에서 동행했다. 젊은 간병인은 양로원에 있는 노인들이 안 여사를 특별하게 대한다는 걸 알아차렸다. 누군가는 안 여사에게 허리를 굽히며 인사하기도 했다. 젊은 간병인은 며칠 전 이런 광경을 처음 보았을 때 노인들이 스트레칭을 하거나 파킨슨병 때문에 몸을 떠는 건 줄 알았다. 하지만 지금은 노인들이 공경을 표하는 거라는 걸 안다. 그들은 휠체어를 타고, 지팡이를 짚으면서 자신이 낼 수 있는 가장 빠른 속도로 발걸음을 옮겼고, 안 여사에게 길을 양보했다. 휠체어는 곧장 나아갔고, 안 여사는 어떤 여사나 선생에게 미소로 답하곤 했다. 그 모습이 시찰을 나온 귀부인 같았다. 옆을 따르는 간병인은 시녀 같았고. 그래서 젊은 간병인은 동료의 가르침 없이도 안 여사가 양로원에서 가장 높은 서열이라는 걸 알 수 있었다.

간병인은 방으로 돌아간 안 여사의 입술이 오늘 밤 따라 유독 아름답다고 생각했다. 조금 전에 딸기가 아닌 다른 걸 먹은 것 같았다. 색상만 붉은 게 아니라 윤기 나는 광택이 입술 위에 얹혀 있었다. 젊은 간병인은 방 안으로 들어가 안 여사에게 네모난 상자를 내밀었다. 상자 안에는 먹어야 하는 약이 놓여 있었고, 안 여사는 메마른 손가락으로 약을 꺼냈다. 안 여사가 입을 벌리자 두 입술 사이에 붉고 가는 실이 만들어졌다. 입술에 발린 무언가가 만들어낸 끈적이는 실이었는데 입을 크게 벌렸는데도 실이 끊어지지 않았다. 알약은 끈적이는 실 사이를 지나면서 목구멍 안쪽으로 깊숙이 들어갔다. "아직도 안 죽었어요?"라고 반문하던 배달원의 경악한 얼굴을 떠올리자 간병인은 자신도 모르게 몸을 부르르 떨었다. 그와 동시에 안 여사가 아까부터 자신을 뚫어질 듯 쳐다보고 있다는 걸 깨달았다. 안 여사는 물을 마신 뒤 선홍색 입술을 움직이면서 입을 다물었다. 거미줄을 닮은 주름 사이에 있는 입은 아직도 약을 삼키고 있었고, 주름으로 이루어진 거미줄도 함께 흔들렸다. 그 모습이 사냥의 움직임 같았다. 간병인은 가슴까지 치밀어 오른 불편함을 억누르면서 재빠르게 자리를 떠났다. 문을 닫은 뒤 고개를 숙여 손에 쥐고 있는 작은 상자를 보았다가 시야에서 상자를 치우면서 그 아래에 있는 간병인용 흰색 신발을 보았다. 방 안의 열기에 의해 문틈 사이로 밀려나온 무언가가 간병인의 발을 덮쳤다. 새카만 솜털체였다. 안 여사의 노기가 간병인을 붙잡으려고 한 것이다.

"안 여사는 정말 이상해요."

숙직실로 돌아온 젊은 간병인은 동료에게 말했다.

"저는 그분이 무서워요. 아까는 구역질까지 났다니까요."

간병인들은 숙직실을 연녹색과 분홍색으로 장식해 최대한 밖과 다르게 꾸몄다. 문틀, 창틀, 책상, 의자, 작은 냉장고, 벽에 걸린 거울까지 모두 귀여운 아치형이었다. 그리고 숙직실에서 달콤한 과일 차를 마시면서 노인에 관한 잡담을 나누곤 했다. 양로원에 남아 야간 숙직을 하는 사람은 간병인 몇 명뿐이었는데 오늘 숙직 당번 중 한 명은 경력이 비교적 길었다. 젊은 간병인의 푸념을 들은 베테랑 간병인이 말했다.

"그러게 말이야. 우리도 다 무서워해. 청소나 약 때문에 안 여사 방에 들어가고 싶어 하는 사람은 아무도 없을걸."

"그렇군요."

젊은 간병인이 시선을 내리면서 말하자 그 목소리에서 불쾌함을 읽은 베테랑 간병인이 이렇게 말했다.

"차라도 한잔 따라줄까?"

마침 베테랑 간병인도 차를 마시면서 간식을 먹고 있었다. 베테랑 간병인은 찻물을 따른 뒤 작은 접시에 과자 몇 개를 담았다. 오늘 아침 직접 구운 과자였다.

신참은 성실함을 인정받아 무리의 일원이 되었다. 그러니 앞으로는 예전처럼 대놓고 괴롭힐 수 없을 것이다. 그동안 약간의 불이익을 줬다면, 지금처럼 당근을 줘야 할 것이다. 단체 생활이라는 게 그렇지 않은가. 사정을 잘 모르는 신입을 이용해서 이득을 얻었던 시절과 작별하고, 앞으로는 고된 일을 비교적 공평하게 나눠서 해야 한다고 생각하자 베테랑 간병인은 조금 낙담했다. 아직 자신이 불쾌함을 드러낼 수 있는 위치가 아니라고 생각한 젊은 간병인은 약간의 위로에 바로 기분이 좋아졌다. 두 사람은 쓰고 있던 모자를 벗은 뒤 테이블 위에 핀을 올려놓았다.

풀어헤친 머리카락은 한동안 묶여 있었기에 구불구불 말려 있었다. 두 사람은 절친한 친구처럼 차를 마셨고 야식을 먹었다.

곧 10시 반이었다. 본채에 있는 사람들은 대부분 자리에 누워 있었고, 밤을 지새우려는 이들도 곧 침상 위로 올라갈 것이다. 밤은 조용하지 않았다. 침상에서 일어나 방광의 수분을 비우는 이가 끊임없이 있었기에 물소리는 이쪽 방에서 저쪽 방으로 전해졌다. 누군가는 기침했고, 누군가는 코를 골았으며 누군가는 끙끙거렸다. 누군가는 수면제가 담긴 병을 흔들며 알약 하나를 꺼내 삼켰고, 또 다른 누군가는 숨겨놓은 술병의 뚜껑을 열어 술잔에서 안식을 찾았다.

고상하지 않은 온갖 소리가 정상적인 밤이라는 걸 알려주었다.

베테랑 간병인은 소리를 들으면서 업무 노하우를 전해주었는데, 제일 먼저 어떤 노인의 이름을 언급했다.

"그 사람은 우리를 몰래 만지는 걸 좋아해."

젊은 간병인은 놀란 표정을 감추지 못했다.

"안 그래 보이지? 예전에는 그 사람도 형편없었어. 간병인들이 자주 하소연했지. 지금은 손을 심하게 떨어서 무릎에 얹은 손을 드는 데에도 시간이 걸리지만. 그 사람이 너를 만지기 전에 저항할 수 있어. 휴지나 빈 물잔, 아니면 그냥 아무거나 들어서 그 사람 손에 놓는 거야. 손에 닿는 걸 조건반사적으로 움켜쥐거든. 그럼 휠체어를 밀어서 가장자리로 데려간 뒤에 벽만 보게 하는 거지. 10분 정도 반성하게 하는 거야. 그렇게 그 사람에게 규칙을 가르칠 수 있어."

베테랑 간병인은 다른 노인을 언급했다. 점잖으면서도 지식인의 분위기를 물씬 풍기지만, 눈 깜짝할 사이에 실력 없는 영업사원이 되는 이였다.

"너와 이야기를 나눌 때마다 책을 네 권 영업하려고 할 거야. 무슨 이야기를 하든 간에 화제를 그 네 권 중 한 권으로 몰고 갈 거라고. 그 사람이 중년이었을 때 쓴 책인데, 당시에 명성을 좀 가져다줬나 봐. 그래서 너도 그 책을 읽기를 바라는 거지."

"벌써 몇 번이나 그랬어요."

젊은 간병인은 말을 이었다.

"제가 그 책을 보고 싶어 하더라도, 무슨 책인지 알 수가 없겠던데요. 그분도 책 이름을 모르는 것 같았어요. 평소에는 다들 어떻게 하세요?"

"각자의 방법이 있지."

베테랑 간병인은 말을 이었다.

"나는 내용을 이야기해. 그 부분은 잘 쓰셨더라고요, 그 이야기도 괜찮았고요, 이런 식으로. 사실 대충 지어서 하는 말이야. 그럼 그 소설가는 이렇게 말해. '오, 그런가?', '자네도 그렇게 생각하지?' 그러고는 부끄러워하면서 감동을 해. 눈시울까지 적시면서 말한다니까. 왜 그런 줄 알아? 자기가 뭘 썼는지 전혀 기억을 못 하거든. 여기서 지낸 뒤로 자기가 쓴 책의 내용과 텔레비전 드라마 내용을 헷갈리더라. 진짜와 가짜가 뒤섞여버렸지. 아무렇게나 지어내도 괜찮아. 다른 사람이 쓰는 방법으로는 이런 게 있어. 아무 책이나 가져오는 거야. 진료 차트도 괜찮아. 빈 종이를 찾아서 거기에 사인을 해달라고 하는 거지. 그분은 그 책이 자기 책이 아니라는 것도 못 알아보거든. 심지어 자기 이름도 기억을 못 해. 그런데 추상화 같은 사인만큼은 아주 능숙하게 한다니까. 주머니에서 사인 전용 펜도 꺼낼 거야. 항상 가지고 다니거든. 여기서 사인을 셀 수도 없이 많이 했지. 아마 살아 있는 한 계속 사인을 할 거야."

"어쩐지."

젊은 간병인은 이제껏 진료 차트마다 보이던 엄청난 양의 서명이 모 의사가 남긴 건 줄 알았다. 잠시 소설가의 상황을 생각해보다가 말했다.

"정말 불쌍하네요."

하지만 베테랑 간병인이 답했다.

"그건 네가 어떻게 보느냐에 따라 다르겠지."

그러고는 다시 노인들의 상황을 이야기하기 시작했다. 익살맞음,

지저분함 그리고 통제 불능은 노인의 삶에서 필수적으로 할당된 특징이었다.

"이해할 거야. 삶이 그렇잖아."

베테랑 간병인은 말했다.

"안 여사는…."

두 사람은 다시 안 여사를 언급했다.

"그걸 거부해."

이 말을 뱉을 때, 베테랑 간병인은 코를 찡긋거렸다. 코에 주름이 생기더니 어느새 선명해진 팔자주름도 함께 위로 올라갔다. 역겹다는 표정이 얼굴에 드러났다.

"뭘요?"

베테랑 간병인은 머리를 들어 시계를 보았다. 벽에 걸린 시계는 이야기를 나누는 사이에 11시 너머까지 시침을 움직였다. 베테랑 간병인은 시간을 계산해보았다.

"여섯 시간만 지나면 우리도 퇴근이야. 옷을 갈아입고 나가면 저쪽에서 버스를 타고 떠나겠지. 하지만 그들을 생각해봐. 그들은 그럴 수 없어. 노인들은 나이가 들었다는 이유로 이곳으로 보내진 거니까. 이곳을 떠나는 유일한 방법은 죽음뿐이야. 안 여사는 그 결말을 거부하는 거고."

"하지만, 그건…."

젊은 간병인도 무심결에 동료처럼 코를 찡긋거렸다. 어쩐지 믿기지 않았다. 오히려 안 여사의 소망과 현실, 그 극심한 간극에서 안타까움을 느꼈다.

"성추행하는 노인과 소설가 양반도 죽기 싫어하는 건 마찬가지일 거야. 죽고 싶어 하는 사람은 없으니까. 하지만 어쩔 수 없이 받아들이잖아. 정상적인 사람은 그렇게 반응하지."

"아, 알겠어요. 안 여사님은 노쇠와 죽음 사이에 머물고 싶어 하는거군요."

"맞아. 그렇게 20년이나 그 사이에 머무르고 있지. 우리는 그게 두려워."

베테랑 간병인은 솔직하게 말했다.

안 여사가 양로원에 머물렀던 길고 긴 세월 동안 사람들은 몇 번이나 안 여사가 숨을 거둘 거라고 여겼지만, 안 여사는 극도로 허약한 상태에서도 건강을 회복했다. 다시 건강한 노인이 되었다. 날씨가 가장 좋았던, 즉 온도가 높고 바람은 적게 불며 기압이 천 헥토파스칼이었을 때, 본채를 둘러싼 튤립과 겹동백꽃이 만개한 계절에 안 여사는 본채 앞에 있는 길에서 다시 산책을 할 수 있게 되었다. 안 여사가 복도에서 전동 휠체어를 몰 때면, 다른 노인들은 양쪽으로 물러나면서 길을 양보했다. 안 여사는 죽음으로 가는 컨테이너 벨트에서 오랜 기간 앞으로 나아가지 않았기에 다른 노인들은 안 여사를 경외했다. 죽음을 앞둔 이들의 소굴에서 수명이 긴 여왕개미처럼 오래 산 안 여사는 모두의 정신적 지주가 되었고, 그들은 안 여사에게 활동실에서 가장 좋은 자리를 남겨주었다. 그 자리에서는 활동실 출입이 편했고, 텔레비전도 정면으로 볼 수 있었다. 대신 그들은 안 여사의 자리에서 조금 떨어진, 안 여사의 주변에 머물기를 원했다. 사람들이 모여 비좁더라도 말이다. 양로원에 새로 들어온 노인들은 안 여사의 휠체어 앞으로 번갈아 갔고, 잠시 그곳에 머물면서 안 여사의 귓가에 자신의 이름을 전했다. 이들은 친분을 다져 안 여사의 축복을 얻기를 바랐다.

"그래서 화장을 하는 거야."

베테랑 간병인은 한 손으로 얼굴을 가렸다. 조금 벌어진 다섯 손가락이 얼굴 위쪽에서 아래쪽으로 움직였다.

"예전의 모습을 유지하려는 거지. 전에 일하던 간병인이 그랬는데, 화장을 지우는 법이 없대. 매일 아침이면 전날에 한 화장 위에다가 다시 한다더라."

두 사람의 말소리가 점점 더 작아지고, 두 사람의 머리도 더 가까워졌다. 젊은 간병인은 조금 전에 자신이 본 걸 베테랑 간병인에게 말해주려고 했다. 안 여사의 입술은 못에 가라앉은 진흙처럼 두터웠다고, 정상이 아니라고, 최소한 비위생적인 건 확실하다고 말이다.

그런데 젊은 간병인이 고개를 들었을 때, 갑자기 말소리가 기이한 침묵에 끊어졌다. 노인들의 오줌 누는 소리도, 기침 소리도, 잠결에 내는 끙끙거림도, 방 안에서 나는 부스럭 소리도 침묵에 파묻혔다. 침묵과 함께 그들의 머릿속이 쿵 하고 울리더니 곧이어 눈앞이 환해졌다. 젊은 간병인은 두 사람의 그림자가 길게 늘어지면서 탁자를 타고 올라가는 것을 보았다. 두 사람의 머리가 거대한 복사기 안에 놓이기라도 한 것처럼 그림자는 빠른 속도로 길어졌다. 창문 쪽으로 고개를 돌리자 만월이 보였다. 오늘 밤에 뜬 달이 방 안을 비추기 위해 이곳으로 옮겨진 듯했다. 달이 창문 밖에 걸려 있는 게 아닐까, 라는 착각이 들 정도로 가까웠다. 두 사람이 들었던 소리는 남김없이 침묵에 휩싸였다. 침묵은 가까이 다가오는 달의 전주곡이었고, 그 뒤에 이어진 커다란 울림은 위풍당당한 금빛 달이 자신의 달빛을 방 안으로 쏘아내면서 낸 소리였다. 검은 기운은 달빛에 완전히 흩어졌다.

"이런 달은 본 적이 없어."

베테랑 간병인이 중얼거렸다. 목소리가 길게 늘어졌고, 말하는 속도는 두 배 느려진 것 같았다.

두 간병인은 몽유병에 걸린 듯 자리에서 일어났다. 금색 달빛이 숙직실을 가득 채웠다. 두 사람은 천천히 창문으로 다가가면서 물속에서 이동하듯 움직임에 힘을 쏟았다. 긴 머리카락이 어깨를 떠나며 뒤쪽을 향해 나부꼈고, 둘의 손은 창틀 위에 나란히 얹혔다. 손만 뻗으면 달무리를 만질 수 있을 것 같았다.

하지만 두 사람은 감히 손을 뻗을 수 없었다. 달은 혼자 오지 않았다. 무언가와 같이 왔다. 새카맣고 작은 새였다. 그 새는 허공에 머물고 있었다.

달과 숙직실 사이에 있는 검은 새는 날개를 퍼덕이며 제자리 비행을 하다가 창문 바로 앞에서 꼬리를 아래쪽으로 내리면서 몸을 세웠다. 그것은 손바닥만 했고, 체력이 좋았으며 몸짓이 영악했다. 검은 새는 두 사람을 보았다. 고개를 돌려가며 젊은 간병인과 베테랑 간병인을 번갈아 보았다. 젊은 간병인은 새가 달빛으로 비추면서 무언가를 판단하고 있다고 생각했다. 새는 매서운 목소리로 울더니 날개를 크게 펄럭이며 옆방 창문으로 날아갔고, 그 안을 들여다보았다. 달빛은 양로원에 있는 방이란 방을 동시에 비춘 게 분명했다. 그리고 검은 새는 목표를 찾고 있었다.

안 여사는 밤새 화려한 모습으로 단정히 앉아 있었다. 긴 가운은 바닥에 닿았고, 실크는 어두운 곳에서도 은은한 빛을 냈다.

오늘 밤 젊은 간병인이 약상자를 가지고 오기 전, 입안에 남았던 딸기의 상큼함은 벌써 부패의 신맛이 되어 있었다. 자신의 소녀 시절을 떠올린 노인은 지금과는 전혀 다른 모습에 제일 먼저 놀라움을 느꼈다. 시간은 자기 자신도 알아볼 수 없을 정도로 사람을 변화시켰다. 안 여사는 다시 옛날을 회상해보았다. 예전에는 딸기가 맛있었던가? 그랬을 것이다. 과즙이 입안에서 뿜어지는 순간 희생정신을 가진 과일은 자신에게 단맛과 신맛을 바쳤다. 그 느낌을 기억했기에 눈앞에 있는 딸기를 통해 다시 증명하고 싶었다. 하지만 딸기는 더는 안 여사에게 자기 자신을 봉헌하지 않았다. 딸기조차 노인에게 소홀했다. 딸기는 노인의 입속에서 대충 죽어버렸고, 그 점이 안 여사를 두 배 더 실망시켰다. 다른 노인들이 쩝쩝거리는 소리는 듣기만 해도 속이 거북해졌다. 안 여사는 손가락을 움직이며 전동 휠체어를 타고 자리에서 벗어났다. 쩝쩝거리는 소리가 잠시 멈춘 건 쓸모없는 인간들이 안 여사에게 싸구려 존경을 바칠 때였다. 방으로 돌아간 안 여사는 입안에서 부패의 맛을 느꼈다. 딸기를 삼킨 몸도 함께 부패하고 있었다. 안 여사는 끈적거려 더는 덧바를 수 없을 때까지 입술에 립스틱을 발랐다. 그리고 젊은 간병인이 찾아왔다. 안 여사는 자신을 보는 젊은 간병인의 시선을 느끼면서 알약을 삼켰고, 간병인의 반응을 살펴보았다. 젊은 간병인의 매끈한 피부는 붉게 터 있었다. 몸을 떨며 애써 예의 바른 표정을 유지하려고 했지만, 젊은 간병인은 날 듯이 빠르게 가버렸다.

그런 뒤에는 불을 껐다. 안 여사를 보살피는 이는 달빛뿐이었다. 오늘 밤은 달빛이 유독 밝았고, 안 여사는 아래층 활동실 창문을 비스듬히 파고든 달빛이 노인들의 어깨와 손, 머리카락을 비추는 것을 보았다. 그들은 달빛에 반응하지 않았다.

이런 밤이면 안 여사는 옛일을 떠올리곤 했다. 지금은 형편없는 영업사원처럼 굴고 있는 소설가 양반도 10년, 15년 전에는 이렇지 않았다. 그때 그 사람은 나름 매력적이었다. 사이즈가 딱 맞지는 않아도 예전에 맞췄던 정장을 입었고, 짙은 향수를 몸에 뿌려 강해지는 악취를 가렸다.

처음 만났던 날, 그 사람은 걸음을 비틀비틀 옮기면서 안 여사에게 인사했다. 양로원에 가장 오래 머문 노인에게 꼭 인사해야 한다고 다른 노인들이 당부했기 때문이었다. 전날 밤에 입주한 남자는 중년 때부터 모은 노후 자금을 쓴 덕분에 양로원에서 죽을 때까지 지낼 수 있게 되었다. 오후 활동 시간에 안 여사의 휠체어로 다가간 남자는 허리를 굽혔고, 미소 띤 얼굴로 자신의 이름을 말해주었다. 그러면서 자기 자신을 소설가라고 소개했다. 늘어진 이목구비를 보았을 때, 소설가는 젊은 시절에 아름다웠던 것 같았다. 어쩌면 그 외모가 소설 판매량을 두 배로 늘려줬을지도 몰랐다. 소설가는 의자 하나를 끌고 와서는 안 여사의 부탁이 따로 없는데도 종이 위에 서명했다. 그러고는 종이를 안 여사에게 주었다.

잠시 후 두 사람은 바깥 산책을 하기로 했다.

안 여사는 자신의 손을 소설가의 팔오금 안쪽에 얹으면서 팔짱을 꼈고, 소설가는 안 여사에게 안정적으로 잘 걷는다면서 칭찬을 건넸다. 두 사람은 천천히 빙빙 돌며 산책했다. 푸른 나무가 울창하고, 꽃이 피기 시작하는 계절이었다. 양로원의 간병인과 학생 자원봉사자들은, 그리고 이곳을 찾아와 위문 공연을 하던 예술가들은 두 노인이 산책하고 있다고 생각했지만, 사실 산책도 대회가 될 수 있었다. 그들과 함께 산책하던 다른 노인들은 하나둘씩 실패해 물러갔다.

"뭘 쓴 거예요?"

10년 전, 혹은 15년 전의 안 여사는 물었다.

"이곳 생활에 대해 적은 건 없어요?"

"있습니다. 제가 먼 곳으로 여행 갔을 때 그곳 지역 사람이 말해준 전설이 있거든요. 그걸 소설에다 넣었지요."

"그게 뭔데요?"

"가장 큰 달이 떠오르면, 밤이 달빛에 밝혀지거든요. 그때 작은 새가 밀탐합니다. 방을 하나씩 뒤져서 가장 나이 든 이를 찾아내지요."

소설가는 숨을 헐떡이며 말을 뱉었다.

"그래서 제일 연로한 이는, 이제껏 숨으려고 열심히 노력했더라도, 결국에는 잡힐 수밖에 없습니다. 죽임을 당하지요."

안 여사는 황당한 이야기라며 웃었다. 그때 안 여사의 성대는 지금보다 탄력이 있었기에 웃음소리가 길었고, 힘이 있었다.

"이야기가 별로네요."

안 여사는 말을 이었다.

"왜 결말이 죽음이죠?"

"모르겠네요. 어쨌든 결말은 있어야죠."

말을 마친 소설가는 이제 피곤하다면서 자리에 앉아서 쉬어야겠다고 했다.

최근 몇 년 동안 소설가의 상태는 더 나빠졌다. 더 허약해졌다. 그러나 서명만큼은 전처럼 능숙했다. 안 여사가 보기에 남자는 소설가로서의 생존 의지가 아직 남아 있었다.

안 여사는 갈수록 밤잠을 자지 않았다. 삶에 할당된 수면을 한도까지 써버린것 같았다. 항상 밝은 달을 경계한 안 여사지만, 밝은 만월이 갑자기 창문 밖에 걸렸을 때, 안 여사는 전혀 놀라지 않았다. 연로한 이를 놀라게 만드는 일 같은 건 더는 세상에 없었다. 방 안을 파고든 달빛은 더 강해졌고, 안 여사의 몸에 닿았다. 안 여사는 발버둥 치고 싶었지만, 사지가 달빛에 눌렸다. 전설로만 전해지던 검은 새가 날아왔다. 그것은 허공에 머물다가 창가 앞에 섰고, 안 여사는 새가 형언할 수 없는 노래를 부르는 것을 들었다. 알고 보니 검은 새는 자신을 배웅하는 거였다. 강렬한 빛 속에 잠긴 안 여사가 마지막으로 떠올린 건 자신의 시체였다.

오늘 밤, 나의 시신은 아름다울까.

달빛이 물러가고, 새벽이 다시 왔다. 양로원 사람이 다음 날 방문을 열었을 때, 안 여사의 모습은 평소와 같았다. 단장을 마친 안 여사는 전동 휠체어에 앉아 있었지만 지난밤에 심장마비로 죽었으니 이미 다른 세상에 가 있었다. 사람들은 안 여사의 마지막 심정을 알 수 없었다. 그들은 그렇게 나이가 들지 않았으니까. 그들에게는 그럴 만한 인내심도 없었다. 오랫동안 죽음을 거부할 인내심 말이다. 그러니 그들은 안 여사를 제대로 이해할 수 없을 것이다.

✦ **선다청(沈大成)**
칼럼작가, 소설가. 중국 상하이에 살고 있으며 직업은 편집자다. 단편집 《몇 번이나 생각난 사람(屢次想起的人)》, 《오후에 소행성이 떨어졌다(小行星掉在下晑)》, 《미로원(迷路員)》을 출간했다.

宇宙尽头的餐馆之太极芋泥

우주 끝 레스토랑

◆

우쌍

멀고 먼 우주 끝에는 레스토랑이 하나 있다. 가게 이름은 '우주 끝 레스토랑'이다. 멀리서 보면 소라처럼 생긴 무언가가 허공에서 묵묵히 회전한다.

레스토랑은 클 때도 있고, 작을 때도 있으며 내부 장식과 외부 환경도 종종 바뀐다. 이곳에는 신선한 식재료가 항상 가득 차 있는 상자와 구이, 볶음, 찜, 튀김 등 온갖 요리를 할 수 있는 조리대, 시간의 흐름을 단기적으로 조절할 수 있는 시계, 그리고 우울한 휴머노이드 종업원 마원이 있다. 레스토랑 중앙에는 붉은 등롱이 한결같이 걸려 있다.

레스토랑은 '지구'라는 행성의 '중국'이라고 불리는 지역에서 온 아버지와 딸, 두 사람이 운영했다. 《은하수를 여행하는 히치하이커를 위한 안내서》에 의하면, 아버지 쪽은 청년 남성 지구인의 표준 외모에 속했으며(심지어 조금 잘생겼다) 머리카락은 검었고, 몸이 말랐으며 왼손 손목에 상흔이 있었다. 사장인 아버지는 말수가 적었고, 지구 요리에 능했으며 손님이 시키는 건 거의 다 만들어낼 수 있었다. 딸인 샤오마는 열한두 살 정도로 보였으며 아버지와 마찬가지로 머리카락이 검었고, 눈이 동그랬으며 컸다.

레스토랑에서 가장 가까운 거리에 있는 시공간 환승역은 소형 화물 터미널인데 지구와 연결된 특수 화물 터미널이었다. 이곳이 특수한 건 문명 수준이 3A급 이상인, 육체를 인터넷에 업로드할 수 있는 능력을 지닌 문명 생물만이 올 수 있기 때문이었다.

손님은 많지 않았고, 대다수가 지구에서 왔다. 가끔은 켄타우루스자리 알파성의 성냥갑만 한 삼체인과 토성 대기에 적응하느라 커다란 공기방울 모습으로 자라난 타이탄인, 심지어 지구에서 5만 광년 떨어진 곳에서 온, 은하계 중심에 살면서 은빛을 반짝이는 소나족도 있었다. 그래서 시공간 개념이 모호한 이 레스토랑에서는 형형색색의 지능생물이 더듬이를 움직이고, 점액을 뱉는 걸, 타닥타닥 소리를 내며 에너지장을 반짝이는 걸 볼 수 있었다….

이곳에는 규칙이 하나 있다. 사장에게 이야기를 들려줄 수 있는데, 그 이야기가 재미있으면 메뉴판에 있는 음식 말고 다른 걸 먹을 수 있다. 사장이 직접 만들어주는 특별식이었다. 정말 재미있는 이야기를 들려주면 가끔은 배달해주기도 한다.

당신은 이곳에서 밥을 먹으면서 순간순간 머릿속으로 그려볼 수 있을 것이다. 수천만 개의 별이 태어나고 사라지는 것처럼 레스토랑 밖 구석에서 무수한 문명이 흥망성쇠를 반복하는 걸 말이다.

태극 토란죽[*]

무릉(武陵)

숭정 5년 12월[**], 나와 나리는 서호(西湖)에 있었다. 큰 눈이 사흘 내

---

[*] 푸젠성 지역의 음식으로, 토란의 일종인 빈랑 토란을 찐 뒤 으깨서 만들며 대추를 섞은 타로와 섞지 않은 토란을 같은 접시에 태극 모양으로 담아 장식하는 것이 특징이다.

[**] 서기 1632년

내 내렸다.*

이틀 전의 나리는 평소와 같았다. 회색 모피를 걸치고는 창문 앞에 앉아 서책을 읽으셨다. 화로 안에서는 은빛 숯이 타올랐고, 동으로 만든 향로에서는 향이 피어올랐다. 나리는 낮에 서책을 읽을 때면 마음이 차분해지도록 침향을, 밤에 피리를 불거나 글자 연습을 할 때면 단향을 피웠다.

어젯밤 찬모는 분부대로 새하얀 쌀밥과 서호초어(西湖醋魚)**, 갖은 채소, 태극 토란죽, 소고기죽 그리고 데운 계화 황주(黃酒)가 담긴 술병을 준비했다.

"무릉아, 넌 이걸 좋아하지 않느냐. 많이 먹거라."

나리는 젓가락을 사용해 뜨거운 토란이 풍성하게 담긴 접시를 내 쪽으로 미셨다.

나도 더는 사양할 수 없었기에 접시에 담긴 토란의 절반을 배 속으로 집어넣었다. 토란 표면에는 뜨거운 돼지기름이 끼얹어져 있었는데, 냉채처럼 식은 것처럼 보여도 실제로는 매우 뜨거워 추운 겨울에 먹기 좋았다. 내가 먹는 모습을 본 찬모가 식탁 맞은편에 앉더니 젓가락을 입에 물고 "먹어라, 먹어."라며 웃었다. 나리는 도량이 넓은 사람이라 하인도 같은 식탁에 앉아 밥을 먹게 하셨다. 그런 나리를 오래 모셨더니 나도 날이 갈수록 예의범절을 지키지 않게 되었다.

식사를 끝내자 눈바람이 조금 잦아들었다.

나리는 창문을 활짝 연 뒤 부드러운 비단으로 옥피리를 닦았다. 피리의 은실 장식은 진회강(秦淮河)*** 채미각(采薇閣)의 위유(葳蕤) 소저가 직

---

* 장대의 소품문인 〈호심정간설(湖心亭看雪)〉의 시작 구절인 '숭정 5년 12월에 나는 서호에 있었다. 큰 눈이 사흘간 내렸다.'의 변형으로 〈호심정간설〉은 장대의 회상록인 《도암몽억(陶庵夢憶, 도암의 꿈속 추억)》에 수록되어 있다. 도암은 장대의 호이다.

** 저장성 항저우 지역의 전통 음식으로 청나라 이전에는 '송수어(宋嫂魚)'라고 불렸다. 송나라 때 송오수(宋五嫂)라는 민간 여성이 만든 음식으로 강왕 조구가 그 맛을 극찬해 큰 명성을 얻었다. 생선에 식초, 황주, 간장, 설탕, 생강, 다진 파, 전분을 넣고 조려서 만든다.

*** 장쑤성 난징에 있는 강

접 묶어준 것으로 바람이 불 때마다 휘날리는 것이 아주 보기 좋았다.

피리 소리는 창문 밖으로 나가며 흩어졌다. 차가운 바람은 그 소리를 멀리까지 전해줄 것이다.

새벽녘 하늘이 밝아지기 시작할 때, 나는 자리에서 일어나 나리의 아침 단장을 준비하려고 했다. 그런데 나리가 창문 앞에 앉아 있는 게 아닌가.

폭설은 멎었고, 새벽빛은 희미했다. 나리의 모습이 종이를 오려낸 것 같았다.

"나리?"

나리는 고개를 돌리며 조용히 나를 보셨다. 두 눈에 언뜻 기쁨이 떠올랐는데, 표정이 조금 이상했다. 나를 오랜만에 보는 듯한 얼굴이었다.

"나리…"

나는 매우 불안해졌다.

"무릉아."

"네, 나리."

"채비하거라. 오늘 호심정(湖心亭)*에 가서 눈을 볼 것이다."

나는 순간 당황했지만 놀라지 않았다. 나리는 운치를 즐기는 분이었다.

"네… 나리, 오늘은 뭘 드시겠습니까? 바로 찬모에게 가서 준비하라고 하겠습니다."

"대충 준비하거라. 토란 몇 개를 가져다가 호심정에서 구워 먹자."

"다… 다른 건요? 술과 안주는 어찌할까요? 향은 어느 걸로 피우시겠습니까?"

"필요 없다. 그런 건 중요하지 않다."

나는 멍해졌다. 장대 나리는 언제부터 토란 구이 같은 하찮은 음식을 드시기 시작한 거지? 그런 건 중요하지 않다고? 이제껏 나리는 의식주에 있어서 누구보다 깐깐하게 굴지 않으셨던가?

---

* 항저우 시후(西湖)에 있는 정자

그러나 나리의 마음을 나처럼 멍청한 이가 헤아릴 수 있을 리 없었다. 나는 서둘러 가장 두꺼운 모피를 챙긴 뒤 찬모에게 토란을 씻어두라고 했다. 작은 화로와 숯을 준비한 뒤에는 잠시 생각을 해보다가 난설차(蘭雪茶)*도 챙겼다. 그런 뒤 뱃사공을 부르러 갔다.

아침을 먹을 때도 나리는 마음이 딴 곳에 간 것 같았다. 흰 쌀죽만 몇 모금 마셨을 뿐 훈제 죽순, 훈제 생선, 절인 고기, 김치참외 장아찌는 거의 손대지 않았다.

정오 무렵, 나와 나리는 작은 배 한 척을 타고 서호 안으로 들어갔다.

눈은 그쳤지만, 날이 점점 추워졌다. 바람 소리가 이따금 수면을 휩쓸었다. 뱃사공은 고희를 지난 나이라 머리카락이 모두 새하얬지만, 삿대질만큼은 아직 민첩한 편이었다. 이런 날씨에는 어쩔 수 없었다. 자식도 없고, 먹을 쌀도 없는 나이 든 뱃사공만이 오늘 같은 날씨에 뱃일을 받을 것이다. 삶이 팍팍한 백성들에게 서호 눈 구경과 음풍농월은 딴 세상 이야기였다.

"무릉아."

"네, 나리."

나는 두 손을 드리우며 공손히 섰다.

"베개에서 닭 우는 소리를 들으니 맑고 고요한 마음이 다시 돌아오는구나. 내 삶을 돌이켜보니 번화와 호사는 눈 깜짝할 사이에 사라지고, 50여 년이 한바탕 꿈이 되었다."**

50년? 나리가 지금 누구 시를 읊으시는 거지….

검은 모피 피풍(披風)을 두른 나리는 그 뒤로 가는 내내 입을 열지 않으셨다. 춥지도 않은지 뱃머리에만 서 계셨다. 무슨 생각을 하고 계신 건지 모르겠다.

반 시진 정도 지났을 때 호심정에 도착했다. 나와 뱃사공은 화로와 다

---

* 《도암몽억》에는 장대가 난설차의 맛을 논한 기록이 있다.
** **저자주** 《도암몽억》 서문에 나오는 구절

른 물건들을 배에서 내렸고, 나리는 뱃삯으로 은자를 주면서 뱃사공에게 돌아갔다가 황혼 무렵에 다시 데리러 오라고 하셨다.

"곧 저녁인 것을요. 어찌 힘들게 오가라 하십니까."

나는 물을 끓여 차를 우리면서 말했다.

"손님이 올 것이다. 뱃사공이 있으면 불편하다."

나리는 시선을 들어 먼 곳을 보셨다.

"예?"

나리의 시선을 따라 나도 먼 곳을 보았다. 하얀 눈이 햇빛을 반사했고, 햇빛은 수면에서 빛났다.

저 멀리 검은 배 한 척이 하얀 눈을 헤치면서 천천히 다가오고 있었다.

샤오마

"아빠! 피곤해 죽겠어…. 어, 지금 뭐 하는 거야?!"

한밤중, 레스토랑은 문을 닫았다. 샤오마는 뒤에 있는 주방으로 가 아버지에게 투정을 부릴 생각이었다. 그런데 휴머노이드 종업원의 동그란 머리가 본체에서 떨어져나와 조리대 위에 놓여 있는 게 아닌가. 주변에는 부품도 쌓여 있었다. 아버지는 마원의 기계 팔을 느긋하게 닦고 있었다.

아버지가 담담한 목소리로 말했다.

"몸 관리 중이야."

마원의 머리가 갑자기 입을 열더니 생기 없는 목소리로 불평했다.

"나는 이미 폐인인데…."

"지금 우는 거야? 재미있네!"

샤오마가 자신의 얼굴을 마원의 머리에 거의 맞닿을 정도로 들이대며 말했다. 마원은 질색하며 휴면 모드로 들어갔고, 두 눈의 파란 빛은 어두워졌다.

샤오마가 장난으로 마원의 머리를 싱크대 안으로 넣으려고 하자 아버지는 어쩔 수 없이 딸을 막을 수밖에 없었다.

"오늘 배달 있는데. 갈 거야?"

"무슨 배달? 언제로?"

샤오마는 정신이 번쩍 났다. 종일 레스토랑에 갇혀 있었는데 다른 별로, 다른 시대로 구경 갈 수 있다고 하자 이게 웬 떡이냐 싶었다. 아버지는 재미있는 이야기가 아니면 배달 일을 받지 않았기에 흔치 않은 기회였다.

아버지는 그 틈을 타 마원의 머리를 옆쪽에 두고는 조리대 위에 그림 한 폭을 펼쳐놓았다.

샤오마는 가까이 다가가서 그림을 보았다.

잘 그린 중국 수묵화였다. 샤오마는 이 그림과 비슷한 걸 데이터베이스에서 수없이 보았다.

설경을 그린 것 같았다. 흰 물이 먼 산을 휘감으며 흘렀고, 물에는 섬이 하나 있었다. 섬 안에 있는 정자에는 사람이 두 명 있었는데 불을 피운 것 같았다.

멀리서 배 한 척이 천천히 다가왔는데 배 위에도 콩알만 한 사람이 있었다.

그림 오른쪽 모퉁이에는 글귀도 쓰여 있었다.

"숭… 정 5년 12월, 나, 나는 있다…"

중국의 옛글, 그것도 손으로 쓴 글이라 샤오마는 떠듬거리며 읽었다.

"여기로 가져가. 태극 토란죽 배달이야. 잘 만들어서 네가 가져가렴."

아버지는 샤오마가 더 볼 수 없도록 잽싸게 그림을 돌돌 말았다.

"'여기'는 또 어디야…. 사람 감질나게."

샤오마는 아쉬움에 혀를 찼지만 어쩔 수 없이 몸을 돌려 음식을 준비하러 갔다.

태극 토란죽은 만들어본 적이 없지만, 그 정도 어려움은 샤오마에게 아무것도 아니었다. 조리법을 검색한 뒤 재빠르게 재료를 준비했다. 토란을 씻어 껍질을 벗긴 뒤 잘게 다져 물을 부어 쪘다. 찜솥 하나를 더 꺼내

서는 씨앗을 없앤 붉은 대추와 백설탕을 넣고 골고루 섞었다. 잠시 찐 뒤
에는 짓이겨 대추 반죽을 만들었고, 설탕에 절인 동과 덩어리와 섞었다.
그쯤 되자 토란도 다 익었다. 익힌 토란을 꺼내서 으깬 뒤 굵은 섬유질을
제거해서 땅콩장과 섞었다. 이건 조리법에 없는 거였다. 샤오마는 땅콩장
을 조금 넣으면 더 맛있을 거라고 생각했다. 마지막으로 으깬 토란과 으
깬 대추를 태극 모양으로 접시 위에 담은 뒤 붉은 앵두와 동그랗게 깎은
녹색 동과를 얹어 장식했다. 그리고 진짜 마지막으로 불에 달군 팬에 돼
지기름을 넣었다. 기름이 투명해지고 맛있는 향이 나기 시작하면 그 기
름을 토란 위에 끼얹는 것이다.

이때 샤오마의 아버지는 청소를 끝낸 뒤 다시 마원을 조립하고 있었
다. 손을 닦으면서 다가와 토란을 맛보더니 고개를 끄덕였다.

샤오마는 양자 찬합을 가져와 온도와 역장의 파라미터를 조정한 뒤
안에 토란죽 접시를 넣었다. 접시는 찬합 안에서 조금 흔들리더니 역장
에 의해 단단히 고정되었다. 찬합을 아무리 흔들어도 음식이 접시 밖으
로 나올 일은, 그래서 찬합 안을 엉망으로 만들 일은 절대 없었다.

아버지는 그제야 조금 전에 보았던 그림을 다시 꺼냈다.

"어떻게 가? 누가 데리러 오는 거야?"

오른손으로 찬합을 든 샤오마가 레스토랑 입구 쪽을 보며 말했다.

아버지는 괴상하게 웃더니 무방비를 틈타 샤오마의 왼손을 들었다.
그러고는 갑자기 그림 위에 그려진 작은 배를 콕 찔렀다.

부친은 말했다.

"그림을 신비사무국 리자(李甲)에게 주거라."

잠깐, 무슨 리자?

새하얀 빛이 작은 배에서 뿜어져 나왔다. 샤오마는 깜짝 놀라 눈을 동
그랗게 떴지만, 소리를 지르기도 전에 하얀빛이 뿜어져 나와 눈이 부셨
다. 샤오마는 어쩔 수 없이 다시 눈을 감았다.

화가 나서 소리를 지르고 싶었지만, 참을 수밖에 없었다. 아버지의 평

소 행실을 생각해보았을 때 저항하면 저항할수록 자신만 더 고생했다. 어쩔 수 없이 속으로만 포효했다. 그때 알 수 없는 어떤 힘이 샤오마의 어깨를 힘껏 눌렀다.

하얀빛이 흩어졌다. 조리대에 있던 그림도 보이지 않았다. 샤오마도 마찬가지였다.

아버지는 자리에 앉아서는 마원에게 차를 한 잔 우려 달라고 했다. 그러고는 느긋하게 차를 마셨다.

"리자가 보내준 룽징차(龍井茶)는 맛이 좋네."

장대(張垈)

천지가 새하얗고, 주위는 고요했다. 시간조차 느려지는 것 같았다.

무릉은 뒤에서 조심스레 화로를 지켜보았고, 차를 준비했다. 어찌나 집중하는지 뺨에 있는 동그란 살이 긴장으로 팽팽해졌다.

향을 맡으니 난설차라는 걸 알 수 있었다.

이 차는 내가 만들었는데 차를 우리는 과정이 아주 복잡했다. 예전에 무릉에게 다도라고 하는 것은 온천물이나 눈을 녹인 물을 써야 하고 온도가 적당해야 하며 차의 품질이 좋아야 한다고, 절기에도 맞아야 한다고 일러주었다. 또한 찻물을 적당히 우려야 하며 다기는 아름다워야 하고, 자리에 관현악기를 동반하고 옆에 미인도 있어야 한다고 말이다. 그러나 무릉은 서툴렀다. 오랫동안 연습했는데도 내게 지적을 당하곤 했다. 어제의 나는 고작 서른다섯 살이었기에 까다롭게 굴었을 것이다. 하지만 오늘의 나는 그렇게 하지 않았다.

올해는 숭정 5년이다. 16년 전, 나는 오늘처럼 무릉을 데리고 서호로 놀러 왔다.

그해 춘삼월의 서호는 아름답지 않은 곳이 없었다.

그해 열아홉이었던 나는 서호에서 이갑(李甲)을 처음 만났다.

열아홉의 나는 황당할 정도로 풍류를 즐겼는데 호화로운 집, 아름다운 시비(侍婢), 미남, 산뜻한 색상의 옷, 미식, 준마, 화려한 등, 불꽃, 공연, 음악, 골동품, 꽃과 새를 좋아했다.*

나는 서호 주변에서 문인 지인들과 함께 뙤약볕 아래 있었고, 미인의 품에 안겨 끝없는 즐거움을 느끼고 있었다.

화려하기만 한 시구들이 연지의 숲속에서 구슬처럼 쏟아지며 어지러이 흩어졌다.

이갑은 어느 날 새벽 놀잇배에 나타났고, 은자를 주며 흐트러진 옷차림의 미인을 내보냈다. 무릉 또한 내가 토란죽과 계화우분(桂花藕粉)**, 잣을 넣은 주양병(酒釀餠)을 사오라고 다섯 리 밖에 있는 손양(孫楊) 본점***으로 보냈기에 그 자리에 없었다. 배에 남은 건 이갑과 나뿐이었다.

이갑은 아주 출중한 외모를 가진 남성이었는데 세속에서 벗어난 듯한 분위기를 풍겼다. 당시 나는 이갑이 나를 사모한다고 생각했고, 옷섶도 반쯤 헤쳐진 상태였기에 이갑이 자리에 앉는 걸 그냥 두었다. 이갑은 자리에 앉아서는 그림 한 폭을 펼쳤다.

이갑의 그림은 수묵화였다. 서호의 설경이었다. 기법이 단순하면서도 숙련된 것이 여백의 아름다움을 잘 살렸으며 뜻을 대놓고 드러내지 않는 작품이었다. 아득하면서도 확 트인 것이 쉽게 찾아볼 수 없는 작풍이었고, "앞에는 옛사람의 모습이 보이지 않고 뒤에는 올 사람의 모습이 보이지 않는"**** 고독함도 느껴졌다.

그러나 나를 정말로 놀라게 만든 건, 그림 위에 적힌 글이었다.

---

* **저자주** 장대의 《자위묘지명(自爲墓誌銘)》에 나오는 구절
** 계화꽃과 연뿌리 전분으로 만든 달콤한 간식
*** 손양(孫羊)의 변형이다. 손양(孫羊) 상점은 북송의 그림인 《청명상하도(淸明上河圖)》에 나오는 호화로운 가게이다. 오늘날 중국 콘텐츠에서도 손양이라는 이름의 상점이 종종 등장한다.
**** 당나라 시인 진자앙(陳子昻)의 〈등유주대가(登幽州臺歌)〉에 나오는 구절이다.

호심정간설

숭정 5년 12월, 나는 서호에 있었다. 큰 눈이 사흘이나 내렸고, 호수에는 인기척도 새소리도 들리지 않았다. 밤이 깊어지자 나는 조각배 한 척을 타고 털옷을 입고 화로를 신고는 홀로 호심정으로 눈을 보러 갔다. 나무와 풀에는 눈처럼 하얀 서리가 내려앉고, 상고대가 끼었으며 안개가 자욱했는데 하늘과 구름, 산과 물이 아래위로 모두 하얬다. 호수에서 보이는 것이라고는 기다란 호수 둑과 점 같은 호심정, 내가 탄 조각배 한 척 그리고 배 안에 있는 쌀알 같은 사람 두세 명뿐이었다.

호심정에 오르니 담요를 깔고 마주 앉아 있는 두 명이 있었다. 어린 가복이 술을 데우고 있어 술주전자에서는 김이 올라오고 있었다. 그 사람은 나를 보더니 크게 기뻐하며 이렇게 말했다.

"호수에서 당신 같은 이를 만나게 될 줄이야!"

그러고는 술을 함께 마시자며 나를 끌어당겼다. 나는 마지못해 술 석 잔을 마셨고 작별을 고했다. 내가 이름을 묻자 그 사람은 자신이 금릉(金陵) 사람이며 이곳에 놀러 왔다고 답했다. 배에서 내리자 뱃사공이 중얼거렸다.

"나리만 설경에 빠진 줄 알았는데, 나리보다 더 심한 사람이 있었네요!"

"잘 썼군요!"

나는 손으로 탁자를 두드리며 감탄을 금치 못했다.

아주 절묘한 문장이었다. 재능이 뛰어난데도 날카롭지 않았고 함축해 거둘 줄을 알았다. 세속에서 벗어나 홀로 고고하게 살아가는 기운이 느껴지는 문장이라 심히 나의 취향이었다.

잠깐, 문장에 서명한 이가 '장대'라고?

그때 나는 이 사람이 그 뒤에 해줬던 말들이 모두 헛소리인 줄 알았다.

예를 들어, 남자는 자신의 이름이 중요하지 않다면서 자기를 대충 '이갑(李甲)'이라고 부르라고 했다.

예를 들어, 이갑은 금릉 지역에서 놀다 오기는 했지만 사실 자신은 이 시대에 속하지 않는다고 했다. 창공 너머에 있는 '신비사무국'이라는 곳에서 왔다고.

예를 들어, 이갑은 시공간을 넘나드는 능력이 있었다.

예를 들어, 이 그림은 〈호심정간설〉이라는 글까지 포함해 확실히 나, 장대의 손에서 나왔다고 했다. 내가 여든일곱 살 때 그린 거라고.

예를 들어, 명나라가 28년 뒤에 망한다고 했다.

예를 들어, 나의 노년이 처량해질 것이며 여든여덟 살에 죽는다고 했다.

"만사와 만물은 형식으로는 무수히 변화하지만, 그 본질과 목적은 변하지 않아 결국에는 정도로 돌아가기 마련이지. 자네는 젊은 시절에 경망스럽게 살았네. 평생 누릴 복을 소진했지. 말년에는 이렇게 정교한 태극 토란죽은 물론이고 숯불에 구운 토란도 먹지 못하게 될 걸세."

이갑은 탁자 위에 놓인 접시를 두드렸다. 안에는 다 식은 토란죽이 있었다.

"신선께서 그리 신통하시다면 어찌 저처럼 평범한 초개의 삶을 신경 쓰시는 겁니까? 혹시 저를 사모하시는 겁니까?"

나 자신도 황당무계하다고 생각했지만, 결국에는 참지 못하고 경솔하게 말을 뱉었다.

이갑은 기쁘다는 듯 웃었다.

"나는 자네의 〈호심정간설〉을 좋아하네. 노는 것도 좋아하지. 자네를 만난 건 재미있기 때문이야. 다른 이유는 없어. 오늘 한 말을 열아홉의 자네는 당연히 믿지 않을걸세. 그럼 나는 자네가 일생을 살기를 기다리겠네. 그런 뒤에 자네를 서른다섯 살일 때로 다시 데려갈 거야. 숭정 5년의 서호로 말일세. 이갑이 나타나지 않은 평행우주에서는 자네가 서른다섯 살 때 〈호심정간설〉을 쓰거든."

"미, 미친놈…."

서호의 아침, 서늘함을 품은 물안개가 갑작스레 피어오르기 시작했다. 나와 가까운 곳에 앉은 준수한 미남이 진지한 얼굴로 이런 헛소리를 내뱉자 돌연 깊은 두려움이 마음에서 일었다.

나의 공포를 읽은 건지 이갑은 웃더니 그림을 가지고 떠났다.

열아홉 살의 나는 춘삼월의 서호 놀잇배에서 넋이 나간 채로 있었다.

열아홉 살의 나는 알지 못했다. 천 리 밖에 있는 북방 오랑캐가 곧 명나라 만리장성을 칠 거라는 것을. 과묵하면서도 굶주린, 원한이 가득한 대군이었다.

노래를 파는 가희(歌姬)는 망국의 한을 모르고, 강물 저편에서는 아직도 〈옥수후정화(玉樹後庭花)〉를 부르는구나.*

하늘의 기둥이 꺾이려고 하니 사방이 쪼개질 터였다.

무릉

작은 배는 점점 가까워졌다. 뱃전이 부드럽게 작은 섬에 부딪히자 수면에 파문이 일었다.

멀리 보자 배에서 두 사람이 내렸다. 한 명은 키가 매우 큰 남자 같았고, 한 명은 키가 조금 작았다. 두 사람은 섬에 있는 오솔길을 걸으면서 점점 이쪽으로 왔다. 나리는 더는 그들을 보지 않으셨다. 몸을 돌려 앉으면서 내게 화로 안에 토란을 묻어 구우라고 하셨다.

찻잔을 들어 올리는 나리의 손이 조금 떨렸다.

얼마 지나지 않아 남자는 정자에 도착했고, 웃으며 말했다.

"장 형, 무탈하셨는가."

남자는 스물대여섯 살 정도로 보였고, 키가 7척은 될 것 같았다. 이목구비는 깔끔하였고 무슨 옷감으로 만들었는지 알 수 없는 은빛 피풍을

---

* 당나라 시인 두목(杜牧)의 시 〈박진회(泊秦淮)〉에 나오는 구절. 〈옥수후정화〉는 남진의 마지막 황제인 진숙보(陳叔寶)가 후궁 비빈들의 아름다운 자태를 찬미하면서 쓴 궁체시인데 훗날 세간에서는 망국의 노래로 알려져 있다.

걸치고 있었다. 두 눈이 타오르는 숯불처럼 반짝였다. 옆에 있는 소녀는 열서너 살 정도로 보였는데 남자의 시비 같았다. 붉은 옷을 입은 소녀는 한 손에 좁고 긴 나무 상자를, 다른 한 손에는 새카만 찬합을 들고 있었다. 얼굴은 눈처럼 하얬으며 활발해 보이는 낯빛이었다. 소녀는 나와 나리를 아래위로 훑으면서 관찰하고 있었다.

이유는 모르겠지만 남자가 낯이 익었다. 곰곰이 생각해보았지만 언제 본 건지 기억이 나지 않았다.

북풍이 불어와 마른 나뭇가지 위에 내려앉은 눈을 눈보라로 만들었다. 정자 안에 선 두 사람의 자태가 흡사 선인 같았다.

남자가 소녀에게 나무 상자를 건네주라고 하자 나는 재빠르게 건네받으면서 나리에게 드렸다. 그런데 소녀는 지시를 받는 걸 싫어하는 것 같았다. 짜증스레 남자를 흘겨보기까지 했다! 아무래도 저 남자는 우리 나리보다 도량이 넓은가 보다. 그러니 아랫사람마저 저런 식으로 행동하는 것이다….

나리는 말없이 나무 상자를 열더니 안에서 그림 한 폭을 꺼내셨다. 나는 돌로 된 탁자를 닦은 뒤 그 위에 그림을 펼쳤다.

설경이 그려진 그림이었는데 서호를 그린 것 같았다.

"무릉. 우리는 만난 적이 있지. 16년 전에."

남자는 갑자기 내게 말을 걸었다. 아주 온화한 모습으로 웃기까지 했다.

그 순간 번개처럼 찌릿한 무언가가 내 뇌리를 스치며 지나갔다. 생각이 났다.

16년 전 새벽, 손양 본점에서 파는 간식을 산 나는 분주하게 놀잇배로 돌아갔다. 나리에게 차를 우려드릴 생각이었다. 그런데 키 큰 남자 한 명이 나리의 배에서 나오는 게 아닌가.

나리의 취향은 나도 당연히 알고 있었다…. 나는 다급하게 고개를 숙였다. 스치듯 지나갔을 때, 남자가 몸을 돌리며 나를 흘깃 보았다.

용모가 빼어나게 수려한 이였다. 거기다 두 눈이 숯불처럼 이글거려 좀처럼 잊기 힘든 얼굴이었다.

"소인도 기억하고 있습니다."

나는 허리를 조금 굽히며 인사했다. 나리가 왜 이렇게 일을 벌이시나 했더니, 옛사랑을 다시 불태우시려고 그런 거였구나….

갑자기 나리가 옆에서 냉랭한 목소리로 말씀하셨다.

"엉뚱한 생각은 하지 말 거라."

소녀가 "푸훗!" 하고 소리 내어 웃었다. 잠시 웃음을 참더니 도저히 못 참겠는지 아예 대놓고 웃었다.

예의에 맞지 않는 건 차치하더라도, 목소리가 은자 부딪히는 소리처럼 낭랑하게 천지로 퍼졌다.

샤오마

하얀빛이 흩어졌다. 나는 작은 배 위에 누워 있었다. 오른손에는 양자 찬합이 들렸고, 왼손에는 길고 좁은 나무 상자가 있었다. 나는 불쾌함을 드러내며 나무 상자의 무게를 가늠해보았다. 안에 그림이 든 게 분명했다.

물어볼 필요도 없이 앞에서 히죽거리는 저 남자가 리자일 것이다.

신비사무국은 무수한 평행우주에서 아주 유명한 조직이다. 무슨 소망이든 모두 들어줄 수 있는데 반드시 물건을 가져와 교환해야 한다. 구체적으로 무슨 물건으로 교환하는지는 사람마다 다르다고 한다.

나는 지난번에 '아천(阿塵)'이라고 하는 작가가 대가급에 속하는 창작 능력을 얻겠다고 자기 '애인'의 능력을 내어주었다가 남은 평생을 고통 속에서 보냈다는 걸 기억한다.

만사와 만물은 형식으로는 무수히 변화하지만, 그 본질과 목적은 변하지 않아 결국에는 정도로 돌아가기 마련이다.

우주의 법칙이 그러하듯 신비사무국의 표어 또한 차분하면서도 냉정했다.

앞에 있는 리자는 신비사무국 사람이다. 그럼 오늘은 누가 교환을 하려는 걸까?

리자는 독심술이라도 할 줄 아는 건지 갑자기 입을 열고 말했다.

"샤오마, 안녕. 오늘은 교환하지 않아. 친구를 만나려는 거야."

그러고는 고개를 들어 멀리 있는 작은 섬을 가리켰다.

"저기에 있지."

리자는 내게 자초지종을 설명해주었다.

…그랬구나. 아빠는 역시 재미있는 일만 받았다.

배는 곧 섬에 당도했고 우리는 배에서 내려 정자까지 걸어갔다. 장다이(張岱)와 우링(武陵)은 그곳에서 기다리고 있었다.

검은색 모피 망토를 걸치고 있는 장다이는 조금 수척한 서생 같았으며 눈빛에 침착함과 나른함이 느껴졌다. 지구인의 나이로 계산해보자면 우링은 스물일고여덟 살 정도로 보였고, 몸이 동글동글 튼실했다. 장다이를 오래 따라서 그런지 우링에게도 문인의 모습이 있었다.

리자의 말에 의하면 장다이는 올해 서른다섯 살이지만, 장다이의 의식은 여든일곱 살이라고 했다. 리자는 어제 장다이의 의식을 바꿨고, 오늘 하루만 유지될 수 있다고 했다.

바람이 향기를 전해와 나는 코를 킁킁거렸다. 정자에 있는 화로 위에서는 물이 끓고 있었는데 숯 안에 토란을 묻어놓은 것 같았다.

〈호심정간설〉 그림을 펼친 우링이 우리에게 따뜻한 차를 두 잔 내어주었다. 나는 차를 한 모금 마신 뒤 눈을 휘둥그레 떴다.

맛있었다.

우링은 내가 궁금해하는 걸 보고는 천천히 설명해줬다.

"이건 우리 나리가 직접 고안한 난설차야. 용산(龍山) 북쪽 기슭에서 일주차(日鑄茶)를 가져와 송몽차(松夢茶)를 만드는 방법으로 덖었지. 차를 우릴 때는 말리화(茉莉花)를 넣었고. 찻물은 푸른색이 돌고, 향은 난꽃과 같으며 눈처럼 맑아. 우아하면서도 부드럽지."

장다이는 여전히 한마디도 하지 않았다. 그러면서 오랫동안 리자를 보았는데 표정이 매우 괴이했다.

나는 찬합을 탁자 위에 내려놓은 뒤 뚜껑을 열었다. 역장에서 토란죽을 꺼내 탁자 위에 내려놓았다. 토란 표면을 뒤덮은 돼지기름은 보기에는 차가울 것 같지만 실제로는 델만큼 뜨거웠다.

우링은 차를 우리느라 바빴기에 양자 찬합이 무언가 다르다는 걸 알아채지 못했다. 직접 본 사람은 장다이뿐이었다. 하지만 장다이는 아무것도 보지 못한 것처럼 놀란 기색을 보이지 않았다. 나는 그게 좀 이상하다고 생각했다.

하지만 장다이와 리자가 시공간을 가로질러 만난 적이 있다는 걸 떠올리자 딱히 이상한 것도 없다는 생각이 들었다.

"자네도 그쪽에서 온 건가?"

찻잔에 머물러 있던 장다이의 시선이 위로 움직이면서 나를 향하더니 더 위로 움직이면서 하늘로 향했다.

"어떨 것 같은데요?"

나는 이를 드러내며 웃었다.

"장난이 심하군…. 이갑이 여기 없었다면 내가 자네를 벌했을 거야."

장다이의 안색이 드디어 좋아졌다. 얼굴에 장난을 치는 듯한 표정이 떠올랐다.

"나이가 여든일곱이나 되었는데 아직도…."

나는 침착하게 웃으면서 장다이를 보며 말했다.

장다이는 찻물이 목에 막혔는지 기침을 했고 리자는 큰 소리로 웃었다.

장대

열아홉 때 이갑을 만났던 일을 나는 곧 잊어버렸다. 그 일이 이상할 정도로 진짜 같다는 걸 어렴풋이 느꼈기 때문에 일부러 회피하려던 걸지도 모른다.

게다가 세상에는 재미있는 게 너무 많았다. 자연과 정원, 악기, 골동품과 옥, 소설과 희곡. 나는 자연에 탐닉했고 명산대천을 유람했다. 무수한 밤을 풍몽룡(馮夢龍)*의 소설을 읽으면서 보내거나 류경정(柳敬亭)**의 이야기를 들으면서 잠을 잤다.

나는 한평생 벼슬길에 오르지 못했다. 가문의 강요로 시험을 본 적은 있지만, 팔고문(八股文)***은 실로 내가 좋아하는 것도, 잘하는 것도 아니었기에 번번이 낙방했다. 지금 와서 생각해보면 오히려 잘된 일이었다.

세상은 바뀌었다. 조정에서는 환관이 함부로 권력을 휘둘렀고 간신이 정권을 잡았으며 특수조직이 활개를 쳤고 당쟁이 격렬했다. 어질고 재능 있는, 충직한 이들은 쫓겨나거나 형벌을 받았으며 내우외환이 갈수록 심각해졌다.

이갑의 말대로 명 황조의 운명이 다하고 있었다.

서른다섯 살 때 나는 우연한 기회에 무릉을 데리고 서호로 갔다. 12월이었고, 큰 눈이 사흘간 내렸다. 나는 갑자기 이갑을 떠올렸고, 고열로 사흘간 몸져누웠다. 호심정에 설경 구경을 가지 않았으며 당연히 〈호심정간설〉도 쓰지 않았다.

사실 내가 그 문장을 본 순간부터 그 글은 더는 내 것이 아니게 된 것이다. 그렇지 않은가? 그 말이 사실이라면 이갑이 시공간을 교란한 것은 그렇게 뛰어난 글을 써내는 권리를 내게서 앗아간 것과 다름이 없었다. 그자가 미웠다!

---

* 명나라 말기의 문인. 저술, 편찬, 교정 등 여러 일을 했는데 그중에서도 통속 문학에서 뛰어난 성과를 보였다. 대표작으로는 단편집인 《유세명언(喩世明言)》과 소설집인 《경세통언(警世通言)》 등이 있다.

** 명말 청초의 유명 이야기꾼으로 양주평화(揚州評話)의 개척자로 여겨지는 이다. 평화는 이야기를 들려주는 공연인 설서(說書)의 일종으로 방언(方言, 사투리)으로 공연하는 것이 특징인데 양주평화는 양주 지역 방언으로 하는 평화이다.

*** 명청 시기 과거 시험에 쓰였던 문체 중 하나. 팔고문은 사서오경에서 제목을 뽑았는데 필자는 고인(古人) 대신 그 의미를 부연해야 했으며 절대 자유롭게 쓸 수 없었다. 문장의 길이, 글자의 난이도, 성조의 고저 등도 모두 대응해야 했고 글자 수도 제한이 있었다.

지금 와서 생각해보면 그때 며칠 동안 고열에 시달렸던 것도 사실은 몸이 마음의 공포를 억누르지 못해 그랬던 걸지도 모른다. 이갑의 말이 현실이 되는 걸까?

내가 마흔네 살이 되었던 해에 이자성(李自成)*이 드디어 수도를 침략했고, 숭정제는 경산(景山)에서 목매어 죽었다.

뒤집힌 새 둥지에 어찌 성한 알이 있겠는가. 나라에 난이 일어나면서 모두가 화를 입었다. 이갑의 저주는 손오공의 긴고아처럼 나를 점점 옥죄었다. 가족은 사방으로 흩어지고 무릉은 병으로 죽었다. 나는 초야를 유랑했다.

초가집에는 낡은 침상과 탁자, 해진 책 몇 권, 모지랑붓 몇 필만 있었다. 거친 옷을 입고 변변치 못한 음식을 먹었으며 걸핏하면 끼니를 굶었다. 나는 늘그막에 지병의 통증을 참으면서 직접 쌀을 빻고 분뇨를 버릴 수밖에 없었다.

한밤중에 잠에서 깨어나면 꿈을 꾸는 것 같았다. 젊은 시절 얼마나 철없이 굴었는지를 떠올리면서 나는 밝은 달을 보며 후회에 젖었다.

일흔아홉 살 때의 어느 겨울 새벽이었다. 얼마 남지 않은 마지막 숯을 써버렸고, 마지막으로 남은 토란 몇 개는 자갈처럼 차가웠다. 나는 풍한이 들었고, 병세가 심해져 목숨이 위독했다. 정신이 혼미한 와중에 이갑의 모습이 희미하게 보였다.

나는 내가 꿈을 꾸고 있는 줄 알았다.

"태극 토란죽이 먹고 싶지는 않나?"

이갑이 웃으며 말했다. 여전히 밝고 깨끗한 얼굴이었다. 나이를 전혀 먹지 않은 것 같았다.

어떤 힘이 나의 양쪽 어깨를 누르자 침상에 깐 요가 점점 부드러워

---

* 명나라 말기의 농민 반란 지도자로 대순(大順)을 세우고 북경을 점령해 명나라를 멸망시켰다.

졌다. 나는 천천히 침몰했고, 끝없는 심연에 빠졌다.

흰빛이 모든 걸 감쌌다.

다시 눈을 떴을 때, 여전히 새벽이었다. 무릉은 단잠을 자고 있었고, 창문 밖 서호는 눈으로 새하얬다.

몸의 통증은 사라지고 없었다. 몸이 경쾌하면서도 가뿐했다. 눈 깜짝할 사이에 나는 서른다섯 살의 나로 돌아왔다.

서른다섯 살의 나는 만족할 수 없다는 듯한 눈빛으로 눈 내린 서호를 오래오래 보았다.

나는 약속대로 호심정으로 향했다. 이갑이 내 앞에 나타나고, 그때 그 그림인 〈호심정간설〉을 펼치고 나서야 나는 이 모든 게 꿈이 아니라는 걸 믿게 되었다.

어쩌면 인생이라는 것은 한바탕 꿈일지도 모른다. 장대도 꿈이고 이 갑도 꿈이고 명나라도 꿈이고 창궁 위에 있다는 것들도 다 꿈인 거다. 층 층이 포개져 영원히 끝나지 않는 꿈.

이때 이갑은 맞은편에 앉아 천천히 난설차를 마셨다.

세상이 눈으로 뒤덮여 모두 희었다. 창궁 아래에는 마른 나뭇가지가 줄 을 이루었고, 눈 서리가 맺혔으며 상고대가 가득했다. 쥐 죽은 듯 고요했 다. 큰 눈은 연지와 분, 선혈을, 그리고 헛된 부귀영화와 죄악도 감췄다.

"자네는 나라는 범인(凡人)의 삶이 멍청해 보였겠지? 젊은 시절의 내 가 우습지는 않던가? 곧 있으면 나라가 멸하고 가문이 망하는데 말이야. 자네에게는 그게 다 재미있는 일이었겠지?"

나는 냉랭한 시선으로 이갑을 보며 말했다.

차를 우리던 무릉이 몸을 일으켰다. 영문을 알지 못해 당황한 얼굴이 었다.

"장 형, 화내지 말게."

이갑은 붙임성 좋은 얼굴로 웃으면서 하늘을 가리켰다.

"위에서 고서적을 정리할 때 우연히 자네가 쓴 〈호심정간설〉을 보았네. 또 자네의 일생도 보았지. 흥미롭더군. 옛날부터 뛰어난 명작은 전반부에는 화려한 삶을 살고, 후반부에는 처량한 삶을 산 이들로부터 많이 나왔지. 자네가 죽고 백여 년이 지난 뒤에는 조씨 성을 가진 이가 더 뛰어난 글을 쓴다네….*이건 그만 이야기하지. 어쨌든 내가 자네를 즉흥적으로 보러 온 거니 혹시라도 무례하게 느껴졌다면 장 형에게 용서를 구하겠네."

이갑은 정중하게 몸을 일으키면서 나에게 예를 행했다. 그러나 나는 이갑의 얼굴에 있는 그 놀리는 듯한 웃음이 다른 세계에서 온 것 같았다. 내가 영원히 이해할 수 없는 규칙과 지혜가 담긴 웃음이었다.

거센 바람이 불면서 폭설이 내린 서호가 스산해졌다.

드넓은 천하에 몸을 둔 하루살이처럼, 창해에 있는 쌀알처럼 그렇게 작았다. 나 같은 범인은 초개와 같은 것이다….

명나라는 사라졌다. 내 가족도 없어졌다. 나라는 멸하고 가문은 망하였으니 창궁 아래에는 기댈 곳 없는 나뿐이었다.

나는 마침내 소리 없이 통곡했다.

그 울음은 만주의 기마와 무관했다. 이자성의 의병 깃발과 무관했다. 역사와 무관했다. 심지어는 나와도 무관했다. 다만 오늘, 지금 이 순간, 천지가 온통 새하얗기 때문에, 아주 깨끗하기 때문이었다.

무한한 아름다움과 무한한 번화함, 무한한 정교함과 복잡함도 천천히 내려오는 거대한 운명을 막을 수는 없었다.

무릉은 당황하며 다급하게 영견(領絹)을 건네주었다. 그러고는 분노한 얼굴을 돌리면서 이갑에게 말했다.

"당신은 대체 뭘 하는 사람이기에 우리 공자님을 이렇게 모욕하십니까!"

---

* 청나라 문학가인 조설근(曹雪芹)이 쓴 장편소설 《홍루몽(紅樓夢)》을 말하는 것이다. 조설근의 가문은 본래 명문가였으나 옹정제가 세도가 척결 정책을 펼치면서 몰락했다.

"자네와 나는 정자에 있고, 정자는 섬에 있지. 섬은 호수 중심에 있고. 서호는 명나라에 있네. 명나라 밖에는 서양이 있고, 명나라 위에는 천궁이 있다네. 만사와 만물은 형식으로는 무수히 변화하지만, 그 본질과 목적은 변하지 않아 결국에는 정도로 돌아가기 마련이지. 잃지도 잊지도 말고* 다시 윤회로 들어가는 거야. 장 형. 울고 털어내게. 가슴에 담아두지 말고. 자, 어서 먹게나."

이갑은 여전히 웃고 있었다.

난설차는 여전히 맑고 향기로웠고, 태극 토란죽은 정교하면서도 고왔다.

그날의 마지막, 나는 차로 술을 대신하면서 이갑에게 차를 한 잔 권했다. 내가 그날 왜 그랬는지 나도 알 수가 없었다.

거뭇하게 구워진 토란 몇 개는 모두가 나눠 먹어 금세 동이 났다. 이갑은 돌연 찻잔을 내려놓았다. 장난기 넘치던 낯빛이 진중해졌다. 그리고 진지하게 말했다.

"돌아가면《도암몽억》에〈호심정간설〉을 더하시게. 이건 자네의 작품이야."

이갑의 뒤에 있던 소녀가 미소 지으며 말했다.

"〈호심정간설〉은 매우 아름다우니까 헛되게 만들지 말아요."

이갑은 멀리 호수면을 바라보았다.

검은 배 한 척이 새하얀 눈을 헤치며 천천히 다가오고 있었다.

하얀빛이 번뜩였다. 나는 다시 눈을 떴다. 두 눈에는 초가집의 낡은 창문이 담겼다.

다만 집 가운데에 장작과 쌀이 늘어 있었다. 쌀 포대 위에는 은자도 한 뭉치 있었다.

또 탁자 위에는 서호의 눈기운을 담은, 식어버린 태극 토란죽이 한

* 청나라 소설 《홍루몽》에 나오는 구절로 남자 주인공 가보옥이 이 문구가 새겨진 옥을 입에 물고 태어난다.

접시 놓여 있었다.

샤오마

요 며칠 샤오마는 영업을 마치면 그림 〈호심정간설〉을 들고 묵묵히 보았다. 양자 찬합을 주는 조건으로 리자와 바꾼 거였다.

하루는 아버지가 샤오마의 머리에 꿀밤을 주면서 말했다.

"그 찬합이 얼마나 비싼 건 줄 알아? 너 속은 거야! 리자놈! 흥!"

샤오마는 머리에 난 혹을 문질렀다. 놀랍게도 샤오마는 반격하지도, 저항하지도 않았다.

"아빠, 장다이가 너무 불쌍하지 않아?"

샤오마가 진심이라는 걸 본 아버지는 아무 말도 하지 않았다. 어쩔 수 없이 진지한 모습이 되어 샤오마 옆에 앉았다.

"그 시대를 살았던 평범한 사람에게 인생의 아름다움이란 어느 것에 빠졌냐에 달려 있었지. 장다이는 한평생 큰 기복을 겪었지만 내내 문학에 빠져 있었단다. 무언가에 미칠 정도로 빠질 수 있다는 건, 미치광이라는 거야. 그리고 미치광이들은 다 운이 좋아."

"나리만 빠진 줄 알았는데, 나리보다 더 심한 사람이 있었네요.* 사실 나는 장다이가 부러워."

아빠는 샤오마의 머리를 쓰다듬으며 말했다.

"너도 요리하는 거 좋아하잖아."

"응. 아빠. 앞으로는 배달 일 좀 많이 받아."

"안 돼. 양자 찬합은 그거 하나뿐이었거든."

"아빠!"

* 〈호심정간설〉의 마지막 구절

✦ **우솽(吳霜)**

중문학 석사, SF 작가, 각본가, 번역가. 세계 중국어 SF 성운상에서 SF 영화 크리에이티브 부문 금상, 중편소설 부문 은상을 수상했다. 2019년에는 백화 문학상 후보에 올랐으며 2020년에는 세계 SF 문학상 궤적상 후보에 올랐다. 〈Clarkesworld〉, 〈Galaxi's Edge〉, 〈과환세계(科幻世界)〉 등 잡지에서 중·영문 SF 소설을 발표했으며 40만 자 넘게 작품을 번역했다. SF 단편집 《쌍둥이(雙生)》, 《불면의 밤(不眠之夜)》, 《용골 우주선(龍骨星船)》을 출간했으며 번역작으로는 켄 리우 단편집 《사유의 형상(思惟的形狀)》이 있다. 중국 SF 단편선 《부서진 별들(Broken Stars)》에 작품을 수록했으며 《부서진 별들》은 영국, 미국, 일본, 독일, 스페인에서 출간되었다. 그 외에도 일본어, 영어, 중국어로 된 SF 작품집 20여 권에 글을 실었다.

宝贝宝贝
我爱你

아기야, 아기야, 난 널 사랑해

✦

자오하이훙

사장이 나를 불렀을 때, 나는 마침 바오바오(寶寶, 아기)와 숨바꼭질을 하고 있었다. 내가 재미있다는 듯 커서를 문 뒤쪽으로 옮기면서 클릭하자 모니터 속 앵글이 180도 움직였다. 그래서 나는 바깥에 있는 바오바오의 상태를 문틈으로 볼 수 있었다. 바오바오가 흔드는 통통한 손이 보였다. 손은 이리저리 움직이면서 우왕좌왕하다가 내 좁은 시야에서 완전히 사라져버렸다. 순간 호기심이 일었다. 숨어 있는 곳에서 머리를 빼꼼 내밀어보려고 했을 때 모니터에 커다랗고 붉은 자막이 떠올랐다.

"술래가 당신을 찾았습니다!"

곧이어 뒤에서 나타난 바오바오가 달려들면서 내 목을 꽉 안는 화면이 나타났다. 나는 소리 내서 웃었다. 컴퓨터 게임을 좋아하게 된 건 이번이 처음이었다. 소프트웨어를 개발하는 노동자임에도 좀처럼 게임을 하는 법이 없었기에 동료들은 나를 전혀 이해하지 못했다. 하지만 지금 나는 '아이 키우기'라는 인터넷 게임에 빠져 있다. 이 게임의 목표는 아이가 없지만, 아이를 키우는 즐거움을 느끼고 싶어 하는 사람에게 그 기쁨을 직접 체험하게 하는 거다. 아니, 사실 나는 아이를 키우고 싶어 한 적이 없었다. 이 게임을 하는 이유는 사장이 특별한 임무를 줬기 때문이었다. 월급 받으면서 게임을 하는 건 정말 기분 좋은 일이었지만, 사장이 괜히 이러지는 않을 것이다. 역시나 사흘 만에 본론을 꺼내지 않는가.

내 어깨에 놓인 손 하나가 나를 툭툭 쳤다가 다시 툭툭 쳤다. 결국 짜증이 났다.

"후즈, 넋이라도 나간 거야?"

"시끄러워. 나는 지금 아이를 키우고 있다고."

나와 모니터 사이로 미스 선의 머리가 휙 들어왔다. 가느다란 눈이 나를 흘겨보고 있었다.

"중독이라도 된 거야? 너희 집 란즈(藍子)에게 하나 낳아달라고 하든지. 그리고 보스가 너 부른다."

나는 바오바오를 아기 침대 위에 조심스레 눕힌 뒤 이불을 덮어주었다. 나갈 때는 문도 살살 닫았다. 오늘의 이벤트 포인트를 적립한 뒤 로그아웃을 했다.

내가 두 손을 바지 뒷주머니에 넣으면서 사장에게 향하자 미스 선이 뒤에서 냉소했다.

"이러고 노는 사람이 제일 싫더라. 아이를 진짜로 키우던지. 그것도 쉽잖아! 아기를 장난감으로 보는 이런 게임은 비도덕적이라고."

사장이 내 앞에 있는 티 테이블에 커피 한 잔을 내려놓았다. 나는 고맙다고 말하며 한 모금 마셨다. 프림을 넣지 않고 각설탕 한 개만 넣은 커피라 단맛이 조금 돌았다. 사장은 역시 사장이었다. 확실히 사장에게는 남다른 점이 있었다. 사장은 직원들의 입맛을 일일이 기억했다!

"후즈, 이제 게임은 잘하나?"

사장은 얼굴에 미소를 드러내며 물었다.

"이제 막 손에 익었는걸요. 그런데 매우 재미있더라고요."

"우리 회사가 XXX 회사와 계약을 맺어 '아이 키우기' 게임의 개발권을 구매했네. 상부는 '아이 키우기' 게임의 홀로그래피 버전을 개발하기로 했어. 게임의 현실감을 증가시켜 흡인력을 강화하는 거지."

"좋은 생각이네요."

나는 흥분해 커피잔으로 테이블 모서리를 한 번 쳤다.

"홀로그래피로 된 '아이 키우기' 게임은 지금의 2D 버전과 비교했을 때 퀄리티 상승이 엄청날 겁니다!"

조금 전 테이블을 치면서 밖으로 튄 커피 방울이 내 남색 셔츠 위로 떨어졌다. 나는 고개를 숙여 그것을 닦았고, 냉정을 되찾을 수 있었다.

"그런데 인터넷 사용자 중 99.9퍼센트 이상이 옛 데스크탑과 노트북, 태블릿 PC를 쓰잖아요. 홀로그래피 컴퓨터와 그걸 기반으로 구축된 홀로그래피 인터넷은 사용자가 너무 적어요. 홀로그래피 인터넷에서 작동이 가능한 게임을 상업화하는 건 시장성이 별로 없습니다. 게다가 업그레이드 버전을 연구개발 하는 데 드는 비용이 엄청날 거예요. 손해가 너무 크지 않을까요?"

"시장 쪽은 자네가 걱정할 필요 없어."

사장은 흔들의자에 유유자적 앉아 몸을 쭉 펴며 말했다.

"홀로그래피 인터넷은 인터넷 발전의 대세가 될 테니까. 몇 년 안에 투자금을 회수하지 못하더라도 이 게임의 업그레이드 버전은 만들어낼 거야. 지금 홀로그래피 인터넷을 사용하는 사람들이 어떤 이들인지 아나?"

나는 고개를 끄덕이며 말했다.

"돈 많고 교양 있는 소수의 엘리트죠."

"그들 중 아이를 낳고 싶어 하지 않거나 혹은 아직 아이를 낳지 않은 이들이 얼마나 되는 줄 아나?"

나는 고개를 가로저었다. 지금 내 연봉이라면 요금이 얼마나 인하되든 10년이 지나도 사적으로는 홀로그래피 인터넷을 써볼 일이 없을 것이다. 사업 관련 데이터를 제외하면 내게는 그쪽 계층 사람들을 알 수 있는 방법이 별로 없었다.

"36.476퍼센트."

사장의 얼굴에 득의양양한 표정이 떠올랐다.

"생각지도 못했지. 전 세계 인터넷 사용자의 0.1퍼센트라고 할지라도, 그 수치의 36.476퍼센트면 백만 명이 넘어. 게다가 홀로그래피 인터넷에서 작동되는 게임이니 요금을 높이는 건 당연하지. 50배 정도면 합리적이지? 여기에 속하는 잠재 고객들을 모두 끌어올 수 있다면, 업그레이드된 버전의 게임으로 2년 만에 투자금을 회수할 수 있어."

사장은 역시 사장이라는 걸 나는 배는 더 이해하게 되었다. 사장의 웅변가 같은 기세는 앞에 앉은 내가 36.476퍼센트의 고객이라도 되는 양 나를 산채로 집어삼킬 것 같았다.

"질문이요."

나는 쭈뼛쭈뼛 물었다.

"36.476퍼센트의 고객을 어떻게 확보하죠? 그리고 남은 63.524퍼센트의 사용자들은 왜 게임의 잠재 고객이 되지 못하는 거죠?"

"좋은 질문이야. 자네는 생각이 참 치밀하군."

사장은 미소를 드러내며 나를 향해 턱을 올렸다. 칭찬하는 표시였다.

"사실 남은 이들 중에도 이 게임을 할 사람은 있다네. 예를 들어서 아이가 다 자라 성인이 되면서 부모를 떠난 거지. 외로워진 부모는 게임으로 돌아와 옛 기쁨을 다시 맛보는 거고. 아이가 없거나 아이를 원하지 않는 홀로그래피 인터넷 사용자를 어떻게 확보하느냐는 질문에 관해서는 말이야. 아주 단순하다네."

나는 사장의 눈빛이 조금 어두워진 걸 알아차렸다.

"나는 아직 아이가 없네. 앞으로도 없을 거고. 오랫동안 나 자신에게 이렇게 물었다네. 내 생명에 어떤 의의가 있을지, 아무 의의도 없는 인생이 존재할 필요가 있는지 말이야. 생명을 가진 사람이 다른 생명을 만들어내는 게 매우 책임감 없는 행동은 아닌지 고민하기도 했지."

사장이 갑자기 속내를 털어놓다니. 이러다가 나중에 후회하면 나를 바로 해고하지 않겠는가? 나는 갑자기 오한이 나서 식은땀까지 흘렸다.

"이 정도 레벨의 여성은 보통 기계 자궁으로 아이를 낳는 걸 원하지 않아. 모자 관계에 좋지 않다고 생각하거든. 하지만 배 속에 아이를 열 달이나 품고 싶어 하지도 않지. 일에 영향을 주고, 몸에도 영향을 주니까. 어떤 이들은 바쁜 사업 때문에 촌각을 다투다가 아차 하는 사이에 적당한 때를 놓친다네. 낳고는 싶지만, 노산이라 리스크가 크니 그냥 안 낳는 게 낫다고 생각하는 거야…."

나는 기회를 놓치지 않고 칭찬을 건넸다.

"보스. 시장 파악을 정말 잘하셨네요."

"나도 그쪽에 속하니까. 직접 경험하는 것 외에도 친구들이 이야기하는 걸 자주 듣거든. 사람은 동물이지. 일정한 나이가 되면 다음 세대를 낳고 싶다는 본능이 생겨. 하지만 사람은 평범한 동물보다 뛰어나지. 이로움을 따져보고 취사선택하는 재능이 있어. 후즈, 게임 재미있었지?"

"네."

나는 세게 고개를 끄덕였다.

"그건 그게 게임이기 때문이야. 게임 개발자라면 어떻게 해야 사용자들을 기쁘게 만들 수 있는지를 알아야지. 될 수 있으면 아이 키우기 난이도를 조절해 재미만 강화해야 해. 게임이 현실처럼 번거롭다면 누가 하려고 하겠어?"

"알겠습니다."

나는 다음에 전해질 임무가 무엇인지 어렴풋하게 알 것 같았다.

"업그레이드된 홀로그래피 버전은 자네가 맡도록 하게. 홀로그래피 게임을 개발한 경험이 있는 팀을 자네 관할로 내어주지."

"보스."

나는 그 은혜에 감사하면서도 황송무지했다.

"보스. 절 좋게 봐주셔서 감사합니다. 그런데 제가 맡기에는 너무 큰 일이 아닐지…."

"오늘 오후에 사람들을 시켜 자네 집에 홀로그래피 컴퓨터를 보내주지. 홀로그래피 인터넷 사용자 그룹에 들어온 걸 환영하네. 물론 인터넷 이용 요금은 경비 처리를 해줄 거야."

나는 입이 떡 하고 벌어졌다. 그건 내가 오랫동안 갈구했던 설비였다. 집에 한 대 놓을 수 있다면 회사에 있는 홀로그래피 인터넷 실에 종일 머무르며 귀가하지 않아 걸핏하면 란즈와 싸우던 날들도 더는 반복할 필요가 없었다.

"업그레이드된 상품이 성공한다면 10퍼센트에 해당하는 지분을 스톡옵션으로 받게 될 거야. 그리고 자네 파트의 파트장 자리가 계속 공석이었지. 자네가 관심만 있다면…."

나는 오른손으로 덜덜 떨리는 왼손을 힘껏 붙잡으려고 했다. 그 결과 두 손이 다 덜덜 떨렸다.

"저는… 보스, 왜 저를 택하셨습니까?"

"실력이 좋잖아. 지난번 개발도 성공적으로 해냈지. 나는 자네를 이제껏 좋게 평가했다네. 후즈."

사장은 다가와 내 어깨를 붙잡으며 친근함을 표시했다.

"어때?"

"저는… 맡고 싶습니다."

나는 맹렬히 가슴을 펼쳤다. 의지가 단전에서부터 솟구쳐 올라왔다.

"잘 해내겠습니다!"

사장의 왼쪽 눈썹이 씰룩였다. 사장은 여유롭게 숨을 내뱉었다.

"그렇지. 이렇게 나와야지. 오늘은 여기까지 이야기하도록 하지."

놀랍게도 사장은 직접 방문을 열어주었다.

"겸사겸사 자네에게 제안을 하나 하지. 지나치게 간단하고 조악하게 디자인한 제품은 업그레이드할 때 실생활 속 디테일을 살려야 한다네. 현실 경험이 부족하다면 제대로 해낼 수 없을 거야."

방금 문지방을 넘었던 나는 걸음을 멈췄다.

"란즈에게 아이를 하나 낳으라고 하게."

사장의 얼굴에 떠오른 달콤한 미소가 순식간에 거짓처럼 보였다. 그 미소는 내 머릿속에서 풍선처럼 점점 커지다가 펑 하고 터져버렸다….

사람의 일생에는 여러 단계가 있는데 각각의 단계에는 각자 다른 주제가 있다. 아이를 낳는 건 지금 내가 속한 단계에 있는 주제가 아니었다.

사람은 살면서 여러 꿈을 꿀 것이다. 예전에 나는 시인, 연예인, 정치인, 빌 게이츠를 꿈꿨다. 하지만 아버지를 꿈꾼 적은 없었다.

나는 밥을 먹으면서 넋을 놓고 란즈를 보았다. 이마 가장자리에 있는 머리카락이 왼쪽 뺨 앞으로 낮게 드리워졌는데 자연스럽게 말려 있었다. 작고 가느다란 검은 뱀 한 마리가 그곳에서 꿈틀거리는 것 같았다. 섹시했다. 매혹적인 뱀상 여인의 얽힘처럼. 아이를 낳는 건 란즈의 지금 단계에 있는 주제가 아니었다. 우리는 사랑에 빠졌을 때부터 아이를 낳지 않기로 약속했다. 이제 와 약속을 어기는 건 란즈를 배신하는 게 아닐까?

란즈는 고개를 들었다. 새카만 눈동자가 이리저리 움직였다. 손에 쥐고 있던 젓가락이 내 이마에 닿을 것 같았다.

"당신, 정신을 대체 어디에 둔 거야?"

란즈가 보내는 눈빛에 원망이 담겨 있었다. 이런, 이제 결혼한 지 반 년이 되었을 뿐인데 란즈는 어쩌다가 원부(怨婦)가 되었을까?

비록 지금 단계의 주제가 아버지가 아닌 업무상의 성공이지만, 이 주제는 내가 아버지가 되어야만 이룰 수 있었다. 내가 있는 분야는 경쟁이 치열했다. 내가 하지 않더라도 하겠다는 사람이 있을 것이다. 하지만 이렇게 좋은 기회는 다시 오지 않을 것이다. 최소한 이 일을 수락하면 가정용 홀로그래피 인터넷 전용 컴퓨터를 얻게 된다. 그럼 매일 늦게까지 회사에 머물 필요가 없게 되니 란즈와의 갈등도 다소 해결될 터였다. 그러니 내가 이런 선택을 하는 건 란즈를 위해서이기도 했다.

"아냐, 좋은 일을 생각하고 있었어."

내가 평소와 달리 좋게 반응하자 란즈는 오히려 놀라 젓가락을 내려놓고는 새카만 눈으로 나를 노려보며 말했다.

"무슨 좋은 일?"

"보스가 홀로그래피 컴퓨터를 보내줬어. 벌써 서재에 설치해놨지. 이따가 같이 가서 볼래?"

나는 뻔뻔스럽게 란즈의 비위를 맞추려고 했다.

"쳇, 난 또 뭐라고."

란즈는 눈을 흘겼지만, 입꼬리가 살짝 위로 올라가 있었다.

"저기, 앞으로는 내가 집에 더 오래 있을 수 있어. 자기랑 같이."

나는 부드러운 목소리로 말했다.

"아니면 쇠뿔도 단김에 빼라고, 우리 한 식구 더 들일까?"

란즈는 자리에서 벌떡 일어나며 자기 그릇을 치웠다.

"갑자기 무슨 소리를 하는 거야. 괜히 이상한 소리 하지 마."

"농담이잖아. 진담으로 받아들이는 건 아니지?"

안절부절못하던 나는 어쩔 수 없이 이렇게 대충 넘어갈 수밖에 없었다.

사장이 준 기한은 2년이었다. 두 해 안에 업그레이드된 버전을 만들려면, 반드시 란즈가, 그것도 최대한 빠르게 아이를 낳아야 했다. 기계 자궁을 사용하면 편리했고, 고생할 일도 없었으며 시간도 통제할 수 있었다. 아이가 태어나지 않은 몇 달 동안 나는 게임의 기술적인 부분을 개선하는 데에 전력을 다할 수 있을 것이고 아이가 태어나면 아이를 직접 양육하면서 그 느낌을 경험해볼 수 있을 것이다. 그러면 1년이 조금 넘는 시간 동안 게임 프로그램을 수정해 디테일을 강화하고 내용을 추가할 수 있을 것이다. 그렇다. 시간 낭비는 없을 것이다. 지금 가장 중요한 문제는 란즈를 어떻게 설득하느냐였다.

새로 설치된 홀로그래피 컴퓨터방에 앉아 나는 란즈를 타이르기로 마음을 굳혔다. 바오바오의 영상이 내 앞에 있는 공간에서 점점 커지더니 진짜 아이만 해졌다. 바오바오의 통통한 얼굴이 천천히 내게 다가왔다. 내 얼굴에 붙을 듯 가까워졌다.

"착하지. 아빠한테 뽀뽀."

내 목소리는 명령이었다.

그러자 바오바오의 입술이 오므려지며 앞으로 나왔다. 그건 공기 중에 있는 기이한 신호 입자였다. 신호 입자는 내 뺨과 부드럽게 부딪혔다.

뺨이 간지러웠다. 나도 모르게 웃음이 나왔다. 가슴에 뜨거운 벌레 한마리가 꿈틀거리는 것 같았다.

아이를 키우는 게 별로인가?

진심으로 란즈에게 이 게임을 해보라고 권하고 싶었다. 그러나 업그레이드 버전에서 구현 가능한 동작은 이것뿐이었다. 아직 디테일을 갖추지 못했다. 예를 들어 아기 피부의 촉감이나 아기가 기어갈 때 무의식적으로 입에서 내는 소리, 아기 피부에서 나는 독특한 냄새 등 말이다. 홀로그래피 인터넷에서 즐기는 게임이라면 홀로그래피 인터넷의 소리, 색깔, 촉감, 냄새 등 모든 전송 기능을 완벽하게 활용해야 했다. 그러지 않으면 보통 인터넷 사용료의 50배가 넘는 비용을 어떻게 청구한단 말인가?

게다가 내가 이 게임을 개발하고 있다는 걸 란즈가 알아서는 절대로 안 됐다. 똑똑한 란즈는 내게 따로 꿍꿍이가 있다는 걸 알아챈다면 절대 아이를 낳는 데에 동의하지 않을 것이다.

이틀 후 나는 선배 란구이팡에게 저녁을 대접하면서 아이 출산에 관해 자문을 구했다. 선배의 아이는 올해 생후 18개월이었는데 한창 뛰어다닐 때였다. 선배는 젓가락으로 음식을 집으면서 머리를 흔들었다.

"정말 갖고 싶은 거야?"

"응, 응."

나는 고개를 끄덕이며 말했다.

"선배, 한잔해, 한잔."

"아냐."

선배는 내가 내민 잔을 밀어내며 말했다.

"꼬마 나리가 싫어하는 건 손에도 대면 안 된다고."

나는 순간 멍해졌다.

"넌 말이야."

선배는 음식을 씹으면서 침착하게 말했다.

"여성의 마음을 잡아야지. 여성도 동물이야. 우리 나잇대가 되면 모성 본능이 쉽게 일어나지만, 오늘날의 여성은 고민하는 게 많거든. 이것도 고민하고 저것도 고민하다 보면 아이를 못 낳지. 기계 자궁을 쓰면 좀 더 편하긴 해. 두 사람이 병원에 갔다가 8개월만 지나면 아기를 안고 집으로 갈 수 있으니까. 직접 임신하면 입덧도 있고, 체형이 변하는 데다가 감정 기복도 심해지거든. 그럼 집안 편할 날이 없어요."

나는 갑자기 후회되었다. 선배가 이번 기회를 틈타 하소연을 하는 것 같았다. 선배는 내가 언짢아하는 걸 알아채고는 부드러운 말투로 물었다.

"정말 아이를 갖고 싶어?"

"응."

나는 고개를 숙이며 술을 마셨다.

"란즈는 나도 잘 알지. 감정적인 사람이잖아. 자극을 주면 충동적으로 행동할 거야. 내가 널 도와줄게."

나는 조금 주저했다.

"그런데 란즈가 냉정을 되찾으면 후회하지 않을까…."

선배의 부릅뜬 눈이 튀어나올 것 같았다. 선배는 나를 취조하듯 말했다.

"애 낳고 후회하는 일이 한두 번이게. 문제는 너야. 너는 아기를 갖고 싶은 거잖아?"

나는 그렇다고 답했다. 가슴이 조금 답답해졌다.

"그럼 된 거지. 형이 널 도와줄게."

선배는 득의양양하게 입술을 핥으며 말했다.

"내게 맡겨."

월요일 점심에는 특별히 휴가를 신청해 란즈를 데리고 병원으로 병문안을 갔다. 란즈에게는 친구라고 말했지만, 사실은 선배 회사에 있는 직원이 지난주에 아이를 낳은 거였다. 내가 커다란 꽃바구니를 가져가자 란즈는 가는 내내 나를 노려보았다. 산모가 내 전 여친이라고 생각한 것이다.

허약한 상태의 산모는 병상 위에 누운 채 우리를 보고 미소 지었다. 선배는 우리가 가기 전에 미리 산모에게 당부를 해두었다. 란즈는 병실에 들어간 뒤로 말이 없었다. 다만 두 눈으로 쉴 새 없이 주변을 둘러볼 뿐이었다.

"두 분 고마워요."

아직 붓기가 가시지 않은 얼굴이 하얀 베게 위에 놓여 있었다. 착각일지도 모르지만, 산모의 온화한 웃음은 성모 마리아를 연상케 했다.

"왜 고생을 자처하세요? 기계 자궁을 쓸 수 있지 않나요?"

란즈가 산모의 손을 붙잡으며 낮은 목소리로 물었다.

"공로를 위해서죠."

산모는 기쁨이 가득한 얼굴로 웃었다.

"나는 애 아빠보다 열 달은 더 공로를 쌓은 거예요."

산모는 침상 옆에 있는 아기 침대를 살짝 두드리며 말했다.

란즈는 아기 침대 옆으로 가 강보에 싸인 작은 생명을 응시했다.

나는 깜짝 놀랐다. 이렇게 작은 아기가 있다니! 아니지, 아기는 다 이렇게 작다고 해야 할 것이다. 텔레비전에서 보았던 날짐승의 새끼나 갓 태어난 아기 고양이, 심지어는 이제 막 보금자리에서 벗어난 분홍색 새끼 쥐도 동일한 종류의 생물 같았다. 어린 생명은 다 이렇게 같은 거겠지?

바오바오의 프로그램은 실로 조잡하기 그지없었다. 나는 오늘 느낀 걸 제대로 기억해두었다가 오후에 디테일을 수정할 것이다. 오늘은 나름의 수확이 있는 셈이었다. 촉감. 촉감이 있었지. 나는 손가락 하나를 내밀어 아기의 뺨을 조심스레 만져보았다. 매끄럽고도 얇은 피부가 곧장 손가락을 부드럽게 튕겨냈다…. 세상에! 이런 느낌을 홀로그래피 프로그램에 집어넣어 구현하는 건 얼마나 어려운 도전인가!

정신이 든 나는 옆에 있는 란즈도 정신을 놓고 있다는 걸 알아차렸다. 란즈는 두 손으로 아기 침대의 양쪽 모서리를 쥐고 있었는데 마치 그 공간을 점유하려는 것 같았다.

아기의 짙은 분홍빛 얼굴에는 주름이 있었고 얇은 입은 오물거리고 있었다. 갑자기 눈을 뜨자 눈동자가 이리저리 움직였다. 투명하고도 검은 유리구슬 같았다. 란즈는 천천히 숨을 내뱉었다. 이제껏 내가 한 번도 본 적 없는 표정이 란즈의 얼굴에 떠올라 있었다.

"느낌이 어때요?"

란즈는 혼잣말을 하는 것처럼 물었다. 옆에 있던 산모가 웃으며 답했다.

"성취감이 엄청나요. 당신도 하나 낳아봐요."

란즈는 그 말을 듣더니 조금 정신이 나간 것 같았는데 더는 답을 하지 않았다.

요 며칠 너무 바쁜 나머지 녹초가 되었다. 나는 바오바오가 진짜 아이처럼 천천히 자라기를, 진짜 아이 같은 외모와 촉감, 냄새를 가지기를 바랐다. 내가 아기를 낳아 키우고 있는 것과 다름이 없지 않은가? 이렇게 생생한 디지털 아이를 만들어냈으니 나는 아이의 아버지이자 어머니였다.

지난번에 병원을 찾아간 게 효과가 있었는지 란즈는 요즘 비교적 조용했다. 하지만 나는 란즈의 속내를 가늠할 기력이 없었다. 선배의 계획은 절반만 진행되었기에 내가 조급하게 굴어도 소용이 없었다.

이번 주말 저녁에 선배네 가족들이 찾아오기로 했다. 저녁 준비를 마치자마자 란즈는 바빠졌다. 방을 치우고, 거실을 정리했으며 티 테이블 위에 과일과 간식을 잔뜩 차려놓았다.

선배가 도착했을 때 란즈가 문을 열었다. 인터폰 화면에 제일 먼저 보이는 건 손바닥만 한 작은 얼굴이었다. 선배의 품에 안긴 아이는 흥분한 채로 몸을 움직이고 있었는데 작은 손을 뻗어 카메라 렌즈 쪽을 툭툭 쳤다. 마치 렌즈 안에 있는 누군가가 자신을 보고 있다는 걸 알고 있는 것 같았다.

손님들이 집 안으로 들어왔다. 우리 집은 복층 구조인데 위아래 공간이 계단 네 개로 이어져 있었다. 그래서 '화니(花妮)'라고 불리는 작은 요정은 자신이 가지고 있는 모든 열정을 이 네 개의 계단을 오르내리는 데에 쏟아부었다.

나는 몰래 화니의 걸음걸이를 살펴보았다. 화니는 벌써 자기 몸의 중심을 잡을 줄 알았지만, 몸이 동물처럼 좌우로 흔들렸다. 그래, 오리처럼. 이런 행동 특징을 게임 안 프로그램에서는 어떤 명령으로 구현하지? 대뇌에서 연산을 주관하는 부위가 빠르게 돌아가기 시작했다.

란즈는 나보다 더 심했다. 아예 손님 접대를 나에게 떠맡기고는 가장 높은 계단인 네 번째 층계에 앉아 화니가 즐겁게 오르내리는 것을 웃는 얼굴로 구경했다.

형수가 옆에서 말했다.

"화니, 이모 안아줘."

붉은 치마를 입고 있던 꼬마가 란즈의 품에서 꺄르르 웃었다. 양 머리로 묶은 머리카락은 이리저리 흔들렸고 꽃잎 같은 입술은 계속 기괴한 소리를 냈다. 아기를 안고 있는 란즈는 미소를 드러내며 자기 팔을 요람처럼 움직였다.

선배는 멀리서 그 모습을 지켜보더니 갑자기 원격 조종을 했다.

"화니, 이모랑 사랑 표현!"

말이 끝나기가 무섭게 아이는 작은 머리를 들더니 소형 폭탄이라도 된 것처럼 란즈의 얼굴에 쪽 하고 부딪혔다. 작은 입술이 계속 란즈에게 붙어 있었다. 란즈의 뺨 한쪽이 침으로 흠뻑 젖었다.

란즈의 얼굴에 걸려 있던 미소가 어느새 사라졌다. 그러더니 꿈을 꾸는 듯 망연해졌다. 란즈를 세심하게 관찰하던 나와 선배는 빠르게 눈빛을 교환했다.

우리의 작전이 성공한 것이다.

본업에 관련된 일이라면, 나는 자신의 무능력을 느낀 적이 별로 없었다. 그런데 이번에는 어떻게 해야 한다는 걸 알면서도 해낼 수가 없었다. 지독한 실패감이었다.

입술, 아기의 입술. 나는 바오바오도 화니처럼 여린 입술을 갖기를 바랐다. 얇고 약하면서도 따뜻한, 화니처럼 사람에게 달라붙는 그런 입술.

홀로그래피 인터넷의 고성능 입자는 각종 신호로 전달될 수 있었다. 내가 알고 있는 이 느낌을 제대로 입력만 할 수 있다면 말이다. 적당한 방법으로 표현만 해내면 되는 일인데, 이게 이렇게 어려울 줄이야!

창조가 얼마나 위대한 것인지 나는 인정할 수밖에 없었다. 디지털 아기를 만드는 것도 어려운데 신비한 힘은 수십억 인류만 만들어낸 게 아니라 천 조에 달하는 동식물을, 끝없는 우주까지 만들어냈다.

누군가 내 이름을 불렀다. 서재 문을 잠가놓기는 했지만, 분노에 찬 목소리는 여전히 들을 수 있었다.

나는 한숨을 내쉬었다. 게임을 저장하고 로그아웃한 뒤 전원을 껐다. 문을 열자 복층 계단에 서 있는 임부가 보였다. 란즈의 체형은 원래의 두 배였고 얼굴은 부어 있었으며 피로감이 가득했다. 내가 알던 그 사람이 아닌 것 같았다.

나는 다섯 달 전에 이 계단에 선 란즈가 불안한 표정으로 떠보듯 내게 질문했던 걸 기억했다.

"후즈, 우리 집에도 변화가 좀 필요한 것 같지 않아?"

그때 나는 기쁜 마음을 애써 감추며 물었다.

"왜? 지금은 별로야?"

만약 시간의 수레바퀴를 이때로 돌릴 수 있다면, 나는 란즈가 이어서 꺼낼 제안을 냉정하게 수정했을 것이다. 아이를 낳는 건 좋지만, 병원에 있는 기계 자궁을 통해 체외 배양을 하자고 말이다. 그럼 오늘날의 이 모든 번거로움이 일어나지 않았을 것이다.

"당신 대체 왜 그래? 매일 나를 피하고 컴퓨터 방에 처박혀 나오지를 않잖아!"

란즈는 몸을 떨며 말했다.

"잘 들어. 후즈, 내가 품고 있는 아기는 나 혼자만의 아이가 아니야!"

마지막 말을 듣자 나는 갑자기 제 발이 저렸다. 란즈에게 다가가 어깨를 감싸며 말했다.

"알았어. 내가 같이 있을게. 우리 밖에 나가서 밥 먹자."

"사람이 밥을 먹어야 한다는 걸 알고는 있나 보네! 당신 컴퓨터한테 단단히 홀렸어!"

란즈가 몸을 움직이더니 주먹으로 내 가슴을 두드렸다.

"내가 잘못했어. 내가 잘못했다니까! 내가 고칠게! 그러니까 자기 울지 마, 어?"

나는 온화한 말투로 란즈를 달래주었다. 내 어깨에 기대 훌쩍이는 머리는 신기한 눈물 제조기 같았다. 내 셔츠가 빠르게 젖었다. 활발하면서도 생기 있던 나의 란즈는 어디로 간 걸까? 나는 탄식을 삼켰다. 하, 이런 날도 곧 끝이 나겠지.

아이가 태어나던 날, 나는 분만실 문 너머에서 첫울음을 들었다. 란즈는 고집스레 나를 못 들어오게 했다.

"의사가 그랬어. 내가 옆에서 네 손을 붙잡고 있으면 도움이 된대."

이런 제안을 먼저 한 것만으로도 나는 내 책임을 다했다고 생각했다.

"당신에게 못난 모습을 보이고 싶지 않아. 어쨌든 무통분만이잖아. 걱정할 거 없어."

란즈가 단호하게 나를 분만실 밖에 두었지만, 나는 바로 문밖 벤치에 앉아 란즈의 고통에 찬 신음을 들었다.

란즈의 몸부림과 나의 기다림 사이에서, 나는 나라는 인간에 대해 회의하기 시작했다. 란즈는 자기가 원해서 아기를 낳는 거였다. 하지만 나는 아이를 정말로 원했던 걸까? 아니면 일할 때 필요한 모방용 샘플로 여겼던 걸까?

란즈는 자신의 몸으로 아이를 만들어냈다. 그럼 나는? 나는 힘없는 두 팔을 기계처럼 뻗으면서 따스하고도 연약한 생명을 안아 들었다. 내가 이 아이를 위해 뭘 했지? 내가 머리를 써서 만들어낸 다른 것이야말로, 비록 살아 있는 아기라고 할 수는 없지만, 어쩌면 바오바오야말로 나의 아이였다.

앞을 직시하는 나의 텅 빈 두 눈이 휘청이다가 란즈의 동굴처럼 깊고 그윽한 눈동자에 닿았다. 이제껏 란즈는 이렇게 간절하고 초조한 눈빛으로 나의 긍정을 기다리고 있었던 것이다. 하지만 나는 란즈를 실망시켰고, 그 순간 란즈는 깊은 상처를 입었다. 뒤늦게 내가 예쁜 딸이 생겼다며 큰 소리로 외치면서 기뻐해도 꺼져버린 기대는 다시는 란즈의 눈에서 타오르지 않을 터였다.

다른 이들의 눈에는 내가 딸에게 엄청난 열정을 가지고 있는 것처럼 보일 것이다. 나는 딸아이의 작은 얼굴을 질리지 않는다는 듯 매만졌다. 간호사가 나를 떼어낼 때까지 말이다. 나는 실험실에서 관찰하는 것처럼 딸아이의 행동을 하나씩 자세히 살펴보았고, 두 팔을 요람 삼아 쉴 새 없이 딸아이를 흔들면서도 속으로는 아기 무게를 게임 속에서 어떻게 구현할지를 고민했다.

"아빠가 정말 자상하네요!"

같은 병실에 있는 임산부를 방문하러 온 사람들이 감탄하며 말했다. 란즈의 시선이 말없이 내게 향했다. 미동도 하지 않는 두 눈에는 의심이 드러났다. 내가 어떻게 해야 란즈의 신뢰를 되찾을 수 있을까? 나는 무력함을 느꼈다. 어쩌면 미안함일지도.

란즈는 아이를 낳은 뒤에 젖이 돌지 않아 조급해했다. 감히 란즈의 화를 돋우고 싶지는 않았기에 나도 조심스러웠다. 란즈의 회사는 집에서 아이를 키울 수 있도록 출산 휴가를 반년 주었다. 그래서 란즈는 걸핏하면 아기를 두고 나와 다투곤 했다. 란즈는 아기가 자기 혼자만의 아이인 것처럼 굴었다. 란즈는 종일 아기를 안고 방 안을 오갔고, 나는 매일 '육아 체험'을 한 뒤에 홀로그래피 인터넷이 있는 서재에 틀어박혔다.

아이 키우기 게임은 벌써 새로운 단계를 돌파했다. 자는 모습, 우는 소리, 웃음소리 및 무의식적인 동작에 있어서 나는 장족의 발전이라고 할 수 있을 만큼 큰 이해를 얻었다.

베이베이(貝貝, 내 딸의 아명이다)는 팔다리를 벌리고 자는 걸 좋아했다. 두꺼운 옷을 입었는데도 늘 몸을 움직였다. 나는 베이베이가 깊이 잠들 때면 침상 옆에 서서 그 모습을 지켜보곤 했다. 작은 짐승처럼 아직 제대로 깨어나지 않은, 수시로 몸을 꿈틀거리는 이 작은 생명이 내 몸에서 나왔다는 게 믿기지 않았다. 어렸을 때 어머니는 종종 이렇게 말씀하시곤 했다. 너는 내 몸에서 떨어져 나온 일부라고. 상대적으로 아빠는 이런 느낌을 경험할 방법이 없을 것이다. 엄마와 아이 사이의 감정은 아빠가 대신할 수도, 심지어 뛰어넘을 수도 없었다. 그래서 나는 란즈 앞에만 서면 가짜 가장이 된 것 같았다. 자식을 둔 남성 중 나처럼 생각하는 이가 원래 많은 건지 아니면 상황이 특수해서 나만 그렇게 느끼는 건지는 모르겠다.

베이베이는 한밤중에 깨어나 배고픔에 쉴 새 없이 울어댔다. 나는 벌써 2주 넘게 제대로 잠을 잔 적이 없었다. 이렇게 작은 생명이 대체 무슨 수로 그렇게 많은 소음을 만들어내는 건지 알 수 없었다.

지난 주말에는 너무 피곤해 침대에만 붙어 있었다. 파김치가 된 몸을 이제 막 쉬게 하려는데 멀지 않은 작은 침대에서 갑자기 울음소리가 전해졌다. 데시벨이 얼마나 되는지는 모르겠지만, 청각 장애가 있는 사람도 시끄러워서 깨어날 것 같았다. 란즈는 다급하게 몸을 일으키면서 아기를 안더니 두세 번 흔들어준 뒤 내 품으로 넘기며 말했다.

"자기가 안아. 난 가서 분유를 탈게."

"낮에 그렇게 많이 마셨는데, 아직도 부족해?"

나는 투덜거렸다.

"후즈. 자기 딸이잖아. 어쩜 이렇게 참을성이 없어!"

란즈는 나와 싸울 기분이 아니었는지 주방으로 갔다. 나는 인공 요람이 되어 아주 성실하게 베이베이를 재우려고 노력했다.

"으아앙!"

베이베이는 이가 없는 입을 크게 벌렸다. 조용히 할 생각이 전혀 없는 것 같았다.

"이런 작은 요괴 같으니라고!"

나는 머리가 아파 터질 것만 같았다. 진심으로 베이베이를 던져버리고 싶었다. 사장이 게임의 관건 중 하나가 난이도 조절이라고 했던 이유를 이제야 알 것 같았다. 만약 게임이 현실과 같다면, 어느 얼간이가 그런 고생을 하려고 하겠는가! 결과적으로 그 얼간이는 바로 나였다!

나중에 나는 아예 서재로 가서 밤을 지새웠다. 덕분에 새 게임 프로그래밍을 위한 야근도 할 수 있었다. 서재 안은 방음 효과가 뛰어나 밖에서 누가 울어도 전혀 들리지 않았다. 소리와 색, 냄새, 맛 그리고 촉각을 담고 있는 전자 신호가 방 안 공간에 가득했다. 그것은 순식간에 변화했으며 모두 내 손안에 있었다. 나는 그것들을 모아 생동감 넘치는 아기를 빚어냈다. 바오바오라고 불리는 아기였다.

바오바오의 매력은 바로 영리함에 있었는데 가끔 장난을 치더라도 정도를 지켰으며 머리가 터질 것처럼 울지는 않았다. 바오바오의 몸은 부드러우면서도 따뜻했고, 젖비린내가 났다. 다른 아기들처럼, 우리 집 아기처럼 말이다. 바오바오는 웃을 때 딸꾹질을 하기도 했는데 애니메이션 속 작은 동물처럼 가슴을 들썩이곤 했다.

웃음소리는 무의식적이었는데 때때로 고정적인 음높이가 없기도 했다. 갑자기 히히 웃거나 깔깔 웃기도 했는데 얼굴에 배치한 표정은 더 재미있었다. 가끔은 짓궂었고, 가끔은 탐색하는 것 같았으며 가끔은 겸연쩍어했다. 그렇다. 우리 집 아기, 내 딸의 웃음이었다. 나는 베이베이의 웃음을 바오바오의 몸으로 옮겼다. 그렇게 웃는 베이베이는 란즈가 낳았고, 그렇게 웃는 바오바오는 내가 프로그래밍한 거였다. 후자야말로 나를 진짜 창조자로 만들어주는, 창조자로서의 뿌듯함을 느끼게 해주는 존재였다.

나는 내 일에 깊게 빠졌고, 나의 바오바오를 열렬히 사랑했다. 나는 여러 디테일을 새로 고안했다. 아이 키우기 게임의 2D 버전에서는 찾을 수 없는 디테일이었다. 예를 들어 토하기. 베이베이는 젖병으로 분유를 마실 때마다 다급하게 마셨는데 나중에 토를 하곤 했다. 꽃잎 같은 입술이 벌어지면서 울컥 하고 유백색 분유를 뿜어내곤 했는데 입가에 방울방울 묻히고는 다시 "왝!" 하고 쏟아냈다. 뿜어진 분유가 입가를 따라 흘러내렸다. 그러면 란즈는 부드러운 수건으로 재빠르게 베이베이의 입을 닦아주며 토한 분유가 베이베이의 목 안으로 들어가지 않도록 했다. 이 일은 나도 해봤다. 그런데 베이베이는 나를 좋아하지 않는 건지 내가 닦자마자 기침을 하며 내 얼굴에 토를 뿜었다. 얼굴에 묻은 액체에서는 옅은 비린내가 났다. 나는 우유를 좋아하지 않았다.

사장은 내게 게임이 너무 쉬워도 재미가 없다고 했다. 아이 키우기라고 할지라도 적당한 어려움을 주면서 난이도를 조절하지 않으면 사람의 흥미를 오랫동안 붙잡을 수 없다고 했다. 그러니 토하는 디테일은 꼭 들어가야 했다. 서재에서 프로그래밍 데이터를 수정하면서 토를 뿜는 강도를 조절했다. 테스트하는 동안, 나는 시뮬레이션을 돌리면서 여러 방식으로 내 얼굴에 토를 쏟게 했고, 토사물의 점성과 냄새를 조절해 현실에 가깝게 했다. 나도 모르게 자책감이 들었다. 내 딸인 베이베이가 토를 쏟았을 때는 그렇게 쉽게 짜증을 냈으면서, 그걸 내 업무라고 생각하자….

똑똑똑!

누군가 문을 두드렸다. 아니, 문을 부실 듯 때렸다. 고막을 울리는 노크 소리가 내 생각을 막았고, 홀로그래피 인터넷이 만들어놓은 현실 같으면서도 환상 같은 아름다운 분위기를 망쳐놓았다. 나는 분노하며 작업 성과물을 저장했고, 로그아웃을 했으며 기계를 끈 뒤 문을 열었다.

하지만 예상과 달리 내 앞에 있는 이는 흥분한 원부가 아니라 초조함에 사로잡힌 엄마였다.

아기를 안은 란즈는 산발을 하고 있었는데 방금 막 침대에서 일어나 아직 씻지도 못한 것 같았다. 게다가 눈은 충혈되었으며 당황한 눈빛이었다.

"후즈, 베이베이가 열이 있어. 어쩌지, 이를 어째!"

"어쩌냐고? 일단 진정해봐. 그래 봤자 열이 나는 거잖아?"

나는 손을 뻗어 베이베이의 작은 이마를 만져보았다.

뜨거웠다.

나는 손을 거뒀다. 가슴이 철렁했다. 베이베이의 작은 얼굴은 붉었고, 이마를 찌푸려 눈과 코가 한곳에 모여 있었다. 내 주먹만 한 아주 작은 머리였다. 대체 어떤 고통을 겪고 있기에 이런 표정을 하는 걸까? 몸에 힘이 없는지 베이베이는 울지도 않았다.

나의 태연함은 잔혹함이었다. 어쩌면 바오바오가 아플 때마다 내가 충분히 제어할 수 있었기에, 또 그런 상황을 너무 자주 겪었기에 그런 걸지도 몰랐다. 전자 약품을 조제해서 바오바오에게 주면, 설계된 방식대로만 하면 곧장 바오바오를 다시 웃게 만들 수 있었다.

그러나 베이베이는 디지털 아기가 아니었고, 아픈 베이베이를 앞에 둔 나는 어쩔 줄 몰라 하는 아빠일 뿐이었다.

"병원으로 데려가자. 빨리 병원으로 데려가."

내 목소리도 평정을 잃었다.

"멍하게 서 있으면 뭘 어쩌자는 거야!"

란즈가 발을 동동 구르며 말했다. 그제야 나는 내가 아직 잠옷을 입고 있다는 걸 깨달았다. 침실로 달려가 옷을 갈아입을 때, 뒤에서 란즈가 이렇게 말했다.

"후즈, 나랑 베이베이는 하루에 자기 얼굴을 몇 번 보기도 힘들어."

나는 고개를 돌렸다. 란즈의 얼굴은 차분했지만 약간의 슬픔이 깃들어 있었다. 하지만 슬픔이 넘쳐나지는 않았다. 나는 말문이 막혔다.

병원에서 나는 란즈와 함께 링거를 맞는 베이베이를 보면서 이상할 정도로 차분하게 대화를 나눴다.

"아무래도 내가 잘못 생각한 것 같아."

란즈가 말했다.

"당신은 아직 아빠가 될 준비가 되지 않았는데, 나는 내 감정만 생각한 나머지 충동적으로 엄마가 된 것 같아."

"그렇게 말하지 마."

나는 나 자신이 가식적이라고 생각했다.

"나도 당신을 지지해."

"당신 마음은 알겠다고 치자. 그런데 자기는 걱정 없는 과거에 아직 머물러 있어. 자기 혼자만 배부르면 다른 가족들은 신경도 안 쓰지. 일하고 싶을 때는 며칠 내내 일하고, 쉬고 싶을 때는 아이가 시끄럽다면서 위로 올라와서 같이 자지도 않잖아. 기분이 좋을 때면 나랑 베이베이를 보러 오고, 기분이 나쁠 때면 서재에 틀어박히지. 밖에서 무슨 일이 벌어지든 못 들은 척하고 말이야."

"요즘 내가 당신이랑 베이베이에게 관심을 쏟지 못했어. 내 잘못이야."

내가 또 무슨 말을 할 수 있겠는가.

"베이베이를 봐. 이렇게 어린데…."

란즈는 손가락으로 베이베이의 미간에 생긴 주름을 옷 주름을 펴주듯 부드럽게 문질렀다.

"어린 나이에 이런 고생을…."

란즈의 눈물이 뚝뚝 떨어졌다.

란즈의 시선을 따라 아이의 옆머리에 꽂혀 있는 바늘을 보았다. 3개월 된 아기는 혈관이 너무 작아 링거도 머리로 맞아야 했다. 나는 그걸 오늘 처음 알았다. 아이의 머리가 작았기에 평범한 바늘도 유달리 커 보였다.

나는 무섭게 보이는 바늘을 만져볼 엄두가 나지 않았다. 그저 고개를 돌려 천천히 바람을 불어줄 뿐이었다. 호오 호오. 이렇게 하면 베이베이의 고통을 줄여줄 수 있는 것처럼 말이다.

란즈의 터져 나온 울음소리가 내 등을 두드렸다.

나는 고개를 들어 란즈를 보고는 쓴웃음을 지었다. 란즈는 이번에도 나를 용서해주었다. 하지만 나는 나 자신을 용서할 수 없었다. 불쑥 이런 생각이 들었기 때문이었다.

이걸 게임에 넣어야 하나?
넣을까, 아니면 말까?

아이는 면역력이 약해 고열이 나자 폐렴으로 이어졌다. 베이베이는 보름 동안 병원에 입원했고, 내 월급을 한 달 치하고도 2주치를 더 써버렸다.

사장은 이것도 업무상의 지출이라면서 아주 흔쾌히 의료비와 입원비를 경비로 처리했다. 나는 거절하지 않았다. 거슬리는 말을 듣고도 사장에게 항의하지 않았다.

나는 생계와 성공만 생각하는 졸렬한 남자였다. 물론 나는 사장이 이상할 정도로 후한 이유를 설명할 방법이 없었기에 이 사실을 란즈에게 알리지 않았다. 란즈는 보름 사이에 출산 전 체형으로 빠르게 돌아갔다. 가히 기적이라고 할 수 있었다. 아이를 걱정하는 엄마는 이렇게나 많은 정신과 체력을 소모하는 것이다. 이때 나는 란즈에게 베이베이가, 그리고 나에게 바오바오가 전혀 다른 의미라는 걸 깨달았다. 베이베이는 한 명 뿐이라 잃으면 절대 다시 얻을 수 없지만, 바오바오는 영원히 잃어버릴 일이 없을 것이다. 그러니 나는 디지털 아기 때문에 이렇게 초조해할 일이, 상심하고 절망할 일이 없었다. 바로 이런 차이 때문에 '아이 키우기' 같은 게임이 인기를 얻는 거지만. 내가 진짜 엄마와 비견될 수 없다는 걸 깨닫자 나는 실망했다.

베이베이가 퇴원한 뒤로 나는 과거의 잘못을 반성했고, 바뀌려고 했다. 더는 귀찮다며 서재에 틀어박히지도, '아빠'를 직업 이외의 부가적 신분으로 여기지도 않았다. 나는 인내심을 가지고 나와 혈연관계에 있는 아기를, 생기 가득한 이 아이에게 관심을 쏟으며 돌보려고 했다. 베이베이의 생명이 하나뿐이라는 것을, 그리고 그 생명이 이렇게나 부드럽고 연약하다는 걸 알게 되었기 때문이었다.

세월이 빠르다는 말은 얼마나 상투적이던가. 눈 깜짝할 사이에 한 아이의 아버지가 된 지도 1년이 지났다. 란즈는 다시 출근하기 시작했고, 경험 많은 중년 여성을 보모로 고용했다. 베이베이는 벌써 말을 하기 시작했다. 아니지, 정확히 말하면 아주 간단한 말을 할 수 있게 되었다. 예를 들어 "엄마", "아빠", "좋아", "싫어"…. 그래서 베이베이는 아직 제대로 갖추지 못한 언어 시스템을 활용해 "엄마 좋아", "아빠 싫어" 같은 짧은 문장을 구사했다.

아빠는 왜 싫어하냐고? 나도 모르겠다. 어쩌면 아기는 성인이 잃어버린 분별 능력을 지니고 있을지도. 그래서 베이베이도 엄마가 자신에게 주는 사랑이 껄껄 웃는 아빠가 주는 사랑보다 훨씬 더 진실하다는 걸 느끼는 걸지도 모르겠다. 내가 테스트를 해볼 요량으로 베이베이를 안아서 흔들거나 몸짓과 말로 이루어진 반응을 살펴볼 때면, 베이베이의 동그랗고도 새카만 눈동자는 멈칫했으며 다갈색 동공에 경계의 눈빛을 드러내곤 했다.

내가 지나친 생각을 하는 걸지도 모르겠지만, 그건 정말 경계였다.

란즈가 나에게 그랬던 것처럼 말이다. 나는 란즈가 나를 향한 경계심을 내려놓지 않았다는 걸 느끼고 있었다. 란즈의 내면 깊숙한 곳은 아직 나를 의심했다. 내가 이 아이를 좋아하지 않는다고 생각했다. 내가 막 태어난 베이베이를 품에 안았던 그 순간부터, 란즈는 이 의심을 멈춘 적이 없었다.

그러나 다른 사람들의 눈에 우리는 행복한 가정이었다. 거의 완벽에 가까울 정도로 말이다. 아름답고 지혜로운 부인과 다정다감한 남편, 두 사람은 직업이 훌륭했고, 아이도 예쁘고 귀여웠다. 뭐 하나 흠잡을 게 없었다. 사장조차 자기 덕분에 내가 이런 가정을 가지게 되었다면서 자화자찬을 하지 않았던가. 물론 그럴 때면 나는 고개를 숙이면서 이렇게 답하곤 했다.

"네, 네. 이건 제가 정말 사장님께 감사를 드려야지요."

'아이 키우기' 게임의 홀로그래피 버전이 체험판으로 출시된 뒤, 시장의 반응은 뜨거웠다. 홀로그래피 인터넷 사용자의 30퍼센트에 달하는 이들이 게임에 가입했고, 사용자 수는 꾸준히 증가했다. 지금 나는 체험판을 정식판으로 바꾸는 개선 작업을 하고 있다. 정식판이 출시되면 회사는 게임을 상장할 계획이고, 그럼 나는 10퍼센트에 달하는 스톡옵션을 받게 된다. 그걸 팔면 내 계좌의 잔액 끝자리에 0이 하나 더해질 수도 있을 것이다.

나는 여전히 재택근무를 했다. 딸 베이베이를 돌보면서 아기 바오바오를 만들었다. 보모가 옆에서 아이를 돌봐줬기에 큰 힘이 들지는 않았다.

그날 오후에는 보모인 쉬 아주머니가 집에 급한 일이 생겨서 잠시 나갔다 오겠다고 했다. 나도 개의치 않았기에 이렇게 말했다.

"그럼 갔다 오세요."

쉬 아주머니는 외출하기 전에 내게 당부했다.

"후 선생님, 서재에 있을 때는 문을 잠그고 있지 말아요. 아니면 베이베이를 데리고 같이 있든지. 밖에 있는 아이에게 무슨 일이 생겨도 안에만 있으면 들리지 않을 거 아니에요!"

하긴. 쉬 아주머니의 말에도 일리가 있었다. 위층에 있는 침실로 가자 침실 바닥에 있는 카펫에 앉아서 신나게 손가락을 빨고 있는 베이베이가 보였다. 베이베이는 입에 넣은 엄지를 쩝쩝 소리를 내며 빨았다. 침이 손가락을 타고 손목까지 흘러내렸다. 란즈가 이 모습을 봤다면 아이의 손을 입에서 꺼내 손바닥을 때렸을 것이다. 하지만 나는 그러지 않았다. 베이베이의 손가락을 입에서 꺼낸 뒤 베이베이를 안아 화장실로 데려갔다. 깨끗이 손을 씻기고는 이렇게 말했다.

"자, 이제 되었다."

베이베이는 고개를 들어 나를 보고는 진지하게 무언가를 생각하다가 말했다.

"아빠, 좋아."

나는 장난치듯 웃으면서 란즈가 이 모습을 봤다면 화를 냈을 거라고 생각했다. 나는 아이를 안고 아래층으로 내려간 뒤 서재 밖에 있는 소파에 베이베이를 앉혔다. 서재에 들어간 뒤에는 일부러 문을 조금 열어두었다. 아이에게 무슨 일이 생기면 바로 대응할 수 있게 말이다.

나는 기계를 켜고 로그인을 했으며 '아이 키우기' 게임의 프로그래밍 창을 띄워 일을 시작했다. 게임에 작은 디테일을 추가하자는 영감이 불현듯 떠올랐다. 바오바오가 손가락을 빤다면 어떻게 해야 할까?

선택 1: 손바닥을 때린다.

선택 2: 쓴맛이 나는 걸 손가락에 묻힌다.

선택 3: 손을 깨끗이 씻어준 뒤에 계속 빨게 한다.

이건 애를 지나치게 귀여워하는 걸까? 아니었다. 나는 곰곰이 생각해 본 뒤 문장을 추가했다.

손을 깨끗이 씻어준 뒤에 손가락에 꿀을 발라줘 계속 빨게 한다.

나는 내 창의성에 웃었다. 이건 게임이니까. 게임은 책임지지 않는 법이었다. 아이에게 나쁜 생활 습관이 생길지도 모른다는 고민을 게임에서는 전혀 할 필요가 없었다.

갑자기 나는 아연해졌다. 나는 게임과 생활을 구분할 수 있을까?

베이베이를 교육할 때 베이베이와 바오바오의 차이를 명확하게 구분할 수 있을까?

아니! 나는 그렇지 못했다!

게임 속 바오바오는 신나게 손가락을 빨았다. 사람들은 바오바오의 쩝쩝거리는 모습을 보고 사랑스럽다고 생각할 것이다.

나는 옹알거리는 소리를 듣고 고개를 돌렸다. 살짝 열려 있던 서재 방문이 밀리면서 베이베이가 작은 몸을 비집고 들어왔다. 언제 소파에서 내려온 거지? 어떻게 내려온 거지? 혹시 굴렀나? 아팠던 건 아니겠지? 내가 전혀 알아차리지 못했다니. 당시 나의 첫 번째 반응은 짜증이었다.

"아이고, 어르신, 여긴 어떻게 들어왔어!"

나는 다급하게 달려가 허리를 굽혀 베이베이를 안아주려고 했다. 그런데 베이베이는 연근 마디 같은 팔을 뻗으면서 어딘가를 가리켰다. 얼굴에 놀라움과 분노가 떠올랐다. 그렇다. 그건 분노였다. 어린아이가 가지고 있는 고유의 직감이었다. 베이베이는 줄곧 이 집이 자기 집이라고, 앞에 있는 아빠도 자기 아빠라고 생각했는데 갑자기 누군가 나타나 뺏으려고 한 것이다!

나는 고개를 돌려 허공에 있는 바오바오를 보았다. 나의 전자 신호로 이뤄진 바오바오를. 바오바오와 베이베이는 키가 비슷했고, 똑같은 분홍색 뺨과 꽃봉오리 같은 입술을, 검은 수정 같은 눈망울과 6센티미터 정도 되는 검고 부드러운 머리카락을 가지고 있었다.

베이베이는 빠른 속도로 몸을 비틀면서 앞으로 움직였는데 그 몸짓이 전쟁터에서 돌격하는 병사 같았다. 곧 바오바오의 전자 몸 안으로 들어갈 것 같았다.

"베이베이!"

나는 호통을 쳤다. 그런 뒤에 아주 놀라운 모습을 보게 되었다. 두 아이가, 살아 있는 진짜 아이와 전자 신호로 만들어진 게임 속 캐릭터가 놀랍게도 싸우기 시작한 것이다. 더 놀랍고 짜증이 나는 부분은 내가 누구를 도와야 하는 건지 알 수 없었다는 거였다!

베이베이는 진짜 아기라 질 리가 없었다. 바오바오의 촉감은 일종의 시뮬레이션이기 때문에 바오바오가 베이베이를 때리더라도 간지럽기만 할 뿐 통증이 생기지는 않을 터였다. 하지만 베이베이도 바오바오에게 실질적인 영향을 미칠 수는 없었다. 바오바오의 반응은 게임의 설정이니까. 그 아픔과 울음도 그저 설정된 반응에 불과했다.

하지만 그때는 너무 정신이 없어 뭘 어떻게 해야 하는 건지, 누구를 도와야 하는 건지를 알지 못했다. 바오바오와 베이베이의 울음이 겹치기 시작하자 데시벨이 놀라울 정도였다. 나는 머리가 폭발할 것 같았다. 내 손도 어찌할 바를 몰랐다. 이렇게 난감한 일은 머리털 나고 정말 처음이었다.

"바오바오…."

"베이베이…."

"이게 무슨 일이야, 진짜, 기계를 꺼버려야겠다!"

나는 구시렁대며 홀로그래피 컴퓨터를 껐다. 울던 바오바오가 삽시간에 방 안에서 사라졌다. 남은 건 자리에 앉아 흐느끼는 베이베이뿐이었다.

"괜찮아, 괜찮아. 아빠 잘못이야."

나는 베이베이를 품에 안은 뒤 부드럽게 등을 토닥여주었다. 무심결에 고개를 들었다가 남극 빙하처럼 차가운 란즈의 시선을 마주했다.

"아!"

나는 깜짝 놀랐다.

"왜 그래?"

란즈는 차분한 목소리로 말했다.

"무서워? 죄진 게 있나 보지?"

"아니, 아니야."

나는 웃음으로 감추면서 말했다.

"게임을 하고 있었지. 왜 이렇게 일찍 왔어?"

"쉬 아주머니가 전화 주셨어. 일이 있어서 먼저 간다고 하시던데. 당신이 아이를 본다고 하니까 안심이 안 되더라고. 하긴, 퇴근이 늦었으면, 이렇게 좋은 구경은 못 했겠지."

"무슨 소리를 하는 거야!"

찔리는 게 있었기에 나는 화를 낼 수밖에 없었다.

"아이 돌려줘."

란즈는 베이베이를 내 손에서 데려가 세게 안았다. 누군가가 아이를 빼앗아 갈까 봐 두려워하는 모습이었다. 란즈는 고개를 들어 주변을 둘러보았다.

"어쩐지. 그렇게 쉬울 리가 없었는데."

"내 말 좀 들어봐…."

"들을 게 뭐 있어. 당신 회사에서 최근에 뭘 만들었는지 내가 모를 것 같아! 내가 당신 일에 전혀 관심이 없을 줄 알았냐고! 나는 그저 당신이 이 정도로 후안무치한 사람일 거라고는 생각하지 못했던 것뿐이야."

평온한 목소리였다. 란즈는 조금도 흥분하지 않았지만, 나는 그래서 더 무서웠다.

"란즈, 네가 무슨 말을 하는 건지 모르겠어."

"다 알잖아. 모른다고 하지 마."

"아이는 당신이 낳고 싶다고 했잖아!"

"봐. 본색이 드러났지."

란즈는 냉소하며 말했다.

"내가 낳고 싶다고 한 아이지. 나도 당연히 책임을 질 거야. 걱정하지 마. 당신을 쫓아내지는 않을 테니까. 여기는 당신 작업실이잖아. 나랑 아이가 나갈게."

세상에. 나는 어쩜 이렇게 운이 없을까! 나는 거세게 벽에 이마를 박았다.

"연기는 그만해. 오랫동안 당신과 함께 했는데 이제야 당신이 어떤 사람인지 제대로 보게 되었어."

란즈는 가버렸다. 베이베이를 데리고. 나만 홀로 이곳에 남겨졌다.

내가 운이 없었다고 해야 할지, 아니면 자업자득이라는 걸 인정해야 하는 건지 모르겠다.

커다란 집은 순식간에 비었고 소리를 찾아볼 수 없을 정도로 적막해졌다.

베이베이의 웃음소리가 아직도 울려 퍼지는 것 같았다. 순진하면서도 귀여운 아이의 목소리는 천사의 목소리 같았다. 란즈는 여전히 계단 꼭대기에 앉아 있는 것 같았다. 베이베이를 옆에 두고 나란히 앉은 란즈는 선배가 자신의 딸에게 시켰던, 란즈의 가슴을 두드렸던 옛일을 생각했고 베이베이에게 두 팔을 벌리면서 다정하게 말하곤 했다.

"베이베이, 엄마랑 사랑 표현."

…….

나는 내 딸과 부인이 그리웠다.

그랬다. 나는 컴퓨터를 켠 뒤 딸을 닮은 요정을 불러냈다.

— 바오바오, 아빠랑 사랑 표현.

— 바오바오, 아빠는 많이 후회하고 있어.

— 아빠 너무 힘들다, 바오바오.

— 이제 어쩌지, 바오바오?

"그런데 너한테 말하는 게 무슨 소용이 있겠어! 넌 가짜야! 가짜라고!

가짜!"

나는 갑자기 화가 나서 존재하지도 않는 장벽을 찢어 없애듯 전자 신호가 떠다니는 허공을 거세게 양손으로 휘저었다.

보름 뒤, 란즈의 변호사가 협의 이혼서를 보냈고, 나는 서명을 거절했다. 그때 나는 거의 무뢰배였다. 나는 말했다.

"뭘 요구하든 다 들어줄 겁니다. 아이와 함께 돌아오기만 하면요."

"후 선생님. 제 의뢰인은 이 혼인을 더 이상 지속할 방법이 없다고 생각하던데요."

변호사의 표정은 공문서 같았다. 아주 사무적인 모습이었다.

"그럼 저도 서명하지 않을 겁니다. 란즈에게 2년 뒤에 다시 변호사를 보내라고 하세요."

나는 말했다. 혼인법에 의하면 2년간 별거해야 상대방의 동의 없이 이혼을 할 수 있었다. 다행이었다. 그때까지 나와 그녀는 붙어 있을 것이다.

"당신…."

변호사의 공문서 같은 얼굴이 드디어 찌푸려졌다.

나는 다시 말했다.

"란즈가 아이와 함께 돌아오기를 원합니다."

변호사는 자세히 설명해주기 시작했다.

"의뢰인은 선생님과의 관계가 아예 무너졌다고 생각합니다. 이렇게 나오시면 의뢰인도 포기하지 않고 법원으로 가 소송을 걸 가능성이 있습니다. 일을 굳이 그렇게까지 만들 필요가 있을까요."

"감정 불화는 법률이 인정하는 이혼 사유가 아닙니다. 저는 불륜을 저지르지 않았고, 가정 폭력을 가하지도 않았어요. 법원으로 가더라도 어쩔 수 없을 겁니다. 저는 란즈와 아이가 돌아오기를 바랍니다."

내가 세게 나오면 어쩔 건데? 법으로 따져보자 이거지. 누가 두려워

한다고.

"당신…."

여성 변호사는 하얗게 질린 얼굴로 떠났다. 하지만 란즈는 여전히 돌아오지 않았다. 내가 어떻게 빌든, 어떻게 사과하든, 란즈는 더는 나를 보고 싶어 하지 않았다.

심지어 란즈는 이사를 하였고, 전화번호를 바꿨다. 나를 피하려고 아예 다른 도시로 가버렸다. 그러나 요즘 세상은 누군가를 찾고자 한다면 얼마든지 찾을 수 있었다. 나는 매일 란즈에게 편지를 썼고, 사나흘에 한 번씩 베이베이에게 선물을 보냈다. 두 사람이 사는 집의 경비마저 나를 알아볼 정도였다. 경비는 나를 보면 이렇게 말했다.

"베이베이 아버지가 또 오셨네요."

하지만 나는 비겁한 남자였다. 반년이 지난 뒤에는 나도 지쳤기에 더는 내 배우자와 딸을 되찾으려는 데에 급급해하지 않았다. 어쩌면 나 자신을 혐오하게 된 걸지도. 두 사람이 나를 떠나는 게 당연하다고 생각한 것이다.

'아이 키우기' 게임이 정식으로 상장하면서 나의 계좌 잔액도 기하급수적으로 늘었다. 그런데 이게 다 무슨 의미가 있단 말인가? 딸을 팔아서 번 돈이었다. 나는 그 돈을 쓸 수 없었다.

게임을 업데이트해야 했기에 사장은 인력을 다시 배치했고, 내게 게임 2.0 버전의 개발 일을 총괄하라고 했다. 나는 일을 수락했다. 회사가 배정해준 어시스턴트는 이번에 새로 입사한 직원이었는데 자신의 세 살짜리 아들과 있었던 재미있는 일을 아주 기쁘게 시나리오로 만들었고, 게임으로 제작했다.

"왜?"

나는 어시스턴트에게 물었다.

"자기 아들을 파는 거라고 생각하지는 않아?"

"그럴 리가요. 오히려 저는 제가 좋은 아빠라고 생각하는데요. 그러니까 이렇게 생동감 넘치는 게임을 개발해낼 수 있는 거죠. 아들을 향한 제 사랑을 증명하는 거랄까요."

말을 마친 어시스턴트는 자기도 닭살이 돋는다고 생각했는지 쑥스럽게 뒤통수를 긁으며 웃었다.

그렇구나. 처음의 의도가 좋았다면 좋은 일이 될 수도 있는 거구나.

나의 마음은 처음부터 바르지 못했기에 나쁜 일을 만들어낸 거였다.

점심 휴식 때였다. 나는 빌딩 아래에 있는 정원에서 산책을 했다. 붉은 원피스를 입은 여자아이가 공원에서 세발자전거를 타고 있었다.

갑자기 아이가 자전거를 멈추더니 주변을 둘러보며 말했다.

"엄마, 엄마…."

내가 다가가서 살펴보자 아이의 오른쪽 발에 신겨져 있는 샌들이 자전거 오른쪽 바퀴에 껴 있었다. 아이의 귀여운 얼굴을 본 나는 베이베이를 떠올렸다. 나는 아이의 얼굴에 초조함과 무력함이 떠오르는 것을 차마 두고 볼 수 없었다.

나는 말했다.

"아저씨가 한번 볼까. 어쩌다 이렇게 되었을까. 아, 꼈구나. 괜찮아. 아저씨 어깨에 기대봐…."

나는 몸을 구부린 뒤 부드럽게 아이를 안아주면서 자전거 오른쪽에 있는 아이의 오른쪽 다리를 자전거 왼쪽으로 옮겼다. 그런 뒤에는 아이에게 두 팔로 내 목을 감아 내 어깨에 기대게 하면서 동시에 손을 뻗어 오른쪽 바퀴를 뒤쪽으로 밀었다. 그러자 샌들이 떨어져 나왔다. 나는 샌들을 주운 뒤 자전거 왼쪽으로 가져가 아이가 신게 했다. 그 짧은 시간 동안, 아이의 몸 전체가 내 몸에 닿았다. 아이의 부드러우면서도 따뜻한 몸은 생명의 새로움을 느끼게 해줬다. 그 짧은 시간 동안 나는 생명 그 자체를 안았던 것이다.

그 순간, 나는 그 아이를 내 딸로 여겼다.

그런 뒤 나는 두 다리를 보았다. 시선을 올리자 치마와 상의 그리고 란즈의 얼굴이 보였다.

나는 너무 놀라 아무 말도 하지 못했다.

란즈는 복잡한 얼굴이었다. 조금 감동한 것 같기도 했다. 그러나 란즈의 얼굴에는 우리의 감정이 지나간 옛일이라고 적혀 있기도 했다. 란즈는 나를 자기 아이의 아버지로만 보았다.

나는 천천히 고개를 숙였다. 품에 있는 따뜻한 아기는 하얗고 부드러우며 동글동글한 얼굴을 가지고 있었고, 검은 구슬 같은 눈동자는 영리해 보였다. 베이베이는 나를 보고 쑥스럽다는 듯 웃었다. 그 미소를 보자 나는 곧 죽을 것만 같았다.

"벌써 두 해가 지났다고⋯."

나는 멍한 목소리로 말했다.

"아빠, 아빠다."

베이베이가 날 알아보았다.

란즈를 보는 내 눈빛에는 감격이 가득했다. 란즈는 남편을 싫어하는 다른 부인들처럼 아이를 속이지 않았다. 내가 죽었다고 말하지 않은 것이다. 아이에게 내 사진을 보여줬던 게 틀림없었다. 돌이 지난 아이의 모호한 기억만으로 나를 알아보는 것은 불가능한 일이니까.

"그러게. 시간 참 빨라. 베이베이는 벌써 유치원에 들어갔어."

란즈는 한숨을 내쉬었다.

나는 가슴에서 뿜어져 나오는 울음을 삼키면서 다시 내 딸을 세게 안아주었다. 나는 말했다.

"베이베이. 아빠는 네가 보고 싶었어. 아빠는 네가 너무너무 보고 싶었어."

러시아에 있는 외진 지역에서 온 한파가 이날 오후 내가 살던 도시를 지나갔다고 한다. 그때 나는 내 딸을 안고 있었다. 살면서 이렇게 가슴을 울리는 따스함은 처음이었다. 생명의 따스함이었다. 조금 전에 경험했던 그 순간 덕분에 나는 진심으로 아이를 원하게 되었다.

나의 무지몽매했던 시대는 끝이 났다. 나는 진짜 아버지가 되기 시작할 것이다. 설사 나와 나의 딸이 곧 다시 헤어질지라도 말이다.

✦ 자오하이훙(趙海虹)

SF 작가이자 번역가, 저장공상대학교 부교수이자 중국교육부 국가 우수 온라인 공개수업 〈시화 중국—중국 산수화의 역사 영어 강좌〉 강사. 1996년부터 SF 소설을 쓰기 시작했으며 장편소설 《수정천(水晶天)》, 단편집 《자작나무의 눈(樺樹的眼睛)》, 《영파세계(靈波世界)》, 《구름 위의 나날(雲上的日子)》 등을 발표했다. 번역작으로는 알프레드 베스터의 《타이거! 타이거!(The Stars My Destination)》가 있다. 제6회 중국 SF 은하상과 쑹칭링 아동문학상 신인상 및 다수의 전국 아동문학상을 수상했으며 〈Asimov Science Fiction Magazine〉, 〈Lightspeed〉, 〈LCRW〉 등 미국 간행물과 플랫폼에서 SF 소설을 발표했다.

嗜糖蚯蚓

달콤함을 좋아하는 지렁이

✦

바이판루쌍

치아오의 집은 꼭대기 층에 있는데, 베란다에 장미, 접란, 에피프레넘, 선인장 등 식물이 가득했다. 치아오의 부인인 나나는 매일 식물에 물을 주었고, 벌레를 없앴으며 가지를 다듬었다. 나나는 아름다운 부인이었지만 두 다리가 없었다. 세상은 지나치게 위험했기에 나나는 아래층으로 내려가는 법이 거의 없었다.

가끔 나나는 치아오에게 말했다. 당신 그거 알아? 우리 집 장미는 꿈을 꾸는 걸 좋아해. 내 생각에는 위대한 여성 배우가 되기를 꿈꾸는 것 같아.

치아오는 나나의 아름다운 손에 입을 맞추면서 미소처럼 부드러운 목소리로 말했다.

"그래? 재능이 있는 것 같아?"

나나는 진지하게 고개를 끄덕였다.

"꼭 그렇게 될 거야. 내가 연출하니까. 나는 재능을 지닌 꽃을 구분해낼 수 있거든."

예전에 나나는 재능을 지닌 사람을 구분해낼 수 있었다. 세상에서 가장 저명한 예술학교를 졸업한 나나는 본래 브로드웨이에서 가장 자부심 넘치는 연출가였다. 하지만 교통사고는 나나의 마음에도 큰 상처를 입혔다. 남은 생에는 텔레비전 모니터에 있는 무대만을 멀리서 바라봐야 했다.

나나를 행복하게 만드는 건 이제 치아오와 식물들뿐이었다.

천부적인 재능을 지닌 장미는 관객을 압도할 수 있는 뮤지컬 배우였다.

사람들의 이목을 끄는 두껍고도 우아한 잎을 가진 접란은 가장 완벽한 남자 주인공에 부합했다.

선인장은 평범했지만 강인한 분위기를 지녔기에 충분히 빛나는 악역이 될 수 있었다.

치아오가 집에 없을 때면 나나는 나무 그늘과 꽃 사이에 머무르며 나지막하게 속삭이곤 했다. 바람이 쉴 새 없이 베란다로 불어오면 나뭇가지들은 모두 고개를 끄덕이면서 나나의 말에 반응했는데 그 모습이 훈훈하면서도 유쾌했다. 말로 표현할 수 없는 감사를 나타내기 위해서인지 장미는 날씨가 서늘해지는 9월이 되어도 여전히 탐스럽게 꽃을 피워냈다. 열렬하면서도 아름다웠다.

깊은 밤이 되도록 치아오가 오기를 기다린 나나는 배우자의 어두운 낯빛을 알아보지 못하고, 기쁘다는 듯 큰 소리로 외쳤다.

"오늘 내가 낮잠 자는 사이에 베란다에 있는 식물들이 스스로 자리를 옮겼어. 나는 그 아이들이 뮤지컬 '캣츠'를 연습했다고 믿어. 내가 대사 연습을 도와야 할까?"

치아오는 평소와 달리 나나에게 답을 하지 않았다. 후다닥 침실 안으로 들어갈 뿐이었다. 치아오의 몸이 침상 위로 쓰러지면서 커다란 소리가 났다. 아마 그것은 종일 힘겹게 일하고 난 뒤에 결코 나눌 수 없는 피로를 드러내는 방식일 것이다. 그런 뒤에는 모든 게 침묵에 빠졌다. 나나는 어찌할 바를 모른 채 문 앞에 멍하니 서 있었다. 쥐고 있던 대본이 바닥에 떨어졌다.

밤이 되었다. 두 사람은 잠을 잤다. 입맞춤도 없었고, 대화도 없었다. 베란다에서는 쏴쏴쏴 아주 시끄러운 소리가 났다. 나나는 한밤중에, 아마도 꿈을 꾼 거겠지만, 집에 있는 접란이 침실 창문에서 기웃거리는 것을 보았다. 은은한 녹색 꽃잎이 수심에 찬 듯 낮게 고개를 숙였다.

침묵으로 가득 찬 밤이 점점 많아졌다. 치아오의 생각은 날이 갈수록 넓어지는데, 나나의 세계는 너무 작았다. 더는 서로의 이야기를 경청할 수 없었기에 이들의 대화는 촉박하게 이루어졌고, 그 정도로는 두 사람이 함께 있는 공간을 가득 채울 수 없었다.

나나가 베란다에 머무르는 시간도 점점 더 길어졌다. 가끔 치아오는 웅크리고 앉아 나나의 아름다운 이름을 불러주면서 자신의 그리움을 들려주려고 했지만, 나나는 더는 열정적으로 반응하지 않았다. 선인장은 카우보이 댄스를 할 줄 알게 된 거야? 몸을 움직일 수 없어서 움직임이 굼떠 보이는 건 아니야? 이런 질문을 하는 게 아니고서야 말이다. 나나의 두 눈에 담긴 사랑과 따스함은 자신을 쏟아부을 다른 대상을 찾은 것 같았다. 치아오는 자기 혼자 자유롭게 지낼 때 피로했지만 곤혹스럽기도 했다.

11월의 마지막 날, 치아오는 일찍 귀가했다. 자신의 생일이기 때문이었다. 매년 치아오의 생일날이면 나나는 놀라움을 안겨주곤 했는데 오늘도 예외는 아닐 것이다.

치아오는 문을 열면서 안에서 재잘거리는 소리와 은은하게 전해지는 음악 소리를 들었다. 당연히 나나가 자신에게 열어주는 깜짝 생일 파티일 거라고 생각했다. 나나는 아직 자신을 사랑하는 것이다. 치아오는 안에 있는 이들이 때맞춰 모습을 숨길 수 있도록 일부러 큰 소리로 열쇠를 꺼내야겠다고 기쁜 마음으로 생각했다. 그런 뒤에는 입꼬리에 담긴 웃음을 숨기지 못하면서 안으로 들어갔다.

집 안은 텅 비어 있었다.

손님도 케이크도 없었다. 파티는 없었다.

심지어 나나도 없었다.

그럼 음악 소리는? 재잘거림은?

치아오는 집을 샅샅이 살핀 뒤 다시 거실로 돌아왔다. 치아오는 자신의 눈을 믿을 수가 없었다.

베란다에 있던 식물들이 모두 이곳에 있었다. 둥그렇게 원형 무대를 이루면서 말이다. 금잔화가 굴러와 뿌리로 오디오 리모컨의 재생 버튼을 눌렀다. 전주는 카를 마리아 폰 베버가 작곡한 곡에서 따온 깊은 사랑이 담긴 선율이었다. 음악은 위대한 공연의 탄생을 예시했다.

치아오는 그곳에 서서 장미가 회전하며 춤을 추다가 바닥에 넘어지는 것을 보았다. 기다란 꽃대가 꺾이면서 직각을 이뤘다. 또한 접란이 유약한 꽃을 일으키며 자기 자신과 단단히 묶는 것을 보았다. 선인장은 그들이 함께 가는 길을 막으며 푸르고 싱싱한 가시로 가장 치명적인 저지선을 만들었다. 서로를 사랑하던 식물은 사람처럼 상대에게 피해를 주기 싫어했다. 여의치 않은 현실을 숨겼다. 결국 둘은 힘을 잃었고, 상대의 곁에서 쓰러졌다. 장미는 끊어진 줄기를 어떻게든 세우려고 버둥거렸고, 접란을 떠났다. 슬픔이었으나 단호한 결별이었다. 그 감정은 나뭇가지와 잎 위에서, 꽃잎 위에서, 꽃봉오리 안에서 눈물 같은 이슬로 드러났다. 그러나 접란은 그 뒤로 높게 뛰어오를 수 있었다. 바람처럼 자유롭게 말이다.

치아오는 얼굴을 가렸다. 뜨거운 눈물이 흘렀다. 부드러운 무언가가 닿는 게 느껴졌다. 고개를 돌려보니 접란이 그의 머리 위에 있는 펜던트 등으로 기어올라 그네를 타고 있었다. 기다란 꽃망울이 대문 방향을 가리켰다. 치아오는 그곳을 향해 날 듯이 달려갔다. 가고자 하는 곳이 명확해 전혀 주저함이 없었다.

"당신이 부러진 장미라면 나는 영원히 새로 돋아난, 당신의 줄기일 거야. 당신이 어디에 있든 나도 같이 있을 거야."

베란다에는 나른한 모습의 노란 지렁이*가 있었다. 지렁이는 시를 닮은 치아오의 고백에 미소를 지었다가 몸을 옆으로 틀며 누웠다.

내일은 식물에게 어떤 특징을 줄까? 연애? 아니면 장사? 창의력은 무궁무진했다.

---

* **저자주** 비인간종. 형체가 지렁이와 비슷하며 색상은 다양하다. 환경을 개조할 수 있으며 식물에게 고유한 특성을 부여할 수 있다.

✦ 바이판루솽(白飯如霜)

작가이자 CEO, 경영자문가. 소설을 비롯해 팀 관리와 여성 성장에 관한 책 21권을 출간했다. 유료 지식 플랫폼 노우브릿지(Knowbrigde)를 설립해 수만 명의 유료 회원에게 우수한 교육과 사회 교류 서비스를 제공하고 있다.

蓝田半人

란텐의 연금술사

◆

바이판루쌍

나는 세상을 떠돌며 누군가를, 무언가를 기다렸다.

기다림이 소리를 낼 수 있다면 틀림없이 밤낮으로 내 귓가에서 흐느꼈을 것이다. 그 정도로 기다리기 지루했을 테니까.

각양각색, 천차만별, 잘 차려입은 젊은 남녀들.

어찌나 많이 보았는지 이제는 다 질려버렸다.

그러나 내가 기다리는 건 아직도 나타나지 않았다.

그날 나는 서안에 있었고, 진시황의 묘를 보았다. 장대한 병마용 뒤에는 교만한 지배자가 깊은 잠을 자고 있었다. 천 년이 지났기에 천자의 존안을 엿보는 이는 없었다. 그 얼굴을 나는 잊은 지 오래였다. 어쨌든 준수한 얼굴이라고 볼 수는 없을 것이다. 역사는 그자가 길에서 병으로 죽었다고 하지 않는가.

넋을 잃고 생각에 빠졌다가 옆 사람과 부딪혔다. 나이 든 부인은 황급히 걸음을 옮기고 있었고, 노파의 작은 몸이 나와 스치면서 지나갔다. 공교롭게도 내 손 중 하나가 대체 뭘 하고 싶었던 건지 그 노파를 멀리 밀어버렸다. 노파가 들고 있던 검은색 질항아리가 땅에 떨어지더니 쨍그랑 소리를 내며 부서져버렸다. 다급하게 노파를 부축해 살펴보니 다행히 크게 다친 곳은 없었다. 그런데 노파가 대성통곡을 하는 게 아닌가.

인간 세상에 오래 지내면서 나는 무수히 많은 이들이 우는 것을 보았다. 어떤 건 진짜였고 어떤 건 가짜였다. 나는 돌도 꿰뚫어 볼 수 있는 눈을 지녔기에 누구도 나를 속일 수는 없었다.
노파는 상심한 나머지 땅에 쓰러질 뻔했다. 이는 절대 고육책이 아니었다.

노파는 오랜 시간 동안 말을 하지 않았다. 어쩌면 언어 능력을 잃어버렸을지도 몰랐다. 침묵과 당황이 이어진 가운데 노파는 천천히 몸을 일으키고는 울음을 멈췄다. 그러고는 깨진 조각들을 줍기 시작했다. 나를 흘깃 보지도 않고 비칠비칠 걸음을 옮겼다.

미안하다는 말도 하지 못해 매우 불안했기에 나는 멀리서 노파를 뒤쫓았다. 걱정이 태산인 듯한 모습으로 걸어가는 노파를 보았다. 한참을 걸은 노파는 휘황찬란한 건물 안으로 들어갔고, 잠시 후 비틀거리며 나왔다. 노파가 하늘을 바라보며 눈물을 흘렸다.

속으로 몇 번이나 연습한 뒤 노파에게 다가갔다. 그래도 나는 말을 더듬었다.
"왜, 왜 그래요?"
평범한 일이었다. 그러나 평범하다고 해서 그 비통함의 정도가 덜해지지는 않는 법이다. 부부에게는 늘그막에 얻은 자식이 하나 있었는데 아이가 두 달 전에 갑자기 와병하였다. 병세가 호랑이처럼 매서워 집에 모아놓은 것이 하나도 남지 않게 되었다. 남편은 고민 끝에 조상이 살아 있는 후대보다 중하지는 않다는 결론을 내렸고, 다섯 세대나 전해진, 절대 팔아서는 안 된다는 엄명이 떨어졌던 질항아리를 꺼내 노파에게 건네주었다. 소개를 받은 이가 삼십만 냥에 사겠다고 하였으니 이를 팔아 사랑하는 아이의 수명을 연장해주려고 한 것이다.

그런데 그 항아리가 내가 무심결에 내뻗은 손에 부서지고 말았다.

인간이라는 이들은 본래 남 탓하는 것을 좋아한다. 하지만 탓할 수 있는 이가 바로 앞에 있는데도 노파는 악담을 건네지 않았다. 혼이 나간 듯한 모습으로 걸어갈 뿐이었다. 노파는 걸음을 옮기면서 나지막이 중얼거렸다.

"운명이구나…. 운명이야…. 이게 다 운명이지…."

무엇이 운명이란 말인가.

그걸 누가 안단 말인가.

나도 알 수 없었다.

하지만 아주 좋은 변명이었다. 나도 인간 세상에 머물면서 사계절을 수천, 수만 번 겪어야 했다. 운명이 아니라면 대체 그 이유가 뭐란 말인가.

누구도 나를 돕지 않았지만, 다행히 나는 다른 이를 도울 수 있었다.

다가가 노파를 붙잡았다. 조금 전 나와 부딪힌 노파가 땅에 넘어졌을 때 나는 노파의 가슴에 걸려 있는 비취를 얼핏 보았다. 유리가 아니라 다행이었다. 나는 날쌔게 손을 뻗어 그것을 빼앗고는 손바닥으로 움켜쥐었다. 내 차가운 피에서 따뜻함이 흘러나오면서 비취를 감쌌다. 실을 뽑아내기라도 하는 것처럼 감싸고, 감싸고, 또 감싸며 한 겹씩 뱉어냈다. 나는 급히 노파를 붙잡고 달려갔는데, 노파가 뒤에서 당황함과 분노로 힘껏 소리를 지르는 것도 전혀 개의치 않았다.

나는 성에서 가장 큰 보석 상점으로 한달음에 달려갔다. 안으로 들어가 사람들을 헤치고는 붉은 비단이 겹겹이 쌓인 가게로 골랐다. 손바닥을 얹자 옥이 계산대 위에 소리 없이 놓였다. 옥은 사람의 심금을 울릴 정도로 아름다웠으며 봄 강물처럼 부드러웠다. 순식간에 사람들의 이목이 쏟아졌다. 사람들은 수군거리기도 했고, 침묵하기도 했다. 뒤쪽에 있던 주인장이 변화를 알아차리고는 느릿느릿하게 나와 그것을 보았는데 다리에 힘이 풀렸는지 휘청이기까지 했다. 주인장은 헐레벌떡 달려와 비취를 두 손으로 움켜쥐고는 연거푸 외쳤다.

"얼마를 원합니까. 얼마를 원해요. 얼마든 다 드리지요. 다 드리겠습니다."

나는 소리 없이 밖으로 나왔다. 날이 어두워지기 시작했다. 오늘 밤은 어디로 가지?

손이 조금 뜨거웠다. 그곳에 재가 조금 모여 있어 입으로 불었더니 재가 흩어졌다.

조잡한 옥에 섞인 불순물을 제거해 아름답고 진귀한 보물로 바꾸는 건 별거 아닌 일이었지만, 그 뒤가 문제였다.

멀리서 가가호호 등불이 켜지는 것을 보면서 길을 걸었다. 또 병마용이 보였다.

나는 쓴웃음을 지었다.

병마용 가운데에는 불세출의 군왕이 있는데 그 시신 옆에는 청옥 하나와 백옥 아홉 개가 꿰어진 구슬 묶음이 있다. 그때 나는 나이가 어렸고, 함양(咸陽, 진나라 도읍지)으로 가는 길에서 놀고 있었다. 병에 걸려 처량한 신세가 된 그 사람을 보고 나는 참다못해 술법을 펼쳤다. 옥으로 죽은 이를 살리고 백골에 살이 붙게 하려고 했지만, 아쉽게도 너무 늦었다. 내가 미처 옥을 거두기도 전에, 옥은 그 사람과 함께 지하 궁전에 묻혔다.

남전반인(藍田半人)*이 정련한 옥은 시간이 지나면 원래의 모습으로 돌아가기에 그 아름다움이 영원하지 않다. 그래서 남전족에게는 규칙이 있다. 함부로 보물을 만들어낸 이는 균형을 어지럽혔으니 그 옥이 원래 모습으로 돌아가기 전까지는 고향으로 돌아올 수 없다는 규칙이다. 내가 사람을 한 번 도울 때마다 나는 인간 세상에서 무수한 해를 떠돌아야 했다.

　　이것만 다 기다리면, 새로 저것을 기다리게 된다.
　　그렇게 계속 기다리는 것이다.

---

*　이 작품의 원제로, 만당 시인인 이상은(李商隱)의 시 〈금슬(錦瑟)〉 중 "밝은 달이 뜬 창해에서 인어는 눈물을 흘리고, 남전의 태양이 따뜻해야만 푸른 연기를 피워낼 수 있네(滄海月明珠有淚, 藍田日暖玉生煙)"라는 구절에서 모티브를 따온 작품이다.

✦ **바이판루솽**(白飯如霜)

작가이자 CEO, 경영자문가. 소설을 비롯해 팀 관리와 여성 성장에 관한 책 21권을 출간했다. 유료 지식 플랫폼 노우브릿지(Knowbrigde)를 설립해 수만 명의 유료 회원에게 우수한 교육과 사회 교류 서비스를 제공하고 있다.

春天来临的方式

봄이 오는 방식

✦

왕눠눠

1

소년 구망(句芒)*은 새벽안개를 헤치면서 달렸다. 땀이 흙바닥에 뚝뚝 떨어졌다.

삼면이 산으로 둘러싸인 마을에는 얕은 냇물이 휘감으며 흘렀는데 이곳에 있는 집은 겹겹이 붙어 있는 가옥으로 기와가 청색이었다. 구망은 다진 흙으로 만든 푸른 원형 입구를 지났다.

가옥과 논을 빠르게 지나친 구망이 소청을 보았을 때, 수면 위에 머물던 옅은 안개는 아직 흩어지지 않았다. 안개 속 소청은 모습이 모호했지만, 대나무 삿대를 손에 쥐고 배 위에 서 있었다.

구망은 숨을 몰아쉬며 외쳤다.

"떠나도 괜찮아. 대신 날 데려가줄 수는 없어?"

소청은 답하지 않았다.

새벽안개가 걷히자 구망의 얼굴이 태양 빛에 푹 익었다.

"혼자 가면 안 돼…. 나랑… 나한테 시집을 와야 한다고!"

---

* 중국 고대 신화에서 나무의 신이자 봄의 신이며 동방의 신

물새 한 마리가 잡초에서 나오자 수면에 파문이 일었다.

"…네가 시집오라고 하면 내가 가야 하니? 나는 너보다 나이도 많아. 네 키가 탁자보다도 작았을 때, 누가 너를 업어주고 감을 따주며 사탕을 줬지?"

"하지만 나는 키가 많이 자랐잖아. 누나는 그때나 지금이나 똑같고. 언젠가는 내 나이가 더 많아질 거야!"

"나이는 그런 식으로 계산하는 게 아니야."

소청은 웃음을 참으면서 구망에게 손짓했다.

"그럼 이리 와서 배에 타. 나와 함께 남명(南溟)*으로 가자."

"남명에는 뭐 하러 가?"

소청은 입술을 오므리면서 무언가를 생각하다가 말했다.

"…이 일만 다 끝내면, 네가 하자는 대로 할게."

그 말을 들은 구망은 더는 묻지 않고 발걸음을 내디디며 배 위에 올랐다. 얇게 뜬 배는 좌우로 몇 번 기우뚱하고 나서야 중심을 잡았다. 햇빛이 소청의 얼굴을 비추며 일렁이자 피부에 맺힌 땀이 방울방울 빛을 반사했다. 소청의 두 눈은 감미로운 포도알 같았다.

2

소청이 몸을 굽히면서 삿대로 강바닥을 밀자 배가 천천히 나아갔다. 물결이 퍼지자 아침놀이 만들어낸 윤슬이 골고루 섞였다.

---

* 《장자(莊子)》 내편(內篇) 소요유(逍遙遊)에 나오는 "북명(北溟, 북쪽에 있는 바다)에는 곤(鯤)이라고 불리는 커다란 물고기가 있었다. 곤은 매우 컸다. 그 길이가 몇천 리나 되는지 알 수 없었다. 곤이 새로 바뀌면 붕(鵬)이라고 불렸다. 붕의 등도 길이가 몇천 리나 되는지 알 수 없었다. 그것이 날개를 퍼덕이며 날아오르려고 할 때는 날개가 구름에 걸려 있는 듯하였다. 이 새는 큰바람이 불어와 바닷물을 움직일 때 남명으로 옮겨갔다. 남명은 바로 '천지(天池)'이다."에서 기원한 말로 남명은 남쪽에 있는 바다를 가리킨다.

"아까 한 말 정말이야? 이번에 돌아오면… 나한테… 시집올 거야?"

"내가 말할 수 있는 건 우리가 헤어지지 않을 거라는 것뿐이야. 시집 가겠다고 하지는 않았어."

"헤어지지 않으면 된 거지! 오늘 아침에 누나가 떠날 거라는 소식을 듣고는 얼마나 놀랐는데. 누나를 찾으려고 온 마을을 헤맸다고!"

구망은 잠시 멈췄다가 말을 이었다.

"대체 뭘 해야 하는 건데? 빨리 알려줘. 일을 다 끝내야 우리도 마을로 돌아가지!"

"어려운 일은 아니야…. 해당화가 피도록 만들면 돼."

구망은 미간을 찌푸렸다.

"화분에 있는 해당화? 별거 아니잖아. 매일 물을 주면 되는 건데."

"화분 하나를 말하는 게 아니야. 세상에 있는 모든 해당 나무가 꽃을 피워야 해."

구망은 눈을 동그랗게 떴다.

"세상에 있는 모든 해당화를? 물도 주고 가지도 쳐야 하는데. 그걸 언제 다해!"

소청은 구망을 보며 웃었다.

"잘 모르는구나. 물을 주고 가지를 친다고 해서 해당화가 피는 건 아니야. 그 일을 하는 건 정원사가 아니라 봄이거든."

"봄?"

"그래. 봄. 매년 이맘때마다 나는 봄을 데리고 왔어."

아직 날이 찼다. 강 옆 전원 풍경은 아직 깨어나지 않았다. 민둥민둥하면서도 회색빛이 도는 풍경이 빠르게 뒤로 지나갔다. 삿대를 옆에 두고 배 안에 앉은 소청은 팔꿈치를 뱃전에 얹으면서 턱을 괴었다.

"봐. 남명이야."

구망은 소청의 손이 가리키는 방향으로 시선을 돌렸다. 동쪽으로 흐르는 강물의 끝은 바다였기에 갑자기 수심이 깊어졌다. 저 멀리 시선 끝에 섬이 하나 있었다.

"저 섬에 가는 거야?"

구망이 묻자 소청은 고개를 끄덕였다.

"맞아. 여기서부터는 삿대가 해저에 닿지 않으니까 저들에게 도와달라고 부탁해야 해."

말을 마친 소청은 옷 안에서 작고 오래된 훈(塤)*을 꺼내더니 자리에서 일어나 불기 시작했다. 구망은 이 곡조를 아주 잘 알았다. 소청이 항상 흥얼거리던 곡이었다. 구망은 이 소리를 듣고 화음을 맞추면서 천천히 자라났다.

"왔다."

구망은 해수면 아래에 있는 보이지 않는 생물이 자신들을 끌고 있다는 걸 느낄 수 있었다. 이동 속도가 급속히 빨라지면서 형성된 급류가 뱃전에서 작은 소용돌이를 일으켰다.

남명에 가까이 다가간 구망은 그제야 섬 벼랑에 있는 아궁이와 불을 지핀 아궁이 위에 걸린 솥을 볼 수 있었다.

솥과 아궁이는 모두 컸다. 마을만 했다. 구망은 이렇게 큰 아궁이와 솥으로 탕을 끓인다면 마을 주민들이 평생 먹을 수 있을 거라고 생각했다.

커다란 아궁이 아래에 있는 축융(祝融)**이 작고 검은 점처럼 보였다. 마을에서 축융을 볼 때마다 구망은 고개를 들곤 했다. 그런데도 이 거인의 얼굴을 제대로 본 적이 없었다. 지금 축융은 자신의 키보다 몇 배는 긴 나뭇가지를 아궁이 안쪽으로 던지고 있었다. 두툼한 나뭇가지는 아궁이 안으로 들어가자마자 불에 집어삼켜졌다. 치솟는 열기를 피한 축융이 땀을 닦더니 낭떠러지 아래로 내려가 다시 땔감을 찾았다.

---

* 흙을 구워서 만든 관악기
** 사람에게 불을 쓰는 법을 가르쳤다고 전해지는 불의 신이자 남해(南海)의 신

적송자(赤松子)*는 자신이 키우는 학을 타고 섬의 허공을 선회했다. 솥 위로 먹구름을 물고 온 학이 빠르게 날갯짓하자 먹구름은 비가 되어 후드득 솥 안으로 떨어졌다.

　소청은 말했다.

　"여와**는 오색석(五色石)을 여기 있는 솥과 아궁이로 녹였어. 하늘에 난 구멍을 모두 메우고는 우리에게 이걸 써서 물을 끓이게 했지."

　"물을 끓인다고? 적송자와 축융은 평소에 이런 일을 하는 거야?"

　"맞아. 근데 다른 일도 해. 적송자는 가뭄이 든 곳을 찾아가 비를 뿌려. 적송자가 키우는 선학은 깃털과 부리를 사용해 공기 중에 있는 수증기를 조금씩 모으지. 날개로 바람도 일으키고. 빠른 기류가 형성되면서 흑운의 온도가 낮아지고, 가득 찬 수증기는 응결되기 시작해. 그렇게 생겨난 물방울이 공기가 감당할 수 있는 무게를 벗어나면 비가 되어 땅으로 떨어지는 거야. 불을 관장하는 축융은 남해에서 반딧불을 많이 키워. 날이 어두워졌을 때 반딧불을 풀어주면, 반딧불은 전 세계에 있는 아궁이로 날아가지. 반딧불 꼬리에 있는 불씨가 아궁이에 불을 지피는 거야."

　"어쩐지! 그래서 마을에서 축융과 적송자를 보기가 어려웠구나. 그러니까… 마을 사람들은 다 이런 일을 하는 거야?"

　"맞아. 성인이 되면 다들 하나씩은 일을 맡으니까. 누조(嫘祖)***는 실을 뽑고 천을 짜는 일에 능해서 매일 저녁이면 운금(雲錦) 한 필을 다 짜. 누조가 다 짠 운금을 수면 위에 펼치면, 운금의 색이 물속에서 퍼지고, 그렇게 퍼진 색이 물 끝에 있는 하늘까지 번지면서 저녁노을이 되는 거

* 　신농 시대에 활약했다고 전해지는 우사(雨師, 비를 관장하는 신선)

** 　사람 머리에 뱀의 몸을 지녔다고 알려진 여성 신. 여와 신화는 크게 두 종류로 나뉠 수 있는데 하나는 황토로 인류를 빚어 만들었다는 조인(造人) 신화이고, 다른 하나는 하늘이 무너지고 땅이 꺼지면서 큰 재앙이 닥치자 여와가 오색석(五色石)을 녹여 하늘을 메우고 거북이의 사지를 잘라 하늘의 귀퉁이를 떠받치게 했다는 보천(補天) 신화이다.

*** 　상고 시대 신화적 인물인 황제(黃帝)의 정실로 훗날 누에치기와 비단의 신이 되었다.

야. 내 할아버지는 풀을 관장하셨어. 병을 고칠 수 있는 풀은 독초보다 거칠 거든. 할아버지가 작은 체로 약초를 거르면, 풍신이 바람을 일으켜서 거른 약초를 대지에 퍼뜨렸지…. 한 해에 사계절이 순환하는 것처럼 세상 만물은 규칙적으로 움직여야 해. 우리 마을에 있는 사람들은 자연의 규칙을 수호하는 일을 맡았어. 옛날부터 지금까지 항상 그랬어."

3

적송자와 축융의 노력 덕분에 물이 거의 끓었다. 솥 안의 물이 부글거리자 터진 물방울이 솥 밖으로 튀었다. 소청은 이제 떠날 때가 되었다는 걸 알았다.

소청은 바다를 향해 다시 훈을 불었다. 악기가 작아서 그런지 비단을 닮은 소리가 났다. 구망은 선율에 잠기면서 눈을 감았다. 바다 깊은 곳에서 요동치는 소리가 들리는 것 같았다.

눈을 뜬 구망은 커다란 물고기들을 분명히 볼 수 있었다.

물고기들은 매우 컸다. 횡으로 뻗은 꼬리지느러미가 높게 솟구치자 해수면 위로 새빨간 깃발이 드러났다. 등은 수면 위로 솟아난 유선형 암초 같았는데 파도가 쳐도 흔들림이 없었다.

"정말 불가사의한 일인데… 쟤네는 대체 정체가 뭐야?"

"대어(大魚)지!"

소청은 자신의 머리카락을 귀 뒤로 넘겼지만, 빠른 바닷바람이 다시 앞머리를 흐트러뜨렸다.

"자, 올라가자."

"또 이걸 탄다고?"

"맞아! 타고 북명(北溟)으로 갈 거야."

대어의 몸에 앉은 순간, 구망은 몸에 닿은 게 물고기의 비늘이 아니라

암초처럼 거친 피부라고 생각했다. 낭떠러지에 있던 솥이 기울면서 뜨거운 물이 절벽을 타고 쏟아졌다. 커다란 바다에 김이 모락모락 오르기 시작했다. 오십 마리는 족히 되는 대어 떼가 자루 같은 모습으로 진열을 갖추더니 뜨거운 바닷물을 그 안에 담았다. 이들은 북쪽으로 천천히 이동했다. 구망과 소청은 가운데에 있는 물고기 등 위에 앉았다. 무리 중 가장 커 보이는 대어였다.

"대어들이 화상을 걱정하지는 않나 보지?"

구망이 묻자 소청은 고개를 가로저었다.

"뜨거운 물은 가벼워서 바닷물 위에 떠 있어. 대어들이 남명에서 북쪽으로 헤엄쳐 가면서 뜨거운 물도 같이 가지고 가는 거야. 이걸 해류라고 해. 습한 공기와 열을 가져오는 해류가 뭍에 있는 찬 공기와 닿으면 봄비가 내리거든. 만물이 뿌리를 내리고 싹을 틔우지. 그게 바로 봄이야."

"그러니까 따뜻한 해류를 남쪽에서 북쪽으로 가져가는 게 누나가 매년 봄마다 해야 하는 일인 거지?"

"맞아."

소청은 작은 섬 하나를 가리키며 외쳤다.

"저길 봐!"

크지 않은 섬이 막 시야에서 빠르게 벗어나고 있었다.

이들이 섬을 지나는 순간, 흙먼지가 내려앉은 듯한 섬의 모습이 바뀌었다. 담황색은 초록색이 되었고, 곧 청록색이 되었다. 가랑비가 돌 틈으로 들어가자 회색 돌 사이에서 나무가 자라났다. 헐벗은 나무는 순식간에 가지를 펼치면서 꽃을 피웠고 벌과 나비를 불렀다. 봄이 육안으로도 확인할 수 있는 속도로 빠르게 섬으로 왔다.

이 작은 섬에만 온 게 아니었다. 모든 섬에, 저 멀리 스쳐 지나가는 대륙에도 봄이 도래했다. 따뜻한 봄비에 얼어붙었던 강물이 불어나고 새와 곤충, 작은 짐승이 깨어났다. 식물은 꽃을 피웠다…. 엄청난 전염력을 자랑하는 역병이라도 된 것처럼 봄의 기세가 세찼다.

그와 동시에 해류는 바다 깊은 곳에 있던 곤쟁이의 시신을 휘저었고, 그것을 떠올리면서 새하얀 해설(海雪)을 이루게 했다. 해설은 생선의 가장 뛰어난 먹이였다. 소청과 구망을 뒤따르던 정어리 떼가 먹이를 두고 다투자 해면 위에 은백색 비늘이 솟아올랐다.

구망은 따뜻한 해풍을 맞으면서 수평선을 바라보았다. 태양과 물고기 떼가 함께 수평선 아래로 침잠하기 시작했다. 구망은 자신의 발아래를 가리키면서 말했다.

"갑자기 잠수하지는 않겠지. 그럼 우리는 물에 빠져 죽을 거야!"

물고기 떼가 북쪽으로 이동하면서 석양이 소청의 서쪽 얼굴을 비췄다. 얼굴의 선이 주황빛으로 물들었다.

"직접 물어보면 되잖아."

소청은 몸을 숙이더니 수면 위로 드러난 대어의 등을 쓰다듬으며 말했다.

"곤, 그럴 거야?"

하지만 바다 깊은 곳에서 길고 긴 울음소리만 전해질 뿐이었다.

4

밤이 찾아왔을 때 대어는 속도를 늦췄다. 육지가 눈앞에 나타났다.

곤은 만조를 틈타 절벽에 있는 돌 옆에 두 사람을 내려주었다. 해만은 파도가 매우 약해서 수면에 비친 별도 확실히 볼 수 있었다. 활발한 대어 몇 마리가 뛰어오르면서 이쪽 별에서 저쪽 별로 옮겨갔다.

대어가 물에 떨어지는 순간, 꼬리지느러미에 있던 맑은 물방울이 밝은 만월을 향해 날아갔다.

"대어들이 이렇게 움직이면 따뜻한 물이 흩어지지 않아?"

"아니, 남아 있는 일부가 열을 감싸면서 막아주거든. 다른 대어들은 먹을 걸 찾으러 가거나 휴식을 취해. 밤이면 교대하고."

낮게 가라앉은 곤이 울음소리를 내면서 수면 위로 몸 절반을 드러냈다. 크게 일어난 파도가 해수면에서 해당화처럼 피어났다. 소청은 곤의 울음소리에 고개를 돌리다가 꽃처럼 피어난 파도를 보았다.

소청에게 꽃을 선물하는 것 같았다.

"이 물고기가… 누나를 많이 좋아하는 것 같아."

"당연하지. 내가 네 나이였을 때에는 그에게 시집갈 줄 알았는걸."

소청의 포도알을 닮은 두 눈에 웃음이 가득했다.

하지만 구망은 이런 농담이 재미없었다.

"물고기에게 시집가려고 했다고?"

"사람은 모두 물고기로 변해."

구망은 미간을 찌푸리며 말했다.

"그건 모르겠고. 어쨌든 누나는 나와 영원히 같이 있겠다고 약속했으니까."

"이제 질투도 하는 거야? 네게 한 약속은 기억하고 있어. 자, 와서 내 일을 도와줘."

몸을 숙인 소청은 덤불 속으로 들어가 한참 무언가를 찾더니 검은 돌 하나를 집어 들었다.

"하! 이거다!"

"이게 뭔데?"

"유성!"

"그럴 리가. 유성이 이렇게 검다니. 그리고… 하늘에 있어야 하는 거 아니야?"

"유성의 표면은 대기와 마찰하면서 빛과 열을 내뿜어. 그때 반짝이는 거야. 나머지 시간에는 모두 이런 모습을 하고 있는걸. 못 믿겠으면… 이걸 봐! 유성 뒤에 소원이 묶여 있잖아!"

구망은 가까이 다가갔다. 정말이었다. 석탄처럼 까만 돌에는 가는 줄이 있었는데, 줄 끝에는 동그랗게 말린 종이가 여러 개 연결되어 있었다. 가장 앞쪽에 있는 종이를 펼친 구망은 달빛에 비추면서 글을 읽었다.

"…벼락부자가 되고 싶습니다."

구망은 고개를 들어 소청을 보며 말했다.

"이게 무슨 뜻이야?"

"인류는 유성을 보면 소원을 빌어. 그 소원이 유성의 꼬리에 붙으면서 함께 날지. 유성이 가장 높은 곳까지 날아갔을 때, 현조(玄鳥)*가 주변에 있다면, 그래서 소원을 본다면, 그 소원을 이뤄주거든… 봐, 이 사람은 횡재했을 거야."

구망은 두 번째 종이를 펼쳤다.

"부인의… 병이… 나았으면 좋겠습니다? 음. 이건 너무 대충 썼네. 뭐라고 적은 건지 모르겠어!"

세 번째와 네 번째도 그러했다. 글자가 삐뚤빼뚤했는데, 문장조차 미완성이었다.

"유성을 가장 먼저 본 사람의 소원만 제대로 적히거든. 그다음부터는 모호해서 현조가 제대로 읽지 못해. 그러니 그들의 소원은 이뤄질 수 없는 거지."

소청은 말했다.

"그러니까… 자기 부인이 건강해지기를 바란 사람의 소원은 이뤄지지 않았고, 벼락부자가 되고 싶다는 사람의 소원이 이뤄진 거네? 이건… 너무 불공평하잖아!"

"소원은 자신의 욕망을 위해서 있는 거야. 등급을 매길 수는 없어."

구망은 반박했다.

"당연히 있지! 사랑하니까, 자기 부인을 사랑하니까 이런 소원을 비는 거잖아. 벼락부자가 되고 싶다는 사람보다 훨씬 낫다고!"

---

* 중국 고대 신화에 나오는 신조로 제비와 모습이 비슷하다.

"…사랑한다고? 그건 작은 사랑일 뿐이야."

소청은 더는 논쟁하지 않았다. 돌에 묶인 얇은 끈을 하나씩 풀더니 매끈해진 돌을 동쪽으로 던졌다. 소청이 세게 던지지는 않았지만, 밤하늘로 던져진 유성은 관성 덕분에 계속 앞으로 나아갔다.

"옛 소원을 깨끗이 치워야만 새로운 소원을 모아 현조에게 가져다줄수 있어. 우리는 지금 세상의 서쪽 끝에 서 있는데, 여기서 유성을 던져야 해. 하늘의 공기가 적어서 저항력도 적거든. 그럼 그대로 날아간 유성이 동쪽 끝에서 떨어지지. 유성이 동쪽 끝에 도착하면, 다시 주워 서쪽으로 던지는 거야."

그래서 구망은 소청을 따라 풀숲에서 유성을 주우면서 몰래 잔머리를 굴렸다. 구망은 유성을 던질 때마다 곧장 소원을 빌었다.

"소청과 영원히 함께할 수 있게 해주세요."

유성을 자신보다 먼저 볼 수 있는 사람은 없었기에 구망은 자기 소원이 종이 위에 뚜렷이 적힐 거라고 확신했다.

이렇게 많은 유성을 던졌으니, 유성에 적힌 종이도 많을 거라고. 게다가 동일한 소원을 여러 번 빌었으니 현조가 틀림없이 자신의 소원을 들어줄 거라고 말이다.

5

세상의 서쪽 끝에서 출발한 지 며칠이 지나고 나서야 이들은 북명에 도착했다.

커다란 바다에는 얇은 돌기둥이 수십 척 높이로 솟아 있었는데, 세계의 최북단이라는 표식이 있었다. 뜨거운 물은 장거리 운반으로 온도를 잃었고, 대어도 더는 대열을 이루지 않고 하나둘 흩어졌다.

구망은 떠보듯 소청에게 물었다.

"봐, 봄을 가져다줬으니까, 이제 내게 시집을⋯."

"정오가 되었는데도 하늘이 어둡잖아. 봄이 왔다고 할 수는 없겠지?"

소청은 구망을 똑바로 보며 반문했다.

구망은 조급해졌다.

"아직도 안 끝났다고? 설마⋯ 우리가 태양이 떠오르는 시간까지 바꿔야 하는 건 아니겠지?"

"저건 지축이야."

소청은 먼바다에 있는 돌기둥을 가리키며 말했다.

"태양의 운행 궤도와 대지 사이에는 협각(夾角)이 존재해. 협각이 클 때는 태양이 북쪽으로 가기에 북쪽 하늘의 길이가 길어지지. 그래서 낮이 짧은 거야. 협각이 작을 때는 태양이 우리 남쪽에 있어서 남쪽 하늘이 길어지는 거고. 태양이 남쪽 모두를 지나려면 시간이 오래 걸리거든. 그래서 낮이 길어지면서 여름이 되는 거야."

"그게⋯ 지축과 무슨 상관인데?"

"북명에 있는 지축은 지심까지 깊게 꽂혀 있는데, 지심에는 지축과 이어진 톱니바퀴가 하나 있어. 천지개벽을 이루고 난 뒤에 반고(盤固)*의 심장이 대지 가장 깊숙한 곳에서 톱니바퀴가 되었거든. 심장의 뛰는 힘이 매일 톱니바퀴를 조금씩 움직이면서 위에 있는 대지도 조금씩 기울게 했지. 이렇게 대지의 각도를 조금씩 조절해야만 태양이 비추는 시간도 규칙적으로 변화하고, 사계절이 생겨."

"그럼 지축이랑 톱니바퀴를 그냥 두면 되잖아. 알아서 움직이니까 낮도 길어질 거 아니야?"

소청은 고개를 가로저었다.

---

* 천지 창조 신화에 나오는 거인 신. 하늘과 땅이 구분되지 않는 혼돈 상태였을 때 알에서 태어난 반고가 머리로 하늘을 떠받치고 다리로 땅을 지탱하면서 하늘과 땅이 멀리 떨어지게 되었다고 한다.

"나중에 공공(共工)*이 불주산(不周山)에 부딪혔잖아. 그 충격으로 지심에 있던 톱니바퀴가 고장 났고, 제대로 움직이지 못하게 되었어. 겨울에서 봄으로 넘어갈 때면 톱니바퀴가 걸려서 멈추거든. 외부 힘으로 움직여줘야 해."

두 사람이 이야기를 나누는 사이에 곤이 천천히 지축으로 다가갔다. 구망은 현무암으로 만들어진 듯한, 거무스레한 지축을 보았다. 물에 닿은 부분에는 회백색 따개비가 가득했고, 위쪽에는 조잡하게 묶인 삼노끈이 있었다. 염분에 절여진 삼노끈은 좀먹어 너덜너덜했다.

소청이 삼노끈 하나를 곤의 등지느러미에 묶으려고 했다. 본래 어려운 일이었으나 곤의 등지느러미에는 오랜 세월 노끈에 묶이면서 생긴 홈이 있었다. 소청은 그곳을 제대로 묶은 뒤 고개를 숙여 곤에게 말했다.

"내일이면 당신 윤회도 끝이야. 당신이 마을에서 날 키워줬던 날들이 어제 있었던 일처럼 생생해…. 팔천 년은 빠르게 지나가지. 내 윤회도 곧 끝나게 될 거야…."

소청의 목소리는 작았지만, 구망은 그 소리가 너무나 익숙했다…. 부드럽고 편안한 목소리는 쉽게 구망의 고막을 울렸다.

구망은 불안에 휩싸여 물었다.

"윤회라고? 어디로 윤회하는데?"

"내가 말했잖아. 이게 다 끝나면 우리는 함께 있을 거라고."

소청은 고개도 들지 않았다. 그저 노끈 하나를 집어 또 다른 대어의 등지느러미에 묶을 뿐이었다.

소청은 덧붙이듯 말했다.

"헤어지지 않을 거야."

그러자 구망은 소청이 하는 것을 보면서 그대로 따라 했다.

---

* 고대 신화에 나오는 인물로 황위를 두고 전욱과 다투다가 불주산의 천주(天柱)를 꺾었다고 한다. 그로 인해 하늘은 서북으로 땅은 동남으로 기울었으며 해와 달과 별은 서쪽으로 이동하고, 강물은 동쪽으로 흐르게 되었다고 한다.

6

지축과 연결된 끈을 모든 대어와 묶었을 때, 동쪽이 어슴푸레 밝아지기 시작했다. 소청은 구망에게 북쪽 끝 겨울에서 지축을 움직이지 않았다면, 동이 트지 않았을 거라고, 빛이 빠르게 사라지면서 밤의 장막이 내려앉았을 거라고 말했다.

소청은 다시 훈을 불었다. 희미한 빛 아래 대어 수십 마리가 선홍색 등지느러미를 수면 위로 드러내면서 서쪽을 향해 힘껏 헤엄쳤다. 노끈이 당겨지면서 강한 장력이 작용했고 바닷물은 뚝뚝 노끈에서 떨어졌다. 떨어지는 물방울 하나하나에 해당화 빛으로 물든 하늘이 비쳤다.

곧이어 대어들이 함께 힘을 쓰면서 지축에 작은 움직임이 생겼다. 구망은 딸까닥 소리를 들었다. 대지의 각도도 바뀌고 있었다. 이제 곧 성공이었다.

그러나 지축이 움직이면서 부작용도 생겼다. 해수면이 함께 기울면서 멀리서 거대한 파도가 일어난 것이다. 높은 벽 같은 바닷물이 남쪽에서부터 우르르 소리를 내며 다가왔다.

파도의 거대한 소리 속에서 구망은 소청에게 큰 소리로 외쳤다.

"이를 어쩌지! 이렇게 큰 파도라니. 우리 죽게 되는 거야?"

"어서 몸을 숙여. 지축의 각도를 조절했으니 해수면도 곧 원래 상태로 돌아올 거야."

바다의 변화를 알아챈 대어들은 힘을 모아 파도에 맞서려는 듯 빠르게 한 곳으로 모였고 몸에 묶인 노끈을 하나로 엮었다.

"날 꼭 잡아."

구망은 노끈으로 자신과 소청을 곤에게 묶었다. 파도가 점점 다가왔다. 벽보다 높고, 작은 산보다 높은 파도였다.

변화된 바다가 상부의 공기를 휘젓자 먹구름이 이들의 머리 위에 고였다. 구름층이 서로 마찰하더니 천둥이 쳤다. 비린내를 머금은 광풍도 불었다. 대어들은 여전히 빠른 속도로 꼬리지느러미를 흔들면서 서쪽으로 향하고자 힘을 쏟았다. 끊어질 듯 팽팽해진 노끈을 힘껏 당겼다.

구망은 곤의 거친 피부 아래에 놓인 근육이 긴장으로 충혈되는 것을 느낄 수 있었다.

구망은 힘껏 소청을 껴안으며 말했다.

"파도가 너무 커…. 대어들이 같은 방향으로 힘을 쓰지는 못할 거야."

"곤, 들었어? 파도가 너무 크대! 날개를 쓰자. 날개로 파도를 막아!"

구망은 소리를 질렀다.

"걔는 물고기잖아! 물고기에게 날개가 어디 있어!"

"대어는 다 날개를 가지고 있어…."

소청이 목소리를 낮추면서 말을 이었다.

"아주 오래전에 나도 곤에게 같은 질문을 한 적이 있어. 예전에는 곤도 우리처럼 두 발과 두 다리가 있었거든. 내가 자라나는 걸 지켜보았고, 매년 봄을 데리고 왔지."

두 사람은 전신이 흠뻑 젖었다. 이때 소청은 구망의 품에 안겨 있었는데, 곤에게 말하는 건지 구망에게 말하는 건지 알 수 없었다.

구망은 물었다.

"그다음에는? 물고기가 된 거야?"

"응. 나도 물고기가 될 거야. 마지막에 우리는 모두 물고기가 돼."

"나도 물고기가… 된다고?"

"너도 그렇게 될 거야. 하지만 그 전에 해야 할 일이 있어. 오늘부터 너는 내 일을 맡아 매년 봄을 가져올 거야."

파도가 거세서 그런 건지 소청의 목소리가 모호하게 들렸다. 소청은 구망의 의혹에 아랑곳하지 않고 말을 이었다.

"팔천 년 전, 곤이 처음으로 나를 남명에서 북명으로 데려갔어. 봄을 어떻게 데려오는지 가르쳐주었지. 팔천 년이야… 곤은 이제 곧 인간 세상으로 갈 거야. 곤… 행복해?"

곤은 말을 알아들었다는 듯 힘차게 앞으로 나아갔다. 밧줄에서 벗어나며 수면 위로 솟구쳤다.

선홍빛의 짧은 측면 지느러미 두 개가 양쪽으로 펴지면서 깃털이 없는 날개 한 쌍이 되었다. 날개는 불가사의한 속도로 멀리까지 뻗었고 아침 햇빛을 맞으면서 거센 파도를 향해 날았다.

곤의 등에 매달린 구망은 처음으로 허공에서 세상을 내려다보았다.

대어의 몸은 비상하는 섬이었다. 그것의 몸을 지나 아래를 내려다보자 폭풍 안에 있는 끝없이 넓고도 검은 바다가 보였다. 바닷속에 있는 물고기 떼는 아주 작게 보였는데, 힘껏 지축을 끌어당기고 있었다.

동쪽 하늘 끝이 점점 하얗게 물들었다…. 대어들이 성공하고 있다는 뜻이었다. 이들이 지축을 한 치씩 움직이면서 태양이 조금씩 드러난 것이다.

이제 세상에 봄이 진짜로 오게 되었다.

봄이….

구망의 의식이 점점 흐려졌다. 봄날의 벼와 차의 푸른 빛이 떠올랐다. 햇빛에 데워진 기와 위에 앉으면 엉덩이가 뜨거웠으며 할머니가 키우던 고양이는 봄마다 털이 복슬복슬한 새끼를 낳곤 했다. 봄비가 내릴 때면 우산을 든 소청이 아이인 자신을 안아주었다. 소청의 속눈썹과 포도처럼 생긴 두 눈에 안개와 빗물이 묻었다.

구망은 이것만 떠올린 게 아니었다.

북명에는 곤이라고 불리는 커다란 물고기가 있었다. 곤은 매우 컸다. 길이가 몇천 리나 되는지 알 수 없었다. 곤이 새로 바뀌면 붕이라고 불렀다. 붕의 등도 길이가 몇천 리나 되는지 알 수 없었다. 그것이 날개를 퍼덕이며 날아오르려고 할 때는 날개가 구름에 걸려 있는 듯하였다….*

* 《장자》 내편 소요유

파도의 끝이 이들의 눈앞에 있었다. 수증기가 얼굴을 휙 덮치자 구망은 소청의 손을 꼭 잡으며 말했다.

"사랑이 무엇인지 알 것 같아."

소청은 웃으며 고개를 끄덕였다.

"그럼 너도 어른이 된 거야."

곧이어 곤은 거센 파도에 부딪혔다.

7

구망이 깨어났을 때 해수면은 잠잠해져 있었고, 몸이 묶인 노끈 끝은 텅 비어 있었다. 소청과 곤은 모두 보이지 않았다. 태양이 동쪽 지평선에서 모습을 드러내자 금빛 광선은 구망의 피부 위에, 바다 위에 그리고 미풍 안에 내려앉았다.

구망은 지축이 움직였다는 걸 알았다.

대어들은 기진맥진해져 물이 흐르는 대로 표류했다. 거센 파도 소리가 들리지 않아 귓가가 고요했다. 구망은 대어 한 마리의 등 위에서 가부좌를 틀고 앉아서는 조용히 일출을 바라보았다.

일출? 그건 희화(羲和)*겠지? 희화는 매일 마차에 태양을 태워 동쪽에서 서쪽으로 보냈을까? 구망은 그렇게 추측하면서 앞으로 세상을 바라보는 방식이 더는 전과 같지 않을 거라고 생각했다.

봄볕이 조금씩 구망의 옷을 말렸다. 그때 상의 주머니에서 무언가가 꿈틀거렸다. 구망은 주머니에서 아주 작은 생명을 꺼냈다. 붉은 물고기였다. 금붕어보다 작은 물고기. 한데 모은 손가락 위에 비스듬히 누운 물고기가 꼬리로 구망의 손바닥을 쳤다. 서늘하면서도 매끄러웠다.

* 중국 고대 신화에 나오는 여성 신으로 10개의 태양을 낳았다.

구망이 다급하게 바닷물을 모으자 물고기는 손바닥 안에서 몸을 움직였다.

이때 구망은 작은 물고기의 두 눈을 보았다. 포도알과 똑같이 생긴 눈을.

구망은 팔천 년 뒤에 이 작은 물고기가 작은 산처럼 커진다는 것을, 그때면 소청도 자신의 사명을 다해 인간 세상으로 환생한다는 것을, 평범한 인간이 된다는 것을 알았다. 또한 구망은 팔천 년 뒤에 자신도 물고기가 된다는 것을, 매년 물과 지축을 옮기는 고된 일을 한다는 것을 알았다. 그러나 구망은 다른 것도 알았다. 영혼이 인간이 되고자 한다면 모두 그런 일을 겪어야 한다는 것을. 바다에서 만육천 년 동안 만육천 번이나 겪어야 한다는 것을. 그래야 사랑이 무엇인지를 깨달을 수 있고, 인간의 마음을 갖게 된다는 것을 말이다.

사랑은 무엇일까?

구망은 해당화가 아름답다고 생각했고, 매년 봄을 데려오고 싶었다.

"소청. 우리는 팔천 년을 함께 할 거야…."

구망이 훈을 꺼내 불자 천천히 깨어난 대어들이 남쪽으로 돌아가기 시작했다.

✦ **왕뉘뉘**(王諾諾)

SF 작가. 2018년 중국 SF 은하상 최우수 신인상을, 2018년 렁후 SF 문학상 일등상을, 2019년 렁후 문학상 삼등상을, 2019년 샛별 SF 문학상 코드 프로젝트상을 수상했다. 대표작으로는 《지구 무응답(地球無應答)》이 있으며 인민문학출판사에서 출간하는 《중국 베스트 SF 선집(中國最佳科幻作品)》에 3년 연속 작품을 실었다.

应龙

응룡

✦

링천

문이 당겨졌다. 갑자기 나타난 어둠과 먼지에 적응이 되지 않았다. 숨이 멎을 듯한 기침이 한차례 지나간 뒤에 비서는 떨어지려고 하는 안경을 제대로 쓰면서 손전등을 높게 들었다. 젊은 청년이 노랗게 염색한 곱슬머리를 긁으며 말했다.

"값나가는 물건은 할아버지가 다 여기에 두셨어요."

"진짜로 값이 나가는 물건을 찾을 수 있어야 할 텐데."

전등 스위치를 찾지 못해 어쩔 수 없이 앞으로 한 걸음 내디딘 비서는 다시 격렬하게 기침했다.

"그러지 않으면 이 집을 살 돈을 구하지 못할 거야."

비서의 두 눈에 근심이 스쳤다.

"어쩔 수 없이 헐려서 비즈니스 센터가 되고 말겠지."

청년의 긴 다리가 들쑥날쑥한 높이의 가구를 지났다. 쌓아 올린 병과 용기 더미를 건드리지 않도록 청년은 전혀 다른 재질로 싸인 포장들을 피하면서 한숨을 내뱉었다.

"아무래도 물건을 옮겨야 할 것 같네요…."

청년이 몸을 돌리는 사이에 높게 쌓인 물건들이 드디어 넘어지고 말았다. 청년이 미처 반응하기도 전에 물건들은 석판 위로 쓰러졌고, 오래 묵은 먼지를 휘날리며 깨졌다. 비서가 한숨을 내쉬기도 전에 청년은 깜짝 놀라 소리를 질렀다.

"이거 할아버지 화첩에 있던 관요(官窯)* 자기 아니에요?"

청년의 손에는 기괴한 형태의 자기가 들려 있었다. 청년은 소매로 도자기를 닦았다. 그러자 맑고 청아한 청색 표면 위로 새로 짠 직물처럼 화려한 무늬가 드러났다.

비서는 그 화첩을 수없이 보았기에 몇몇 자기의 특징을 확실하게 알고 있었다. 비서가 두 눈을 밝히면서 다급하게 다가가자 들고 있던 손전등이 자기에 부딪힐 뻔했다.

"조심해요!"

청년은 비서에게 주의를 시켰다.

"이건 진귀한 보물이에요. 할아버지가 제게 농담하는 줄 알았는데…."

비서가 도자기를 손에 쥐고 움직이자 도자기 표면에 그려진 무늬가 더 선명해졌다. 푸른 구름과 푸른 파도가 어긋버긋 놓여 있었는데, 용 한 마리가 그 사이를 헤치면서 날고 있었다. 자태가 힘찬 것이 생동감이 넘쳐났다. 입구에 그려진 무늬 옆에는 '대명(大明) 선덕년(宣德年) 제조'라는 해서체 글자가 횡으로 적혀 있었다.

"이거다."

비서의 목소리가 떨리기 시작했다.

"이건 청화 응룡** 무늬 빙감(氷鑑, 얼음 그릇)이야. 그 자체로도 비쌀 뿐만 아니라 비밀이 하나 숨겨져 있지."

청년의 입꼬리에 웃음이 떠올랐다.

---

* 황실용 도자기를 굽기 위해 관부에서 직영으로 관리하던 가마
** 중국 신화에 나오는 날개 달린 용으로 물을 모아 비를 내릴 수 있다. 응룡은 황제(黃帝, 전설 속의 제왕)를 도와 치우와 과부를 죽였다.

"쳇. 욕심이 과하신 거 아니에요? 할아버지 그림 속에 있는 물건을 찾았다고 해서 할아버지가 해줬던 말이 모두 맞는 말이라는 보장은 없잖아요. 관요 일련번호까지 적혀 있는 자기인데, 여기에 또 무슨 비밀이 있겠어요!"

청년은 손에 쥐고 있는 손전등을 흔들며 말을 이었다.

"그래도 이런 수확을 얻었으니 사당에 괜히 온 건 아니네요. 가요."

"잠깐!"

갑자기 소리를 지른 비서가 자기를 코앞까지 가져가더니 손전등 불빛으로 비추면서 자세히 살펴보았다.

청년은 조건반사적으로 물었다.

"왜요?"

"이건 기룡(夔龍)*이야. 응룡이 아니야!"

"무슨 소리예요? 코 옆에 말린 수염이 있고 두 다리에 세 발톱이잖아요. 날개도 있고 뿔도 있는데 이게 왜 응룡이 아니에요?"

"자세히 봐. 비늘이 있니? 응룡은 비늘이 있어. 그리고 꽃은 왜 물고 있는 건데? 입에 꽃을 물고 있는 건 기룡이야!"

청년의 낯빛이 급변했다. 응룡을 사려는 이는 있어도 기룡을 사려는 이는 없었다. 기룡으로 대체 뭘 할 수 있단 말인가?

"하지만 일련번호까지 가짜일 리는 없잖아요."

청년은 이해할 수 없었다.

"응룡이어야 맞는 건데. 어쩌다가 기룡이 된 거죠?"

두 사람은 어리둥절해져 서로를 보았다.

응룡은 대체 어디로 간 걸까?

---

* 《산해경》에는 다음과 같은 기록이 있다. "몸은 소와 비슷하며 몸이 청색이고 뿔이 없으며 다리가 하나다. 물에서 나오거나 들어갈 때 반드시 비바람이 동반된다. 이 짐승은 일월과 같은 빛이 몸에서 나오고, 뇌성과 같은 소리를 낸다. 그 이름은 기(夔)이다."

　명나라 선덕제 때 만들어진 자기에 응룡이 봉인된 지도 벌써 육백 년이 되었다. 응룡은 하늘과 바다 사이, 구름과 바닷물이 교차하는 곳에 나른히 누워 있었다. 건장한 몸은 몇 리나 구불구불 뻗어 있었고, 코 고는 소리는 이따금 느릿하고도 여유롭게 퍼져나갔다. 육백 년이라는 시간 동안 두꺼운 녹색 이끼는 온몸에 퍼졌고, 금빛으로 빛나던 비늘을 뒤덮었다. 게다가 엄청난 양의 빗물도 모아두었다. 축축하게 젖은 응룡은 시간이 지날수록 자연스레 연못 옆 초목이 우거진 언덕을 닮게 되었다. 하늘을 향해 높게 솟아 있는 뿔과 언제든지 달려나갈 듯한 기세로 구불구불 말린 용수염에만 용의 위엄이 남아 있었다.

　용은 삼천 년을 잔다고 한다. 하지만 다른 생명들에게는 며칠만 생존할 수 있는 시간이 주어졌다. 그래서 물고기와 새우는 용의 비늘 틈에서 번성하였고, 포식자를 대거 불러들였다. 구름송이에서 내려온 새 떼는 멋대로 응룡 위를 뛰어다녔고, 살려고 펄떡이며 도망치는 물고기와 새우를 뒤쫓았다. 응룡의 주변은 시끄러웠고, 생기가 가득했다.

　응룡은 바깥일에 관심을 두지 않았기에 보고도 못 본 체하였고, 듣고도 못 들은 척하였다. 취한 응룡은 내뱉는 숨에서도 술 냄새를 풍겼는데, 이 냄새는 육백 년이 지났는데도 사라지지 않았다. 숨결이 쏟아지는 방향을 따라서 응룡의 코와 입 주변에 주화(酒花)*가 피었다. 하얀 꽃은 곡주이고, 금빛 꽃은 황주(黃酒)였으며 녹색 꽃은 과실주였고, 자색 꽃은 꿀술이었다. 꽃들은 십 년에 한 번 피었고, 십 년 만에 열매를 맺었는데 그 열매는 응룡 세계의 성찬이었다. 그때면 구름과 바닷물도 취기가 올라 붉어졌고, 새와 물고기 그리고 새우는 미친 듯 기뻐하면서 이끼의 숲 속에서 곤드라졌다. 적과 우군을 가리지 않고 친밀하게 지냈다.

---

*　뽕나뭇과의 덩굴풀인 홉의 별칭

주화가 피고 술 열매가 맺힌 지 삼백 년이 되었을 때, 응룡은 왼쪽 눈을 떴다. 떠들썩한 소리가 순식간에 멎었다. 새들은 더는 날갯짓할 수 없었고, 응룡의 비늘에서 전해지는 열기 때문에 이끼와 물고기 그리고 새우는 소리를 질렀다. 거세게 솟아난 바닷물은 구름을 집어삼켰고, 응룡이 꼬리를 움직이면서 하늘로 오를 때를 틈타서 함께 날아오르려고 했다.

그러나 응룡의 커다란 몸은 움직이지 않았다. 거칠어졌던 호흡도 어느새 안정을 찾으며 느릿해졌다. 새들은 다시 날기 시작했고, 날개 옆에 날개가 이어지면서 날아가는 구름이 되었다. 응룡의 비늘은 얼음처럼 서늘했고, 빗물은 맑았으며 이끼와 물고기 그리고 새우는 물기를 머금었다. 용은 깨어나지 않은 것이다.

사실 용은 잠들지도 않았다. 도사가 비법으로 제조한 술을 마시고 취한 거였다. 용의 심장은 알코올에 마비되어 아주 늦게 뛰었다. 움직일 수 없을 정도로 말이다. 그래서 응룡은 자리에 누운 채 시간이 몸에서 물처럼 흐르도록 내버려두었다.

익숙하면서도 낯선 목소리가 하늘 밖에서, 바다 깊은 곳에서 천둥처럼 울리기 전까지는 그러했었다. 응룡의 심장이 느닷없이 격렬하게 수축했고, 육백 년 전에 했던 생각이 이제야 응룡의 두뇌에 떠올랐다. 느릿하게 신경중추를 오가면서 잿빛이 되어버린 신경 세포를 흥분시키려고 했다.

내가 이렇게 취한다면 더는 사람을 상대할 필요가 없겠지? 드디어?

그때 했던 생각이었다.

사람이라고? 응룡이 왼쪽 눈꺼풀을 움찔하자 붙어 있던 가리비가 미끄러졌다. 사람은 술에 찌든 용의 머리를 불편하게 만들 수 있을 정도로 아주 거슬리는 존재였다.

사람이라고! 미약한 불편함이 머리카락처럼 가느다란 신경 섬유를 통하면서 점점 격렬히 진동하더니 마지막에는 응룡의 영혼을 벼락처럼 파고들었다.

사람…. 응룡의 정신이 돌연 맑아졌다. 응룡은 망연히 주변을 둘러보았다. 천지에 있는 물고기와 새, 나무와 꽃 그리고 벌레가, 만물이 가을을 즐기고 있었다. 사람의 모습만 보이지 않을 뿐이었다. 사람의 목소리는 아직도 응룡의 귓가에 울려 퍼지고 있었다.

"응룡이어야죠. 응룡이어야 해요. 기룡일 수는 없다고요!"

응룡. 응룡이라고 불렀던 최초의 이는 황제였다. 그렇다. 전설 속 제왕인 황제 헌원(軒轅) 씨 말이다. 황제는 응룡을 제사장의 칼날에서 구해냈다. 제사장은 집에서 키우던 뱀이 날개와 뿔이 있는 괴물을 낳아서는 안 된다고 생각했다. 그러나 황제는 그 괴물을 데려가 키웠으며 응룡이라는 이름도 지어주었다.

사람이 네게 생명을 주었으니 너는 사람의 말을 잘 들어야 한다. 그것이 네 삶의 운명이다.

응룡은 황제 곁에서 자랐다. 부족의 일 년 양식은 응룡의 한 끼로도 부족했고, 황제의 여섯 칸 집은 응룡의 머리 하나를 두기에도 버거웠다.

황제는 말했다.

응룡아, 치우(蚩尤)라는 저쪽 부족 사람이 우리와 싸우고 있으니 네가 가서 돕거라.

응룡은 곧장 축록(逐鹿)으로 갔고, 등에 있는 거대한 날개를 활짝 폈다. 그러자 천지에 비바람이 몰아쳤다. 치우의 군사들이 참패하자 황제는 크게 기뻐했다. 그러나 비바람의 방향이 순식간에 뒤바뀌었다. 치우가 풍백과 우사를 데려온 것이다. 물을 다스리는 두 사람의 능력은 응룡의 능력보다 백배 더 뛰어났다. 황제의 웃음이 굳었다. 큰비는 황제가 새로 얻은 땅을 집어삼켰다.

그때의 실패를 떠올리자 저절로 탄식이 새어 나왔다. 응룡의 탄식 소리에 주화가 아스러지고, 술기운은 사방으로 퍼졌다.

사람은 어찌하여 응룡을 찾는가? 응룡이 가진 금빛 찬란한 비늘 때문인가? 아니면 회오리바람을 일으킬 수 있는 거대한 날개 때문인가? 우

임금은 남쪽 숲에 있던 응룡을 찾아냈다.

응룡아, 너는 그곳에서 나와야만 한다. 끝이 보이지 않는 홍수를 막아주렴.

그래서 응룡은 숲에서 나와 거대한 꼬리로 땅을 쳤다. 그러자 지면에 물길이 생겨났다. 홍수는 물길을 따라 흘렀고, 순순히 바다로 흘러갔다.

우 임금은 웃으며 말했다.

응룡아, 예전에 너는 황제를 제대로 돕지 못했지. 이제야 좋은 일을 제대로 하는구나.

기억이 여기까지 닿자 응룡은 조금 흥분하였다. 깊은 숨을 들이마신 뒤 술기운을 내뿜고, 커다란 머리를 흔들었다. 머리 위에 달린 이끼가 우수수 떨어지면서 물고기와 새우도 응룡의 입으로 들어갔다. 응룡은 와그작 씹으며 생각했다. 우 임금과 함께 있을 때는 음식을 제대로 먹은 적이 없었다. 그때 응룡은 땅을 파며 강줄기를 만들었고, 홍수를 이끌어 바다로 흘러가게 했다. 우 임금과 그의 아들은 배를 움직이면서 그 뒤를 따랐다. 좁은 산골짜기나 넓은 분지를 만날 때면, 응룡의 날개 위에 앉은 그들은 포효하는 홍수 위에서 큰 소리로 외쳤다. 홍수를 빠르게 없애기 위해서 응룡은 하룻밤 사이에 마흔아홉 개의 물줄기를 냈다. 머리가 아찔하고 눈이 어지러워 물줄기 하나의 방향을 잘못 잡았더니 강물이 범람하면서 이제 막 땅을 갈고 김을 맸던 농지와 촌락 하나를 집어삼켰다. 사람들은 홍수 속에서 울부짖었고, 시체가 물 위를 떠다녔다. 아직 나이가 어렸던 응룡은 당황했고, 바다 입구에서 몸을 웅크리며 우 임금이 벌을 주기만을 기다렸다.

응룡은 더는 물고기와 새우를 씹지 않았다. 물고기와 새우의 살 조각이 침과 함께 입꼬리에서 흘러내리자 붉고, 하얀 것이 비린내를 풍겼다. 응룡은 동쪽 바다 입구에서 우 임금이 양손을 흔드는 것을, 그러자 우주 깊은 곳에서 벼락이 내려와 자기 목을 자르는 것을 본 것 같았다. 거대한 용머리가 데굴데굴 구르면서 바다 깊은 곳으로 들어가고, 용혈이 목에서 뿜어져 나와 새하얀 모래사장을 팔백 리나 물들였다.

우 임금은 신과 같은 위엄을 보였으나 응룡은 바다 깊은 곳으로 떨어졌다. 범인(凡人)이 어찌 용을 죽일 수 있겠는가. 응룡이 원했기에 가능했던 거였다. 응룡은 우 임금과 연기를 한 것이다. 그러나 응룡은 자신이 불러온 벼락이 정말로 자신의 목숨을 거둬갈 줄은 몰랐다. 다행히 용의 혼은 사멸하지 않았다. 바닷속에서 사천 년이나 견디면서 실체를 갖추기 시작했고, 응룡은 바닷물 거품에서 다시 태어났다.

놀랍게도 사천 년이 지난 세상에는 자기 모습이 제왕의 의복에 수 놓였다. 제왕들은 장생불로를 꿈꿨고, 자신들의 강산이 영원하기를 바랐다. 그러나 응룡은 그저 용이었기에 제왕들의 끝없는 욕망을 채워줄 수 없었다.

그래서 응룡은 기꺼이 만취했으며 용을 잡는 것을 업으로 삼는 도사의 손에 봉인되었다.

응룡. 큰 죄를 짓지는 않았으니 너를 죽이지 않을 것이다.

그 도사는 자신만만하게 말했다.

그런데 어찌하여 나의 생사를 사람이 정하는가?

용은 분개하여 머리를 쳐들고는 큰 소리로 부르짖었다. 그 소리가 사방에 울려 퍼지고, 세계가 순식간에 혼란해졌다. 모든 번영이 혼돈으로 뒤바뀌었고, 오직 용만이 절뚝거리면서 일어났다.

✻

갑자기 방 안이 흔들리기 시작했다. 청년이 어찌 된 일인지를 알아차리기도 전에 비서는 청년을 붙잡아 방 밖으로 끌고 나갔고 가파른 석계를 올랐다. 점점 뜨거워진 자기는 몇 번이나 청년의 손에서 벗어나려고 했지만, 청년은 필사적으로 움켜쥐었다. 지하 창고가 갑작스레 무너지면서 커다란 구멍이 생겼다. 강력한 진동에 넘어진 두 사람은 구덩이에 빠질 뻔했다. 비서가 청년을 붙잡아 일으켜주었다. 두 사람은 놀란 가슴을 진정시키자마자 손에 쥐고 있던 자기를 살펴보았다. 그런데 느닷없이 자기의 중앙 부분이 터지면서 용의 형상을 지닌 푸른 연기가 피어올랐다. 연기는 눈 깜짝할 사이에 황금용이 되었고, 힘찬 모습으로 두 날개를 움직이면서 고택 지붕 위를 선회하다가 하늘로 날아갔다. 더는 그 모습을 찾아볼 수 없었다.

후기: 근처에 있던 텔레비전 기자가 우연히 그 모습을 찍게 되면서 장가 사당은 현지인들에게 신성한 장소가 되었다. 덕분에 그 주변은 철거를 면하게 되었다.

✦ 링천(凌晨)

중국 과학작가협회 이사이자 중국 작가협회 회원 그리고 베이징 작가협회 회원이다. 과학서와 SF 소설을 쓴다. 우주 비행, 해양, 생물, 인공지능 등에 관한 SF 소설을 오래 썼으며 이백만 자 이상을 창작했다. 대표작으로는 《달의 뒷면(月球背面)》, 《구이양에 잠입하다(潛入貴陽)》가 있다. 단편 〈사신(信使)〉, 〈고양이(貓)〉, 〈구이양에 잠입하다〉는 중국 SF 은하상을 수상하였고, 단편 〈태양화(太陽火)〉와 장편 《잠자는 돼지여, 깨어나라(睡豚, 醒來)》는 중국 SF 성운상을 수상하였다. 또한 중편 〈바다와 싸우는 거센 파도(凌波鬪海)〉는 '흰 돌고래' 판타지 아동문학상을 수상하였다.

得玉

옥을 얻다

✦

구스

동쪽 바다에는 이름 없는 섬이 하나 있는데 그 섬에 옥천이라고 불리는 샘이 있다고 한다. 옥천은 삼 년마다 한 번씩 물을 내뿜었는데, 그 양이 한 말 정도였으며 물이 마르면 하얀 백옥 덩어리가 되었다. 샘이 옥천이라는 이름을 얻게 된 것도 그래서였다. 여성이 그 물을 마시면 젊음을 유지할 수 있었고, 남성이 백옥을 얻으면 금은보화를 거머쥘 수 있었다. 이 말 때문에 옥천을 찾고자 하는 이가 수천수만이 되었지만, 모두 빈손으로 돌아올 뿐 성공한 이는 없었다.

　　민국 시기*에 청나라 태감이었던 득옥(得玉)**이라는 이가 있었다. 옥천 이야기를 들은 서태후가 태감에게 옥천을 찾아오라고 명하면서 길한 이름도 하사했다고 한다. 그런데 득옥이 옥천을 찾기도 전에 서태후가 죽었다. 그래서 득옥은 자신의 이름에 위(魏)라는 성을 붙였다. 위는 '아닐 미(未)'와 중국어 발음이 같으니 위득옥이라는 성명은 '아직 옥을 얻지 못했

* 　중화민국이 중국을 통치했던 시기로 신해혁명 직후인 1912년부터 국공내전이 끝나고 중화인민공화국이 수립된 1949년까지이다.
** 　'옥을 얻는다'는 뜻

다'는 뜻이기도 했다. 위득옥은 황제 부의*를 따라 만주국으로 가지 않았다. 마지막에 득옥은 황궁 물건을 몇 개 챙겨 도망쳤고, 북경 서쪽에 있는 무덤군에 자리를 잡았다. 득옥은 말하지 못하는 여성에게 장가를 들었고, 길에서 구걸하던 어린 거지를 아들로 삼았다. 그렇게 가정을 꾸렸다.

위득옥이 궁에서 가져온 물건은 다음과 같았다. 명 황조의 산수화 두 점과 서양 법랑 시계 그리고 입을 벌리며 이빨을 드러내는 괴상한 구리 물고기였다. 구리 물고기는 유명한 이의 낙관이 없었는데 그 생김새가 아주 괴상했다. 두 눈에 상감한 보석이 없었다면, 실로 값어치가 없는 물건이었다. 위득옥은 직업을 구하고 혼인하기 위해서 먼저 그림을 팔았다. 그 돈으로 몇 년을 놀고먹다가 다시 시계와 물고기 눈을 팔았다. 이번에는 남은 돈으로 땅 몇 마지기를 구해 채소를 심으면서 생계를 꾸렸다. 일본인이 북경을 공격했을 때, 위득옥 가족은 다시 가난해졌다. 하지만 손에 남은 거라고는 눈이 없는 못생긴 물고기뿐이었다.

구리 물고기를 허리에 묶은 위득옥은 이날 집 옆에 있는 텃밭에서 신선한 무와 배추 몇 개를 뽑았다. 성에 들어가 채소를 판 뒤 그 돈으로 쌀 두 근을 사서 집으로 돌아올 생각이었다. 그런데 성문에 도착했을 때 멀리서 화포 터지는 소리가 들리는 게 아닌가. 남쪽에서 또 싸움이 일어난 것이었다. 위득옥은 불안해졌지만, 사는 곳이 북경 성에서 멀지 않고, 일본군이 서쪽까지 쳐들어오지는 않았기에 성문에서 기다리기로 했다. 정오가 지나서야 입성할 수 있었던 위득옥은 서둘러 서직문**을 지났다. 채소를 판 돈으로 옥수숫가루 한 포대를 산 위득옥은 동쪽에 있는 전당포에 가려고 했다. 그런데 몇 걸음 만에 다시 멀리서 화포 소리가 들렸다. 그래서 위득옥은 집으로 돌아가기로 했다.

방향을 바꿔 절반 정도 갔을까. 위득옥은 행인에게 성문이 닫혔다는 이야기를 들었다. 가지고 있는 거라고는 옥수숫가루뿐이었다. 게다가 투

---

* 청나라의 마지막 황제
** 베이징 내성(內城) 서북쪽에 있던 성문

숙하고 싶어도 어느 집 문을 두드려야 할지 알 수 없었다. 위득옥은 낙담하였다. 거리를 몇 번이나 배회하던 위득옥은 어두워지는 하늘과 사람이 줄어드는 거리를 보고 이를 악물었다. 위득옥은 황궁에서 도망칠 때 사용했던 개구멍으로 가기로 결심했다. 자금성 안에 있는 빈 처소를 찾아 하룻밤을 보낼 생각이었다.

남부 교외 지역에서 전투를 시작한 날부터 국민당은 고궁에 남은 보물을 외부로 반출했고, 며칠간 바쁘게 지냈다. 위득옥이 자금성을 찾은 날 밤에는 보물 대다수가 옮겨진 뒤였다. 황제 부의가 떠난 뒤로 자금성에는 귀신이 나타난다는 소문이 돌았다. 더는 사람이 살지 않았다. 특히 해가 지면 자금성 해자 안쪽에서 사람 그림자도 찾아볼 수 없었다. 한때 태감이었던 위득옥은 그런 걸 무서워하지 않았다. 마지막 빛인 노을에 기대 민첩하게 서육궁(西六宮)*을 뒤진 위득옥은 아직 침상이 남아 있는 처소를 찾아내 단잠을 잤다.

깊은 밤이 되었을 때 위득옥은 익숙한 목소리를 들었다.

"애가(哀家)**가 찾으라고 한 옥천은 찾았느냐?"

위득옥은 목소리를 듣자마자 흠칫 놀라 후다닥 몸을 일으켰다. 사방은 밝았고, 서양 탁상시계는 똑딱똑딱 소리를 냈다. 옆에는 시위(侍衛) 몇 명이 일렬로 서 있었고, 뒤에 있는 침상에는 능라가 깔렸으며 그 위에 휘장이 걸려 있었다. 앞에는 마르고 긴 얼굴을 가진 노파가 있었는데 끝이 날카로운 호갑(護甲)***을 끼고 있었다. 서태후가 아닌가! 위득옥은 털썩 무릎을 꿇었다. 순간 머릿속이 새하얘졌지만, 황궁에서 십 년을 머물렀던 세 치 혀를 놀리면서 답했다.

---

* 자금성 내 후궁 비빈들의 처소
** 중국의 고전 소설이나 희곡에서 황후나 태후가 자기 자신을 칭할 때 쓰던 표현. 지아비를 잃은 슬픔에 잠긴 사람이라는 뜻이기에 원래는 지아비(황제 혹은 선황)가 없는 경우에만 쓸 수 있다.
*** 손톱 덮개

"노불야(老佛爺)*께 알립니다. 노비는 이제껏 태만시하지 않았습니다. 계속 찾고 있었습니다."

"쓸모없는 놈."

서태후는 콧방귀를 뀌며 말했다.

"여봐라. 이놈을 끌고 가 때려죽여라."

시위 두 명이 끌고 가려고 하자 깜짝 놀란 위득옥은 큰 소리로 외쳤다.

"찾았습니다. 노비가 찾았습니다!"

시위들이 놓아주자 위득옥은 허둥지둥 몇 걸음 옮기고는 허리에 묶은 구리 물고기를 꺼냈다.

"노불야에게 알립니다. 이것이 바로 이름 없는 섬에서…"

위득옥이 말을 마치기도 전에 태감 총관인 이연영(李蓮英)**이 위득옥의 뺨을 때렸다.

"감히 윗전을 속이려고 하다니!"

위득옥은 입꼬리에 흘린 피를 닦을 생각도 하지 못했다. 무릎을 꿇고 울며 말했다.

"노불야, 부디 잘 살펴주시옵소서. 이 물건이 생긴 것은 추하지만 이름 없는 섬의 물건인 것이 확실합니다. 이 물고기의 크기를 보시옵소서. 딱 한 말입니다. 삼 년에 한 번 한 말이 나온다는 소문과 딱 들어맞지 않습니까. 그리고 여기 물고기 눈도 보시옵소서. 원래는 보석으로 가려져 있었으나 사실은 샘물이 솟아나는 구멍입니다! 노비가 이 물건을 찾기는 하였으나 삼 년에 한 번 물이 샘솟아 백옥으로 되는 날이 언제인지를 몰랐기에 찾은 걸 고하지 못했던 것입니다. 노비가 어찌 주인을 속이겠습니까. 노불야, 이를 헤아려 주시옵소서!"

---

* 부처라는 뜻으로 여기서는 태후를 칭하는 존칭으로 쓰였다.
** 서태후가 중용한 태감으로 '연영'이라는 이름도 태후가 하사하였다. 태감은 사품보다 높은 품계를 받을 수 없다는 황실 법도가 있는데도 서태후는 그에게 정이품 품계를 내렸으며 모든 환관을 통솔하게 하였다. 서태후를 '노불야'라고 칭한 최초의 인물이기도 하다.

위득옥은 말을 뱉으면서 두 손을 높게 들고 절을 했다. 부디 이 못생긴 물고기가 악귀들을 속일 수 있기를 바랄 뿐이었다. 서태후가 고개를 끄덕였는지 이연영이 구리 물고기를 받아 살펴보더니 서태후에게 가져갔다. 그런데 기다란 손톱으로 물고기의 눈을 건드린 서태후가 곧장 비명을 지르는 게 아닌가. 위득옥이 고개를 들자 입을 크게 벌린 구리 물고기가 서태후의 손을 문 게 보였다. 심지어 선혈이 낭자하였다!

위득옥은 속으로 큰일 났다고 외쳤다. 아무래도 자신의 목숨은 오늘 이곳에서 끝장이 날 것 같았다. 서태후가 욕을 하면서 부르자 너무 놀라 몸을 굳혔던 이연영도 뒤늦게 달려가 물고기의 입을 벌리려고 했다. 그런데 물고기는 꿈쩍도 하지 않았다. 곧이어 이연영도 울부짖기 시작했다. 물고기에게 물린 것이었다! 거뭇한 피가 철철 흐르더니 물고기의 배 안으로 들어갔다. 두 사람의 비명이 더 처절해졌다. 자금성에 있던 까마귀들이 소스라치게 놀라 까악까악 울면서 날아갔다. 두 귀신은 구리 물고기에게 기를 빨린 것 같았다. 몸이 바짝 마르면서 쪼글쪼글해졌다. 배부르게 먹은 물고기가 두 눈으로 피를 뿜어내기 시작했을 때, 두 귀신에게 남은 거라고는 의복을 걸친 마른 피부뿐이었다.

사방이 쥐 죽은 듯 고요했지만, 물고기의 눈에서는 피가 샘물처럼 콸콸 솟아났다. 갑자기 용기가 생긴 위득옥은 피를 뿜는 구리 물고기를 움켜쥐고 제 자리에 서 있는 귀신 몇 명에게 다가갔다. 시위 귀신들은 조금 전 광경을 보고 너무 놀라 꼼짝도 하지 않았다. 위득옥이 들이댄 구리 물고기가 귀신 하나를 물자 다른 귀신들은 삽시간에 뿔뿔이 흩어졌다. 귀신 셋의 피를 남김없이 빨아들인 구리 물고기는 새빨간 열기를 내뿜기 시작했는데 그 모습이 살아 있는 것처럼 생생했다. 표정도 기쁨에 물든 듯 괴이했다. 구리 물고기를 움켜쥔 위득옥은 연이어 "아미타불"을 외쳤다. 순간 피가 울컥하면서 입에서 뿜어져 나오고, 매운 기운이 목구멍을 타고 내려가는 게 느껴졌다. 곧이어 천지가 빙글빙글 돌았다. 위득옥은 정신을 잃고 말았다.

다음 날, 해가 중천에 뜨고 나서야 위득옥은 정신을 차렸다. 자신은 여전히 침상 위에 누워 있었고, 구리 물고기도 허리에 묶여 있었다. 괴상한 꿈만 꾸었을 뿐 아무 일도 없었던 것 같았다. 하지만 그 꿈이 너무 생생하였기에 위득옥은 믿지 않을 수 없었다.

위득옥은 구리 물고기의 입을 비틀어 열었다. 선홍빛 옥 하나가 떨어져 나왔다. 그날 위득옥은 구리 물고기를 남기는 대신 전당포로 홍옥을 가져가 팔았다. 위득옥은 그 돈으로 식량과 무기를 암거래했고, 큰돈을 벌었다. 훗날 위득옥은 고희가 되었는데도 피부가 하얗고 맑았으며 머리카락이 검었다. 얼굴도 앳되었다. 거상이 된 위득옥은 수소문 끝에 옥천에 대해 잘 알고 있는 고수를 찾아냈다. 알고 보니 옥천의 원래 이름은 어천(魚泉)이었다.* 어천은 동해 무당이 귀신을 잡을 때 쓰는 구리 물고기였다. 하룻밤에 귀신 셋을 먹으면 어천은 귀신의 피를 응고시켜 홍옥을 만든다고 했다.

세상의 소문은 맞기도 했고, 틀리기도 했다.

위득옥은 숨을 거두기 전에 아들에게 구리 물고기를 물려주었다. 그때 위득옥은 서태후가 자신에게 했던 말을 불현듯 떠올렸다.

"이제 네 이름은 득옥이다."

---

* 중국어로 옥(玉)과 어(魚)는 발음이 같다.

✦ **구스(顧适)**

SF 작가이자 도시계획기술사. 은하상 및 중국 SF 성운상 금상 수상자. 2011년부터 〈과환세계〉, 〈초호간(超好看)〉, 〈신과환(新科幻)〉, 〈Clarkesworld〉, 〈XPRIZE〉 등 해외 잡지와 플랫폼에 SF 소설을 발표했다. 단편선 《뫼비우스의 시공간(莫比烏斯時空)》을 출간했으며 다수의 작품이 영어, 독일어, 스페인어, 일어, 이탈리아어, 루마니아어 등 여러 언어로 번역되었다. 대표작으로는 〈두뇌 겨루기(賭腦)〉, 〈키메라(嵌合體)〉, 〈뫼비우스의 시공간〉, 〈물에 비친 그림자(倒影)〉 등이 있다.

衡平公式

평형 공식

넨위

베네카 종족은 기억을 정리하는 걸 좋아합니다.

기억을 유전시키는 것은 베네카의 선천적 능력입니다. 자신과 자식들이 무언가를 잊지 않기를 원한다면 그 기억을 영원히 보존할 방법이 있는 거죠.

베네카는 많은 기억 입자를 가지고 태어납니다.

윗세대는 어느 시간대의 기억 입자를 남길지 결정하고, 출산할 때 딱한 번 전송합니다. 기억 입자는 태어날 때부터 베네카의 기억 깊숙한 곳에 각인되는 거지요. 게다가 평생 잊히지 않습니다. 어린 베네카는 기억 입자를 읽을 수 없지만, 기억 입자는 확실히 그곳에 있습니다. 베네카가 기억을 견딜 수 있는 나이가 될 때까지, 천천히 늙다가 죽을 때까지요. 베네카는 기억을 열어볼지 아니면 그냥 둘 지를 선택할 수 있습니다. 무엇을 택하든 기억 입자는 영원히 그곳에 남아 있을 것입니다.

자신이 가지고 있는 기억 입자를 모두 볼 수 있는 베네카는 아주 적습니다.

커다란 기억 입자에는 감정과 경험 그리고 혼란한 서술이 가득 담겨 있는 경우가 많습니다. 그리고 더 작은 입자에는 주로 문자가 적혀 있습니다. 기억 입자를 읽는 데는 시간과 노력이 유독 많이 요구되지요. 그래서 베네카는 가지고 있는 기억 입자를 다 읽어보지 않습니다. 예전 베네카가 중요한 정보라고 표식을 남긴 기억 입자들만 후대에 전해줄 뿐이지요.

많은 베네카들이 평생을 읽어도 다 읽을 수 없는 수많은 기억 입자를 가지고 있습니다. 하지만 어떤 기억 입자는 여러 번 반복해서 읽을 가치가 있습니다.

이건 저 자신에 관한 기억입니다. 아직 세부 사항을 또렷하게 기억하고 있을 때, 그것을 기억 입자로 만들었습니다.

"베네카는 중국어를 잘 못 배우더라. 특히 문자를 말이야. 너희가 쓰는 문자와 한문은 같은 계열이 아니야."

"이제껏 누구도 그렇게 말한 적이 없어. 다들 베네카의 문자가 상형문자라서 중국어와 같은 계열이라고 했지."

"그건 헛소리야. 우리는 너희처럼 고도로 간소화시킨, 공간 절약이 관건인 문자를 써본 적이 없어. 오히려 라틴어 계열의 언어가 너희 머리에 더 잘 맞을지도 몰라. 체계는 완전히 다르겠지만."

"그렇게 말하는 사람은 너뿐이야."

"걔네는, 하, 걔네는 아첨하는 거야."

목소리는 이렇게 말했습니다.

"그들은 자신을 노예로, 너희를 주인으로 보잖아. 인류의 주인에게 알랑거리면 인류 노예에게 이익이 있을 테니까. 그런데 내 생각에는, 그럴 필요 없어. 그렇지 않아? 인류와 베네카는 완전히 다른 생물이잖아. 머리를 굴려보라고. 좀 더 이성적으로 생각해보란 말이야. 그리고 반대도 똑같아. 나도 너희 언어를 잘 못 배우거든. 그건 나도 인정해."

"하지만 너도 그들처럼 저항하지 않았잖아."

"나는 살아남는 걸 택하면서 노예가 되지 않기로 했어. 두 가지는 양

립이 가능해."

침묵이 이어졌습니다.

저는 그 기억을 건너뛰었습니다. 지나치게 새롭고, 지나치게 무거운 기억이었습니다. 하지만 그 기억은 사람을 차분하게 만들어주었습니다. 과거에서 온 다른 기억을, 더 요원한 기억을 읽을 수 있도록 마음의 준비를 시켜준 것이지요.

제가 볼 수 있는 기억 입자 중에는 이름이 적혀 있는 게 없습니다. 다만 유달리 큰 기억 입자가 하나 있는데, 아주 중요한 기억이라 심상치 않은 위치를 점하고 있지요.

기억을 읽을 수 있을 정도로 자라난 베네카는 아주 단순한 방법으로 입자를 선택합니다. 바로 우연에 맡기는 것입니다. 아니면… 가장 큰 기억을 고르지 않겠습니까?

그것은 제가 젊은 시절에 읽었던 첫 번째 기억 입자입니다. 아주 중요한 기억이지요. 오래된 과거의 편린이 많았고, 기억 자체도 아주 세심하게 골라내서 배열한 거였습니다. 전혀 다른 기억의 파편들이 연결되어 놀라울 정도로 기나긴 시간을 뛰어넘었지요.

저는 그 기억에 평형 공식이라는 이름을 붙였습니다.

길고도 자잘하지만 나름의 이유가 있는 기록이었습니다.

기억의 시작은 유쾌하지 않습니다.

"올해 열류(熱流)가 올 가능성은 2퍼센트입니다."

어떤 목소리가 이렇게 말했습니다.

"안전을 위해 물건을 옮겨두는 것이 좋겠습니다…"

시야는 모호했습니다. 기억의 주인이 세부 사항을 기억하지 못하는 것 같았지요.

"…됐어. 번거롭게."

"일단 오면 아무것도 남아나지 않을 텐데요."

"신고해도 너무 늦어. 거처를 잃기밖에 더 하겠어. 그리고 진짜로 온 적도 없잖아? 호들갑 떠는 거야."

목소리는 빠르게 작아졌습니다.

기억이 끝나자 누군가 이런 주석을 달았습니다.

'사망 열류가 왔다.'

두 번째 기억이 시작되었습니다.

소리가 아주 혼란스러웠습니다. 방향을 가늠할 수 없는 외침이 사방에 가득했습니다. 촉각까지 담은 기억이었으나 그 강도가 매우 약했지요. 그렇지 않으면 읽을 수 없는 기억이 될 테니까요.

그것은 열류가 닥친 풍경이었습니다.

기억을 정리한 이는 똑똑했습니다. 이 형편없는 기억에 충분한 설명까지 넣어줬거든요.

수온이 상승하면서 어슴푸레 물속 공기 방울이 터지는 소리를 들을 수 있었습니다. 베네카는 수온 상승에 아주 민감하거든요. 그건 당연한 일입니다. 생사를 결정하는 문제였으니까요. 하지만 이 정도 수준의 열류가 닥치면, 그것이 왔다는 걸 알아도 피할 수가 없습니다.

촉각이 약해졌는데도 기억을 읽는 건 여전히 힘들었습니다. 극도로 불편하면서도 답답했지요. 베네카는 온도가 높아진 해류와 맞닿자 몸을 부들부들 떨었습니다. 열류에 대한 공포는 천만년 동안 베네카에게 새겨진 본능이거든요. 열류가 왔을 때 도망을 치는 건, 살아남을 가능성이 더 큰 건, 민감한 개체니까요. 그래서 그 유전자도 대대손손 후대에게 전해지는 거죠.

기포가 사방에서 몰려들었습니다. 도시의 구조물은 고열에 물러지더니 산산이 흩어지며 무너졌지요.

그건 정말 쉽게 찾아볼 수 없는 기억이었습니다. 도시 왼쪽은 온전했지만, 오른쪽은 벌집 모양의 파이프가 녹으면서 도시 골격이 무너졌습니다. 도시의 형태를 유지하는 데 쓰였던 구조물은 점점 휘어졌고, 구조물에 걸려 있던 고치 모양의 집은 천 개 넘게 떨어졌습니다. 물살은 기포를 머금고 달려와 작은 집을 뒤덮고 껍데기를 부쉈지요.

시선이 끊임없이 흔들렸습니다. 시점도 계속 이동했지요. 하지만 열류의 속도가 너무 빨라 몸을 숨길 수 없었습니다. 작열감이 온몸을 뒤덮었고, 둔하지만 분명한 질식감과 통증이 잠시 지속되었습니다. 그러다가 갑자기 사라졌지요.

기억의 주인이 의식을 잃은 겁니다.

그 사람은 죽지 않았습니다. 죽었다면 이 기억 입자를 남기지 못했을 테니까요. 목숨을 잃지 않고 살아남았으며 빠르게 자기 몸을 고칠 수 있었던 게 분명합니다.

하지만 그 기억은 그 사람의 여생을 끝없는 악몽으로 만들기에 충분했지요.

구시대를 경험하지 못한 베네카는 사망 열류를 잘 알지 못합니다. 기억 입자 속에서 전해지는 걱정과 불안 그리고 공포도 잘 이해하지 못하지요. 사망 열류는 베네카의 생활 영역을 불쑥 침범하곤 했습니다. 무심결에 말입니다. 그러나 사망 열류가 침범한 곳에서는 누구도 생존하지 못했습니다.

베네카의 세계는 해저에서 얼음 지붕까지였습니다. 깊이가 1만 4천 미터에 달하고 수온은 점점 낮아지지요. 해저에 있는 용암류가 해저수를 데우면 안정적인 고온 해수층이 형성됩니다. 열류가 냉류보다 가벼우니 따뜻한 해수는 반드시 위로 올라가기 마련인데 상승하는 해류는 불확실성이 강하지요. 고정적으로 흐르던 해류를 제외하고, 작은 열류는 무작위로 바닷길을 내면서 상승하거든요. 베네카는 이렇게 상승하는 열류를 사망 열류라고 불렀습니다.

사망 열류는 예측할 방법이 없었습니다. 규칙도 없었지요. 해류처럼 변화무상했습니다. 유일하게 확신할 수 있는 건 열류에 있는 생물이 살아남을 가능성은 없다는 것입니다.

베네카는 자신의 주거지를 키우기 시작했고, 4만 년이 지난 뒤에는 주거지가 도시의 형태를 갖추게 되었습니다. 도시는 거주에 적합한 온수층에 퍼져 있었습니다. 기록된 경험에서 가장 안전한 곳을 택해 도시의 위치를 정했지요.

사실 진짜 안전한 곳은 없는데 말입니다.

베네카는 집의 껍데기를 죽은 니트로 박테리아로 만들었습니다. 죽은 니트로 박테리아는 단단한 해저 화합물이 되는데 시간이 지날수록 두께가 두꺼워지거든요. 하지만 열류의 고온을 견뎌낼 수 있는 재료 같은 건 없답니다.

이제껏 그런 건 없었어요.

앞으로도 없을 겁니다.

세 번째 기억입니다.

"미안하지만, 그들은 모두 죽었어."

"하지만 나는 살아 있는걸."

"맞아. 꼬마야. 넌 운이 아주 좋았어. 그 열류는 도시의 절반을 녹였거든. 너도 죽을 뻔했어. 그러니 부상이 심하다고 슬퍼하지는 마."

조용해졌습니다. 해류를 느낄 수 있던 촉각도 사라졌고요. 그건 감각을 잃는 극한의 고요함이었습니다.

미약한 울림이 잠시 이어진 뒤 소리가 돌아왔습니다.

"그들은 돌아올 수 없어. 유감이야. 이미야. 정말 유감이야."

기억은 갑자기 멈췄습니다.

이건 이리안 종족의 기억이었습니다.

이리안의 기억 입자는 하나하나가 값을 매길 수 없을 정도로 중요했기에 베네카는 무슨 대가를 치르든 간에 그 기억 입자들을 후대에 전해주려고 했습니다.

그건 이리안이 이제는 사라진 고대 종족이기 때문입니다.

이미야는 매우 전형적인 이리안의 이름입니다. 이리안과 베네카는 완전히 다른 종족이었고, 그 차이의 경계도 뚜렷했습니다. 이름 앞에 대응하는 자음자를 더하는 것도 오랜 관습이었지요. 이미야가 살았던 시대에서는 이리안과 베네카가 각자 다른 도시에 거주했습니다. 크고 작은 것들이 모두 판이했기에 기본적인 무역 교류만 했습니다.

그러나 역사 속 베네카와 이리안은 불가분의 관계였습니다. 공생이 생존의 기초였지요.

역사에 먼저 등장한 건 베네카의 조상이었습니다. 베네카의 선조는 화합물을 소모해 에너지를 얻었습니다. 그들은 신진대사 속도가 늦었습니다. 바다는 화합물 농도를 회복할 수 있는 충분한 시간이 있었고요. 하지만 시간이 지나면서 개체 수가 늘어났고, 천천히 소모되던 화합물이 소진되면서 베네카의 선조는 멸종 위기를 맞게 되었습니다. 다행히 멸종하기 직전에 이리안의 조상이 나타났지요. 신진대사가 정반대라 해양 물질의 균형을 이루게 했습니다.

길고 긴 세월 동안 생명은 자신만의 법칙을 따르면서 따뜻한 해역에서 삶을 번성시켰습니다.

니트로 화합물의 농도가 높지 않았기에 지나치게 빠른 속도로 움직이거나 에너지 소모가 많은 경우에는 생존이 힘들었습니다. 게다가 이상 수온으로 환경 변화도 잦았지요. 결국 진화는 해결 방안을 마련했습니다. 혹독한 방법으로요. 생명으로서의 우세라고 할 수 있는 속도를 포기하고 수명 주기를 가속한 것입니다.

공생 관계가 형성되기 전까지는, 그러했습니다.

베네카와 이리안의 대사산물은 상호보완적이었습니다. 그러나 베네카와 이리안이 공생을 의식한 건 한참이 지나고 나서였지요. 누구도 그 이유를 몰랐습니다. 베네카가 이리안을 떠나고, 남겨진 이리안이 완전히 소멸하기 전까지는요. 베네카 과학자들은 이 사건이 발생한 이유를 끝까지 파고들었습니다.

공생은 생물의 에너지 효율을 백 배나 증가시켰고, 베네카와 이리안의 대사율을 높였습니다. 두 생물이 고지능으로 진화할 정도로요. 이리안은 베네카보다 백 배 가까이 커졌고, 헤엄을 치거나 잠수할 수 있는 운동 능력까지 얻었습니다. 공생할 수 있는 베네카를 태워 적합한 주거지를 찾은 이리안은 진화 과정에서 살아남았지요.

하지만 사망 열류는 여전히 해결되지 않았습니다.

그것은 유령과도 같아 수시로 나타났으며 마을 하나 혹은 도시를 궤멸하곤 했습니다. 예측이 매번 정확한 건 아니었습니다. 대규모 열류는 추측할 수 있는 움직임을 보였지만, 갑자기 열류 활동 지역에 있지 않은 도시를 습격하기도 했습니다. 신출귀몰한 소규모 열류는 더 심했지요. 저층 수역 밖에 있는 소규모 열류는 도시를 무력감과 두려움으로 물들였습니다.

베네카와 이리안의 기초과학 중 가장 중요한 학문은 평형학이었습니다. 사망 열류 예방과 대응에 관한 문제를 전문적으로 다루는 학문이었지요. 성과는 드물었지만, 거두는 성과 하나하나가 모두 중요했습니다.

재미있는 건 이리안과 베네카의 과도한 상호의존 문제가 과학을 통해 해결된 뒤로 사망 열류를 예측하는 문제가 이리안과 베네카를 하나로 단결시키는 유일한 이유가 되었다는 점입니다.

젊은 이리안이 큰 소리로 외쳤습니다.

"평형학을 배우고 싶어!"

키가 작은 베네카의 날카로운 목소리가 바로 뒤따랐습니다.

"베네카 거주지는 이리안을 받지 않아."

그 목소리는 나지막하게 말했지요.

"이리안의 평형학은 형편없어!"

"어, 제법 솔직하네. 너 같은 이리안이 좋더라. 좋아. 넌 이름이 뭐야?"

"이미야."

"좋아. 기억할게. 근데 너는 여기에 있을 수 없어."

"왜?"

"넌 너무 커. 베네카의 도시는…."

목소리가 돌연 날카로워졌습니다.

"내 접시를 부쉈잖아! 아니, 지금 그러라는 게 아니라… 내 탁자! 안돼! 뒤돌지 마…!"

여기가 끝이 아니었습니다.

과거에 이리안과 베네카의 관계가 나빴다는 걸 모르는 베네카는 없었습니다.

베네카와 이리안이 공존하는 도시를 만드는 건 어렵지 않았습니다. 이리안의 도시를 조금만 개조하면 얼마든지 베네카를 수용할 수 있으니까요. 하지만 역사가 남긴 문제를 해결하는 건 아주 어려웠습니다. 특히 그 역사가 30만 년에 달하는 긴 역사라면요.

이리안은 베네카의 역사에서 아주 중요한 위치를 차지했습니다. 이리안과 베네카는 몇억 년 동안 공생했으니까요. 하지만 이리안은 이제 사라지고 없습니다. 베네카가 기록을 남기지 않았다면, 이리안은 영원히 사라졌을 겁니다.

베네카는 과거에 무슨 일이 있었는지 확실히 알고 있었습니다.

이리안의 시대는, 이미야가 살았던 시대는 더더욱 그러했지요.

두 공생체 중 주도권을 가지고 있는 쪽은 이리안이었습니다. 나중에 이 점은 체형적 특징으로만 드러났지만, 사실 역사에서 먼저 언어를 사용한 것도 이리안이었습니다. 이리안은 본 행성의 문명을 이끌었지요.

문명이 움틀 때, 이리안 한 명은 베네카 네다섯 명과 공생했습니다. 베네카는 이리안의 재산이었지요. 상당히 귀한, 생존과 죽음을 결정짓는 재산 말입니다. 노예사회(베네카의 언어에는 없는 말이지만 아주 적합한 어휘이지요)는 역사에서 30만 년 동안 지속되었습니다.

이리안이 교육을 보급하면서 달라졌지만요. 이때 이리안 과학자들은 드디어 믿을 만한 화합물 전환 시스템을 발명했고, 천만년에 달하는 강제 공생을 끝냈습니다. 이리안의 눈에 비치는 베네카는 멍청하면서도 교화할 수 없는 존재였지만, 무용한 이로 만들 수는 없었기에 이리안은 베네카에게 동등한 교육을 제공하기로 결심했습니다.

이리안은 베네카가 그렇게 우수한 과학자가 될 거라고는 생각도 해본 적이 없었습니다. 베네카 자신도 마찬가지였지요.

베네카는 자유로운 이동이 불가능했습니다. 차가운 수역으로 떨어졌다가 자신이 종속된 이리안이 죽기라도 하면, 베네카는 자기 보호를 위해 본능적으로 동면에 들어갔습니다. 이런 상태가 되면 베네카의 사유는 천천히 잦아들다가 아예 정지하게 됩니다. 극단적인 상황에서는 기억마저 지워버리지요. 그래서 기억 입자를 저장하는 능력이 생겨났습니다. 이 능력은 베네카의 가장 중요한 기억을 보존하였지요. 다만 까다로운 능력이라 오랫동안 재산으로 살아온 베네카는 이 능력을 발휘하는 데 소요되는 에너지를 충분히 확보하지 못했습니다. 설사 조건을 충족시켰다고 할지라도 교육받을 기회까지 얻은 건 아니었으니까요. 그래서 베네카의 논리력과 계산 능력이 극도로 뛰어나다는 걸 아는 이는 없었습니다.

훗날 베네카 생물학자인 모 선생이 말했던 것처럼 베네카의 사유는 자신의 본능에 대한 저항과도 같았지만, 일단 베네카가 사유의 기술을 익히고 교육까지 뒷받침되면, 중상급 이상인 베네카는 최상급인 이리안보다 훨씬 더 뛰어났습니다.

풍족한 생활을 누리면서 수리학 교육까지 받은 베네카는 이제껏 이리안이 달성하지 못했던 것들을 빠르게 성취했으며 40년 만에 주류 학술 분야에서 이리안을 몰아냈습니다. 그와 동시에 베네카의 지위도 상승하였지요. 이리안과 베네카는 서로를 적대시하기 시작했으며, 도시 구역을 나눠 따로 지냈습니다. 베네카가 독자적인 정부와 연구원을 세우기 시작하자 장기간 우세를 점해왔던 이리안은 모욕감을 느꼈습니다. 물론 진짜 이유를 말하는 이는 없었지요. 그들은 두려움을 느낀 겁니다.

이리안 의회는 베네카의 교육권을 앗아가고 다시 베네카를 이리안의 재산으로 귀속시키기를 바랐습니다. 그러나 이지가 있는 이들은 시대에 역행할 수 없다는 걸 알 겁니다. 이제껏 한 번도 시대를 역행하는 데 성공한 적이 없습니다.

이미야가 살았던 시기는 교체의 시대였습니다. 베네카를 향한 일부 이리안의 인식이 바뀌고 있을 때였지요. 반면 또 다른 이리안들은 조상의 기억을 답습하며 앞으로 나아가지 않았습니다. 이리안과 베네카의 기억 유전은 변화의 방해물이 되었습니다. 어쨌든 옛 기억은 이리안의 머릿속에 깊게 각인되어 있으니까요.

변화가 나타나면서 갈등도 깊어졌습니다.

씨족 문화가 강력하게 자리 잡은 이상, 이리안과 베네카가 손을 잡을 가능성은 없었습니다. 조금도요.

이미야는 씨족에 구속되지 않았습니다. 이미야의 조상은 열류에 죽었거든요. 단 한 명도 생존하지 못했습니다.

그 소중한 기억은 기억 입자 안에 남은 채 계속 전해졌습니다. 그건 이리안 역사에서 손꼽을 수 있을 정도로 심각한 열류 재난이었거든요. 열류의 규모가 크지는 않았지만, 속도가 매우 빨랐고 수온도 아주 높았습니다. 모든 예측을 벗어난 열류는 이리안의 제3의 도시를 정확히 습격하였습니다. 전초에 설치된 경보기가 울리기도 전에 열류에 파괴되었습니다. 그런데 열류 경보 초소에 기록된 마이크로 파동은 정상적인 수온 파동이었습니다. 10분 정도 되는 대피 시간마저 낭비된 셈이지요. 그래서 전대미문의 사망 사고가 발생한 겁니다.

재난이 휩쓸고 지나간 도시는 더는 과거의 빛을 찾을 수 없었습니다. 도시의 위치가 안전해졌는데도 말입니다. 도시는 재난이 남긴 상처에서 벗어날 수 없었습니다. 공포로부터는 더더욱 자유로울 수 없었지요.

이미야는 상심으로 물든 도시를 떠났고, 무수한 동년배들이 그러했던 것처럼 평형학을 택했습니다. 수십 년 뒤, 이 도시에는 뛰어난 이리안 평형학자가 대거 나타나게 됩니다. 역사를 앞으로 한 바퀴 밀고 나간 듯했지요. 평형학의 역사를 다룬 서적 중 이 시기를 언급하지 않은 책이 단 한 권도 없을 정도였습니다.

그들 중 상당수가 재난을 목격했거나 재난 때문에 가족을 잃었습니다. 각자의 상처를 앓고 있는 이들이었지요. 하지만 그 불행한 기억은 확실한 동력이 되어주었습니다. 또한 그 뒤로도 끊임없이 전진하도록 만들었지요.

이미야는 총 쉰일곱 번 거절 당했습니다. 쉰일곱 명의 우수한 평형학자로부터요.

이유는 단순했습니다. 이미야가 이리안이기 때문이었습니다.

이 젊은 이리안은 뜻밖에 베네카 특유의 고집이 있었습니다. 베네카와 이리안 간의 갈등을 잘 알고 있었는데도 말입니다.

이미야가 자기 삶에서 가장 중요한 베네카라고 할 수 있는 베이얼을 만나면서 상황은 달라집니다.

베이얼은 평형학을 연구했습니다. 베이얼이 이미야보다 나이는 많았지만, 베네카의 수명이 이리안의 수명보다 훨씬 더 길기에 이미야가 먼저 죽을 게 분명했습니다. 그런데도 베이얼은 젊고도 특별한 이리안 학생을 받아들였습니다.

베이얼은 다른 베네카가 그러하듯 융통성이 없으면서도 쌀쌀맞은 편이었습니다. 그러나 베이얼은 이미야를 받아들이길 원했습니다. 그것만으로도 베이얼은 다른 이들과 달랐지요.

베네카의 연구소에 이미야의 방과 이어지는 통로가 생겼습니다. 연구소 건물 구조를 바꾸는 건 문제가 아니었습니다. 문제는 실험 설비였지요.

"괜찮아."

이미야는 동료들에게 말했습니다.

"내게 필요한 건 데이터뿐이야. 실험은 하려고만 하면 어떻게든 할 수 있어. 그보다 자주 하는 건 추측이지. 과학은 생각을 기반으로 하니까."

그 무렵 베네카는 백금으로 만든 소형 탐사선을 타고 해저 고온 수역을 찾았다가 아주 특이한 성질을 지닌 화학 물질을 발견했습니다.

베네카는 그것의 에너지가 어디서 오는지를 몰랐습니다. 하지만 이론을 세우기도 전에 그것을 사용했지요.

그 물질이 살상력을 지녔다는 걸 알게 된 베네카는 오랫동안 그것을 피했습니다. 그것은 일종의 무기로서 연구 개발되었습니다. 베이얼과 이미야는 그것을 빛을 낼 수 있는 위험한 화학 물질이라고 여기면서 그 성질을 함께 연구했습니다.

몇 년이 지난 뒤 도시에서는 또 한 차례 주도권 싸움이 일어났습니다. 어떤 베네카 도시의 지도자가 이 무기로 이리안 거주지역을 공격하기로 했거든요. 경솔하면서도 미친 짓이었지요. 이리안이 많이 죽지는 않았지만, 이 물질은 이리안을 통제 불능으로 만들었습니다. 이리안은 재생 능력이 뛰어났습니다. 그러나 이 물질에 닿은 이리안의 몸은 통제력을 잃었습니다. 작은 상처 하나에도 쉴 새 없이 몸을 재생하면서 체내 영양분을 소모했고, 결국 이리안은 고통 속에 죽었습니다.

이 무기는 베네카와 이리안의 갈등을 폭발시키는 도화선이 되었습니다.

베네카의 도시에 더는 이리안이 설 곳이 없었습니다.

이미야는 베네카 연구소에서 쫓겨났습니다.

그러자 베이얼은 이 말을 남겼습니다.

"나도 떠나겠어."

베이얼과 이미야는 연구에 있어서 결코 떨어질 수 없는 동반자가 되어 있었습니다. 베네카와 이리안은 원래부터 종족이나 전쟁 문제에 크게 개의치 않는 이들이었지요. 그 문제에서 벗어날 수 없는 상황이라 할지라도 말입니다.

두 사람은 홀가분하게 떠났습니다. 실험을 충분히 한 데다가 베네카와 이리안은 기억 입자를 가지고 있기에 모든 기록을 저장해놓을 수 있었거든요.

독립한 두 과학자는 그 뒤로 4년 동안 평형학의 새로운 공리를 검증했습니다. 인류의 어휘로 표현해보자면, 그것은 질량-에너지 등가 공식입니다. 하지만 저는 베네카의 언어로 소개하고 싶네요. 의역해보자면, 그것은 평형 공식이었습니다.

인류의 역사에서는 질량-에너지 등가 공식이 핵에너지를 활용하는 데에 별다른 영향을 주지 않았습니다. 핵분열 실험이 기술 발전을 촉진시키고, 질량-에너지 등가 공식은 이론과 현실을 대응하게 만들었지요. 그러나 베네카와 이리안의 역사에서는 그렇지 않았습니다.

평형 공식은 처음으로 물질과 에너지의 관계를 규명했습니다. 그 이름조차 대담함을 뛰어넘어 오만하다고 할 수 있는 수준이니까요. 하지만 후대의 역사는 평형이라는 학문 이름이 결코 과장이 아니라는 것을 증명해주었습니다.

베이얼은 두 사람이 연구소를 떠났기에 이 공식을 생각해낼 가능성이 생겼다고 말했습니다. 그 공식은 광기에 가까웠기에 극도로 엄밀한 과정을 거쳐야만 유도할 수 있고, 실험으로는 만들어낼 수 없었다고요. 베이얼은 질량을 에너지로, 그것도 엄청난 양의 에너지로 전환할 수 있다는 것을 시종일관 믿지 않았습니다. 반면 이미야는 아주 쉽게 그 점을 받아들였지요. 사실 이미야는 베이얼이 추론을 완성하는 걸 도와줬을 뿐입니다. 하지만 이미야가 없었다면, 베이얼은 처음부터 포기했을 겁니다.

베이얼은 믿지 않았으니까요.

이미야와 베이얼은 시대의 맨 앞에 선 이들이었습니다. 과학자라면 두려움 없이 진리를 추구하는 법이지만, 두 사람은 막상 실현을 눈앞에 두었을 때 주저하기 시작했습니다.

그때는 언제라도 전쟁이 일어날 수 있는 일촉즉발의 계절이었고, 이리안과 베네카는 모두 같은 무기를 가지고 있었습니다. 또한 그 누구도 이 무기를 통제할 방법이 없었지요. 이미야와 베이얼이 도출해낸 결론에 의하면 이 물질은 그들이 상상했던 것보다 훨씬 더 위험했습니다.

이미야와 베이얼은 한 달 내내 상황을 가늠하였고, 이에 관한 정보를 베네카와 이리안에게 완전히 공개하는 것이 최선이라는 결론을 내렸습니다.

그와 동시에 또 다른 선언도 하였습니다. 평형 공식이 다른 길로 안내할 거라고요. 사망 열류의 위협을 영원히 끝낼 수 있는 길이었지요.

베네카와 이리안이 이제껏 연구해온 평형학은 물체를 냉각하는 법에 집중했습니다. 평형학의 기본 법칙, 혹은 열역학의 제2법칙에 의하면 충분한 냉각수만 있으면 사망 열류를 막을 수 있었습니다. 그러나 사망 열류와 비교했을 때 이리안과 베네카가 동원할 수 있는 물의 양은 지나치게 제한적이었습니다. 베네카는 일찍이 흐르는 물을 운용해 에너지를 얻는 법을 익혔지만, 적절한 운동 에너지가 있는 물은 종종 수온이 불안정했습니다. 이렇게 제한된 에너지를 가지고 해류를 조종하는 건 계란으로 바위치기였지요.

그러나 평형 공식의 출현은 가지고 있는 질량으로 무한한 에너지를 낼 수 있다는 걸 의미했습니다. 아주 적은 양만 가졌다 할지라도 말입니다. 최소한 그것은 무한한 가능성을 의미했습니다.

종족을 뛰어넘은 협업자 두 명은 다른 연구자들보다 앞섰습니다. 베이얼이 말했듯 두 사람의 시야는 다른 과학자들과 달리 무기에만 머무르지 않았습니다. 공리적인 색채가 훨씬 더 짙었지요. 두 사람은 더 넓은 분야로 확장해 나갔고 모든 가능성에 주목했습니다.

이미야와 베이얼은 최고 평화상을 수상했습니다.

쉰일곱 번의 거절은 매번 기억 입자에 각인되었습니다.

훗날 학자들은 두 종족 간의 길고 긴 싸움을 멈추게 한 것이 베이얼과 이미야의 가장 큰 공로일지도 모른다고 했습니다. 만약 다른 이들이었다면, 상황도 좀 달라졌을 거라고요.

베네카와 이리안의 황금시대가 도래했습니다. 생존에 가장 큰 위협이 되는 문제를 해결하자 과학은 오히려 번영을 잃었습니다. 베이얼과 이미야는 영웅이 되었고, 평형학은 천천히 수정될 수밖에 없었습니다. 어쨌든 베네카와 이리안은 오랫동안 사망 열류와 격투를 벌였으니까요. 심지어 과학자들은 앞으로 무엇을 할 수 있을지조차 잘 알지 못했습니다.

황금시대가 조금씩 끝나가자 베네카와 이리안이 함께하는 날이 왔습니다. 마침내 누군가가 바다 꼭대기에 있는, 끝없는 얼음층을 떠올렸지요.

이리안과 베네카는 수온에 극도로 민감했습니다. 또한 그들은 이 본능 때문에 해저와 얼음층을 선천적으로 두려워했습니다.

새로운 세계를 탐색할 필요가 없다는 것이 또 다른 이유 중 하나였고요. 생존의 위기가 해결되었기에 그럴 동기도 필요도 없었던 게지요.

다들 틀렸던 겁니다.
재난은 멀리 있지 않았습니다.

초읽기 단계에 들어섰음에도 얼음층 아래에 있는 베네카와 이리안은 아무것도 몰랐습니다.

훗날 베네카 역사학자는 당시 기술 수준으로도 얼음층을 부술 수 있었을 거라고 보았지만, 그 뒤로 4만 년 동안 누구도 제대로 시도하지 않았습니다.

얼음층을 부수려면 물을 가열하거나 열류를 이끌어 얼음을 녹여야 했습니다. 그리고 이 두 방법은 모두 핵연료를 동력으로 써야 했지요. 하지만 해양 문명에서는 핵폐기물을 처리하기가 어려웠습니다. 모든 도시는 안전을 위해 쓸 수 있는 핵의 양을 엄격히 규제하고 있었습니다. 얼음층 위의 온도가 낮아질수록 얼음은 더 두꺼워졌습니다. 가장 멀리까지 진행했던 실험은 1천4백 미터 깊이의 통로를 뚫은 뒤에 멈췄습니다. 그 실험은 이리안과 베네카가 비축한 핵연료를 절반이나 썼고, 줄어든 핵연료의 수치는 갑작스러운 열류로 파괴되는 마을의 수치를 다섯 배나 증가시켰습니다.

그와 동시에 한 베네카 과학자는 얼음층이 무한하다는 잘못된 학설을 주장하게 됩니다. 어쩌면 대중의 기대에 부합했기에 정치적으로 유용했을지도 모릅니다. 그 학설은 학계의 인정을 받았으며 광범위하게 이용되었습니다.

베네카와 이리안은 4만 년의 시간을 쏟아붓고 나서야 핵폐기물 처리 문제를 해결할 수 있었습니다. 모든 조건을 갖추었을 때 드디어 누군가가 세상을 개척하는 일을 떠올렸습니다.

우주가 무한할지라도 탐험을 시도할 수는 있는 거니까요.

그때 저는 막 조상의 몸에서 갈라져 나왔습니다.

제가 태어났을 때 학자와 정치가들은 통로 개통을 두고 논쟁하고 있었습니다. 기억 입자를 읽을 수 있을 정도로 나이가 들었을 때도 그들은 여전히 싸우고 있었지요. 끊이지 않은 논쟁은 수십 년을 뛰어넘는 전선을 형성하였습니다. 논쟁은 여전했지만, 제가 평형 통제 센터의 관리팀원이 되었을 때, 오랫동안 은밀히 준비해온 탐색 활동이 드디어 시작되었습니다.

그날 수백 킬로미터 너머에 있던 베네카들도 물의 흐름이 불안정해진 걸 느꼈습니다. 포효하는 기계에 휘저어진 난류가 곧장 얼음층을 향했지요. 영원히 얼어 있던 얼음층도 열류와 만나면서 천천히 녹았습니다.

물의 흐름은 사람들을 불안하게 만들었습니다. 베네카들은 자신의 고치 모양 집에 틀어박혔습니다. 니트로기 박테리아를 모방한 투광기가 천천히 흔들렸습니다. 말로만 전해지던 사망 열류가 오기라도 한 것처럼 말입니다. 사망 열류가 진짜로 오는 건 아니었지만요.

어찌 보면 베네카와 이리안은 통제가 가능한 사망 열류를 만들고 있었던 겁니다.

첫 실험은 5천 미터 너머에서 끝이 났습니다. 온도는 이론상의 최저치에 가까웠고, 동력은 아직 여유가 있었습니다.

두 번째 실험은 1만 미터까지 나아갈 거라고 예상했지만 7천 미터에 도달했을 때 갑자기 얼음층이 깨졌습니다. 가속된 해류는 순식간에 뿜어져 올라갔고, 실험에 사용했던 기계마저 함께 진공으로 끌려나갔습니다.

수억 년 만에 처음으로 얼음층을 뚫은 물길이었습니다.

기계에 설치된 카메라는 진공 상태가 되자 1.7초 만에 폭발했습니다. 하지만 짧디짧은 영상은 길고 긴 선을 따라 천만 고치로 향했습니다. 그날 이리안과 베네카는 별이 가득한 하늘을 향해, 우주를 향해, 얼음층 너머에 있는 세계를 향해 늦은 시선을 던졌습니다.

우주에 비한다면 이리안과 베네카가 사는 세계는 보잘것없는 먼지에 불과하다는 것을 이제 우리는 알고 있습니다. 베네카 자신은 이런 행성에서 생명이 탄생했다는 것 자체가 우주에서 가장 큰 기적이라고 여기지만 말입니다.

이리안과 베네카는 자신이 어떤 곳에 있는지 알게 되었습니다.

항성계에는 총 네 개의 행성이 있었습니다. 두 개는 고체 행성이었고 두 개는 기체 행성인데 이리안과 베네카의 고향은 후자에 속했습니다. 그 행성은 아름다운 바다를 가지고 있었고, 수층을 끌어당길 수 있을 정도의 충분한 질량이 있었으며 핵이 암석이었습니다. 하지만 지표는 없었습니다. 행성은 1만7천 미터 깊이의 바다로 싸여 있었거든요. 7천 미터 두께의 얼음층을 포함해서요.

그전까지 이리안과 베네카는 아무것도 모르고 있었습니다.

우리에 갇힌 생명에게 우리 밖을 이해하라고 요구하는 것은 확실히 조금 가혹할 것입니다.

이리안과 베네카가 있는 행성의 위치는 안에서 두 번째였습니다. 그것은 모항성에서 너무 멀리 떨어져 있었기에 생명 가능 지대에 있지 않았습니다. 5천8백 일을 주기로 항성을 둘러싸면서 타원 궤도로 돌았지만, 항성에서 얻을 수 있는 에너지는 가련할 정도로 적었습니다. 궤도도 매우 불안정해 다른 행성과 춤추듯 교착하면서 편형인 긴 타원 모양으로 움직였습니다.

이 중 그 어떤 점도 이 행성에 영원하면서도 끝없는 생명을 줄 수 없었습니다. 그러나 이 모든 것들이 하나로 모이자 놀랍게도 기이한 생태계가 형성되었습니다.

행성의 표면은 영구적인 얼음으로 이루어져 있었는데 심할 때는 메탄마저 액화시켰습니다. 행성에 있는 수천 미터에 달하는 얼음층은 천연 복사 장벽을 구축했고, 우주에서 오는 고에너지 입자를 막아주었지요. 또한 다른 행성에서 전해지는 조력은 바다 아래에 있는 암석 핵을 뚫었고, 그 마찰은 엄청난 에너지를 발생시켰습니다. 인력(引力) 화로가 행성의 중심핵을 가열시켰지요. 그래서 행성은 탄생 후 70억 년 동안 비범한 움직임을 유지할 수 있었습니다. 바닷속에서 폭발한 화산은 압력이 높은 해수의 온도를 가공할 정도로 높여주었고, 바다는 상승하고 교환하며 안정적인 순환을 이루었지요. 1천 미터에 달하는 얼음층 아래로 대규모의 온수층이 나타난 것입니다.

사망 열류는 여기서 생겨났습니다.

이리안과 베네카가 수억 년 동안 증오했던 사망 열류는 행성이 보내준, 생명의 근원이었던 것입니다.

이리안과 베네카의 이론과학과 재료학은 이를 이미 관측하고 있었습니다. 황당무계했던 예언들이 이렇게 사실로 증명된 게지요. 아쉽게도 이 탐색은 너무 늦게 이뤄졌기에 예언을 했던 걸출한 학자들은 세상을 떠난 지 오래였습니다. 그중 대다수는 평생 이름을 떨치지 못했고, 심지어 어떤 이들은 자신의 기억 입자도 남기지 못했습니다.

진상은 절대 늦지 않는다는 말처럼 진실은 곧 밝혀지기 마련이었습니다. 이리안과 베네카가 얼음층을 뚫은 뒤로 멈칫하였던 평형학은 첫 번째 기술 번영을 맞이하게 됩니다.

이리안과 베네카에게 관측은 식은 죽 먹기였습니다. 가장 자랑스러운 분야를 꼽으라고 한다면 이들은 틀림없이 재료학을 택했을 겁니다. 베네카와 이리안은 엄청나게 커다란 망원경을 끊임없이 개발했습니다. 오랫동안 사망 열류와 투쟁해온 재료학자들이 드디어 자기 능력을 활용할 수 있는 분야를 찾은 게지요. 우주를 향한 베네카와 이리안의 탐색은 빠른 속도로 발전하였습니다.

하지만 탐색이 가져온 소식은 얼음처럼 싸늘했습니다.

재난은 멀리 있지 않았습니다.

행성에서는 무수히 많고도 빛나는 별들을 볼 수 있었습니다. 그중에는 적색거성도 있었는데 아주 밝게 관측되는 항성이었지요. 베네카와 이리안이 가장 먼저 주목한 것도 그 별이었습니다. 그러나 별이 총총한 하늘에 이제 막 입문한 베네카는 한참이 지나고 나서야 그것이 무엇인지 알게 되었습니다. 적색거성은 진화의 끝 단계에 들어서 있었습니다. 얼마 지나지 않아 폭발할 터였지요. 자전축이 우리 은하에 맞춰져 있으니 일단 폭발이 일어나면 고에너지 입자가 날아와 행성과 부딪힐 터였고, 얼음층을 가열하다가 천천히 바다마저 증발시킬 터였습니다…. 12광년은 너무 가까웠습니다.

그렇다면 다가오는 그날은요? 예측한 날짜도 점점 줄어들었습니다. 170만 년에서 22만 년으로, 4만 년으로, 7천2백 년으로….

더는 누구도 이 숫자를 줄이지 못했습니다. 감히 그럴 수가 없었습니다. 그러나 베네카는 알고 있었습니다. 베네카를 탄생시켰던 무수한 우연처럼 우주에서는 무슨 일이든 일어날 수 있다는 것을요.

　이미야와 베이얼은 영광의 꼭대기에서 추락했습니다.
　평형 공식은 베네카에게 안전을 주었지만, 개척 욕망을 앗아갔습니다. 확실히 베네카와 이리안은 오랫동안 발버둥쳤습니다. 사망 열류는 두 종족을 앞으로 나아가도록 만들었지요. 이제 걸음을 멈출 때가 되었습니다. 하지만 그 누구도 걸음을 멈추는 대가가 멸망의 도래일 거라고는 생각하지 못했습니다.
　4만 년. 4만 년이 걸렸습니다. 어쩌면 매년 돌파점을 찾을 수 있었을지도 모릅니다. 그러나 이리안과 베네카는 4만 년이나 끌었습니다.

　저는 베이얼의 자손입니다. 제 아이도 그러하지요.
　기억 입자를 전해주는 건 거짓말이 아닙니다.
　제 아이는 젊은 시절 제가 그러하였듯 그것을 자랑스러워했습니다. 아이는 평형학을 배우겠다고 했지요. 그러나 눈 깜짝할 사이에 이미야와 베이얼은 영웅이 아니게 되었습니다.
　아이는 울면서 제게 말했습니다. 평형 공식이 없었더라면 이리안과 베네카는 밖으로 뻗어 나가기 위해서 최선을 다했을 거라고요.
　이미야와 베이얼이 없었더라면, 두 종족의 싸움이 멈추지 않았을 테니 누군가가 걸음을 멈추지도 않았을 거라고요.
　이리안와 베네카가 계속 전진하였더라면, 그들이 얼음층을 깨뜨렸을 거라고요. 그럼 우주로 나아가는 통로가 몇 만 년 전에 생겼을 거라고요.
　이미야와 베이얼이 가져온 황금시대가 문명을 사지로 몰아넣은 것입니다.

　하지만 그게 누구의 잘못일까요?
　누가 잘못한 거죠?

누가 잘못하기는 했나요?

역사는 잔혹한 농담을 던졌습니다.

절망스러운 우연에는 해결 방안이라는 게 없었습니다.

반짝이는 별들만이 끊임없이 베네카에게 시간이 없다는 걸 일깨울 뿐이었지요.

시간이 없었습니다. 정말로 시간이 없었어요.

핵연료 사용 규제는 하룻밤 사이에 풀렸습니다. 베네카가 가진 모든 걸 쏟아부어야 우주선을 만들 수 있을 테니까요.

인민의 복지, 자연, 환경 보호 같은 것들은 생존과 비교하자 아무것도 아니었습니다. 폐기물을 쌓아둘 수 있는 안정적인 수역과 도시 지역이 겹치기에 베네카는 최대 도시를 아예 통으로 옮겼습니다. 고향이라고 불러야 할지 알 수 없는 그 안전 수역이 죽음의 수역으로 바뀌었지요.

저는 핵폐기물의 확산을 통제하는 일을 했습니다. 평형학의 새로운 분파였지요.

우리가 할 수 있는 일은 한계가 있었기에 오염을 막을 수 없었습니다. 그러나 베네카에게는 다른 선택지가 없었습니다. 고통은 빠르게 망각되었습니다. 몸은 기형이 되었고, 소년은 일찍 노쇠하였지요. 이 모든 것들은 문명의 멸망과 비교했을 때 작은 불행에 불과했습니다.

우주선을 건설하기 전, 탐색할 때만 해도 베네카와 이리안은 목숨의 대가를 치른 적이 거의 없었습니다. 두 종족은 평형 공식의 보호가 있었기에 미지의 구역을 조급히 탐색하지 않았거든요. 그래서 개척을 나갈 때면 매번 만반의 준비를 했습니다. 하지만 지금은 달랐지요.

생명을 태운 우주선에는 각종 문제가 생길 수 있습니다. 연료, 추진력, 순환시스템. 모두 목숨을 앗아갈 수 있는 문제지요.

하지만 베네카와 이리안은 시간도 자원도 없이 지나치게 많은 실험을 진행해야 했습니다.

제대로 준비되지 못한 수많은 우주선이 이륙하였습니다. 우주 방사선에 과도하게 피폭 당해서, 순환 시스템이 고장 나서, 냉각 시스템에 문제가 생겨서 많은 탐험가들이 목숨을 잃었습니다. 더 큰 문제는 우주선의 조기 동력이 부족하다는 점이었습니다. 연료를 제대로 보충할 수 없었기에 비행선은 목적지에 도달하기도 전에 연료를 소진했습니다. 혹은 목적지까지 날아가더라도 시스템을 변경할 동력이 없었지요.

우주선을 조종하는 이도 이 사실을 잘 알고 있었습니다. 그걸 알면서도 그들은 출발했고, 목숨을 걸며 우주로 날아갔습니다. 돌아올 수 없는 길을 떠났지요.

중요한 점이 하나 더 있었습니다.

우주선은 이리안을 태우지 않았습니다.

이리안의 신체는 베네카의 신체의 150배였습니다. 생존에 필요한 식수 양도 1천3백 배나 많았지요. 베네카는 동면할 수 있었고, 수명도 길었지만, 이리안은 아니었습니다. 이리안을 순환 시스템으로 데려갈 때의 부담이 베네카를 데려가는 것보다 3천7백 배 더 컸지요.

베네카에게 실낱같은 희망이라도 있었다면, 이리안이 할 수 있는 건 따뜻하고 조용한 바다에 머물면서 죽음을 기다리는 것이었습니다.

이리안은 평범치 않은 희생을 했습니다. 처음부터 끝까지 반대의 목소리를 내지 않았거든요. 달라질 게 없어서 그랬을 수도 있고, 지난 수만 년의 평화로운 세월이 두 종족을 서로 신뢰하고 의존하게 만든 걸 수도 있겠지요.

그렇다면 이것 또한 이미야와 베이얼의 공로였습니다.

세상일에는 종종 양면이 있기 마련이지요.

저는 우주선 팀원과 함께 떠났습니다. 이륙한 지 141년이 되었을 때 비행기의 입자 검측기가 우리를 깨웠습니다.

초신성이 폭발을 앞두고 있었습니다.

우리는 한 항성의 뒤쪽에 정박해 입자의 파도를 피했습니다. 경보가 알려준 날짜가 실제 날짜보다 30일이나 늦어 잘못하면 우리가 탄 우주선이 파괴될 뻔했습니다. 고에너지 입자는 오래 날지 않았습니다. 입자의 파도는 일주일 만에 힘을 잃었고, 한 달 후에는 평온해졌습니다. 방사선을 뿜어내던 곳에는, 그곳에는 찬란한 별만 남아 있었지요. 저 별은 앞으로 몇 년 동안 밤하늘에서 가장 밝은 별이 될 겁니다.

그리고 우리는 다시 시작하였습니다. 목표가 전혀 없는, 희망도 찾아볼 수 없는 여정을요.

우리는 서른일곱 개의 항성계를 지났습니다. 개조하기 적합한 행성이 하나도 없더군요. 물이 없었습니다. 물이 워낙 귀해 극지에 있는 작은 빙하 정도면 물이 매우 많은 거였습니다. 놀랍게도 우리는 예전에 1만7천 미터에 달하는 깊은 바다를 가지고 있었지요. 동면, 정리, 연료 보충. 기계의 동작 순서처럼 하나씩 진행되었습니다. 어쩌면 영원히 끝나지 않을지도 모릅니다. 가끔 저는 저와 다른 이들이 이런 식으로 살다가 삶의 끝을 맞이할 거라는 의구심에 시달렸습니다.

그럴 바에는 차라리 죽는 게 낫겠지요.

초신성 폭발을 관측한 지 79년, 모행성을 떠난 지 220년이 되었을 때입니다. 우리는 모행성에서 보낸 많은 영상을 받았습니다.

우주 바람이 행성의 대기를 앗아가기 전에 많은 이리안과 베네카가 중앙 열류로 뛰어드는 것을 선택했다고 합니다. 제의라도 진행하는 것처럼 우리의 생명 근원으로, 사망 근원으로 향했지요.

어떤 이는 마지막까지 남아 있는 것을 택하기도 했습니다.

그 어떤 시대보다 슬픔으로 물든 시대이자 평온한 시대였습니다.

초신성이 폭발할 때 쏟아낸 물질은 빛의 속도로 12광년을 날았습니다. 포효하는 우주 바람은 행성이 운행하는 궤도와 수직인 방향에서 날아와 항성계를 스치면서 지나갔습니다. 카메라가 꺾이면서 모니터 속 시야가 위로 치솟았습니다. 모든 카메라가 우주 바람에 타버린 것입니다. 마지막 남은 카메라는 행성 뒤편에 있었는데, 행성 정면에 있는 항성계 한쪽에서는 뿌연 안개가 솟아올랐습니다. 그 높이가 족히 수십 킬로미터는 되었지요. 우리의 바다가, 사랑한다고 해야 할지, 사랑하지 않는다고 해야 할지 알 수 없는 우리의 고향이 더는 존재하지 않게 되었습니다.

하늘을 비행하는 우주선에게 고향의 유무는 별 의미가 없을 것입니다.

그저 앞으로만 나아갈 수 있지요.

520년이 되었을 때, 우리는 또 다른 항성계에 도착했습니다. 그 항성계에는 커다란 기체 행성이 있었지요. 앞으로의 여정에서 쓸 수 있는 충분한 양의 연료였습니다.

기체 행성에는 거대한 얼음 고리도 있었습니다. 우리가 바라던 얼음 고리였지요. 우리는 그 행성에 도착하기 전에 미리 깨어나 물을 옮길 방법을 고민했습니다. 안쪽 어딘가에 따뜻한 행성이 있다면, 그곳으로 물을 옮길 생각이었습니다.

우리가 잘못 생각했던 겁니다.

그럴 필요가 전혀 없었거든요.

세 번째 행성은 커다란 바다로 뒤덮여 있었습니다.

그러나 그다음 관측은 행성에 문명이 존재할 가능성이 아주 크다는 것을 알려주었습니다.

그런데 탐측기를 준비해 지면으로 신호를 보냈는데도 답이 없더군요. 우리는 사람이(그들의 언어대로 말하자면 말입니다) 단 한 명도 없다는 것을 알게 되었습니다.

없었습니다. 아무것도 없었습니다. 지면에는 고요함만 가득했습니다.

육지 생물의 다양성은 놀라울 정도로 적었습니다. 대멸종을 겪은 것 같았지요. 이 모든 것들이 초신성의 폭발을 가리켰습니다.

나중에 우리는 그들이 아무런 준비도 하지 않았다는 걸 알게 되었습니다.

그들은 그것을 베텔게우스*라고 불렀습니다.

그들은 그것이 폭발할 거라는 걸 알았습니다.

그러나 그들은 충분한 대비를 하지 않았습니다.

그들은 그 행성에서 6백 광년 넘게 떨어져 있었지만, 육지 생명은 수생 생명보다 약했습니다. 베텔게우스에서 전해진 고에너지 입자는 맹렬히 대기와 부딪혔지만, 취약한 대기를 모두 파괴하지는 않았습니다. 3분의 1만 파괴되었지요. 치명적이지는 않았습니다. 문제는 그 뒤에 일어난 연쇄반응이었습니다.

고에너지 입자는 질소와 산소의 결합을 촉진시켰고, 고농도 질소산화물은 그들에게 독이었습니다. 지능을 지닌 생물들이 단기간에 대규모로 죽었습니다.

바다의 PH 수치가 빠르게 0.1까지 떨어졌습니다. 큰 변화는 아니었지만, 생태계 전체를 뒤흔들 수 있었지요. 연쇄반응은 이 별을 심연으로 밀어 넣었습니다.

그러나 그들은 무능력했습니다.

그들의 영구적인 등대는 이제껏 반짝임을 멈춘 적이 없었지만, 이제 더는 등대의 지시를 기다리는 이가 없습니다. 핵연료 배터리는 수천 년이

* 오리온자리에 있는 가장 밝은 별. 오리온자리의 알파성이자 지구에서 640광년 떨어진 적색거성이다.

지나야만 소진될 것입니다. 그때까지는 우주선의 착륙을 안내하는 표지 등도 꺼지지 않을 테지요. 절대 멈추지 않을 전파가 하늘에 퍼질 것입니 다. 잃어버린 문명을 위해 부르는 진혼곡처럼요.

도시는 재난 이전의 모습을 유지하고 있었습니다. 소실된 기록이 거 의 없었고, 건축물도 여전했습니다. 무너진 건 그들이 '고적'이라고 칭하 던 다층건물뿐이었습니다.

자만한 나머지 제대로 준비하지 않았던 걸지도 모릅니다. 자기 자신 을 멸망으로 몰고 간 게지요. 혹은 베네카와 이리안처럼 시간이 없었던 걸지도 모르고요.

지금 이곳에는 숨이 막힐 정도로 아름다운 바다가 있습니다. 사망 열 류가 없는 바다지요. 해류는 극지에서 가라앉고, 적도에서 솟아오르며 4천 년에 한 번씩 완전한 순환을 이뤘습니다. 작은 난류와 한류가 해안선 을 따라 분포했으며 해수는 열량과 운동 에너지를 교환했지요. 영원히 멈추지 않을 것입니다.

베네카는 바다 안에서 생활합니다. 우주 방사능이 없었고, 수온도 알 맞았습니다. 성분을 조절할 필요는 있지만, 그 정도는 베네카의 기술로 충분히 해결할 수 있었습니다.

바다의 성분을 베네카에게 적합한 성분으로 바꾸면, 육지에 살던 생 물들은 모두 죽겠지요. 해양 생물도 영향을 받겠지만, 생존은 가능할 것 입니다. 우리는 행성에 있는 생명을 죽이려고 했습니다. 도저히 용서받을 수 없는 죄악이었지요. 그러나 그렇게 할 수밖에 없었습니다. 그들이 죽 지 않으면 우리가 죽을 테니까요.

우리는 우주선을 바다로 추락시켰고, 원주민의 발사 장비를 개조해 우주에 외쳤습니다. 우리의 소리는 30광년 정도 나아갈 수 있었습니다. 멀리까지 전해져도 50광년 남짓일 것입니다. 그 정도 범위라면 우주선 몇 개 정도는 안에 있겠지요. 상황이 좋으면 신호가 잔물결처럼 퍼지며 더 멀리 나갈 수도 있을 겁니다. 그럼 우주를 떠돌던 우주선 중에 이곳으로 오기를 원하는 이들이, 올 수 있는 이들이 오겠지요. 그들은 가장 멋진 행성을 찾게 될 것입니다.

물론 우리의 계획에는 착오가 하나 있었습니다.

인류 문명은 완전히 사라지지 않았습니다.

육지에는 2백여 개에 달하는 작은 생태권이 분포되어 있었습니다. 대다수는 지하에 있었지요.

대멸종의 연쇄반응은 아직 끝나지 않았습니다. 가까운 시일 내에 멈추지는 않을 거고요. 공기도 아직 호흡할 수 있는 수준이 아니었지요. 그러나 사람에게는 방법이 없었습니다. 연료로 유지되는 생태권은 겨우 생존 유지만 도울 수 있었고, 그중 대다수는 이미 여러 요인으로 파괴되었거든요. 하지만 인류에게는 1만7천 명의 사람, 정확히는 무수히 많은 배아가 있었습니다.

문명의 불길은 멸망의 끝자락에서 여전히 흔들리고 있었습니다.

우리가 나타났을 때 그들은 구세주라도 본 것처럼 행동했습니다. 그러나 그들은 그들이 듣고 싶었던 말을 들을 수 없었습니다.

말은 통하지 않았지만, 우리의 태도는 그 뜻을 충분히 전할 수 있었습니다.

"우리는 당신들을 구하러 온 게 아니다. 우리가 구하려는 것은 우리 자신이다. 다른 것을 신경 쓸 겨를 같은 건 전부터 없었다."

우리는 저항하는 이들을 어쩔 수 없이 모두 죽였습니다.

남은 3천 명에게는 베네카 기계로 음식과 산소를 공급해줄 테니 바다 위에 있는 격리 구역에서 지내라는 조건을 제시했습니다. 협상의 여지는 없었지요.

한 달 뒤, 저는 관하이(關海)라는 사람을 알게 되었습니다. 지구에 사는 원주민이었습니다.

남은 생태권을 모두 파괴하는 대신 우리는 그 대가로 그들의 문명 기록과 문자를 남겨주기로 했습니다. 이건 베네카가 할 수 있는 최대의 타협이었습니다. 저는 중국어를 맡았지요.

그 사람은 베네카 언어를 한두 마디만 할 줄 알았고, 베네카 문자는 전혀 몰랐습니다.

관하이는 제게 자신의 이름을 알려주었는데, 관이 성이라고 하더군요. 베네카의 이름에 있는 접두어와 비슷한 것 같았습니다. 다만 인류의 성은 종족을 나타내지 않고 가정을 나타냈습니다. 성을 떼면 하이(海)가 외자 이름이었습니다.

일 년 내내 공기 속에서만 생존하는 관하이는 이야기를 나눌 때마다 물속으로 머리를 집어넣었습니다. 인류가 문자를 쓰는 방식은 베네카의 방식과 판이했습니다. 바다에는 부착물이 없기에 발광 물질을 이용해서 흔적을 남겨야 했지요. 그래서 베네카의 문자는 고도로 정제되었고, 잘 쓰이지 않습니다. 모든 기록을 기억 입자에 남기지요. 인류가 사용하는 서책이나 필기구 같은 건 사용하지 않았습니다.

저는 관하이에게 베네카의 언어를 가르쳐주었습니다. 관하이는 그 대가로 인류의 언어를 가르쳐주었지요.

관하이는 뛰어난 언어 학습자가 아니었습니다. 그래도 사리는 잘 파악했습니다.

"인류는 살아남지 못할 거야."

관하이는 더듬더듬 베네카의 언어로 말했습니다.

"나는 문명과 문자가 남기를 바랄 뿐이야…. 너희 기억 입자를 써서 말이야."

"그렇게 비관적으로 생각할 필요는 없잖아."

저는 말을 이었습니다.

"베네카와 이리안은 몇 억 년도 버텼는걸."

"베네카와 이리안이 그랬다고 해서 인류와 베네카도 그렇게 되는 건 아니야."

관하이는 고개를 들어 숨을 쉬더니 잠시 멈췄다가 다시 잠수했습니다.

"게다가 공생 관계가 형성되면 다 엉망이 되어버려."

관하이는 저에게 인류에게 있었던 역사적 사건들을 말해주었습니다. 기억 입자가 없었던 인류는 모든 기록을 문자로 남겼습니다. 문자로 남긴 기록은 기억 입자로 남긴 기록보다 더 많이 소실되었습니다. 하지만 장점도 있었습니다. 가장 우수한 판본만 남게 되었거든요.

관하이는 말할 수 있는 걸 모두 말해주려고 최선을 다하는 것 같았습니다. 그것도 인류에게 있어서 "재미있는" 방식으로요. 저는 관하이에게 몇 번이나 말해주었습니다. 인류 문명이라고 해서 베네카의 기호에 맞는 건 아니라고요. 하지만 관하이는 자기 방식을 고집했습니다.

관하이는 말했습니다.

"나는 베네카가 아니라 미래에 존재하지 않는 인류에게 이야기를 해주는 거야."

저는 역사에 관심이 없었습니다. 저는 문자를 좋아합니다.

베네카는 고유한 문자를 갖췄지만, 복잡하면서도 불완전한 문자였습니다. 모든 교류는 소리로 이루어졌지요. 그래도 베네카는 기억 입자가 있기에 중요한 일을 잊지 않았습니다.

반면 인류는 완전한 문자 체계를 갖추고 있었습니다.

아주 흥미로운 문자였지요.

"우리는 서로의 문자를 제대로 배우지 못해. 너무 다르다고."

이건 관하이의 평가였습니다.

그러나 기억 입자가 있는 베네카는 그 정도로 심각하지 않았습니다. 시종일관 형편없는 건 관하이의 식별 능력이었지요.

그 뒤로 7년 동안 저는 관하이와 자주 만났습니다. 베네카가 관하이를 홀로 바다에 살게 했기에 관하이는 격리 구역으로 돌아갈 기회가 별로 없었습니다. 게다가 수시로 감시도 당했습니다. 저도 이해는 할 수 있었습니다. 그런데 관하이는 저항할 생각이 없었던 것 같습니다.

인류 격리 구역에서도 소규모의 소란이 있었습니다. 그러나 베네카는 그들이 무엇을 원하는지도 알 필요가 없었습니다. 능력만 따진다면, 베네카가 압도적인 우세였거든요.

"인류는 베네카에게 반격할 능력이 없는 거야. 단순 명확한 사실이지."
관하이는 말했습니다.

"솔직히 말해서 무기 장비만 봐도 그 차이가 심하잖아. 저항하고 싶어도 그럴 능력이 없어."

놀랍게도 관하이는 제 조수가 되었습니다.

제 본업은 평형학입니다. 해양 성분과 핵폐기물을 담당하지요.

베네카는 대형 해양 평형 시스템을 가지고 왔습니다. 그걸 사용해 바다의 성분을 개조했지요. 관하이의 행동력은 정말 놀라웠습니다. 부러울 정도였지요.

스스로 움직일 수 없는 베네카는 복잡한 기계의 도움을 받아야 했습니다. 관하이에게 일을 맡긴 뒤로 저는 관하이의 행동력이 대단하다는 걸 알게 되었습니다. 인류의 손가락은 기계보다 민첩하더군요.

또한 관하이는 모든 폐기물을 지상으로 보내자는 아주 좋은 제안도 하였습니다.

관하이는 이렇게 말했습니다.

"인류도 예전에는 다 이렇게 했어."

이렇게 인류와 베네카는 평화롭게 7년을 보냈습니다.

우주에서 온 소식을 받기 전까지는요.

7천 명의 베네카를 태운 우주선이 왔습니다.

베네카는 바다 개조 작업을 서둘러야 했습니다. 전력을 다해야 했지요.

3천 명에 달하는 인류에게 필요한 공기와 물을 제공하는 것은 어려운 일이 아니었지만, 제법 귀찮은 일이었습니다. 또한 에너지 낭비가 심했지요.

또 다른 방법도 있었습니다. 다 죽여버리는 거지요.

누구도 이 일을 알지 못했습니다. 인류는 아무것도 몰라야 했습니다….

하지만 관하이는 살아야 했습니다. 살 자격이 있었습니다….

어쩌면 그러지 말았어야 했을지도요. 저는 관하이에게 이 사실을 알려주었습니다.

관하이는 슬픔과 놀라움이 가득한 눈빛으로 저를 보았습니다. 이제껏 관하이는 시선을 낮게 드리우곤 했지만, 이런 무력감을 두 눈에 드러낸 적은 없었습니다. 한참이 지나고 나서야 관하이는 충격에서 벗어난 것 같았습니다.

관하이는 탄식하며 말했습니다.

"모든 건 끝이 나기 마련이니까. 그렇잖아. 내가 말했잖아."

"나는… 너는 살아남을 거야. 내가 네 상사에게 물어볼게. 내 조수로서…."

"그럴 필요 없어. 네게 말해주고 싶은 건 다 말해줬어. 해야 할 일도 다 했고."

"그러니까 내 말은…."

"인류 문명의 끝을 보고 싶지는 않아. 그건 엉망이거든. 나만 남으면, 나는…."

이렇게 낙담하며 자포자기하는 모습은 처음이었습니다.

물에서 고개를 뺀 관하이는 혼잣말을 하며 고치실 안을 왔다 갔다 했습니다. 저는 관하이의 말을 제대로 들을 수 없었습니다.

"좋아. 여기서 날 죽여줘."

관하이는 저를 똑바로 보며 말했습니다. 눈빛이 죽어 있었습니다.

관하이는 반복해 말했습니다.

"날, 죽, 여, 줘."

"난 못 하겠어."

"날 죽여줘. 나는 마지막 모습을 보고 싶지 않아."

관하이는 반복해서 말한 뒤 고치실과 바다를 잇는 연결 통로를 가리켰습니다.

뭘 하려는 건지 제가 알아채기도 전에 관하이는 지니고 있던 기계를 연결 부분에 꽂았습니다. 경보가 울리면서 협소한 고치실 안으로 물이 쏟아졌고, 금세 공기를 한쪽으로 몰아냈습니다. 관하이는 바다와 연결된 파손 지점 옆에 머물 뿐 숨을 쉬고 싶어 하지 않는 것 같았습니다.

저는 그제야 영문을 알게 되었습니다. 기계로 고치실을 부수면 밖으로 헤엄쳐나갈 수 있으니까요. 베네카의 바다는 인류에게 무해하지만, 산소가 없습니다. 산소가 전혀 없었습니다.

저는 말했습니다.

"미안해, 관하이."

관하이는 고맙다고 했습니다.

고마워.

경보가 울렸기에 그 소리는 조금 불분명했습니다.

관하이는 천천히 수면으로 향했습니다. 헤엄쳐 오르면서 태양의 빛이 닿는 수역으로 향했습니다. 기포가 관하이를 들어 올리듯 떠오르다가 바닷속에서 소용돌이를 그렸습니다. 그러다가 점점 멀어졌습니다. 관하이는 수면에 도달하기도 전에 죽었을 겁니다. 그러나 관하이는 마침내 자신의 영역으로 돌아갔습니다. 아늑한 바다와 끝없는 남색이 없는 곳으로, 햇빛과 공기 그리고 물이 있는 곳으로 말입니다.

저는 이 기억을 기억 입자로 만들지 않았습니다. 나중에는 그렇게 할지도 모르지요. 그러나 관하이가 이 말을 해준 뒤로, 이때의 목소리와 상황은 오랜 세월 동안 사소한 부분 하나 빠지지 않은 채 온전히 남아 있었습니다.

그러니까 제 말은, 슬픔과 실망, 고통이 뒤섞인 모습은, 그런 모습은 잊으려고 해도 도저히 잊을 수가 없다는 것입니다.

관하이가 죽은 지 닷새가 되었을 때 저는 관하이가 생활하던 고치실에서 아주 놀라운 기록을 발견하였습니다.

한자로 적은 데이터였습니다. 고문자와 그냥 문자가 뒤섞인 글로 처음에는 사건 기록인 줄 알았습니다. 자료를 읽어본 저는 너무 놀라서 넋이 다 나갔습니다.

절반은 해양 평형 시스템에 관한 것이었고, 나머지 절반은 숫자였습니다. 그냥 숫자와 문자 대신 표기한 숫자였지요.

관하이는 다른 자료를 모두 폐기했지만, 정신이 없어서 한 장을 남겼더군요.

그 한 장에 적힌 기록만으로도 저는 알아볼 수 있었습니다. 관하이는 해양 평형 시스템에 관한 데이터를 거의 완성시켰습니다.

관하이는 거짓말쟁이이자 사기꾼이었습니다.

관하이의 베네카 언어 실력은 제가 생각했던 것보다 훨씬 더 뛰어났습니다. 관하이는 문자를 읽을 수 있으면서도 자신이 아는 것을 확인하기 위해서, 저와 다른 이들을 오도하려고 일부러 반복해 물어보았습니다.

또한 관하이는 핵심적인 매개 변수도 얻어냈습니다.

사실 관하이는 예전에 모든 걸 말해주었습니다.

'저항자는 타협하지 않을 것이다.' 이건 말장난이었습니다. 관하이도 저항자 중 한 명이었습니다. 현실에 만족한 듯 정성스럽게 꾸민 관하이는 사실 저항자의 지도자였던 것입니다.

우리가 발견했던 인류 기지가 전부가 아니었습니다. 빙하 아래에는 숨겨진 기지가 두 개나 더 있었습니다. 게다가 기지는 반격을 준비하고 있었지요. 그들은 종자 은행과 무수히 많은 인류 배아를 가지고 있었고, 그걸로 새로운 문명을 세울 수 있었습니다.

관하이와 인류 동료들은 해양 평형 시스템이 바다를 개조하는 것을 보았습니다. 베네카에게 맞출 수 있다면 당연히 인류에게도 맞출 수 있겠지요.

우리도 이 점을 일찍 알았어야 했습니다. 기지에 들어간 사람 중엔 인류 엘리트만 있는 건 아니라는 걸, 강한 생존 욕구를 지닌 이도 있을 거라는 걸 말입니다. 많은 이들이 죽었다고 해서 그들의 신념마저 끊어지는 건 아니니까요. 기지를 보존하기 위해 애쓴 것이 그 증거일 것입니다. 누군가는 격렬한 저항자처럼 꾸몄고, 누군가는 기회주의자인 노예처럼 꾸몄습니다. 관하이가 맡은 역할은 자신의 운명을 받아들인, 똑똑하면서도 온순한 아기 양이었지요.

덫은 이미 놓여 있었습니다. 관하이가 살아 있었다면, 그래서 모든 데이터를 얻었다면, 관하이와 다른 사람들은 행동에 나섰을 겁니다. 인류는 바닷속에서 자유롭게 움직이지 못합니다. 하지만 지난날의 저항과 행동력을 감안한다면, 베네카라고 해서 이길 가능성이 많은 건 아니었습니다.

인류가 해양 평형 시스템의 통제권을 빼앗았다면, 베네카가 그 존재도 알지 못했던 빙하 기지가 7년간 준비해온 무기와 장비를 사용했다면, 안팎으로 동시에 공격하면서 반격의 봉화를 피웠겠지요.

인류의 학습 능력은 베네카의 학습 능력보다 뛰어났지만, 기억력이 약했습니다. 관하이는 한 번에 모든 데이터를 암기할 수 없었습니다. 인류에게 기억 입자가 있었다면 그들이 진즉에 이겼을 것입니다. 해양 평형 장비는 매우 복잡하기에 데이터도 많았습니다. 그러나 데이터를 훔칠 수 있는 이는 한 명뿐이었지요. 관하이의 기억력이 뛰어나다고 할지라도, 그 정도로 뛰어나지는 않았습니다.

그들은 너무 오래 기다렸습니다. 인류 문명의 마지막 승부는 결국 공교롭게 엎어지고 말았습니다.

해양 평형 시스템이 가장 핵심적인 부분이었습니다. 인류의 평형학은 수준이 낮았습니다. 해양 평형 시스템을 새로 만들 수 없었기에 인류는 베네카의 해양 평형 시스템을 지키면서 베네카 모두를 죽여야 했습니다.

또한 그들은 빙하 기지가 발견되지 않기를 원했습니다. 그래서 관하이도 자신을 죽여달라고 부탁했던 거겠지요. 그건 마지막 연기였습니다.

물론 저는 두 번째 실수를 범하지 않았습니다.

저는 관련된 모든 자료를 없앴고, 기억 입자에만 사본을 남겼습니다.

다음 조사를 하면서 저는 "우연히" 빙하 아래에 있는 인간 기지를 발견했습니다. 재조사가 진행될 때, 베네카는 두 번째 기지도 찾아냈으며 철저히 파괴하였습니다.

누구도 이 일을 모릅니다. 제가 죽기 전까지 아무도 모르는 게 좋을 것 같습니다. 어쨌든 이 자료는 저에게 너무 위험하거든요. 제 잘못을 드러내고 있으니까요. 또 다른 점도 있습니다. 제가 관하이를 어떻게 생각하고 있는지 아직 저도 잘 모른다는 겁니다.

무관심과 냉정함은 관하이의 위장이었을지도 모릅니다. 하지만 관하이는 비굴하지도 거만하지도 않았습니다. 관하이의 냉정함과 평화로움은 꾸민다고 꾸밀 수 있는 게 아니었습니다.

나중에 이런 생각도 했습니다. 저는 저와 관하이의 관계가 이미야와 베이얼 같은 관계가 되기를 일방적으로 원했습니다. 어쩌면 그것조차 관하이의 계획이었을 지도 모르지요. 저도 잘 모르겠습니다.

제 이름은 베이시리야입니다. 베네카의 문화 서술자로 중국어를 공부합니다.

베네카는 라틴어 계열의 언어를 더 좋아합니다. 그건 베네카의 천성이지요. 냉정히 말하자면, 제가 중국어를 좋아하는 이유도 이리안이 되고 싶어서 그런 걸지도 모릅니다.

베네카와 이리안이 동등하다는 것을 증명하기 위해 과학자들이 노력했던 시대가 있었습니다. 하지만 이리안은 확실히 더 뛰어난 언어학자였습니다. 베네카 중에서도 뛰어난 언어학자가 있었지만, 보통 이리안의 실력이 더 뛰어났거든요. 언어도 더 쉽게 익혔습니다.

저는 중국어를 좋아합니다. 우리 언어를 닮았기 때문입니다. 이렇게 말하는 게 더 정확할 수도 있겠네요. 중국어는 이리안의 언어를 닮았습니다. 복잡하면서도 변화가 잦지만 아주 아름답지요.

긴 역사를 자랑하는 다른 순수한 문자도 있었지만, 저는 미처 배우지 못했습니다. 베네카가 남길 수 있었던 인류의 문화는 고작 이 정도에 불과하네요. 시일이 지나면 이런 언어도 죽게 될 겁니다. 처음에는 중국어가, 그다음에는 영어가. 그것들을 사용했던 인류처럼 말입니다.

오직 우리의 언어만이 남을 것입니다. 베네카와 이리안의 언어만 남겠지요.

저는 이 언어를 사랑합니다. 그래서 이런 이야기를 썼습니다.

인류를 위해서이기도 합니다. 제 손으로 인류를 죽였으니까요.

이건 그저 후발 주자의 졸렬한 모방일 뿐입니다. 이 언어를 사용했던 인류가 이 이야기를 알아볼 수만 있어도, 저는 가장 큰 성공을 거둔 베네카 언어학자가 될 것입니다.

이를 검증해줄 수 있는 이는 없지만요.

하지만 상관없겠지요.

모든 건 끝이 있기 마련이니까요.

언제인지만 다를 뿐입니다.

해양 개조 과정은 현재 29퍼센트가 진행되었습니다. 해양 속 연체동물은 모조리 죽었고, 어류도 빠르게 사망할 것입니다.

첫 번째 베네카 집단이 거주를 통해 시험하고 있으며 사전에 투입했던 미생물은 이미 퍼지고 있습니다.

베네카는 한 행성에서 수억 년간 살아온 생명을 죽였습니다. 그러나 베네카의 문명은 이어지겠지요. 다른 행성에서 수억 년간 살아온 또 다른 생명과 함께 말입니다.

문명의 생존은 평형 공식에 적합하지 않습니다. 그곳에 진리는 없습니다. 절대적으로 옳은 해법이라는 것도 없고요. 그저 계산과 권력 그리고 필수적인 포기만 있을 뿐입니다.

위의 문자들을 기억 입자로 만들어 베네카 문자 판본 뒤에 첨부합니다.

베네카 서술자
베이시리야

✦ **녠위(念語)**

웨이샹문화 계약 작가이자 Z세대 신예 SF 작가. 상해교통대학을 졸업했다. 《들불(野火)》로 데뷔했으며 〈과환세계〉, 〈과환세계·소년판〉에 다수의 작품을 발표했다. 제7회 전국 중국어 SF 성운상에서 신예 은상을 수상했다. 개인 단편집 《릴리안은 어디에나 있다(莉莉安無處不在)》를 출간했다.

屠龙

도룡

✦

"도룡(屠龍)을 보고 싶다고요? 위에서 규칙으로 정해놨소이다. 그건 밖으로 전하지 않는 비급이라 구경꾼을 데려갈 수 없어요. 내가 정할 수 있는 게 아닙니다."

은퇴한 선사(船司)는 허허 웃으며 손을 비볐다. 선사 뒤에 있는 난로 안 불꽃이 미약하게 반짝이며 따스함을 토해냈다. 이제 막 겨울에 접어들었지만, 운황(雲荒)* 대륙 남부 해안에 있는 도시는 아직 춥지 않았다.

그러나 나이가 많은 선사는 일찌감치 난로를 꺼내 집 안에 불을 피웠고 의자에 털가죽을 깔았다. 사람이 찾아오지 않을 때면, 노인은 난로 옆에 앉아 고서를 읽으면서 손을 녹였다. 난로 위에는 저녁으로 먹을 탕이 끓고 있었다. 짙은 국물이 보글보글 끓으면서 독특한 향을 내뿜었다.

이 따뜻한 향기에 초조해진 들고양이가 소면(蘇眠)의 팔을 힘껏 할퀴었다. 소면조차 그 냄새에 허기질 정도였지만 지금은 선사를 설득하는 게

* 중국의 동양 판타지 작가 창위에, 리두안, 선잉잉이 공동으로 구상한 세계관의 주요 설정 중 하나이다. 세 작가는 공동으로 설정한 운황 대륙을 배경으로 각자 소설을 집필한다. 그중 창위에 작가가 집필한 《경·쌍성》이 동명 드라마로 방영되었다.

급선무였다. 확실히 이 노인은 상냥하고 친절한 사람이었다. 그런데 소문처럼 그렇게 말을 잘할까?

"도룡꾼 쪽도 쉽지 않습니다. 대대손손 전해지는 밥그릇이 아닙니까. 다른 사람에게 알려주고 싶어 할 리가 없지요."

"하지만⋯."

소면은 실망한 낯빛을 드러내며 눈을 깜빡이더니 탄식하며 말했다.

"제가 먼 제도(帝都, 수도)에서 이곳까지 찾아온 건 도룡 기술에 관한 명성을 들었기 때문입니다. 수만평(水漫坪)이 이렇게 찾기 힘든 곳인 줄은 저도 몰랐네요. 사나흘을 헤매며 물어보았는데도 제대로 답해줄 수 있는 이가 없었습니다. 그러다가 누가 일러주더군요. 노 선생에게 부탁하면 도룡 기술을 볼 기회를 얻을 수 있다고요."

"그건 저도 알겠습니다."

선사는 고개를 끄덕였다. 소면의 말에 마음이 조금 흔들렸는지 목소리를 낮추면서 말을 이었다.

"그래도 솔직하게 말하지요. 금지령은 안전을 위해 생긴 겁니다. 금지령이 없었을 때, 어떤 도룡꾼이 자기 기술을 현란하게 보인 적이 있거든요. 그러다 어찌 되었는 줄 아십니까. 다음 날 성안으로 잠입한 교인(鮫人)*이 도룡꾼과 그 가족들을 몰살했습니다."

"노 선생, 저는 교인이 아닙니다."

소면은 말을 이었다.

"저는 교인을 좋아하지도 않아요."

"교인이 아니라는 건 저도 압니다."

나이 든 선사는 조금 우습다는 듯 말했다.

---

* 중국의 상상 속 동물. 인어와 형태가 비슷하나 전혀 다른 개념이다. 《수신기》에서는 "남해 밖에는 교인이 있는데 물고기처럼 물에 살며 베를 짜는 일을 그만두지 않았다. 교인의 두 눈은 울 때 구슬을 흘릴 수 있었다."라고 했다. 교인이 짜낸 천은 물에 젖지 않고 교인의 눈물은 진주가 되며 교인의 기름으로 불을 피우면 만 년이 지나도 꺼지지 않는다고 한다.

"딱 보니 제도에서 놀러 온 대갓집 여식이로군요. 뭐든 다 흥미롭고 신기하겠지요. 솔직히 말하리다. 도룡은 아씨 같은 사람이 즐겁게 볼 수 있는 일이 아닙니다."

소면은 미소를 지었다.

"잘못 아셨습니다. 저는 대갓집 여식이 아닙니다. 그리고 이런 기술에 흥미를 갖는 이유는 제가 의원이기 때문입니다."

"여성 의원이라고? 흔치 않군. 흔치 않아요."

나이 든 선사는 조금 놀랐다.

"저는 소면이라고 합니다. 가람(迦藍)에서 공주 전하를 모시던 의관이었지요. 제도 태의국(太醫局)이 제 신분을 증명하는 문서도 여기 있습니다."

소면은 품에 있던 들고양이를 세게 안으면서 품 안에서 노란 종이를 한 장 꺼냈다.

"태의국 사람이라고."

나이 든 선사는 자기도 모르게 벌떡 일어났다. 제도에서 보낸 서신은 나이 든 선사의 얼굴에 남았던 편안함을 순식간에 앗아갔다. 태의국이 대단한 곳은 아니었지만, 수만평처럼 작은 곳에서는 효과가 큰 간판이었다.

"예전에 태의국 사람 중에 도룡에 관해 물어본 사람이 있었는데…."

"좀 도와주십시오."

나이 든 선사는 고개를 숙여 생각을 해보더니 말했다.

"데리고 가지요. 다만 다른 이에게 이야기해서는 안 됩니다. 그 외에도 도룡꾼 가문 사람들에게…."

"그들에게 수고비를 주도록 하겠습니다."

소면이 웃으면서 말하자 나이 든 선사가 고개를 저었다.

"안 됩니다. 그건 안 될 말이지요."

저물녘이었다. 바다 위의 하늘은 연어의 배처럼 적황색이었다.

도룡꾼은 수만평 해안가의 낭떠러지 위에 살았고, 이들의 일터인 공방도 그곳에 있었다. 풀 한 포기도 자라지 못해 헐벗은 현무암이 우뚝 솟아 있었는데 길게 뻗은 팔처럼 남쪽 벽락해(碧落海)를 가리키고 있었다. 정상에 있는 성루는 오랜 세월에 풍화되면서 산석(山石)과 흉악하게 한 몸을 이루었다. 주변은 모두 가파른 절벽이었고, 작은 길만이 공방과 이어졌다. 소면은 마침 그 길을 걷고 있었다.

나이 든 선사는 소면에게 수만평의 도룡꾼 가문 일원이 총 열 명이라고, 그중 칼을 들 수 있는 자손이 넷이라고 했다. 운황 대륙 남부 해안의 주요 항구마다 도룡꾼 가문이 있는데 어떤 항구에는 여럿 있기도 했다. 수만평에 사는 도룡꾼 가문은 구성원의 수가 적고 규모도 작았으나 운황에서 가장 유명했다. 가문의 조부가 제도를 방문해 경술제(景術帝)에게 도룡 기술을 보여준 적이 있었기 때문이었다. 지금은 나이가 많아 조부가 직접 칼을 드는 일이 없었다. 일하는 건 그의 두 아들이었다. 그중 맏이는 벌써 장성해 아들이 있었고, 도제 교육도 마친 상태였다. 오늘은 맏이가 외출해 둘째인 지리익(支離益)을 볼 수 있었다.

나이 든 선사가 성문 아래쪽에서 큰 소리로 지리익을 부르자 가동교가 천천히 내려왔다. 나무판을 엮어서 만든 다리였다. 소면은 축축하면서도 부드러운 것이 발바닥에 닿는 걸 느낄 수 있었다. 바닷물을 흠뻑 머금은 듯한 나무판은 욕지기를 치밀게 하는 비린내를 풍겼다. 안으로 들어가자 위로 올라가는 통로가 하나 나왔는데 안쪽 깊숙이 들어가지 않았는데도 사방에 있는 벽이 모두 축축했다. 벽에 발랐던 석회는 습기로 진즉에 깎여 사라졌고, 울퉁불퉁한 암석만이 밖으로 드러나 있었다. 나이 든 선사는 수시로 뒤를 돌아보면서 소면에게 앞을 잘 보고 걸으라고 했다.

소면은 속으로 정말 허름한 곳이라고 생각했다.

상식적으로 따져보았을 때 도룡꾼의 수입은 아주 많아야 했다. 도룡 기술을 대대로 전수하는 도룡꾼 가문이 없으면 운황 대륙의 황금 명맥 중 하나가 끊어지는 셈이니까. 나이 든 선사의 말대로 이 기술이 외부로 전해지지 않는 가문의 비급이라면, 이 기술을 아는 건 그들뿐이었다. 도룡 기술은 위험하지는 않아도 아주 복잡했다. 도룡꾼 가문의 남자아이는 유넌기의 3분의 2를 도룡 기술을 익히는 데 쏟아부었다. 기술을 완전히 익히는 게 아니었다. 그제야 입문하는 거였다. 또한 단계마다 아주 정밀하게 행해야 했기에 평생을 연습하며 익혀야만 최고의 경지에 도달할 수 있었다. 그래서 제도의 가장 유명한 의원도 도룡꾼의 심오한 기술을 부러워했다.

그러나 도룡꾼 중에는 가난과 단조로움에서 벗어나 사는 이가 없었다. 이들은 해안 성루 안에서 해마다 같은 일을 평생 반복해야 했으며 입에 겨우 풀칠이나 할 수 있었다. 이 허름한 성루조차 그들의 것이 아니었다. 나라가 준 거였다.

통로 끝까지 걸어가자 대청이 나왔다. 대청이라고 불릴 법한 방은 이상할 정도로 커다랬는데 안에 들어서자 비린내가 더욱 극심해졌다. 벽 한쪽에는 일 장 정도 될 법한 높이에 창문이 하나 있었는데, 크기가 워낙 작아 노을이 인색할 정도로 적게 보였다. 사면은 모두 어둠에 잠겨 있었다. 대청 가운데에 뻣뻣하게 서 있는 사람의 모습이 윤곽만 보였다. 안으로 들어가자 그림자는 두 사람을 향해 천천히 움직였다. 몸을 조금 움직이는 걸 보니 두 손님에게 인사를 한 것 같았다.

나이 든 선사는 지리익이라고 불리는 도룡꾼의 손을 잡으면서 뭐라고 말했다. 그 사람은 아무 말도 하지 않았다. 소면은 지리익이 거절하는 줄 알고 걱정이 되었다. 그런데 지리익은 고개를 돌려 소면을 흘깃 볼 뿐이었다. 지리익의 눈빛은 그 얼굴처럼 침착했으며 속내를 가늠할 수 없었다. 암석의 일부가 된 것 같았다.

이제껏 소면은 도룡꾼과 같은 이들의 용모가 거칠고 투박할 거라고 생각했었다. 하지만 지리익은 못생기지 않았다. 심지어 수려한 용모였다. 다만 마비라도 된 것처럼 무표정한 얼굴이 사람을 짜증나게 만들 뿐이었다. 게다가 머리카락을 남김없이 밀어버려 인상이 더 사악해 보였다.

지리익이 목을 살짝 움직였다. 동의한 셈이었다.

소면은 안도의 한숨을 내쉬었다.

지리익은 등에 불을 붙였다. 불빛이 죽은 물처럼 혼탁했다. 불꽃이 너울거리는 와중에 소면은 지면에 남아 있는 오래된 흔적을 볼 수 있었다. 불긋하고 푸릇한 흔적이 넓게 남아 있었는데 심히 수상한 모습이었다. 오래된 흔적을 따라가며 시선을 옮기자 대청 벽에 있는 동그란 수채가 보였다. 구역질을 일으키는 비린내는 저기서 나는 거였다. 수채 안에는 커다란 철장이 담겨 있었는데, 육중한 쇠사슬이 수면 아래에서 혼탁한 금속빛을 발했다. 지리익이 한 손으로 등을 들더니 다른 한 손으로 철장 안에서 무언가를 꺼냈다. 잠시 후 파랗고 기다란 머리카락이 끌려 나왔다. 그와 함께 백색 비늘이 반짝이면서 등불 아래에서 모습을 드러냈다.

소면은 그것이 오늘 밤의 감상품인 교인이라는 걸 알았다.

아직 어린 교인이었다. 몸이 은백색 수초처럼 가느다랬다. 교인은 눈을 질끈 감고 있었는데, 얼굴이 아주 아름다웠다. 옥색 물고기 꼬리는 촉촉하면서도 섬세했고, 펼쳐진 모습이 사랑스러운 나비 같았다. 끌려나간 꼬리가 자갈 위를 지나가면서 핏빛 물 자국을 옅게 남겼다.

지리익은 교인의 머리카락을 붙잡아 질질 끌면서 안쪽 방으로 걸어갔다.

교인이 낮은 목소리로 뭐라고 외쳤다. 바다의 언어라 알아들을 수 없었다. 교인 종족 특유의 아름다운 두 눈이 푸르른 녹색을 드러내면서 부릅떠졌다. 이 눈을 파내면 그 어떤 보석보다 귀한 벽응주(碧凝珠)를 얻을 수 있었다.

나이 든 선사와 소면은 곧장 뒤를 따랐다. 그곳은 교인의 몸을 자르는 공방이었다.

생각 외로 공방은 아주 깔끔했다. 사방에 달린 등이 방 안을 설동(雪洞)처럼 밝혀주었다. 가운데에 있는 석대는 매끈하게 다듬어져 물광을 반짝였는데, 지리익은 끌고 온 교인을 밀쳐 그곳에 눕혔다. 교인의 앞면은 위로 향했고, 교인의 푸른 머리카락은 여전히 바닥에 닿아 있었다. 방 안에는 열일고여덟 살 정도 되어 보이는 소년도 있었다. 마침 옆에서 도구를 닦고 있던 소년이 다 닦은 칼들을 수레 위에 올려놓았다. 그런 뒤에는 수레를 끌고 석대 옆으로 왔다.

소년 또한 화강암을 닮은 얼굴을 가지고 있었다. 지리익처럼 잔혹해 보이는 얼굴이었다. 또한 소년도 머리카락이 전혀 없었다. 아무래도 머리카락을 미는 게 도룡꾼의 규칙인 것 같았다.

나이 든 선사는 이 아이가 맏이의 아들이라고 말해주었다. 이곳 도룡꾼 가문의 손자 세대인 아이가 오늘 밤 삼촌을 도울 거라고 했다. 삼촌과 조카는 아무 말도 하지 않았지만, 호흡이 아주 잘 맞았다. 두 사람은 금세 교인을 단단히 묶었다. 삼촌은 몸을 돌려 손을 씻었고, 소년은 커다란 천을 찾아와 교인의 머리카락을 깔끔하게 묶었다. 그 동작이 얼마나 자연스러운지 머리카락을 빗는 걸 업으로 삼은 사람 같았다. 지리익은 붓을 들어 교인의 허리를 잠시 살피다가 빠른 속도로 절개할 부위에 선을 그렸다. 교인의 몸에 선 몇 개가 남았다.

붓끝이 피부에 닿았을 때, 교인은 몸을 격렬하게 떨었다. 예기가 자기 피부를 가를 때 남길 고통을 미리 예감하기라도 한 것 같았다. 지리익이 독한 술 세 병을 연이어 뿌리자 더는 교인도 움직이지 않았다.

나이 든 선사는 낮은 목소리로 독주에 두 가지 효능이 있다고 했다. 하나는 소독이었고 다른 하나는 교인을 술기운에 기절시키는 거였다.

그래야만 이따가 칼을 댔을 때 교인이 몸을 움직이지 않는다고 했다. 소년이 교인의 머리카락을 천으로 감싸듯 묶는 것도 청결 외에 다른 이유가 있었는데 교인의 머리카락이 아름다울수록 더 비싼 값에 팔 수 있기 때문이었다. 그렇기에 머리카락을 제대로 보호할 필요가 있었다.

나이 든 선사가 말을 뱉는 사이 지리익은 교인의 몸 위에 엎드리면서 붓을 휘두르듯 칼을 움직였다. 흉골 아래에서부터 배꼽, 하복부와 꼬리가 이어지는 부분까지 칼로 곧은 선을 그어냈다. 은백색 피부가 칼날에 닿으면서 벌어지자 산호색 핏방울이 방울방울 뿜어졌다. 자신의 순결함을 뽐내듯 칼날을 타고 날뛰었다.

교인을 개조하는 수술은 역사가 유구했다. 삼천 년 전, 비릉(毗陵) 왕조의 성존제(星尊帝)가 해국(海國)을 멸하면서 포로들을 노비로 만들었다. 그때 성존제는 명석한 두뇌로 유명했던 소비렴(蘇飛廉)에게 이 '수중 동물'을 육지 생활에 더 잘 적응시킬 방법을, 공상인(空桑人)을 위해 일할 수 있게 만드는 방법을, 인어의 하반신을 쪼개 인류의 두 다리로 만들 방법을 강구하라고 명했다. 소비렴은 백 명이 넘는 교인으로 실험하고 나서야 완전한 수술법을 찾아낼 수 있었다. 용모가 뛰어나고 기다란 다리로 춤을 출 수 있는 교인을 만들어낼 방법을 말이다. 귀족들은 그런 교인들을 감상품으로 삼았다. 훗날 육지로 잡혀 온 교인들도 모두 하반신이 잘려 두 다리를 갖게 되었다. 그래야 비싼 값에 팔릴 수 있었다.

천 년이 지나면서 운황 대륙에는 연이어 다른 왕조가 세워졌다. 하지만 교인 노비 거래는 날이 갈수록 호황이었다. 하반신을 자르는 수술 또한 독립적인 업계를 이루면서 발전하였고, 후대에 전승되었다. '도룡꾼'이라는 표현도 언제부터 쓰였는지는 검증할 수 없으나 오래되지는 않았을 것이다. 공상족 중 모 문인의 입에서 나왔을 거라고 사료된다. 하반신 자르기라는 말이 우아하지 않다고 여겼던 그 문인은 중주(中洲)의 고문헌에서 쓰였던 '도룡'이라는 어휘를 인용하였다. 용은 교인족의 수호신이었다. 교인은 바닷속에서 헤엄치는 자신들의 자태를 가리켜 유룡(游龍)이라고 자찬하곤 했다. 그러니 도룡이라는 말은 노비가 된 교인에게 있어서 신체의 개조만 의미하는 게 아니었다. 종족의 존엄을 빼앗겼다는 뜻도 있었다.

—《운황 박물지》

소면은 눈을 크게 떴다. '도룡'이라는 절기(絕技)를 지리익이 어떻게 완성할지를 확인할 생각이었다.

지리익의 동작은 아주 빨랐다. 반짝이는 민머리는 제 자리에서 요동도 하지 않았지만, 손에 쥐고 있는 작은 은빛 칼이 빛을 반사하며 춤을 추자 교인의 복부 절개 부위가 피를 쏟아내기도 전에 피부밑에 있는 지방, 근막 그리고 근육이 함께 잘렸다. 교인의 하복부에 기다란 상처가 눈 깜짝할 사이에 생겨나면서 배 속 내장이 드러났다. 지리익은 깨끗한 뼈를 집어 들었다. 교인의 뼈였다. 지리익은 벌어진 상처의 양쪽 끝을 뼈로 지탱시킨 뒤 소년에게 쥐고 있으라고 했다. 그래야만 배 안쪽을 잘 들여다 볼 수 있기 때문이었다.

소년의 얼굴이 벌겋게 달아올랐다. 교인은 복부 근육이 아주 팽팽했다. 힘을 크게 쥐어야만 상처를 벌어지게 만들 수 있었다.

내장은 부드러운 분홍색이었는데 등불 아래서 반짝반짝 빛을 냈다. 절개된 부위에서는 피가 쉴 새 없이 흘러나왔다. 상처를 벌리는 것 외에도 소년의 주요 임무는 하나 더 있었다. 면으로 상처를 눌러 피를 빨아들이는 거였다. 천이 빠르게 젖자 소년은 바로 천을 바꿨다. 별거 아닌 것처럼 보여도 대량의 피가 배 속에 고이면 지리익이 수술 부위를 제대로 볼 수 없었다. 소년은 그 점을 잘 알고 있었기에 아주 진지하게, 심지어 조심스러울 정도로 이 업무에 임했다. 소년의 옆에는 천이 수북하게 쌓여 있었는데 모두 재사용하는 천이었다. 오랜 기간을 써온 건지 그 색이 뭐라 형언할 수 없을 정도로 검었다.

지리익은 재빠르게 교인의 창자를 꺼내서는 옆쪽에 놓았다. 속이 텅 비면서 뒤쪽 내벽이 드러났다. 가느다랗고 긴 척추골이 있었고, 양옆에는 옅은 갈색 신장이 하나씩 놓여 있었다.

복강을 기반으로 보았을 때 교인의 내장 기관은 인간의 그것과 매우 흡사하다. 위가 있고 구불구불한 창자가 있으며 신장도 한 쌍 있다. 또한 독립적인 생식 기관이 있다. 하지만 가슴이 전혀 다르다. 교인의 심장은 정중앙에 위치하며 심장과 이어진 모든 혈관도 좌우 대칭을 이루고 있다. 그와 동시에 수중 생활을 가능하게 해주는 독특한 폐엽도 대칭을 이루고 있다. 어떤 학자는 교인이 물속에서 평형을 유지하기 위해 이런 구조를 갖게 되었다고 보고 있다.

—《소 씨 비교해부학》

"교인의 흉강을 볼 수 있다면 좋겠네요."

소면은 말을 이었다.

"하지만 볼 수 없겠죠. 흉강마저 자른다면 교인은 살아남을 수 없을 테니까요."

"사실 보기 힘든 건 아닙니다."

나이 든 선사는 말했다.

"예?"

"교인의 흉강이요. 저는 자주 볼 수 있답니다."

"왜요?"

"그거야 이곳의 교인이 자주 죽으니까요. 죽으면 해부해서 볼 수 있지요."

"…어쩌다 자주 죽게 되는데요?"

"도룡 수술 때문이지요. 생각해보면 교인에게 큰 해가 되는 것 아닙니까."

나이 든 선사는 말을 이었다.

"아직 제대로 된 지혈약도 구하지 못했으니까요. 많은 교인이 출혈 과다로 숨을 거뒀습니다. 교인의 출혈을 줄이기 위해 도룡꾼은 더 빨리 움직일 것을 요구받았고, 수술도 어린 교인을 위주로 하게 되었지요. 나이가 많은 교인은 생식 기관이 완전히 발달해 수술할 때 꼬리를 자르는 것 외에도 내부 기관까지 개조해야 합니다. 수술이 한 시진은 더 걸립니다. 혈기가 왕성한 소수의 교인을 제외하고는 교인 대다수가 저기 저 석대 위에서 숨을 거두지요."

"그 뒤에는요?"

"그 뒤에는 도룡꾼이 흉강을 열고 교인의 신체를 분해합니다. 교인의 가죽, 아가미 그리고 심장이 값비싸다는 걸 알 겁니다. 하나도 놓칠 수 없지요. 그때 심장의 위치를 확인해보십시오. 예전에 데려온 구경꾼들은 교인이 죽으면 오히려 기뻐했습니다. 그럼 교인의 몸을 제대로 볼 수 있으니까요."

"…그렇겠네요. 죽어야만 볼 수 있을 테니까요."

소면이 말을 이었다.

"그런데 교인이 죽으면, 도룡꾼이 책임을 지지는 않나요?"

"그럴 리가요."

나이 든 선사는 웃으며 말을 이었다.

"교인은 죽으면 그만입니다."

"그만이라고요? 하지만 교인은 매우 비싸잖아요. 제도에서는 건강하고 아름다운 교인이 만금에 팔립니다. 생계 걱정이 없는 가문도 몇백 년을 벌어야만 얻을 수 있는 돈이지요. 교인이 한 명만 죽어도 그 손해가 막심한데요. 어찌 매매꾼이 가만히 있는단 말입니까?"

"그 정도는 아닙니다. 어쩔 수 없는 일이라는 걸 모두가 아는걸요. 교인이 죽으면 주인도 그러려니 하고 넘어갑니다. 걸고넘어지지 않아요."

나이 든 선사는 말을 이었다.

"말이야 바른 말이지… 이건 자본이 전혀 들지 않는 장사니까요."

"자본이 들지 않는다고요?"

"맞습니다. 이곳의 주인은 인신매매를 업으로 삼지 않아요. 벽락해에서 교인을 잡는 어부입니다. 수술받지 않은 교인은 육지에서 오래 살 수 없거든요. 바닷물이 담긴 통 안에 넣어둘 수밖에 없지요. 그래서 교인을 잡은 어부는 곧장 바닷가에 있는 도룡꾼에게 교인을 데려갑니다. 수술을 끝내면 다시 데려가고요. 상처가 나은 교인이 새로 생긴 다리로 걸을 수 있게 되면, 그때 어부는 교인을 현(縣)으로 끌고 가서 팝니다. 그곳에는 교인만 사고파는 전문 상점이 있거든요. 교인의 나이와 성별에 따라 값이 다르긴 하지만 보통 은자 사오십 냥 정도 될 겁니다. 가난한 어부에게는 적지 않은 수입이지요. 물고기를 일 년 정도 잡아야 벌 수 있는 돈이니까요. 창월 소라와 단 물고기*라면 못 해도 열몇 척, 스무 척을 가득 채워야

---

* 운황 대륙 설정을 함께 한 창위에 작가와 리두안 작가의 이름을 변형해 만들었다.

그 돈을 벌 수 있을 겁니다. 그러니 살아남은 교인이 한 명이라 할지라도 그들은 만족합니다. 죽는다고 해서 걸고넘어지지는 않아요."

"만족한다고요?"

"그럼요. 어부들은 성실하지만 가난한 사람들이에요. 그들에게 교인은 해신이 준 예상 밖의 선물이지요. 저는 이 일대에서 선사로 일하면서 어선을 관리합니다. 어부가 교인을 팔아 돈을 벌면 신에게 감사제를 올리는데 마을 사람도 불러 음식을 대접합니다. 그걸 사해주(謝海酒)라고 하지요. 낮부터 저녁까지 먹고 마신답니다. 모닥불을 피워서 노래도 부르고 춤도 추고요. 이런 사해주를 저는 일 년에 열몇 번이나 마십니다. 며칠 안에 잔치가 또 열릴 겁니다. 그때 제가 데리고 가지요."

"감사합니다. 아주 흥미로운 민속 풍습일 것 같네요."

"그럼요. 이 일대의 주요 특색 중 하나지요."

나이 든 선사는 퍽 자랑스러워했다.

"교인의 판매가가 은자 사오십 냥이라고 하셨죠?"

"예. 많지는 않지요. 이곳의 교인 매매꾼이 교인을 사서 수부(首府)로 데려간 뒤 교인 교양소(敎養所)에 판다더군요. 그럼 값이 몇십 배는 오른다고 하던데요?"

"맞습니다. 교양소는 구매한 교인들에게 인간의 언어를 가르치고, 인간 생활에 적응하게 만들지요. 교화된 교인은 다시 시장으로 돌아가는데, 그때는 값이 수십 배나 오릅니다. 자질이 심각하게 없는 소수의 교인은 팔려 가 고된 노동을 하게 되고, 대다수는 각양각색의 청루로 팔려 가 지속적인 교육을 받습니다. 그 뒤로 몇 번이나 가꿔지고, 몇 번이나 팔려 가는데 그중 수도의 귀족 가문으로 팔려 가는 교인은 그 값을 따질 수가 없을 정도입니다."

"하."

나이 든 선사는 탄식하며 말했다.

"목숨을 걸고 바다로 들어가는 이는 푼돈만 얻지요. 돈은 다 중간 상인들이 버니까요."

소면은 말했다.

"사실 교인 매매만 그런 건 아닙니다. 무슨 장사든 다 그러하지요."

나이 든 선사는 말했다.

"그래도 중간상들이 제일 밉습니다."

소면은 웃었다.

"정말 그렇죠."

나이 든 선사는 말했다.

"가끔은 교인 매매꾼이 직접 어부를 찾아가 꼬리가 있는 교인을 살 때가 있습니다. 그런 뒤에 도룡꾼에게 수술을 맡기는데 이럴 때는 도룡꾼도 아주 조심해야 합니다. 상인은 쉬운 상대가 아니거든요. 돈을 들였다는 생각에 도룡꾼에게 온갖 걸 요구하는 데다가 혹시라도 교인이 죽으면 엄청 화를 냅니다. 그럴 때는 제가 나서서 해결해줘야 하지요."

"도룡꾼에게 돈을 주지 않겠다고 하나요?"

소면은 추측하며 말을 이었다.

"그렇게 까다로운 상인이라면 처음부터 거절해 일을 맡지 않을 수도 있잖아요."

"그건 불가능한 일이지요."

나이 든 선사는 말을 이었다.

"도룡꾼은 절대 일을 거절할 수 없다는 규칙이 있습니다. 도룡꾼에게 돈을 준 사람도 이제껏 없었지요. 도룡꾼은 나라에서 주는 식량만 받게 되어 있습니다."

"어쩌다 그런 규칙이 생겼죠?"

소면은 경악했다. 도룡꾼은 밖으로 전해지지 않는 독점 기술을 지니고 있었다. 상식상 이런 이들은 수입이 많았고, 세심하게 따져 고른 특권도 있었다. 대체 왜…. 소면은 이렇게 불합리한 규칙을 도룡꾼이 받아들인 이유가 궁금했다.

나이 든 선사는 말했다.

"원래 그랬습니다."

두 사람이 잡담을 나누고 있는 사이에 지리익은 가장 중요한 단계로 접어들고 있었다. 지리익의 조카는 땀을 뻘뻘 흘리면서도 진지한 낯빛으로 가까이 다가갔다. 중요한 기술을 배우는 기회였다. 소년은 좀처럼 내보이지 않는 흥분을 자기도 모르는 사이에 드러냈다. 심지어는 생기를 찾아볼 수 없던 두 눈도 반짝이고 있었다.

소면은 도롱꾼이 외부인에게 핵심 기술을 보여주고 싶어 하지는 않을 거라는 걸 잘 알고 있었다. 그래서 다섯 걸음 떨어진 곳에 선 채로 가까이 다가가지 않았다.

대량의 술을 흡입했기에 어린 교인은 여전히 정신을 잃고 있었다. 하얀 얼굴은 출혈 과다로 더 새하얗게 보였다. 정교한 턱은 멍하게 위로 향했는데 창백하게 빛나는 모습이 하늘을 향해 세운 칼날 같았다.

정말 아름다운 아이였다. 소면은 감탄했다.

제도 가람의 권세가와 거상은 경쟁하듯 아름다운 교인을 구매해 소장품으로 삼았다. 가지고 놀면서 감상하는 물건으로 삼은 것이다. 높은 가문으로 팔려 간 교인은 종종 주인과 음란한 관계를 맺고는 했다. 가장 황당하면서도 매력적인 소문은 항상 교인과 관련이 있었다. 경술제가 총애했던 옹용(雍容)이 그러했고, 태의 사읍(斯悒) 가문의 여성 설어(雪魚)도 그러했다.

두 눈으로 직접 본 게 아니었다면 전설 속 경국지색이 이렇게 비린내와 더러움이 가득한 아수라장에서 기어 나온 이라는 걸 믿지 못했을 것이다.

눈앞에 있는 아이도 살아남는다면, 제도로 팔려 갈 수 있다면, 살아서 교인 교양소를 나갈 수 있다면, 엄청난 값에 팔릴 터였다.

소면은 갑자기 감회가 새로웠다.

교인과 여성 의원은 둘 다 희귀하였다. 전자가 몸값이 비쌌다면, 후자는 하찮게 여겨졌다.

소면이 여성이 아니었다면, 사람들에게 의원 자격이 없다는 의심을 사지도 않았을 것이고, 의원이 된 뒤에도 약 처방이면 모를까 수술 집도는 불가능하다는 편견에 시달리지도 않았을 터였다. 소면은 시험을 통해 태의원에 들어갔다. 최고 기관에서 인정하는 신분을 가졌는데도 소면은 자신을 바라보는 주변 사람들의 시선에서 의심과 경시를 지워낼 수 없었다. 그래서 소면은 의학의 최고 비술을 배우겠다고 결심했다.

소면은 호기심 때문에 도룡 기술을 보러 온 게 아니었다. 소면은 절정이라고 할 수 있는 이 수술법을 배우면 자신이 뛰어난 의원이라는 걸, 절대 남성보다 약하지 않다는 걸 증명할 수 있을 거라고 믿었다.

화강암 같은 얼굴을 지닌 도룡꾼이 정신을 집중하며 수술을 진행했다. 교인의 복강은 완전히 펼쳐졌고, 복강 아래에 있는 골반강도 완전히 비면서 옆에 있는 내벽을 드러냈다. 지리익은 칼로 골반강 뒤에 있는 기다란 근육을 잘랐고, 그와 동시에 힘으로 상처를 누르며 지혈했다. 마침내 골반강 옆에 있는 새하얀 뼈가 드러났다.

소면은 그림을 본 적이 있었기에 그것이 교인의 배 지느러미뼈라는 걸 알았다.

교인의 배 지느러미뼈는 인간의 다리뼈와 비슷하다. 배 지느러미뼈든 다리뼈든 모두 하반신의 대골과 척추를 이어주는 부분이다. 다만 교인은 물속에서 헤엄치기에 배 지느러미뼈가 신체의 중량을 감당할 필요가 없다. 그래서 대골이 가늘고 약하며 척추와도 모호하게 붙어 있다. 이 수술은 교인의 약한 대골을 척추와 연결해 인류와 같은 신체 구조를 갖게 만든다. 또한 뼈의 성장을 촉진하는 약물을 사용해 훈련을 강행한다면 교인의 배 지느러미뼈를 자라게 만들 수 있다. 걸음을 옮기거나 춤을 출 수 있는 인류의 다리로 만드는 것이다.

— 《소 씨 비교해부학》

지리익은 숙련된 기술을 가지고 있었다. 이어지지 않은 대골을 고구마를 손질하듯 깎았다. 뼈는 눈 깜짝할 사이에 관절의 모습을 갖추게 되었다. 그런 뒤에는 칼로 단면을 다듬으며 윤을 내기 시작했다. 뼈는 피를 풍부하게 머금었기에 깎일수록 피를 많이 흘렸다. 지리익의 조카가 아교 한 통을 넘기자 지리익은 재빠르게 아교를 퍼내 출혈이 있는 뼈 위에 가득 발랐다.

곧이어 피가 멈췄다.

"알겠어요."

소면은 말을 이었다.

"교인이 뭍에 오면서 꼬리가 다리가 되면, 그걸 꼬리 자르기라고 부르지요. 보통 사람들은 꼬리 중간이 잘리면서 하나가 두 개로 쪼개진다고 생각했고요. 그런데 척추골의 구조는 대나무 마디와 같아서 두 다리뼈가 될 수 없거든요. 알고 보니 진짜 수술은 인류의 하체와 비슷한 배 지느러미뼈를 개조해 하반신을 만드는 거군요. 꼬리 자르기라는 말은 확실히 외부인이 오해할 만하지요."

나이 든 선사는 낮은 목소리로 말했다.

"완전히 오해했다고 볼 수는 없습니다."

나이가 어린 교인의 뼈는 정말 가늘었다. 지리익이 손짓하자 소년이 갑자기 어딘가로 달려갔다. 잠시 후 커다란 상자를 끌고 와서는 뚜껑을 열었다.

소면은 안에 가득 든 새하얀 뼈를 볼 수 있었다.

지리익은 허리를 굽혀 상자 안을 뒤적이더니 기다란 뼈를 하나 꺼냈다. 피로 적셔진 천으로 뼈를 닦아서는 교인의 몸 위에 내려놓고 잠시 크기를 대보았다. 지리익은 마음에 들지 않았는지 뼈를 옆으로 치우며 다른 뼈를 꺼내 내려놓았다.

소면은 속으로 생각했다.

저 뼈들은 석대 위에서 죽었던 교인들의 유골이겠지.

지리익은 연이어 뼈 세 개를 비교하고 나서야 적합한 뼈를 찾아냈다. 지리익은 찾은 뼈를 교인의 대골 옆에 나란히 놓은 뒤 뼈 못으로 단단히 고정했다.

대골을 견고하게 만들기 위해서였다. 그러지 않으면 교인이 막 자리에서 일어났을 때 자기 체중을 이기지 못하고 골절될 가능성이 있었다.

"하지만 이 교인은 아직 어린데요. 자기 뼈가 계속 자라날 거예요."

소면은 의구심이 생겼다.

"이렇게 뼈를 박아버리면 나중에…."

나이 든 선사는 설명해주었다.

"성인이 되면 다시 수술하니까요. 그때 박은 뼈를 빼내면 됩니다."

"수술을 한 번 더 한다고요?"

"예. 개조할 때 뼈를 넣지 않았더라도 교인 대부분은 나중에 수술을 한 번 더 합니다."

확실히 그러했다. 소면은 제도에서 봤던 교인들을 떠올렸다. 그들의 몸은 모두 개조되어 있었다. 가장 소소한 건 문신이었고, 가장 충격적이었던 건 '천수관음(千手觀音)'이었다. 상인들은 구매자의 독특한 취향을 만족시키기 위해 암시장 의원의 손을 빌려 교인을 수술시키곤 했다.

지리익의 동작은 확실히 빨랐다. 금세 다른 쪽 대골의 개조 작업과 고정 작업을 끝냈다. 지리익이 힘껏 당기자 대골이 척추와 연결되었고, 배지느러미뼈가 단단히 수축하면서 안으로 들어갔다. 소면은 가늘고 약한 배지느러미가 반사적으로 맹렬히 수축하면서 떨리는 것을 보았다.

소년이 약물 한 통을 가져왔다. 지리익은 약물로 천을 적셔 대골과 배지느러미 뼈를 닦았다. 교인의 뼈 생장을 돕기 위해 특별히 제조한 약물 같았다.

약물에 아주 독한 성분이 포함되었는지 약을 바르자마자 교인의 배지느러미가 덜덜 떨리면서 수축했다. 배지느러미가 맹렬히 수축하면서 배가 들썩였고 꼬리가 이리저리 움직이면서 탁탁 소리를 냈다. 꼬리가 땅 위에 고인 핏물을 두드리면서 붉은 물안개가 피어올랐다.

지리익은 이런 반응에 익숙한 것처럼 보였다. 교인의 움직임에도 아랑곳하지 않고 빠른 속도로 손을 놀리며 출혈 부위를 봉합했다. 손을 깨끗이 씻은 뒤 내장을 원래 자리로 옮겼고, 배를 닫고 피부를 꿰맸다.

"이건 사용하는 약물 중 하나일 뿐입니다."

나이 든 선사는 말을 이었다.

"수술이 끝나면 다른 약도 먹여야 하지요. 효과가 매우 뛰어난 약이랍니다. 두 다리를 반년 안에 정상인의 다리만큼 자라나게 하거든요. 하지만 독성이 있습니다. 수술에서 살아남아도 약을 먹었다가 죽는 교인들이 제법 된답니다."

"이 약 중에 인간에게 유효한 약은 없는 거로 알고 있는데요. 교인에게는 효과가 있습니까?"

소면은 의원다운 질문을 했다.

"이 약을 먹고 중독되지는 않았지만, 다리가 자라지 않았던 교인은 없었습니까? 있었을 것 같은데요."

"당연히 있었지요. 수술까지 해놨는데 배지느러미가 성인의 다리처럼 자라지 않는 거죠. 그런 교인은 불량품이 됩니다. 다리가 없는 사람은 노동력이 없으니 노비로 삼을 수도 없지요. 결국 매매꾼의 손으로 넘어가는데 대다수가 버려집니다. 아니면 살해당해 벽옹주를 빼앗기지요. 그런 교인도 소수는 아닙니다."

"아, 제 생각에는…."

소면은 무언가를 생각하며 말했다.

"제도에서 볼 수 있는 값비싼 교인의 뒤에는 동족의 무수한 시신이 있는 거겠네요."

"맞습니다."

석대 위에 누운 교인은 멀쩡해 보였다. 그저 배에 지네처럼 기다란 봉합선이 남았을 뿐이었다. 주인이 싫어할 흉터를 남기지 않기 위해 봉합한 부위에는 특수한 연고까지 발랐다.

배지느러미는 아직도 수축하고 있었다. 지리익은 새로 생긴 '다리'를 손으로 움켜쥐었다. 소년이 건네주는 면도칼을 사용해 빠르게 위에 있는 비늘을 벗겨냈다. 그러자 옅은 남색 피부가 드러났다.

한쪽 비늘을 모두 벗긴 뒤 다른 쪽 비늘도 벗겨냈다.

남색 피부가 모습을 드러냈을 때 달빛을 닮은 은색 빛이 번뜩이더니 순식간에 어두워졌다. 막 발굴한 골동품이 공기에 닿았을 때처럼 말이다. 하지만 공기 때문이 아니었다. 자세히 살펴보니 비늘이 박혀 있던 뿌리 쪽이 다치면서 어두운 피를 흘리고 있었다.

출혈량이 많지는 않았지만, 색이 아주 어두웠다. 그물 모양의 상처는 하얀 사막의 갈라진 균열을 닮아 있었다. 작은 피가 틈 안에서 천천히 흐르다가 축 늘어진 지느러미 끝으로 모이면서 갈색 핏방울이 되었다. 점성이 매우 강한 피였다. 핏방울은 기다란 선을 그리면서 늘어지다가 결국 중량을 견디지 못하고 암석으로 이루어진 지면으로 떨어지면서 부서졌다.

마침내 비늘 벗기기 작업이 끝났다. 도룡꾼 지리익은 허리를 펴더니 두 걸음 물러섰다. 암석을 닮은 얼굴은 여전히 무표정했다. 이제 조카의 차례였다. 소년은 독한 술이 담긴 커다란 항아리를 힘껏 안아 교인의 하반신에 술을 부었다. 코를 자극하는 강한 술 냄새가 다시 공방 안에 퍼졌다.

"이제 끝난 거죠?"

소면이 묻자 나이 든 선사는 답했다.

"예…."

나이 든 선사는 말을 이었다.

"보통 손님들은 여기까지만 보시지요."

"네?"

"보통 손님들은 여기까지만 봅니다. 다들 징그러워하거든요. 그래서 제가 데리고 나가지요."

나이 든 선사는 자세히 설명했다.

"하지만 손님은 괜찮아하시는 것 같네요. 의원이라서 그런 거겠지요?"

소면은 긍정도 부정도 하지 않았다.

"그럼 뭐가 남은 건가요?"

나이 든 선사는 답했다.

"사실 가장 중요한 단계가 남아 있습니다."

"그게 뭔데요?"

나이 든 선사는 일부러 말을 돌렸다.

"그걸 제가 말하면 아깝지 않겠습니까. 눈치채셨지요? 이 교인은 아직 변신하지 않았습니다."

"그렇죠."

소면은 고개를 끄덕이며 말을 이었다.

"그래서 장기를 바꾸는 수술을 하지 않은 거겠죠. 굳이 시간을 쏟을 필요가 없으니까요. 이 정도로는 교인이 석대 위에서 죽지 않을 거예요. 그럼 저도 심장을 볼 수 없을 테고요."

"맞습니다."

나이 든 선사는 말을 이었다.

"손님에게는 안타까운 일이겠지요. 그러나 도룡꾼에게는 다릅니다. 될 수 있으면 교인이 죽지 않기를 바라거든요. 다만 교인이 이 수술을 견딜 수 있을지를 알 수가 없어서요. 마지막 단계가 가장 큰 관문이랍니다."

나이 든 선사가 말하는 사이에 소년이 수술 도구를 놓아둔 수레를 끌고 옆으로 왔다. 소년이 긴 칼을 어깨에 맸다. 소년보다 커다란 장도였다. 소년은 칼등을 어깨에 내려놓은 뒤 조심스레 붙잡으며 평형을 유지했다. 독한 술에 적신 천으로 긴 칼을 정성껏 닦자 칼날에서 푸른 빛이 번뜩였다. 곧이어 푸른 빛이 소년의 눈동자에 담기면서 두 눈도 은은한 빛을 내뿜었다.

어느 순간, 소면은 소년과 눈을 마주쳤다. 소면은 소년의 침착한 눈동자 너머에서 넘실거리는, 놀라운 희열을 볼 수 있었다.

지리익은 벽 옆에 쪼그리고 앉아 휴식을 취했다. 팔짱을 끼고는 텅 빈 눈동자로 멍하게 그 모습을 지켜보았는데 아무래도 기운을 모으고 있는 것 같았다.

"이건 도룡꾼에게도 가장 큰 관문이랍니다."

나이 든 선사는 흥분을 감추지 못하며 말했다.

"아무리 번거롭다고 할지라도 앞 단계는 밑반찬을 만드는 수준이지요. 극도로 빠르면서 극도로 안정적이어야 하고, 극도로 정확해야 합니다. 순식간에 끝내는 이 단계야말로 도룡꾼의 최상위 기술을 집약한 겁니다. 도룡꾼이 평생을 수련하며 실력을 갈고닦는 이유가 사실은 이것 때문이라고 볼 수도 있을 겁니다…"

갑자기 번뜩인 설광(雪光)이 두 눈을 자극했다.

아주 밝은 유성이 느닷없이 밤하늘을 가로지르는 것 같았다. 진짜였다. 소면의 시선은 분명 석대 위에 고정되어 있었지만, 소면은 아무것도 볼 수 없었다. 무엇도 보지 못했다.

공방은 여전히 밝았고, 아직도 붉은 핏빛으로 물든 공기에 잠겨 있었다. 도룡꾼 지리익은 여전히 벽에 기대고 있었는데, 얼굴은 돌처럼 창백했으며 두 손은 축 늘어져 있었다. 감정 변화가 전혀 보이지 않았다.

나이 든 선사는 아직도 소면 옆에서 뭐라고 말하고 있었다.

그러나 소면의 시야에는 변화된 무언가가 확실히 있었다. 그 변화가 둔해진 시각을 자극했다. 그것은 반짝였고, 갑작스러웠다. 밤의 평안함이 지나가면서 소리 없는 아우성이 미친 듯 쏟아졌다.

그것은 물고기 꼬리였다. 어린 교인의 몸에 있던 아름답고도 가는 은백색 꼬리.

꼬리는 벌써 교인의 몸을 떠나 있었다. 하지만 아직 죽지 않았다. 실낱처럼 남은 동물의 본능을 따르면서 자갈 위에서 힘껏 날뛰었다. 한 번,

또 한 번, 지면 위로 튕겨 올랐다. 죽음을 앞둔 중상 환자처럼 마지막 힘을 짜내면서 도움을 요청하는 것 같았다.

단면에서 흘러나온 피가 지면 위로 뿜어지며 산호처럼 만개했다.

더는 뛰어오를 수 없었던 꼬리는 그래도 포기할 수 없었는지 지면 위에서 꿈틀거렸고, 벽 모서리까지 굴러가고 나서야 움직임을 멈췄다. 그것이 지나간 자리에 남은 혈흔은 문서에 쓰인 힘 있는 필체 같았다.

소면은 자신의 시선을 잘린 꼬리에서 힘겹게 돌리면서 다시 석대 위를 보았다. 교인의 몸이 절반만 남아 있었다.

잘린 부위에는 벌써 회복용 연고가 발라져 있었다. 칼의 속도가 워낙 빨랐기에 피를 많이 흘리지도 않았다. 소년은 천을 움켜쥐고 상처를 싸매고 있었는데, 출혈이 걱정되었는지 전신의 힘을 짜내면서 힘껏 천을 감았다. 교인의 하반신이 천으로 단단히 감싸졌다.

사람 키만 했던 장도에는 놀랍게도 피가 한 방울도 묻어 있지 않았다. 그 속도가 절정에 달한 것 같았다.

그제야 소면은 '꼬리 자르기'라는 말이 무슨 뜻인지 알게 되었다. 그건 진실이었다. 게다가 하나를 잘라 두 개로 만들며 타협하는 게 아니라 해양 생명을 대표하는 물고기 꼬리를 아예 잘라버리는 거였다!

석대 위에 누워 있는, 이 나이 어린 교인은… 조금 전에 고통을 느꼈을까?

소면과 나이 든 선사는 교인이 고통에 찬 소리를 지르는 것을 듣지 못했다. 교인은 마취에 취해 깊은 잠에 빠져 있었다. 상반신이 버둥거리지 않는 걸 보니 고통을 느끼지 않는 것 같았다.

소면의 시선이 천천히 위로 향했다.

소면은 벌어진 입을 보았다. 교인은 여전히 두 눈을 굳게 감고 있었고, 기다란 속눈썹은 교인의 깊은 잠을 가려주고 있었다. 그러나 산호색 입술은 어느 순간 벌려져 있었다. 벌어진 입술이 완벽하게 아름다운 원을 그렸다.

그 모습이 끝을 알 수 없는 동굴 같았다.

그 순간 소면은 거대한 고함을 들은 듯했다. 멀고 깊은 심해에서 혹은 창공에서 쏟아져 나오는 비명이었다.

한참이 지난 것 같았다. 소면은 느닷없이 물었다.

"죽은 건가요?"

"아니요."

나이 든 선사는 경쾌하게 말을 이었다.

"정확하게 잘랐어요. 아주 잘했죠. 안 죽었습니다. 죽지 않을 거예요."

"아….."

"잘했습니다. 잘했어요. 오늘 정말 잘했지요. 어떻게 한 건지 그 방법이 보였나요?"

소면은 억지웃음을 지으며 말했다.

"그렇게 오묘한 걸 어떻게 알아보겠습니까?"

"아, 외부인은 당연히 알아볼 수 없지요."

나이 든 선사는 눈을 가늘게 뜨며 말을 이었다.

"저도 여러 번을 보고 나서야 그 속에 숨은 오묘함을 알게 되었지요."

"자세히 듣고 싶습니다."

"사실 간단합니다. 첫째, 위치가 정확해야 하지요. 위쪽을 자르게 되면 몸을 다치게 됩니다. 심지어 복강을 자르면, 교인은 반드시 죽습니다. 너무 아래쪽을 자르거나 삐뚤어지게 잘라도 그렇지요. 꼬리가 조금이라도 남으면 주인이 마음에 들어 하지 않을 터인데 다시 자를 수는 없으니까요. 두 번째, 칼을 견딜 수 있는 교인은 없습니다. 장도를 휘두르는 손은 안정적이어야 하고, 힘이 있어야 합니다. 꼬리가 이렇게 두껍지 않습니까. 안에는 단단한 척추뼈도 있지요. 반드시 한 번에 잘라야 합니다. 한칼에 잘라야 할 뿐만 아니라 빠르게 자를수록 좋지요. 저렇게 큰 상처를 즉시 막아야 하기도 하고요. 천천히 막으면 교인이 출혈 과다로 숨을 거둘 수 있습니다."

그러자 소면은 평가하듯 말했다.

"정말 쉽지 않군요. 저 정도 기술을 익힐 정도라면 검객도 충분히 할 수 있겠는데요."

"아, 그들은 도룡꾼이니까요. 검객이 될 수는 없지요."

소면은 나이 든 선사와 농담할 때, 자기도 모르게 실망감을 감췄다는 걸 알아채지 못했다. 도룡 기술은 절묘한 신기술이 아니었다. 도룡꾼이 교인의 구조를 잘 알고 있기에 가능했던 거였다. 게다가 도룡꾼은 힘이 셌으며 손 안에 사정을 두지 않았다. 사실 수술이라고 할 수도 없었다. 수술은 의원이 어떻게든 사람을 구하려고 하는 거였다. 그러나 도룡은 높은 사망률 위에 세워진 기술일 뿐이었다. 교인을 사람으로 치지 않았고, 생명을 중시하지도 않았다.

소면은 고개를 돌려 두 도룡꾼을 보았다. 지리익은 벽 앞에 쭈그리고 앉아 휴식을 취하고 있었다. 마지막 한칼에 모든 힘을 쓴 건지 숨을 몰아 쉬고 있는 것 같았다. 그러나 이 조용한 도룡꾼은 숨을 몰아쉬면서도 그런 소리를 전혀 내지 않았다. 반면 소년은 부리나케 움직이면서 지리익이 내려놓은 칼을 들어 깨끗이 닦았다. 피가 묻은 시간이 길어질수록 칼날이 예기를 잃기에 최대한 빠르게 칼을 닦아야 했다.

이때 지리익이 갑자기 자리에서 일어나 벽을 향해 걸어갔다. 지리익은 교인 꼬리를 들어 천으로 잘 감싸서는 포대 안에 넣어 나이 든 선사에게 주었다. 의식이라도 거행하는 것처럼 보였다. 도룡꾼이 임무를 마쳤음을 표명하면서 마을 사람에게 성과를 전해주는 것이다.

그리고 소년은 천으로 감싼 교인을 다른 방으로 옮겼다. 교인이 무거웠던 건지, 소년이 너무 오래 서 있었던 건지는 모르겠지만, 소년은 두 다리를 잘 지탱하지 못했다. 소면은 걸음을 옮기는 소년이 조금 비틀거린다는 걸 알아챘다.

교인의 머리카락을 묶었던 천이 풀어졌다. 해초와 같은 남색 머리카락이 땅에 닿으면서 자기 피로 적셔졌다.

교인이 옮겨진 방은 약방 같았다. 그곳에서 교인은 여러 약물을 억지로 마시게 될 것이다. 어쩌면 순조롭게 성장해 인류의 다리를 갖게 될 수도 있고, 어쩌면 약물 중독으로 죽을 수도 있을 것이다. 또 어쩌면 다리가 자라나지 않아 실패한 불량품이 될 수도 있다.

사람의 다리를 갖게 되는 교인은 끝없는 매매와 훈련 그리고 개조를 겪으면서 마지막에는 제도의 귀족이 자신의 욕망을 분출하는 데에 쓰이는 장난감이 될 것이다. 교인은 수명이 길었다. 저 교인은 최소 2백 년을 살 것이다. 나이가 들면서 아름다움이 옅어져 더는 감상품으로 쓰이지 않게 된다면, 죽임을 당할 것이다. 그럼 값비싼 눈알 한 쌍만 남게 되겠지. 교인의 두 눈은 귀부인의 보석이 될 것이다.

꼬리를 잘리는 것은 그저 이 기나긴 여정의 첫 단계일 뿐이었다.

소면은 피곤해졌다. 나이 든 선사에게 이만 가고 싶다고 하자 선사는 지리익에게 눈짓했다. 지리익은 그들을 다시 대청으로 데려갔다. 날은 벌써 어두워져 있었다. 이번에는 지리익도 커다란 등에 불을 밝혔다. 밝은 빛이 생기자 안이 더 황폐해 보였다. 하지만 아까처럼 음산하지는 않았다. 그저 평범하고도 가난한 집의 대청처럼 보였다.

소면은 서둘러 떠나려고 했지만 나이 든 선사는 소면을 붙잡더니 기다란 의자에 앉으라고 했다.

"이 집 만이의 안사람이 밤참으로 죽을 끓였습니다. 손님을 대접하는 게지요."

나이 든 선사는 말을 이었다.

"이 집에서 대대로 전해지는 풍습이니 거절하지는 마십시오."

도롱꾼에게 부인이 있다고? 소면은 조금 이상하다고 생각했다. 문 쪽을 보니 정말로 지저분한 모습의 부인이 앉아 있었다. 부인은 소면을 보고 겸손하게 웃었다.

잠시 후, 소년이 커다란 죽 한 솥과 그릇더미를 가지고 왔다. 부인은 손으로 땅을 짚으며 힘겹게 몸을 움직였다. 소년이 나무 국자를 부인의 손에 쥐여주자 부인은 국자로 솥 안을 휘저었다. 맑은 물에 가까운 '죽'에서 열심히 건더기를 건져서는 그릇 가득 담아 조심스레 소면에게 건네주었다. 부인은 계속 땅에 앉아 있었기에 치켜든 죽그릇이 부인의 머리보다 더 높았다. 소면은 황망하게 그릇을 받았고, 그때야 부인의 두 손이 장기간의 움직임으로 발바닥처럼 거칠어졌다는 걸 알아챘다.

몸을 숙인 부인은 죽 건더기를 열심히 건져 다시 그릇에 담았고, 나이 든 선사에게 건네주었다. 그러고 나서야 지리익 가족을 위한 죽을 떴다. 나이 든 선사는 받은 그릇을 소년에게 준 뒤 소년이 쥐고 있던 그릇을 가져와 자기가 마셨다. 소년은 입을 살짝 벌리더니 처음으로 웃음을 보였다.

소면은 고개를 숙이며 죽을 보았다. 몇 년을 묵힌 건지 알 수 없는, 거칠고 투박한 쌀로 끓인 죽이었다. 맑은 죽에서는 붉은 기운이 살짝 감돌았다. 사람들은 말없이 죽을 마셨다. 하룻밤의 노동은 지리익에게 아무런 영향도 주지 않는 것 같았다. 소년의 암석 같은 얼굴에서는 벌써 피로가 새어 나오고 있었다. 죽을 들이켜는 소리가 크게 울리는 게 아주 만족스러운 것 같았다. 소년이 드러낸 옅은 감정이 소면에게 전염되었다. 교인을 도륙했던 밤의 어두움과 핏빛은 따뜻한 죽을 나눠마시는 정겨운 분위기 속에서 점점 옅어졌다. 소면은 죽그릇을 들면서 나이 든 선사처럼 맛있게 들이켜기로 결심했다.

그런데 죽그릇 너머에서 푸른 눈알 한 쌍이 보이는 게 아닌가.

바다의 색이었다.

소면은 황급히 고개를 들었다. 푸른 두 눈은 여전히 소면을 바라보며 겸손한 미소를 드러내고 있었다. 그 눈은 부인의 눈이었다. 소면은 다시 자세히 부인을 보았다. 부인의 지저분한 두건 사이로 머리카락 한 올이

삐죽 튀어나온 게 보였다. 메말라 윤기를 잃은 머리카락이었지만, 그래도 색을 구분할 수는 있었다. 남색이었다!

소면은 빠르게 죽그릇을 내리며 깜짝 놀라 외쳤다.

"부인은… 교인인가요?"

"맞습니다."

나이 든 선사는 고개도 들지 않고 답했다.

"교인이지요. 꼬리가 잘린 뒤 약을 먹었지만, 다리가 자라지 않은 교인이요."

"왜요?"

"도룡꾼은 너무 가난해서 부인을 얻지 못하거든요."

나이 든 선사는 설명하며 말을 이었다.

"그래서 도룡꾼은 버려진 교인 중 장애가 심하지 않고, 어느 정도 자립할 수 있는 이를 데려가 부인으로 삼습니다."

"저들에게도 딸이 있겠죠."

"저들은 딸을 못 키웁니다. 그럴 돈이 없어요. 또 딸은 도룡 기술을 계승하지 않으니까요. 태어나면 바로 죽입니다. 도룡 기술을 다음 세대로 계승시키기 위해 때가 되면 자기가 꼬리를 잘랐던 교인 중 폐인이 된 이를 골라 부인으로 삼지요. 그래서 도룡꾼의 부인은 모두 교인입니다. 그들의 어미도 교인이고, 할머니도 교인이지요…."

"잠시만요…."

소면은 나이 든 선사의 말을 막았다.

입을 벌렸지만, 아무 말도 내뱉지 못했다.

소면은 교인의 유전자가 우성이라는 걸 분명히 기억했다. 인류와 교인 사이에서 아이가 생기면, 아이는 꼬리를 가지고 태어난다. 그러니 태어나는 아이도 교인이라고 볼 수 있었다.

"맞습니다."

나이 든 선사는 소면의 의구심을 알아보고는 말을 이었다.

"사실 저들은 태어났을 때부터 꼬리를 한 번씩 잘렸습니다. 보통은 부친이 직접 자르지요. 하지만 아기 때 꼬리가 잘리면, 더 쉽게 목숨을 잃습니다. 그래서 도롱꾼 가문은 손이 귀합니다. 작년에 지리익도 아들을 하나 얻었는데, 생후 석 달 정도 되었을 때 꼬리 자르기 수술을 했습니다. 제대로 지키지 못했던 거겠지요. 이 자리에서 숨을 거뒀답니다."

소면은 아무 말도 하지 않았다. 교인 부인은 여전히 소면을 보고 웃고 있었다. 소면은 순간 깨달았다. 더는 손에 쥐고 있는 죽그릇을 들이켤 수 없다는 걸.

나이 든 선사는 반쯤 농담으로 말했다.

"그들이 교인과 비슷하고, 꼬리 자르기 수술도 받아본 적이 있기에 도롱 기술의 대가가 되는 것 아니겠습니까? 동족에 대해 가장 잘 알고 있으니 수술할 때도 그 동작이 유달리 민첩한 거겠지요?"

교인은 노비였고, 천민이었다. 도롱꾼도 조금은 다른 천민이었고, 조금은 다른 노비였다. 도롱꾼은 태어났을 때부터 기술을 익혀야 했으며 동족을 도살해야 했다. 그러면서도 그 어떠한 보수를 받을 수 없었다. 지위도 가질 수 없었다. 모두 속박되었다. 이들은 대대손손, 냉정하면서도 무감하게, 스스로 원해서 하는 거라고 여기면서 서로를 도살해야 했다. 이게 바로 운황의 법도였다.

소면은 죽그릇을 내려놓은 뒤 무표정한 얼굴의 도롱꾼 가족을 보았다. 지리익을 보고 소년을 보고 교인 주부를 보았다. 소면은 목소리를 낮추면서 진지하게 말했다.

"제가 돈을 드리겠습니다. 이곳을 떠나세요. 더는 여기서 이런 무의미한 생활을 지속하지 마세요."

지리익은 죽그릇을 향하던 고개를 들어서는 소면을 보았다. 마비된 듯한 얼굴에는 아무런 표정이 떠오르지 않았다. 반면 부인은 조금 두려워졌는지 다급하게 고개를 숙이며 더는 소면을 보지 않았다.

소면은 목소리를 높이며 조금 전에 했던 말을 반복했지만, 저들은 고개도 들지 않고 물처럼 묽은 죽만 들이켰다.

"내 말에 답을 해요!"

소면은 성난 목소리로 다시 말했다.

"…답을 하라고!"

"소 의원, 지금 뭘 하는 겁니까."

나이 든 선사는 쓴웃음을 지으며 말했다.

"답을 하라니요. 저 아이가 대체 무슨 수로 답을 한단 말입니까?"

소면은 대경실색했다.

"저들은 모두 벙어리입니다. 도룡꾼은 태어나자마자 목소리를 잃는 약물을 마십니다."

"……."

그래서 이제껏 저들이 이야기를 나누는 것을 듣지 못한 것이다.

나이 든 선사는 탄식하며 말했다.

"그들은 이곳을 떠날 수 없어요."

소면은 순간 멍해졌다. 맞는 말이었다. 이런 얼토당토않은 요구를 하지는 말았어야 했다. 전혀 자신답지 않은 말이었다.

소면은 억지로 웃음을 짜내며 말했다.

"저도 압니다. 그저 농담을 해본 겁니다."

성루에서 내려오자 벌써 깊은 밤이었다. 밤바람은 아주 차가웠고, 귀뚜라미 소리는 들리지 않았다. 나이 든 선사는 소면을 자신의 작은 집으로 초대했다. 불을 피워 몸을 녹이면서 해가 뜰 때까지 기다리자고 했다.

나이 든 선사는 오늘 밤에 얻은 교인의 꼬리를 안고 와 처마 밑에 걸어두었다.

들고양이는 벌써 잠을 자고 있었다. 소면은 속으로 오늘 밤 고양이를 데리고 도룡 기술을 보러 가지 않은 건 참으로 현명한 결정이었다고 생각했다.

화로 위에는 탕이 끓고 있었다. 탕은 향기롭고도 하얀 김을 내뿜었다. 나이 든 선사의 흥도 끓어오르는 탕과 함께 피어올랐다. 그릇에 탕을 한 가득 담아 "이게 도룡꾼이 준 죽보다 훨씬 낫습니다"라고 감탄하면서 소면에게 열심히 권했다.

"교인 고기를 넣고 끓인 탕인가요?"

소면이 묻자 나이 든 선사는 답했다.

"맞습니다. 교인 고기가 생선 중 가장 맛있답니다."

나이 든 선사는 탕의 열기로 얼굴이 붉어져 있었다.

"꼬리를 자를 때마다 그걸로 연회를 엽니다. 마을에 사는 노인들은 따로 조금씩 얻을 수 있어서 그걸로 집에서 탕을 끓여 마시지요. 몸보신에 아주 좋습니다."

"연회라고요…."

소면은 느릿하게 물었다.

"사해주라는 연회 말씀이십니까?"

"맞습니다. 이곳의 풍습이지요."

나이 든 선사는 말을 이었다.

"내일 함께 가시지요. 가장 맛있는 교인 요리를 맛볼 수 있을 겁니다."

"안 되겠습니다."

소면은 웃으며 말을 이었다.

"제가 시간이 없어서요. 내일 아침 일찍 떠나야 합니다."

"그것참 아쉽네요…."

나이 든 선사는 뜨거운 탕을 후후 불면서 진심으로 탄식했다.

소면은 답을 하지 않았다. 더는 아무것도 하지 않았다. 소면은 해가 뜨기만을 기다렸다. 창문 밖은 여전히 죽음처럼 고요한 밤이었다. 칠흑 같은 어둠 너머로, 저 멀리 바닷가에서 어슴푸레 빛이 떠오르는 걸 볼 수 있었다.

소면은 무심결에 혼잣말을 했다.

"어부들이 교인을 잡은 걸 축하하면서 횃불을 피웠나 봅니다."

점이었던 빛은 이어지며 선이 되었고, 곧이어 '사람 인(人)'을 변형한 글자처럼 보이게 되었다. 점점 강해진 빛은 남쪽 벽락해 깊은 곳까지 퍼지더니 끝없는 은하수와 이어졌다.

✦ **션잉잉(沈瓔瓔)**

의학박사. 2000년대 중국 신무협 장르를 대표하는 작가로 중단편 무협 소설을 다수 발표했다. 여성적 시각과 세밀한 필력으로 유명하며 동양 판타지 가상 세계인 '운황'의 세계관을 구축한 작가 중 한 명이다. 주요 작품으로는 《청애백록기(靑崖白鹿記)》, 《운산고당(雲散高唐)》, 《강산불야(江山不夜)》, 《운생결해루(雲生結海樓)》가 있다.

年画

얼굴 없는 여자아이 연화

◆

천첸

1

"후배님. 자, 이것 좀 봐줘요. 안에 어떤 보물이 들었나요."

커다란 종이 상자를 안은 안경 황이 내 작업실 안으로 들어왔다. 나는 먼지를 풀풀 날리는 오래된 종이 상자를 보고 부랴부랴 마스크를 썼다.

"표구 책상 위에 놓지 마! 너무 더러워. 일단 땅에 내려놔."

안경 황은 내 말투에 담긴 짜증을 전혀 개의치 않았다. 안경 황은 자기 집에 오기라도 한 것처럼 익숙하게 커터칼을 찾아서는 허리를 굽혀 종이 상자를 봉인한 테이프를 잘랐다.

"어제 아침 골동품 시장에 갔다가 이 상자 전체를 2천 위안에 샀어. 사장 말로는 개인 박물관 소장품이라는데 그곳이 망하면서 시장에 나온 거래."

"선배는 경매장을 뛰는 고급 인재 아니었어?"

나는 고개를 가로저으며 말을 이었다.

"그런 사람이 걸핏하면 아마추어처럼 얻어걸릴 생각만 하고 말이야."

안경 황은 내 선배인 셈이었다. 선배는 학생 때부터 짙은 색 대모(玳瑁) 안경테 안경을 벗는 법이 없어서 안경 황이라는 별명을 얻게 되었다.

우리는 모 학교 박물학과를 졸업했다. 선배는 골동품을 사랑하는 재벌 2세라고 할 수 있는데 서화 경매장과 수집가 커뮤니티에 1년 내내 머물면서 물건을 사고팔았고 그 차익으로 용돈을 벌었다. 반면 나는 전공을 살려 고문서를 복원하는 개인 작업실을 하고 있었다. 안경 황은 자기가 "전리품"이라고 부르는 물건들을 수시로 가져와 보여주었는데 어떤 훼손된 서화들은 복원 후 가격이 몇 배나 뛰기도 했다. 선배는 이 작은 작업실의 단골손님인 셈이었다.

묵은 먼지가 피어오르자 층층이 쌓인 선장본과 두루마리가 안경 황이 가져온 상자 안에서 드러났다.

비아냥거리기는 했지만, 나는 호기심을 이기지 못하고 몸을 내밀면서 구경했다.

"더러워서 싫어하는 줄 알았는데."

선배는 내가 기웃거리는 걸 보더니 옆으로 조금 비켜주면서 자리를 내줬다. 30분 뒤 먼지 묻은 얼굴이 된 나와 선배는 책상다리를 하고 바닥에 앉았다.

안경 황은 탄식하며 말했다.

"딱히 흥미로운 건 없는 것 같네."

종이 상자 안에 담긴 물건을 깨끗이 청소한 뒤 분류해서 쌓았다. 불완전한 족보 선장본 꾸러미, 《천가시(千家詩)》나 《입옹대운(笠翁大韻)》처럼 흔한 석판본 서적, 그리고 창본(唱本) 소설 몇 권으로 나뉘었다. 두루마리 그림을 활짝 펼치자 유명하지 않은 화가가 그린 산수화나 세조청공도(歲朝淸供圖)가 드러났다. 필치가 조악해 가치는 없었다.

상자 아래쪽에는 나무로 된 창살 조각이 두 개 있었는데 상태가 온전하고 아름다워 민속품 소장가의 흥미를 끌 것 같았다. 아쉽게도 화재를 겪었는지 까맣게 변해 원래의 색을 알아볼 수 없었다.

전문 분야 연구자에게는 이런 물건이 사료겠지만, 나와 선배 같은 이에게는 확실히 재미없는 물건이었다.

"돈 날렸지."

나는 선배를 놀렸다.

사실 나도 알고 있었다. 안경 황에게 천 위안은 아무것도 아닐 것이다.

선배는 무릎에 손을 짚으며 자리에서 일어났다.

"됐어. 그만하고 밥이나 먹으러 가자."

"선배가 사."

나는 말을 뱉은 뒤 엉망이 된 작업실 바닥을 가리키며 말했다.

"선배가 치우고."

"그래, 알았어."

안경 황은 머리를 긁으며 실패를 인정했다.

그때 주방에서 타이머가 울렸다. 나는 주방으로 들어가 불을 끄고는 작업실로 돌아갔다. 어느새 다시 쭈그리고 앉은 안경 황이 종이봉투 안을 살펴보고 있었다.

"이건 화풍이 매우 독특한데."

선배는 말했다.

"고서적 사이에 껴 있더라고. 방금 발견했어."

나는 가까이 다가가 살펴보았다. 그림이었다. 어쩌다가 찢긴 건지 조각조각이 되었는데도 안에 꼼꼼히 담겨 있었다. 그림 조각들은 손톱만 했다. 투박한 선과 저속하게 아름다운 색을 기반으로 보았을 때 연화 같았다.

"퍼즐 한번 맞춰볼래?"

안경 황이 묻자 나는 어깨를 으쓱였다.

"그렇게 한가하지는 않거든."

상자에 담긴 다른 물건을 고려하면, 이 연화는 50년대에 만들어진 평범한 민속품이었다.

"복원하는 시간에 맞춰서 시급을 주면 되잖아."

안경 황이 나를 슬쩍 보며 웃었다. 선배는 평소에 가지고 다니는 휴대용

족집게로 그림 조각을 집어서는 내 앞으로 들이밀었다.

"이 손이 재미있지 않아?"

마침 조각에는 아이의 짧고 통통한 손이 그려져 있었다.

나는 순간 멈칫했다. 하얗고 작은 손바닥에 무언가 있었다. 나는 허리를 굽혀 자세히 들여다보았다. 이거 눈이잖아? 나는 다른 조각들을 살펴보기 시작했다. 연꽃과 모란처럼 길한 상징이 그려진 부분이었다. 이건 확실히 연화였다. 중국 전설 중 손바닥에 눈이 달린 아이 신이 있던가? 나는 괴력난신에 관한 민속 소재에 이제껏 흥미를 느꼈지만, 이런 이야기는 한 번도 들어본 적이 없었다.

"확실히 재미있네."

나는 말을 이었다.

"이 일 할게."

2

며칠이 지난 뒤 나는 10미터에 달하는 두루마리를 복원하는 프로젝트를 끝냈다. 작업 리듬을 조절하기 위해 나는 안경 황이 가져온 연화 조각을 맞추기 시작했다.

서화 복원 작업에 능숙한 전문가에게 있어서 이런 작업은 난이도가 0이었다. 하룻밤 사이에 조각이 원래 위치로 돌아가면서 연화의 도안은 처음의 형태가 되었다. 강남에서 쉽게 볼 수 있는 전통 민속화였다.

연잎 위에 앉은 통통한 아이가 연근 마디와 붉은 연꽃을 들고 있는 그림이었다.

그러나 마지막 조각을 그림에 맞췄을 때, 나는 표구 책상에 놓인 성과물을 보며 나도 모르게 넋을 놓았다. 곧이어 휴대 전화로 사진을 찍어 안경 황에게 보내줬다.

"진짜 얻어걸렸네."

연화에 그려진 아이의 얼굴이 텅 비어 있었다. 얼굴에 이목구비가 존재하지 않았다. 대신 그림 속 아이는 왼손을 앞으로 활짝 펼치고 있었으며 손바닥 중앙에는 눈이 박혀 있었다.

나는 표구 책상의 조도를 최대한으로 높였다. 연화 속 아이의 얼굴에는, 물감 밑에는 감춰진 이목구비가 없었다. 이건 미완성 작품이 아니었다. 중국 전통 연화의 절대적 다수는 형식이 고정된 여러 도안을 조합해서 만들어진다. 연화는 화가의 독특한 창의성을 드러내는 예술품이 아니었다. 얼굴이 없는 여자아이를, 나는 그 아이의 손바닥에 있는 눈을 똑바로 보았다. 회화 기교는 투박하다고 할 정도로 단순했다. 곡선 두 개는 길고 가느다란 눈을 이뤘고, 검은 동공은 나를 직시하고 있었다. 절로 소름이 돋았다. 평범한 사람이 이렇게 소름 돋는 연화를 몇십 년 전에 기쁜 마음으로 구매했을 거라고는 생각되지 않았다.

안경 황의 답장이 빠르게 날아왔다.

"이런 건 나도 정말 처음 봐. 내일 친구에게 감정을 맡겨서 이 그림의 내력에 대해 알아봐달라고 할게."

몇 분 뒤 선배는 보충하듯 말했다.

"근데 좀… 불길해 보인다. 혹시 모르니 조심해."

나는 어깨를 으쓱였다. 이 바닥에 있는 사람 중 귀신을 꺼리는 이는 없었다. 그랬다면 이쪽 업계로 진출하지도 않았을 것이다. 어쨌든 매일 접하는 게 죽은 이의 유물이니까. 나는 선배의 시비를 무시하며 겸사겸사 물었다.

"이 그림, 내 블로그에 올려도 괜찮지?"

"상관없어."

안경 황도 내 블로그의 구독자 수가 십여만 명에 달한다는 걸 알고 있었다. 나는 복원 작업 중인 유물의 사진을 종종 블로그에 올렸다. 물론

위탁인이 허락했을 때만 올렸다. 블로그 활동을 통해 나는 내 작업실을 광고할 수 있었고, 골동품 복원에 관한 대중의 호기심도 충족시킬 수 있었다. 이제껏 나는 블로그를 정성껏 운영해왔다. 얼굴 없는 여자아이의 연화처럼 쉽게 볼 수 없는, 거기에 기이하기까지 한 물건은 아주 흥미로운 소재였다.

사진 보정 작업을 마친 뒤 나는 클릭해 게시글을 올렸다. 벌써 밤이 깊었다. 제대로 맞춘 연화를 표구하자 얼굴 없는 여자아이의 손바닥 속 눈빛이 더 부드러워진 것 같았다.

"고맙긴. 천만에."

나는 아이를 보고 웃었다. 원래 모습으로 돌아갔으니 아이도 기뻐하는 거겠지. 복원 도구를 제자리에 놓은 뒤 나는 작업실을 떠났다.

나는 블로그에 올린 사진이 기이한 걸 찾아다니는 인플루언서에게 한밤중에 공유되었을 거라고는 전혀 예상하지 못했다. 다음 날 아침 침대에서 일어나 휴대 전화를 확인한 나는 블로그 조회수가 백만이 넘은 걸 확인했다. 게다가 불청객까지 찾아왔다.

<h1 style="text-align:center">3</h1>

"송… 선생님?"

방문자는 입구에 선 채 입을 열기를 주저했다.

"선생님이라고 부르시지 않아도 됩니다. 편히 샤오송이라고 불러주세요."

나는 웃었다.

작업실을 처음 방문하는 사람들은 내 나이와 성별을 알고 놀라곤 했다. 그들이 생각했던 문헌 복원사는 백발이 성성한 남성이었을 것이다.

"샤오송. 나는 저 연화 때문에 온 거예요. 어제 전화할 때 이야기했었죠."

정신을 차린 노부인은 곧장 본론으로 들어갔다.

노부인의 나이는 팔순에 가까웠다. 목소리가 날카로우면서도 얇았고, 얼굴의 주름은 호두 같았다. 몸은 구부정했으며 장바구니를 들고 있었다. 화려하면서도 헐렁한 운동복을 입고 있었는데 젊은 자녀의 더는 입지 않는 옷을 입은 것 같았다. 서화를 소장하려는 사람보다는 시장에 장을 보러 나온 주부에 가까웠다.

블로그가 엄청난 인기를 끌면서 그 뒤로 며칠간은 얼굴 없는 여자아이 연화에 대한 문의 전화와 메시지를 많이 받았다. 대부분은 바로 안경 황에게 넘겼지만, 이 노부인의 요구는 아주 특별했다. 노부인은 이곳을 찾아와 자오치아오 마을의 그림을 두 눈으로 직접 보고 싶다고 했다.

연화가 담긴 상자에는 족보도 있었는데 자오치아오 마을에 살던 이의 족보였다. 이 정보는 나와 안경 황 외에는 아무도 몰랐다. 나는 노부인의 말을 듣고 어쩌면 노부인이 그림의 내력을 알지도 모른다고 생각했다. 그러나 내가 호기심을 드러내며 묻자 노부인은 자세한 이야기를 해주지 않았다. 무조건 작업실로 찾아와 직접 확인해야 한다고 했다.

나와 안경 황은 상의 끝에 노부인을 초대하기로 했다. 요 며칠 안경 황이 예술사 전문가와 민속학 전문가를 여럿 찾아갔지만, 별다른 성과가 없었다.

"안으로 들어오세요. 어차피 제 그림도 아닌걸요. 복원 작업하려고 잠시 가지고 있는 것뿐이에요."

나는 말을 뱉으면서 몸을 살짝 틀어 노부인을 작업실 안으로 청했다.

"정말로 이 그림에 관심이 있으신 거라면, 제가 주인에게 대신 연락할게요."

노부인은 몇 걸음 걷지 않아 표구된 연화를 곁눈질했다. 얼굴 없는 여자아이가 그려진 연화였다. 그 순간, 노부인은 벼락이라도 맞은 것처럼 그 자리에 멈춰 섰다. 극심한 충격을 받았는지 뒷모습까지 덜덜 떨렸다.

나는 걱정부터 되었다.

노년이라 심장병이라도 발병하면 큰일인데.

"그 아이예요."

천천히 걸음을 옮기면서 연화에 다가간 노부인은 나지막하게 뭐라고 웅얼거리면서 푸른 핏줄이 도드라진 손을 뻗었다. 연화를 만지려는 것 같았다. 내가 만지지 말라는 말을 뱉으려는 순간, 노부인은 갑자기 정신이 들었는지 손을 거뒀다.

노부인은 자기가 추태를 보였다고 생각하는 것 같았다. 노부인은 고개를 돌려 나를 보았다.

"샤오송. 얼마를 줘야 하든 이 그림을 살게요. 가격을 불러줘요."

나는 조금 어이가 없었다.

"아주머니. 이 그림은 제 그림이 아니에요. 저는 가격을 부를 자격이 없어요. 주인이 이걸 팔고 싶지 않을 수도 있고요. 수집가라 돈이 부족한 사람이 아니거든요. 일단은 이야기를 나누죠."

노부인의 얼굴이 무너졌다. 말을 잇지 못하며 어쩔 줄 몰라 하는 것 같았다.

나는 몸을 돌려 주방으로 가서는 머그잔에 따뜻한 차를 담아 왔다.

"아주머니. 조급해하실 거 없어요. 그림 주인이 제 친구거든요. 상식이 통하는 사람이에요. 그림이 아주머니와 개인적인 관련이 있거나, 혹은 특수한 상황이라면, 아주머니에게 양도할 수도 있을 겁니다."

"이런 그림은 나도 60년 넘게 못 봤어요."

노부인은 컵을 움켜쥐며 한참을 침묵하더니 나지막한 목소리로 말을 뱉었다.

역시 무언가 있었다.

"나도 자오치아오 마을에서 살았어요. 저난산에 있는 작은 마을이에요."

노부인의 두 눈이 잠시 허공에 머물렀다.

"그때는 국립 초등학교라는 게 없어서 마을에 있는 아이들이 모두 훈장의 교육을 받았어요. 그 시절에는 농촌 사람들이 교육을 중요시하지 않았거든요. 자기 이름 정도 쓸 수 있게 하거나 장부 작성을 시키려고 아이를 학당으로 보냈죠. 그런데 훈장은 융통성이라는 게 없었어요. 매일 아이들을 밭에서 잡아 와서는 학당으로 끌고 가 공부시켰거든요. 공부를 못 하면 손바닥을 때리기도 했어요. 그 결과 훈장의 노력은 사람들의 미움을 샀어요. 이러쿵저러쿵 훈장 흉을 보았고, 모두 그를 싫어했어요. 훈장은 장가를 들고 나서도 아이를 얻지 못했는데 환갑이 되어서야 딸을 하나 낳았어요. 아주 똑똑한 아이였죠. 대여섯 살에 춘련(春聯)*을 쓰고 연화를 그렸으니까요. 말은 어찌나 잘하는지. 가끔 부모 품에 안겨서 곡식 말리는 곳으로 놀러 왔는데, 그럴 때는 사람들도 그 아이를 놀리지 못했어요. 말로는 이기지 못했거든요. 하지만 팔자가 너무 사나웠어요. 조금 크고 나서는 다른 아이들과 함께 학당에서 공부했는데, 같은 반 아이들이 함께 그 아이를 괴롭혔어요. 멀쩡하던 아이가, 그 똑똑한 아이가 몇 년 뒤 강에 투신해 죽었죠."

나는 그 말을 듣고 숨을 들이켰다. 최근 몇 년간 매체가 학교 폭력을 보도하는 걸 자주 보았지만, 그 죄악이 이렇게나 '유구한 역사'를 자랑할 줄은 몰랐다.

나는 노부인에게 물었다.

"여자아이 한 명을 모두가 괴롭혔는데 누구도 막지 않았던 건가요."

"아주 잘 괴롭혔거든요. 누가 먼저 괴롭힌 건지 모를 정도로요."

노부인은 쓴웃음을 지었다.

"그 아이를 때리지도, 욕하지도 않았어요. 그저 그 아이가 존재하지 않는 것처럼 행동했죠. 반 아이들은 그 아이에게 말도 걸지 않았어요. 마주쳐도 못 본 척했죠. 그 아이가 만진 적 있는 물건조차 아이들은 질색

* 붉은 종이에 대구를 적어 문이나 기둥에 붙이는 중국의 풍속

하며 손대지 않았어요. 그 시절에는 가장이 그렇게 세심하지 않았거든요. 훈장은 자기 딸이 괴롭힘을 당하고 있다는 걸 전혀 눈치채지 못했어요. 오히려 아이가 착해지고 말도 더 잘 듣는다며 좋아졌다고 생각했대요. 자기 딸이 강물에 몸을 던지고 나서야 뒤늦게 후회했죠. 하지만 죽은 걸 어쩌겠어요. 무슨 방법이 있겠어요."

노부인은 여기까지 말하더니 다시 침묵했다.

정말 불쌍했다. 나는 속으로 탄식했다. 학창 시절을 돌이켜보니 반에서 학교 폭력을 당하던 아이들의 위축되었던 눈빛이 떠올랐다. 미성년자의 잔인함은 자주 이성의 범주를 벗어나곤 했다.

하지만 요절한 아이와 얼굴 없는 아이의 연화가 대체 무슨 상관이란 말인가? 나는 조심스레 말했다.

"그럼 그분은… 아주머니의 어린 시절 친구인가요?"

"그럴 리가요. 그 아이의 이야기는 나도 전해 들은 거예요."

노부인은 쓴웃음을 지으며 말을 이었다.

"그 아이가 죽은 지 한참 지나고 나서 내가 태어났죠. 마을이 그 아이를 모시는 사당을 없애려고 했을 때, 주둥이를 놀리기 좋아하는 한량들이 이 이야기를 퍼뜨리고 다녔어요."

사당을 세워주다니. 자오치아오 마을 사람들이 아예 양심 없는 사람들이었던 건 아닌가 보다. 그런데 이미 세운 사당을 왜 없애려고 했을까. 어쩐지 사연이 있을 것 같았다. 나도 모르게 몸을 앞으로 기울였다.

노부인은 길게 탄식하더니 고개를 가로저었다.

"그 아이는 정월 29일 밤에 강물로 뛰어들었어요. 훈장도 처음에는 사고사인 줄 알았어요. 한참 통곡을 한 뒤에 딸을 뒷산에 묻겠다고 목수를 불러 얇은 관을 만들었죠. 마을 사람 중에는 도와주러 온 이가 없었고요. 훈장은 다음 날 딸아이의 유물을 정리하면서 연화 수십 장을 발견했어요. 그림에 그려진 여자아이는 아주 무서웠어요. 얼굴이 없었는데 손바닥에 눈이 있었죠."

나는 무심결에 고개를 돌려 표구된 연화를 보았다.

"맞아요. 저 그림은 그 여자아이가 남긴 게 틀림없어요. 또래에게 무시당했고, 자기 말을 들어주는 이도, 자기가 하는 일을 봐주는 사람도 없었죠. 얼굴이 없는 것과 차이가 없잖아요. 그 아이는 반복적으로 얼굴이 없는 연화를 그렸어요. 그렇게 몰래 분노를 표한 거죠."

노부인은 말을 이었다.

"훈장은 물건을 볼 때마다 죽은 아이가 생각날까 봐 그림을 마을 쓰레기장에 버렸어요. 마을 아이들이 쓰레기를 뒤지면서 놀다가 알록달록한 그림을 발견하였지요. 하지만 연화에 얼굴 없는 아이가 그려진 걸 알고는 불길하다는 생각에 다 버렸대요."

"정말 너무하네요."

나는 분노하며 말했다. 얼굴 없는 여자아이의 연화를 처음 봤을 때는 괴이하다고 생각했었다. 그런데 숨겨진 이야기를 들은 지금은 가슴이 조금 답답해졌다.

"샤오쑹. 그 뒤에 일어난 일을 몰라서 그래요. 그 아이도 만만한 사람은 아니었거든요."

나이 든 부인은 갑자기 가볍게 웃기 시작했다.

"어떤 아이가 그 종이를 주워다가 돼지우리에 붙였어요. 죽은 아이를 계속 모욕하고 싶었던 게 분명하죠."

노부인의 입술이 조금 움직였다.

"그 결과 중풍으로 십몇 년간 몸져누워 있던 아이의 할아버지가 며칠 만에 걸을 수 있게 되었어요."

나는 그 말에 눈을 깜빡거렸다.

"온 마을에 난리가 났지요. 어떤 사람이 연화 덕분이라고 했나 봐요. 마을 사람들이 모두 쓰레기장으로 달려가서는 쌓인 눈 아래에 있던 연화 수십 장을 꺼내 집으로 가져가 붙였죠."

나이 든 부인은 말했다.

"천연두에 걸려 곧 숨이 넘어가려던 아이도 목숨을 부지했어요. 그러자 얼굴 없는 아이의 연화로 목숨을 구할 수 있다는 믿음이 확고해졌지요. 그 아이가 그린 그림을 통해 몇 년이나 목숨을 부지한 사람들이 마을에만 대여섯 명이 있었어요."

나이 든 부인의 입꼬리가 올라가면서 조롱이 담긴 미소가 드러났다.

"마을 사람들은 그 아이를 위해 사당 옆에 작은 사당을 세웠어요. 상도 세우고, 향도 끊임없이 올렸지요. 상도 그림 속 모습과 똑같았어요. 얼굴이 없었지요."

나는 답했다.

"원수에게 은혜를 베풀었네요."

나는 울화가 치밀어 어쩐지 울적해졌다. 그 여자아이를 생각하니 그럴 만한 가치가 없다는 생각이 들었다.

네게 돌을 던지던 마을 사람들이잖아. 뭐하러 구해줘?

"베풀기는요."

나이 든 부인의 말에 나는 미간을 씰룩였다.

노부인은 내 눈을 똑바로 보며 말했다.

"연화에 기대서 목숨을 부지했던 사람들이 몇 년 뒤에는 귀가 먹고 눈이 멀었어요. 코로 냄새를 맡지 못했고, 입으로는 아무 맛도 느끼지 못했죠. 얼굴이 있으나 마나 하게 된 거예요. 얼마 뒤에는 다 죽어버렸고요."

등줄기에 소름이 돋았다. 나는 "그래도 싸죠."라는 말을 애써 삼켰다.

정말 괜찮은 민간 괴담이었다. 잠깐. 저주가 깃든 연화가 지금 내 작업실에 붙어 있다는 거네. 나는 표구된 그림을 보고는 반쯤 농담으로 이렇게 생각했다.

저기, 잘 생각해주세요. 저는 그 나쁜 마을 놈들과 무관하다고요!

"아주 불길한 연화라는 말처럼 들리는데요."

나는 정신을 차린 뒤 입을 열고 물었다.

"그런데도 이 그림을… 사시겠다는 건가요?"

노부인이 해준 이야기에 진실이 얼마나 담겨 있든 간에 이 그림을 향한 갈망만큼은 확실한 진심처럼 보였다.

"연화에 저주가 깃들었다는 걸 알게 된 마을 사람들은 그 아이의 상과 그림을 모두 태웠습니다. 절대 언급도 하지 않았어요. 소문만 남은 게지요. 이제 나는 팔순이 다 되었어요. 손자가 암에 걸리지만 않았어도, 절대 이 이야기를 떠올리지 못했을 겁니다."

노부인의 말에 나는 속으로 크게 놀랐다.

"죄송합니다…."

"의사는 희귀암이라고 하더군요. 병원도 방법이 없다고 했습니다. 반년 정도만 살 거라고요. 아들과 며느리는 조급함에 정신이 다 나갔습니다."

노부인의 목소리가 점점 떨리기 시작했다.

"얼굴 없는 아이의 연화로는 목숨을 몇 년만 늘릴 수 있다는 걸 압니다. 하지만 그 몇 년이면 족해요. 지금은 과학이 발달했으니까요. 어쩌면 몇 년 뒤에는 그 아이의 병을 고칠 수 있을지도 모르잖아요. 이제 겨우 여섯 살입니다. 인터넷에서 이 그림을 보았을 때…."

여기까지 말했을 때 노부인의 두 눈은 벌써 붉어져 있었다. 민간 전설로만 전해지던 원혼의 저주가 주는 효능을 바라면서도 현대 의학에 희망을 두는 노부인을 나는 당연히 비웃지 않았다.

절망에 빠진 사람은 썩은 동아줄이라도 붙잡기 마련이었다.

연화를 떼어내 당장 노부인에게 주는 것 외에는 다른 선택지가 없는 것 같았다.

자료로 쓸 수 있는 스캔본만 남긴다면 안경 황이 개의치 않을 거라는 것도 나는 알고 있었다. 나와 안경 황은 십몇 년 동안 우정을 쌓은 사이였으니까. 이 정도는 내가 임의로 처분할 수 있었다. 나는 가늘고 기다란 대나무 칼을 사용해 표구된 연화의 모서리를 자른 뒤 그림을 꺼내 단정하게 말았다.

기왕 도울 바에는 제대로 돕는 게 낫다고, 나는 화구통도 하나 주며 노부인을 문밖으로 배웅했다.

4

안경 황은 내가 그 자리에서 연화를 내어줬다는 말을 듣더니 혀를 쯧 쯧 짜며 고개를 가로저었다.

"여자들이란. 동정심이 과하다니까."

나는 눈을 흘기면서 젓가락으로 딤섬을 꿰뚫었다.

"손해를 본 것도 아니잖아. 내가 선배 대신 선행을 한 셈인데 원망할 건 없잖아."

우리 둘은 자주 가는 광둥 음식점에서 만났다. 그날 노부인을 배웅한 지 얼마 되지 않아 내 계좌에 돈이 입금되었다. 금액은 많지도 적지도 않 았다. 그 연화가 경매 시장에서 팔릴 법한 가격이었다. 입금자명에는 "착 한 사람, 고마워요."라고 적혀 있었다. 나는 곧장 안경 황에게 돈을 이체 한 뒤 전화로 있었던 일을 말해주었다. 얼굴 없는 아이의 연화 뒤에 이렇 게 처량한 민간 전설이 있었다고 탄식했다.

다음 날, 안경 황은 이번 일을 자세히 이야기해보자면서 밥을 먹자고 했다.

"돈이 문제가 아니야. 너도 글이나 그림을 감정해서 먹고사는 사람이 잖아. 근데 그런 말을 다 믿냐. 그러다가 나중에 이용당한다."

안경 황은 말을 이었다.

"내가 친구에게 부탁해서 은행 계좌로 노부인의 신분을 알아냈어. 리 푸메이라는 사람이야. 출생신고 시스템이 제대로 갖춰지지 않았을 때 태 어난 사람이라 자기가 직접 등록한 거긴 한데 1943년에 자오치아오 마을 에서 태어났대."

나는 불현듯 노부인이 그날 자기 이름을 밝히지 않았다는 걸 깨달았다.

안경 황은 손가락으로 휴대 전화 화면을 전환하면서 내게 자료를 계속 읽어주었다.

"1962년에 리우 성을 가진 엔지니어와 결혼했어. 슬하에 딸 둘과 아들 하나가 있고. 병에 걸렸다는 손자는 차녀의 아들인데 올해 여섯 살이야. 반지세포암 말기이고. 시내에 있는 아동 병원에서 진단한 거라는데 의사 친구에게 물어보니 확실히 살날이 많지 않은 불치병이라고 하더군."

"그럼 거짓말을 한 게 아니잖아."

내가 미간을 찌푸리며 말을 이었다.

"뭐가 문제인 건데?"

"문제는 자오치아오 마을에 있지."

안경 황은 답하며 내게 휴대 전화를 건네주었다. 액정에는 국립 지방 신문 전자 검색 시스템이 떠 있었다.

"내가 현에서 나온 신문을 확인해봤는데, 이 마을은 1955년에 큰불이 나서 사라졌어. 2백 명 넘는 마을 사람 중에 살아남은 이가 없었대. 신문에 의하면 자오치아오 마을은 자오 성을 가진 사람들이 모여 사는 씨족 마을이었대. 외부 성씨를 가진 집은 세 곳뿐인데 그중에 리 씨는 없었어. 널 찾아왔던 리푸메이라는 노부인이 왜 자오치아오 마을 사람 행세를 한 건지는 모르겠지만, 아주 재미있는 문제라고 할 수 있지."

나는 신문에 나온 기록을 노려보며 잠시 아무 말도 하지 못했다. 상자를 열었던 날, 불에 탄 듯한 창살 조각 두 개가 있었던 게 떠올랐다.

"그러니까 선배 말은, 리푸메이가 자오치아오 마을 때문에 자살했다는 여자아이의 이야기를 꾸며냈다는 거네. 시가로 얼굴 없는 아이의 연화를 내게서 사가려고?"

나는 조금 당혹스러웠다.

"하지만 손자의 병은 진짜잖아. 돈이 많은 사람도 아닌데 왜 몇만 위안이나 쓰면서 어떻게든 그 연화를 얻어가려고 했을까?"

"내 생각에는 노부인이 연화에 대해 다 말해주지 않은 것 같아. 틀림없이 무언가가 더 있어."

안경 황은 말했다.

"오늘 오전에 기차표를 샀더라고. 혼자 자오치아오 마을이 있던 곳으로 갔어. 저난에 있는 작은 마을로 이틀 정도 여행 가볼래?"

나는 안경 황에게 물었다.

"선배는 그걸 왜 그렇게 신경 써?"

안경 황이 쓸데없는 일에 참견하는 걸 좋아하기는 했지만, 평소 호기심이 이 정도로 강하지는 않았다. 몇만 위안 하는 연화를 위해 멀리까지 즐거운 출장을 가는 사람은 절대로 아니었다.

"그 그림에 관한 이야기가 너무 불길해서 말이야. 어쨌든 너랑 나랑 둘 다 그 그림을 만졌잖아. 제대로 알아내지 않으면 안심이 되지 않아."

안경 황은 셔츠 안쪽에 있는 옥 불상 목걸이를 만지며 말했다.

그제야 나는 안경 황이 매우 전통적인 사람이라 괴력난신을 믿곤 한다는 걸 떠올렸다.

5

차창 너머로 경계가 뚜렷한 녹색 들판이 보였다. 봄은 절반 정도 지나 있었고, 만개한 유채꽃만이 드문드문 바람을 맞으며 제 몸을 흔들었다.

나는 안경 황의 소형 화물차에 타고 있었다. 시골에서 화물을 실을 때만 쓰는 차였다. 멀미로 머리가 어지러우면서도 잠이 왔다. 가는 내내 안경 황은 운전을 했고, 노트북을 가져온 나는 얼굴 없는 아이 연화에 대한 자료를 검색했다. 놀랍게도 자오치아오 마을의 훈장 딸 이야기는 진짜일 가능성이 있었다. 민속학 자료 중 저난 일대에 관한 기록이 있었는데 적지 않은 농촌 마을의 사당에는 병자를 위해 기원할 수 있는 '얼굴 없는 선녀' 신위가 있었다고 한다. 독자적인 제의가 발전했을 정도였다. 사당을 수리했던 시기를 기반으로 보았을 때, 자오치아오 마을이 불타기 전부터 시작된 것 같았다.

차가 산으로 들어갔다. 국도는 돌로 된 작은 길로 바뀌었고, 차는 곧 덜컹거리기 시작했다. GPS 신호도 걸핏하면 끊어졌다. 우리는 몇 번이나 차를 세우며 길을 물어봐야 했다. 마을 입구에 앉아 햇볕을 쬐던 노인은 자오치아오 마을을 찾는다는 말을 듣고는 이해할 수 없다는 표정을 지었다.

"거기는 황무지가 된 지 오래야. 왜 그런 곳에 가려는 건지 모르겠네. 안에 아무도 없는데. 내년에 댐을 수리하면 거기도 물에 잠긴다고."

우리는 어쩔 수 없이 거짓말을 했다. 황폐한 농촌을 그림으로 그리는 미술학도라고 하자 노인은 우리에게 길을 안내했다. 헤어지기 전에 당부의 말까지 건넸다.

"마을 안에 다 무너져가는 사당이 하나 있는데 거기는 들어가지 말게. 뱀이 있어."

"재미있네."

안경 황이 중얼거리면서 차에 다시 시동을 걸었다.

"이웃 마을 사람도 자오치아오 마을이 심상치 않다는 걸 아나 봐."

황혼이 사방을 둘러싸자 마음에서도 한기가 느껴졌다. 괴롭힘 때문에 강물에 투신자살한 여자아이와 큰 화재로 황무지가 되어버린 산마을. 그렇게 어두운 과거가 있었다는 게 좀처럼 믿기지 않았다. 반세기 전에 일어난 사건이라고는 하지만, 내 손으로 직접 복원했던 연화와 신비스러운 노부인이 깊이 잠들어 있던 비밀을 수면 위로 밀어 올렸다.

자오치아오 마을에 도착했을 때는 마침 자정이었다. 주위가 먹을 뿌려놓은 듯 어두웠다. 자동차 전조등이 마을 앞 황량한 들판 위에 새로 남겨진 자동차 바퀴 자국을 비췄다. 리푸메이가 남긴 거였다. 리푸메이는 폭스바겐 차량을 빌려 타고 왔다고 한다. 안경 황은 화물차를 돌려 폭스

바겐 차량의 앞을 막으며 주차했다. 나는 웃음을 참지 못하고 안경 황을 비웃었다. 대체 이런 건 어디서 배웠나 싶었다.

"너는 도시에서 편하게 서화나 복원하잖아. 물건 가지러 농촌을 가면 정말 온갖 사람들이 별별 수단을 다 쓰는 걸 보게 된다고."

안경 황은 차 뒷좌석에서 쌍절곤 하나를 꺼내 움켜쥐며 말했다.

"내 뒤만 바짝 따라와. 괜히 다른 곳으로 새지 말고."

"내가 그 정도로 겁이 없지는 않거든."

나는 묵직한 산업용 손전등을 들고 앞을 비췄다. 자오치아오 마을의 입구 표지가 아직 남아 있었다. 그 표지를 통해 마을 예전 분위기를 조금은 가늠해볼 수 있었다.

들풀이 땅을 뒤덮고 있었다. 우리는 리푸메이가 남긴 선명한 흔적을 찾을 수 있었다. 우리는 리푸메이의 발자국을 따라 앞으로 걸어갔고, 손전등 불빛으로 주변을 훑었다. 마을 안에 있는 집들은 검게 그을린 뼈대만 남아 있었다. 당시 화재가 얼마나 참혹했는지를 알 수 있었다. 언제부터인지 짙은 밤안개마저 피어올랐다. 곡식 말리는 곳과 사당은 마을 중앙에 있었는데, 그곳에 도착했을 때는 짙어진 안개 때문에 서로의 얼굴도 제대로 볼 수 없었다.

얼굴 없는 선녀를 모셨던 작은 사당은 사당 왼쪽에 있었다. 작은 사당은 마을에서 유일하게 온전한 상태로 남은 건축물이었다. 나와 안경 황은 어두운 동굴 같은 사당 문 앞에 서서 잠시 주저했다. 환경이 사람에게 미치는 영향력은 정말 엄청났다. 시끌벅적한 시내 안에 있는, 빛이 가득한 작업실에 있을 때는 얼굴 없는 아이의 이야기가 조금 괴이한 민간 전설에 불과했다. 하지만 깊은 밤 오래된 마을 안에 있는 황폐한 사당 앞에 서자 나는 장산자이* 호신부(護身符)를 가져오지 않았다는 걸 떠올리게 되었다.

"리푸메이 부인, 안에 계세요?"

---

* 중국 국가급 무형 문화유산 중 하나이자 저장성 지역의 전통 민속으로 명나라 때부터 칠석이면 장산자이(張山寨)라는 마을에서 진행했던 묘회(廟會)

안경 황은 쌍절곤으로 작은 사당의 문기둥을 두드리며 큰 소리로 외쳤다. 안에서는 아무 소리도 나지 않았다.

우리는 서로를 마주 보았다. 논리적으로 따져보았을 때 리푸메이가 멀리 있는 자오치아오 마을까지 찾아온 건 얼굴 없는 선녀에게 기도하기 위해서가 분명했다. 나는 갑자기 현실적인 걱정을 하기 시작했다.

장거리 운전으로 체력이 떨어진 노부인이 마을 안 어딘가에서 기절이라도 한 건 아니겠지?

"들어가서 볼까?"

안경 황의 말에 나는 고개를 끄덕였다. 두 사람은 함께 작은 사당의 문지방을 넘었다.

6

놀랍게도 작은 사당 안에 넓은 정원이 있었다. 석판은 깔끔하면서도 청결했고, 달빛 아래에는 정성껏 가꾼 분재와 화초가 있었다. 순간 내 머릿속에 '별천지'라는 말이 떠올랐다. 코끝에서 은은한 향초 냄새가 느껴졌다. 영벽(影壁)* 너머로 누군가의 목소리가 들렸다. 또 약한 불빛도 새어 나왔다. 중년이나 노년 남성의 목소리였는데, 시골 말투가 아주 짙었다.

아무리 봐도 반세기 전에 버려진 사당이 아니었다. 목덜미에는 식은 땀이 나고 등줄기에서는 소름이 돋았다.

상황은 이성과 상식의 범주를 벌써 벗어나 있었다. 안경 황은 생각과 달리 아주 차분했는데 영벽 너머로 가서 어찌 된 일인지 알아보자는 듯 내게 손짓했다. 나는 호기심과 곧 무너질 것 같은 유물주의의 신앙 사이에서 몇 초를 고민하다가 안경 황의 뒤를 따랐다.

---

* 중국 전통 건축물에서 대문 바로 앞에 세워두는 큰 벽으로 외부에서 내부를 볼 수 없도록 시야를 막는 가림 벽의 역할을 하였다.

어쨌든 여기까지 오지 않았나.

정원에는 남성 여섯 명이 앉아 있었다. 얼굴은 검고 거칠었는데 짙은 색의 낡은 웃옷을 입고 있었다. 커다란 바지의 끝이 접혀 푸른 핏줄이 돋은 발목이 드러났다.

그중에서 머리가 백발인 노인이 우두머리인 것 같았다. 노인은 침을 튀기며 말했다.

"그 그림들을 모조리 가지고 와! 젊은이들이 그것도 제대로 못 한다는 건 아니겠지?"

마른 남성 한 명이 옆에서 아첨하며 말했다.

"촌장님 말씀이 맞습니다. 멍청한 이들이 가지고 있어봤자 별 도움이 되지 않지요. 생로병사를 피할 수 있는 집은 없습니다. 염라대왕을 몇 년 늦게 만나는 게 우리에게 무슨 소용이라고요. 차라리 그걸 마을에 바쳐 윗분들과 연을 트는 게 낫지요. 몇 년 뒤면 마을에 있는 사람들이 모두 새 집을 지을 수도 있을 겁니다."

"그래도 선녀님에게 먼저 물어봐야 해요."

목소리가 여성처럼 가느다랗고 덩치가 있는 남성이 옆에 있는 연꽃 항아리 주둥이에 담뱃재를 털며 말했다.

"선녀님이 도와주기를 원하신다면 그깟 그림이야 계속 만들어낼 수 있는 것 아닙니까."

나와 안경 황은 영벽 옆에 있는 나무 그림자에 숨어 있었다. 우리 두 사람이 보고 있는 건 아주 오래전에 있었던 일이었다. 마을 사람 중 그나마 말을 할 수 있는 이들이 모여 여자아이가 남긴 그림을 어떻게 처분할지를 논하고 있었다.

"진짜 최악이네. 얼굴 없는 선녀가 정말로 영험하다면 저놈들에게 모조리 본때를 보여줘야 해."

나는 나지막하게 말했다. 그들은 반성의 기미가 전혀 없었다. 오히려 얼굴 없는 아이 연화를 가지고 이익을 거머쥘 궁리만 하고 있었다. 안경 황도 경멸하며 퉤 하고 침을 뱉는 소리를 냈다.

나중에 생각해보니 이때 겪었던 기괴한 일은 우리를 겁먹게 하지 않았다. 어쩌면 직감적으로 얼굴 없는 아이가 생전에 불쌍한 아이였을 뿐이라는 걸, 사람을 해칠 마음이 없었다는 걸 알았던 것 같다.

촌장과 촌장의 측근들은 논쟁을 멈추지 않았고, 목소리도 점점 커졌다. 어느새 짙은 안개가 작은 정원에서 피어올랐다. 눈앞의 풍경이 다시 바뀌었다. 촌장은 종이 묶음을 단단히 움켜쥐고는 허둥지둥하는 모습으로 얼굴 없는 선녀 신상 앞에 서 있었다. 밖에서 거친 욕지거리가 전해졌다.

"그림을 내놔! 안 그러면 네놈의 집을 태워버릴 거야!"

"저 새끼 엄마를 태워버려. 촌장이란 새끼가 이렇게 오랫동안 헤쳐 먹었으니 얼굴 없는 선녀님도 우리를 위해 나서주실 거야!"

벽 너머로 흔들리는 횃불이 연이어 나타났다.

나는 유쾌하다는 듯 이렇게 말했다.

"궁지에 몰리면 쥐도 고양이를 무는 법이지."

아주 재미있는 공연을 보는 느낌이었다.

"촌장이 머리를 잘 굴렸네. 화약통을 발로 차 엎어버렸으니까."

안경 황이 나지막하게 말했다.

"결국 마을 전체가 타오른 거야."

우리는 불씨를 머금은 재가 휘날리는 것을 보았다. 사방에서 거친 불길이 솟아올랐다. 날카로운 비명이 들리고 사람들이 도망쳤다. 울음과 고함이 혼잡하게 뒤섞였다.

불길은 하늘의 절반을 붉게 물들였다. 화염 속에서 버둥거리고 있을 마을 사람들을 생각하자 나는 그들이 죗값을 치렀다는 걸 알면서도 나도 모르게 발가락을 오므렸다.

"일부러 그런 거야?"

안경 황은 몸을 돌리며 물었다.

우리 뒤에는 어느새 여덟아홉 살 정도 되어 보이는 어린 여자아이가
서 있었다. 마르고 키가 작은, 머리카락을 양 갈래로 묶은 아이였다. 얼굴
은 수려했고, 가늘고 긴 두 눈에는 새카만 눈동자가 있었다. 낯빛이 아주
진지해 저 나이대에 흔히 보이는 천진함을 찾아볼 수 없었다.

아이는 화려한 비단옷을 입고 있었다. 화려한 수가 가득 놓인 옷이었
다. 나는 이 아이가 누구인지 갑작스레 깨닫게 되었다. 얼굴이 없는 선녀
였다.

"일부러 그런 게 아니야."

아이는 말했다.

"내가 살아 있을 때 저들은 나를 보지 못했으니까. 그래서 저들이 나
를 볼 수 있도록 착한 일을 하고 싶었어."

나는 말했다.

"하지만 저들은 그럴 가치가 없는 사람들이었어요."

아이는 고개를 숙이더니 아무 말도 하지 않았다.

안경 황은 몸을 굽히며 말했다.

"언젠가는 죗값을 치르기 마련이야. 널 괴롭혔던 사람들은 벌을 받았
어. 네가 일부러 그런 건 아니지만, 하늘이 널 대신해 벌을 내린 거야. 그
들은 벌을 받을 만했어. 이제 다 끝났어. 그러니 우리를 내보내줘."

그러자 짙은 안개가 다시 휘몰아쳤다.

7

우리는 얼굴 없는 선녀의 신상 앞에서 리푸메이 노부인을 찾았다.

노부인은 신상 앞에 무릎을 꿇고 있었는데 아예 넋이 나간 것 같았다.
안경 황은 노부인을 등에 업어 차로 데려갔다. 한참이 지나고 나서야 노

부인은 정신을 찾았다.

"어르신. 담이 참 크시네요."

안경 황은 고개를 가로저었다.

"그 아이가 나를 해칠 리는 없으니까. 하지만 당신들에게도 그럴 거라고는 확신할 수 없었어요."

리푸메이는 덜덜 떠는 손으로 입을 문지르며 말했다.

"나는 그 아이의 유일한 친구였어요."

나와 안경 황은 기이하다는 눈빛으로 서로를 보았다.

"미안해요. 내가 두 사람을 속였어요. 샤오허가 죽기 전에, 나는 몰래 그 아이와 이야기를 나눌 수 있었거든. 그 아이의 이름은 샤오허(小荷)에요. 하지만 그런 나도 그 아이가 죽을 마음을 먹고 있었다는 걸 몰랐어요. 나중에 그 아이가 남긴 그림이 병을 치료하고 수명을 늘려주면서, 그림을 차지하려고 사람들이 다투는 바람에 마을이 다 타버렸지요. 몇몇 집만 겨우 도망을 쳤어요. 그 뒤로는 나도 그때 일을 떠올리지 않았어요."

리푸메이는 말을 이었다.

"손자가 병을 얻기 전까지는 말이에요. 나는 연화에 저주가 걸렸다고 당신들을 속여야만 했어요. 그러지 않았으면 내게 그걸 건네주지 않았을 테니까."

나는 속으로 욕을 뱉었다. 이 노부인은 속이 정말 좁았다.

"그래도 이곳에 와서 샤오허에게 물어봐야 했어요. 지금 그 그림을 써도 안전한지 말이에요."

노인의 두 눈에서 혼탁한 눈물이 흘렀다.

"그 아이의 원한이 이렇게 큰데, 마을 하나를 통째로 태워버릴 정도였으니까요. 그래서 두려웠어요. 그런데 밤새 꿇고 있었는데도 내게 나타나지 않더군요. 나는 그 아이가 나타날까 걱정이 되면서도, 더는 그 아이가 존재하지 않을까 봐 걱정되었어요."

"그 아이가 일부러 그런 거 아니에요. 그러니까 그 아이 때문에 마을이 불탔다고는 하지 마세요."

안경 황은 힘없이 상대방의 말을 끊으며 중얼거렸다.

"쓰고 싶으면 그냥 쓰세요. 주겠다고 한 걸 우리가 무르지는 않을 거니까요."

리푸메이의 입술이 움찔거렸지만, 노부인은 아무 말도 하지 않았다.

돌아가는 내내 우리는 침묵했다.

에필로그

그 뒤로 한참 동안 나는 얼굴 없는 아이 연화에 관심을 두지 않았다.

속내가 복잡했던 리푸메이를 나는 동정하면서도 혐오했다. 그런 식으로 얻어낸 연화가 정말로 영험했는지는 전혀 알고 싶지 않았다. 반면 안경 황은 반년 뒤쯤 그 일로 날 찾아와 리푸메이의 손자가 나아졌다고 말해주었다. 다만… 안경 황이 또 말을 멈췄다.

"질질 끌지 말고 말해."

내가 안경 황을 쿡 찔렀다.

"암은 다 나았는데 아이의 시력과 청력, 후각이 아무 이유 없이 나빠졌대."

안경 황은 눈을 깜빡였다.

"현대 의학으로는 도저히 설명할 수 없는 일이 일어났지."

"그 연화에 사실 저주 같은 건 없다고 하지 않았어?"

내가 기이하게 여기며 물었다.

"내가 알아보니까 그 아이가 평소에 학교에서 다른 애들을 괴롭히는 걸 좋아했었대."

안경 황은 웃으며 말했다.

나는 잠시 말을 하지 않다가 나중에 탄식하며 말했다.

"그래도 죽는 것보다는 낫겠지. 목숨은 살린 거야."

올해 중원절* 저녁에 나는 우연히 법화사**를 지났다. 이제껏 절에 들어가는 일이 없었던 나였지만, 갑자기 그러고 싶었다. 나는 안으로 들어가 20위안을 주고 연등을 샀다.

강 위에서 점점 멀어지는 연등을 보며 나는 어색하게 합장했다. 샤오허라는 아이가 우매하고 잔혹했던 마을 사람들과의 원한을 어서 잊기를, 내세에는 행복한 아이가 되기를 기도했다.

---

* 중화권 민속 명절로 죽은 자들을 기리는 날이다. 한국에서는 백중(百中)이라고 한다. 음력 7월 15일이 중원절이며 음력 7월을 귀월(鬼月)이라고 칭한다. 귀월에는 저승에서 이승으로 넘어온 귀신들을 위한 제의를 행한다.
** 베이징에 있는 절.

✦ 천첸(陳茜)

중국 과학작가협회 회원, 과학 문예 전문위원회 위원, 상하이시 청년문학 예술 연합회 회원. 〈과환대왕(科幻大王)〉, 〈과환세계〉, 〈구주환상(九州幻想)〉, 〈최소설(最小說)〉 등 잡지에 단편을 발표했다. 《중국 베스트 SF 선집》에 연이어 작품을 실었으며 다수의 작품이 웹툰, 오디오 드라마로 제작되었다. SF 단편 집 《기억의 죄수(記憶之囚)》, 장편 동화 《심해 버스(深海巴士)》, 동화 단편집 《개불 버스(海腸巴士)》 등을 출간했다. 제4회 중국 SF 성운상 중편 부문 은상, 제5회 SF 성운상 신인 작가 부문 금상, 제1회 중국 SF 좌표상 베스트 단편상, 제1회 청소년 SF 성운상 단편 부문 금상을 수상했다.

画妖

화요

◆

추시다오

희고 매끈한 손을 가볍게 움직이며 얇은 비단 같은 귀밑머리를 그려냈다.

머리꽂이를 더하고 눈썹을 그렸으며 아름다운 코를 덧칠하고 야광주처럼 빛나는 붉은 입술을 찍었다. 날아갈 것 같은 용초의(龍綃衣)* 아래 맑은 살결을 지닌 아리따운 이는 구름 안에 앉은 듯 희미하게 보였는데 속세에서 벗어난 것 같았다. 울금으로 물들인 치마는 열두 갈래로 포개졌고, 치마 끝에 있는 연꽃 한 쌍은 제 모습을 보일 듯 말 듯 드러냈다.

내키는 대로 휘두르는 붓끝에서 먹물이 막힘없이 번지며 퍼졌다. 고고하게 앉아 있는 그림 속 사람은 천천히 색을 입었고, 몸도 균일해졌다. 언제라도 종이를 찢고 나와 학이 되어 날아갈 것만 같았다.

다만 서늘한 가을 호수 같은 두 눈이 텅 비어 있었다. 그리고 싶은 것이 있는데도 그려낼 수 없었다. 저 눈빛 뒤에는 대체 어떤 마음이 숨어 있을까? 무심하게 흩날리는 꽃잎처럼 아름다우면서도 아득한 슬픔이 깃든

---

* 얇고 가벼운 천으로 만든 옷으로 당송 시기 귀족 부인이 여름옷으로 많이 입었다.

눈빛이었다.

만질 수 없기에 아름다웠다. 마음이 저릿해졌다. 붓은 끝없는 그리움에 빠져 길을 잃었다. 어떻게 해야 별처럼 찬란히 빛나는 눈을 모사할 수 있을까? 이제껏 그렸던 여자들은 하나하나가 절색이었지만, 이 여인만큼은 도저히 붓으로 그려낼 수 없었다. 초연해야만 절세미인을 그릴 수 있는 법이었다. 남자는 이를 알았지만, 남자로서의 시선을 도저히 내려놓을 수 없었다.

처음 보았을 때는 그 아름다움에 놀라 넋을 잃었었다. 그래서 먹물을 차로 착각하는 바람에 못 볼 꼴을 보일 뻔도 했다. 그런데 이 아름다움은 오래 묵힐수록 향기가 짙어지는 술과 같았다. 아무리 오래 보아도 잠깐의 눈맞춤에 취해버렸다.

화룡점정을 이룰 마지막이었지만 끝내 붓을 놀릴 수 없었다. 이번이 몇 번째인지 기억도 나지 않았다. 애써 올린 탑은 매번 이 단계에서 무너지곤 했다. 한참을 낙심하다 세기의 걸작이 될 그림을 문지르던 남자는 여자를 흘깃 보았다. 노여움 같기도 하고 원망 같기도 하며 하소연하는 마음 같기도 하고 부끄러움 같기도 했다. 섭섭함 같으면서도 허전함 같기도 했다. 그런 것 같으면서도 또 그렇지 않은 것 같았다. 남자는 붓도 제대로 쥐지 못하는 자기 손이, 제멋대로 날뛰는 자기 마음이 원망스러웠다. 자기 마음도 제대로 다루지 못하는데 무슨 수로 여인의 마음을 꿰뚫어 본단 말인가?

꿰뚫어 볼 수 없으면 그려낼 수 없었다. '사천의 대가'라는 명성은 잃어도 상관없었다.

"선생님, 좀 쉬세요!"

환원외는 땀을 닦으며 말했다. 단청의 고수라는 이가 열흘을 그렸는데도 그림을 끝내지 못할 줄이야.

옆에 있던 시비 녹병은 그 모습을 보더니 갓 딴 우전 차를 올렸다. 그림을 그리던 단홍은 차를 한 모금 마셨다. 혀끝을 살짝 감도는 쓴맛이 아직 자신이 곤경에 처했다는 걸 상기시켰다. 백미도(百美圖)의 마지막 미인이었다. 그림을 완성하면 필시 큰 성공을 거둘 것이다. 허나 호사다마라고 하지 않던가. 어쩌면 아리따운 이와 헤어지기 아쉬워 조금 더 머물고 싶은 걸지도 몰랐다. 그림도 그리지 못한다고 다른 이에게 얕보일지라도 말이다.

그림 속 미인인 소훤은 말이 없었다.

열흘 넘게 마주했는데도 소훤은 채 열 마디도 하지 않았다. 소훤은 평소와 달리 활발한 성격을 억눌렀고, 단홍 앞에서만큼은 침묵을 지켰다. 사실 소훤은 풍경에 불과했기에 애초에 말을 할 필요가 없었다. 다만 가족들은 소훤을 의심했다. 앞서 다른 규수들이 단홍 때문에 변했던 것처럼 소훤도 변한 걸지도 모른다고.

단홍의 그림이 세상에 나왔을 때, 조정 관리에서부터 재야인사에 이르기까지 모두가 단홍을 천인(天人)이라고 추켜세웠다. '풍경과 같은 먹', '신과 같은 감필'이라며 여러 찬사를 보냈다. 황제조차 호감을 드러내며 천금으로 그림을 얻고자 하였다. 또한 단홍은 용모가 선인처럼 고아하고 수려했다. 백미도에 담긴 절세가인 중 단홍에게 빠지지 않은 이가 없을 정도였다. 소문에 의하면 어떤 낙양 명문가의 규수가 단홍의 그림을 한 장이라도 얻고자 하였으나 결국 얻지 못해 크게 체면이 상했는데 창피함과 분노에 휩싸인 나머지 아예 낙양을 떠났다고 한다. 더한 것까지 원했던 어떤 왕손은 그림을 구하겠다는 핑계로 계속 단홍에게 치근거리다가 결국 문밖으로 내쫓겨 웃음거리가 되었다.

단홍에게 매료되는 건 평범한 백성도 마찬가지였다.

분위기가 순식간에 경직되었다. 미간을 찌푸리며 난점을 고민하던 단홍의 얼굴이 조금 붉게 물들었다. 어색함을 알아차린 환원외는 인사말을 몇 마디 건네고는 자리를 떠났다. 시중을 들던 녹병은 어색하게 두 사람 사이에 서 있었다. 소훤은 녹병을 보고 입술을 움직였지만 아무 말도 하지 않았다.

결국 단홍이 참지 못하고 말했다.

"배가 조금 고픈데, 간식을 만들어 올 수 있겠소이까?"

고개를 끄덕인 녹병은 추파를 던지던 시선을 돌리면서 붉은 입술을 오므리더니 의기양양하게 발걸음을 옮겼다.

소훤은 두 사람의 거리가 한 치밖에 되지 않는다는 걸 갑작스레 깨달았다. 심장 뛰는 소리가 들리는 것 같았다. 그러나 다시 보았을 때, 단홍은 창문 옆을 거닐면서 먼 하늘을 보고 있었다.

단홍은 소훤이 입을 열기를 바라는 건 아니었다. 선인의 소리를 어찌 쉽게 얻을 수 있겠는가? 구름의 모양마저 자기 눈에는 소훤처럼 보였지만 말이다.

"선생님께서 그리셨던 그림들을 잠시 제가 구경해도 괜찮을까요?"

소훤조차 자기가 입을 열고 말했다는 점에 놀랐다.

단홍은 다급하게 고개를 돌렸다. 동작이 어찌나 큰지 보는 이가 다 놀랄 정도였다. 소훤은 가슴이 두근거렸고, 결국 웃음을 참지 못했다. 그러자 구름이 걷히면서 안개가 흩어지더니 오랫동안 숨겨져 왔던 아리따움이 드러났다. 그 아름다움이 단홍의 정신을 앗아갔다. 소훤은 급히 고개를 돌리며 숙이더니 몰래 주먹을 불끈 쥐었다.

단홍은 나는 듯 뛰어갔다. 기뻐하며 곁채로 달려가서는 족자 수십 개를 가득 안고 돌아왔다. 가지고 있는 걸 모두 가져오지 못해 한스러울 지경이었다.

두루마리를 펼치자 먹으로 그려진 생동감 넘치는 그림이 드러났다. 소훤은 두 눈을 반짝이더니 참지 못하고 손을 뻗어 그림을 만졌다.

앞에 놓인 그림에는 정교하게 바늘을 움직이는 섬섬옥수가 있었다. 아리따운 손목에 맞닿은 의복은 공작새의 깃털을 넣어 짠 운금(雲錦) 치마였는데 노을처럼 찬란하면서도 농도가 분명해 두 눈으로 직접 보는 것 같았다. 소훤은 자기도 모르게 그림에 빠져들었다. 저 의복을 걸친 자기 모습을 상상해보았다. 고개를 들고 걸음을 옮기며 대청으로 간다면 틀림없이 부모님이 칭찬할 것이다. 보는 이들이 모두 놀라 감탄할 것이다. 어, 어쩌다가 이런 망상을 하게 되었지?

생각을 접은 뒤 소훤은 웃는 낯으로 칭찬했다.

"좋은 그림이네요. 그려진 사람은 누구인가요?"

"임안부(臨安府)에 사는 월빙유입니다."

단홍은 별거 아니라는 듯 답했다. 단홍의 정신은 오롯이 소훤의 웃음을 향해 있었다. 순간 그 웃음에 취해버렸다.

소문에 의하면 월빙유는 방직 자수 산장(山莊)을 도맡은 소저로 임안부 제일가는 미녀이자 뛰어난 자수 기술을 지닌 사람이었다. 월빙유처럼 재능과 미모를 겸비한 여성 앞에서도 단홍은 화공이기만 했을까? 고개를 돌린 소훤은 옆을 보며 생각에 잠겼다. 저편에 있던 단홍은 그런 소훤의 모습에 절로 빠져들었다.

이를 민감하게 알아챈 소훤이 웃으며 조신하게 말했다.

"이 그림은 기교가 참으로 뛰어나네요. 풍류를 잃지 않으면서 호탕함이 느껴지는 필치예요. 가장 뛰어난 부분은 아리따운 이가 뒤돌아보면서 웃을 때네요. 얼굴을 절반만 드러냈는데도 교태로움이 모두 표현되었어요. 상품(上品)이로군요."

단홍도 겸손을 드러내지 않았다. 태연자약하게 고개를 끄덕였다. 정말로 고개를 돌리는 순간을 그린 그림이었다. 그러나 단홍은 소훤이 운금만 좋아했다는 걸 알지 못했다.

단홍은 기뻐서 어찌할 줄 몰랐다. 웃음꽃이 절로 피어나 자리에서 일어나서는 모처럼 찻잔에 찻물을 따랐다.

소훤은 손을 뻗어 또 다른 두루마리를 펼쳤다. 잠시 말이 없더니 한참 뒤 낮게 탄식하며 말했다.

"아리따운 선인을 그린 것 같네요. 소박하면서도 속되지 않아요. 이분은 어느 가문의 규수인가요?"

"혜수궁 궁녀입니다."

단홍은 이름도 기억하지 못했다. 원래는 강귀비라는 사람을 그리려고 하였는데 세속적인 화장을 짙게 해 마음에 들지 않았다. 반면 저 궁녀는 빼어나게 아름다웠다. 그래서 단홍은 황제의 반대에도 불구하고 후궁 비빈이 아닌 궁녀를 그렸다.

"황궁 사람이었군요. 어쩐지."

소훤은 다시 그림을 보더니 세심하게 화법을 살펴보았다.

단홍은 소훤을 보는 자신의 표정이 어떠한지도 자각할 수 없었다. 마치 태고 때부터 소훤만 응시한 것 같았다. 무아지경에 이르더라도 빠져드는 시선을 거두지 못해 소훤이 있는 방향만 볼 것이다.

멈춘 물과 같았던 소훤의 심경에도 결국 바람이 지나가며 파란이 일었다. 껍데기를 씌워놓은 듯한 마음에도 작은 균열이 일어났다. 소훤의 두 눈은 그림을 보고 있었으나 마음은 그 자리에 없었다. 이글거리며 타오르는 눈빛은 환영하는 것 같으면서도 거절하는 것 같았고, 좋아하는 것 같으면서도 걱정하는 것 같았다. 허나 마음이 어지럽고 생각이 복잡해 차마 그 뜻을 추측할 수 없었다.

단홍은 아름다운 풍경에 빠졌고, 그곳에서 벗어날 수 없었다. 붓조차 천근만근이었다. 지금 붓을 들 수 있다면, '정(情)'이라는 글자만 써낼 수 있을 것이다. 솔직히 말해서 자기 자신을 통제할 수 없는 상황으로 몰아가는 건 오직 이 글자뿐이었다.

소훤이 갑자기 그림을 밀어내며 자리에서 일어나더니 곧장 입구로 걸어갔다. 문밖에서는 햇빛이 땅 위로 쏟아지고 있었다. 찬란한 햇빛에 소훤의 몸이 우화등선이라도 할 듯 눈부시게 빛났다.

소훤은 문지방을 넘더니 고개를 돌리며 말했다.

"피곤하네요. 다음에 다시 그리지요."

시간이 흐르면서 환가 사람들은 단홍이 소훤에게 연심을 품었다는 걸 알게 되었다. 소훤의 아버지 환원외는 가타부타 말을 하지 않았고, 소훤의 어머니는 단홍을 단 선생, 하고 가족을 대하듯 친근한 말투로 불렀다.

이른 아침에 일어난 소훤은 수를 놓던 원앙 손수건을 마지못해 들고 멍하게 있었다. 그런 소훤을 보는 녹병의 눈빛이 유달리 미심쩍었다.

이를 알아챈 소훤은 고개를 돌려 웃으며 말했다.

"또 무슨 이상한 생각을 하는 거야?"

녹병은 희희 웃으며 말했다.

"아씨가 예전에 읽던 최각(崔珏)*의 시 말이에요. 제가 몇 구절 기억하고 있거든요."

소훤은 녹병이 원앙시**를 말하고 있다는 걸 알았다. 저절로 그 구절이 떠올랐다.

거문고와 비파 위에서는 서로 목을 비비는 원앙이 자리에 눕는 사랑의 노래만 들리는데 창문 옆 서탁 위에서 감히 펼쳐보는 시구는 나 홀로 읽는구나. 어찌 원앙과 그 모습을 비교할 수 있겠는가. 이리 보고 저리 보아도 부럽기만 하도다.

좋은 시였다. 그러나 원앙처럼 짝을 이루는 이는 누구란 말인가?

소훤은 고개를 숙여 비단 손수건을 보았다. 그리움은 쉽게 일어날 수 있으나 풍류를 풀어가기는 어려운 법이었다. 이미 마음이 동하였는데 사람이 알아채지 못하고 있는 건 아니었을까?

녹병은 무언가를 혼자 생각하다가 입을 가리며 웃었다.

"다른 사람들은 단 공자를 그리워하는데, 아씨만 다르네요. 단 공자가 아씨를 그리워하니까요!"

말투에서도 득의양양함이 느껴졌다.

반면 소훤은 길에서 한담이라도 들은 듯 무심하면서도 담담한 얼굴이

* 당나라 시인
** 원제는 〈벗의 "원앙지십"에 화답하며(和友人鴛鴦之什)〉이다.

었다. 이제껏 소훤과 친자매처럼 지내왔던 녹병은 소훤이 무덤덤한 반응을 보이긴 해도 내심 기뻐할 거라고 여겼다.

"그 사람이 그렇게 좋으면 너를 그에게 시집 보내마."

소훤은 덤덤히 말했다.

녹병은 남몰래 기뻐했지만, 아씨의 말투에 조소가 담겼다고 생각했다. 기분이 나빠졌지만 말대꾸할 수는 없었기에 이렇게 답했다.

"노비에게 그런 복은 없을 것 같네요!"

그러고는 여전히 화를 내며 가만히 있었다.

소훤은 그제야 두 사람 사이에 간극이 생겼다는 걸 알아챘다. 그리고 이 간극은 초대도 하지 않았는데 제 발로 찾아온 남자 때문에 생긴 거였다. 단홍의 모습이 머릿속에 떠올랐다. 그러나 그 모습은 시종일관 모호했다. 소훤은 자리에 앉아 있을 수가 없어 서안 앞까지 걸어가 붓을 들고 시를 썼다. 녹병은 와서 보지도 않았다. 시를 다 쓴 소훤은 녹병을 보고 쉰 목소리로 말했다.

"나가서 좀 걷자."

다른 곳에 있던 단홍은 갑자기 생각이 바뀌어 소훤의 처소를 향해 걸어갔다. 이른 아침이라 이슬이 내려앉아 있었다. 꽃잎에 고인 이슬의 맑은 향기가 바람을 타고 날아와 단홍의 코끝을 맴돌았다.

문을 열었지만 아무도 없었다. 단홍은 주저했지만 잠시일 뿐이었다. 결연히 안으로 들어갔다.

서안 위에 놓인 종이에서는 아직도 먹물 향이 났는데 놀랍게도 〈강남호(江南好)〉가 적혀 있었다. 단홍은 나지막한 목소리로 읊었다.

봄의 모습을 읽어내며 버드나무의 아름다움과 꽃 사이를 논한다.

동군(東君)*의 깊은 정에 감사를 드리나니.

짙은 한기를 잠시 남겨주셨구나.

이에 남은 매화와 함께 있을 수 있겠구나.

단홍의 시선이 '동군의 깊은 정에 감사를 드리나니'라는 구절에 머물렀다. 미소가 눈꼬리를 물들였다.

방으로 돌아온 단홍은 마음을 안정시켰다. 이제 소훤을 그림 안에 넣을 수 있을 것 같았다.

그날 소훤은 몸이 좋지 않다는 핑계를 대며 단홍의 방문을 거절했다. 단홍은 걱정했고, 불안한 마음으로 방 안을 배회했다. 환부(桓府) 후문을 지나 밖으로 나가는 소훤을 무심결에 보기 전까지는 말이다.

단홍은 몰래 소훤을 뒤따랐다. 혹은 끌려갔다고 말할 수도 있을 것이다. 운명의 손과 정욕의 줄에 의해서. 어느새 단홍은 꿀을 좇는 벌이 되고 꽃을 좇는 나비가 되었다. 포기하고 싶었으나 포기할 수 없었다.

그길로 두 사람은 무상사(無想寺)에 도착했다.

소훤은 향을 피우고 절을 하려는 걸까? 사람들의 이목을 걱정한 단홍은 멀리 절 밖에서 소훤을 기다렸다.

얼마 지나지 않아 소훤이 소리 없이 절에서 나왔다. 그러고는 더 외진 곳으로 걸어갔다. 들꽃이 찬란하게 피어난 땅이 나왔다. 활짝 핀 꽃은 소훤의 아름다운 시절처럼 눈부시게 유혹적이었다. 단홍은 소훤을 볼수록 보아서는 안 된다는 생각에 사로잡혔지만, 여전히 두 눈을 크게 뜨며 소훤을 응시했다.

꽃밭에 서 있는 소훤의 모습이 어렴풋했다. 그런데 갑자기 놀빛이 솟구쳐 오르며 사방을 뒤덮더니 장엄한 불상이 되는 게 아닌가. 단홍은 가슴이 덜컥해 더 은밀하게 몸을 숨겼다.

* 태양의 신

소환의 얼굴에 놀빛이 가득했다. 밝아질 때도 있었고, 어두워질 때도 있었다. 소환은 소매에서 부적 한 장을 꺼내서는 뭐라고 읊조리기 시작했다. 경을 읊는 것 같기도 하고 주문을 읊는 것 같기도 했다. 그 소리에 단홍은 머리가 쪼개질 것 같았다. 거칠게 숨을 들이켜면서 안간힘을 쓰며 참았다. 그런데 소환이 돌연 중지를 깨물어 새빨간 피를 냈다. 단홍은 소환이 부적을 꿰뚫으며 찢는 것을 사혈(死穴)이라도 눌린 것처럼 멍하게 바라보았다.

부적에 피가 묻자 삽시간에 불길이 일어났다. 황금빛 뱀이 어지럽게 춤을 추었다. 그 불이 단홍의 마음도 불태웠다. 불빛이 밝히는 소환의 얼굴이 귀신처럼 괴이했다.

단홍은 땀을 삘삘 흘렸다. 의복까지 땀에 흠뻑 젖었다.

다음 날, 단홍은 방문을 나섰다. 악몽에 빠진 것 같았다. 발걸음은 뜬 구름 위에 있는 듯하고, 눈빛도 공허했다. 그림을 그려야 할 때가 되었지만, 단홍은 지필묵을 만지고 싶지 않았다.

"제게 그림을 그리는 것을 가르쳐주시렵니까."

소환의 아름다운 눈은 물처럼 맑고 투명했다. 소환의 갑작스러운 말에 넋이 나간 단홍은 뒤늦게 정신을 차리면서 다급하게 고개를 끄덕였다. 마음이 어지러울 때면 붓을 쥐지 말아야 한다는 것을 알고 있는데도 말이다.

소환은 깨우침이 뛰어난 사람이었다. 신의 도움이라도 받는 건지 한 번 배우자 곧장 할 수 있게 되었다. 며칠 뒤 소환은 동물이든 사람이든 현실과 똑같이 그려냈다. 천부적인 재능이라도 지닌 것 같았다. 환원외 부부조차 이제껏 소환에게 이런 재능이 있었다는 걸 몰랐다며 딸의 능력을 기이하게 여겼다.

단홍은 자신의 부족한 실력을 탓하다가도 보지 말아야 했던 그때 그 장면을 떠올렸다. 가슴이 아렸다.

환원외 부부는 소환이 화법까지 익혔으니 두 사람이 제대로 협업해

곧 백미도를 완성할 거라고 여겼다. 그림을 그리지 않은 지 보름이 지났을 때, 단홍은 다시 화공의 시선으로 소훤을 주시했다. 그래도 여전히 붓을 쥘 수 없었다.

소훤은 소박한 차림새를 하고 있었는데 분을 칠하지도 비취 장식을 하지도 않았다. 서 있는 듯하면서도 기대고 있는 듯한 모습이 한 폭의 그림과 같았다.

"당신은 요괴야!"

단홍이 중얼거렸다.

녹병이 품, 하고 소리 내며 웃었다. 아무래도 이 위대한 화공은 그림을 너무 그려 정신이 나간 것 같았다. 선녀 같은 아씨가 어찌 요괴란 말인가.

그림이 그려지지 않았다. 가장 묘사하기 어려운 건 뜻, 즉 정신이었다. 여인 아흔아홉 명의 형신(形神)을 모두 얻었는데도 어찌 얼굴 하나를 그려내지 못한단 말인가? 마음에 오래 품을수록 그려내기 어려운 걸까? 그때 그 장면이 눈앞에서 재연되었다. 꽃밭에서 부적을 태우던 여인. 이 여인은 대체 누구란 말인가?

"제가 선생님을 그려보는 것은 어떻겠습니까?"

소훤은 얼굴에 웃음을 띠더니 고개를 돌려 녹병에게 말했다.

"녹병, 내 방에 둔 학지향(鶴脂香)을 기억하느냐? 가서 그것을 가져오거라."

녹병은 고개를 살짝 옆으로 돌렸다. 그걸 어디에 두었는지 기억이 나지 않았다. 아씨가 단홍과 단둘이 있으려고 자신을 내보낸다고 생각한 녹병은 불쾌함을 드러내며 자리를 떠났다.

단홍은 마음이 들썩였고 감정은 널뛰었으며 머리가 아득해졌다. 소훤의 저의를 헤아려보다가 오히려 자신이 빠져들고 말았다.

소훤은 먹을 갈았다. 청흑색 먹에서는 기이한 향이 났다. 옛날에 이 향을 맡았더라면, 단홍은 틀림없이 괴이 여기면서 향의 정체를 물었을 테지만, 지금은 마음이 어지러워 소훤을 뚫어지게 바라볼 뿐이었다.

소훤은 한참 눈을 감았다. 몸은 이 자리에 있으나 혼은 하늘 밖을 노니는 것 같았다.

단홍은 숨죽이며 정신을 집중했다. 아름다운 눈을 감는 것도 빼어난 아름다움이라는 것을 예전에는 생각해본 적이 없었다. 어쩌면 파초 잎 아래 떨어진 꽃잎이 지면을 뒤덮고, 난간에 기댄 채 잠시 쉬고 있는 미인을 그릴 수도 있을 것이다. 단홍은 별안간 가슴이 떨렸다. 떨어지는 꽃잎이 된다고 할지라도 소훤의 옷자락에 닿고 싶었다.

소훤이 갑자기 눈을 떴다. 두 눈이 투명하게 반짝였다. 소훤은 신의 도움이라도 받는 것처럼 붓을 휘둘렀다. 날뛰는 말이 남기는 발자국처럼, 휘날리는 꽃비처럼 순식간에 그림이 종이 위에 생겨났다. 짙은 필치로 생생히 뜻을 전하기도 하고, 옅은 필치로 여백을 남기기도 했다. 몇 번 만에 경지에 도달했다.

"끝났습니다."

소훤은 붓을 내려놓고는 고개를 꼿꼿이 들었다. 그 모습이 대승을 거두고 돌아오는 장군 같았다.

단홍은 웃음을 머금으며 서안으로 걸어갔다. 그림에 시선을 고정하는 순간, 단홍은 얼이 빠져 그대로 멈칫했다.

논밭에 있는 작은 가옥에서 단홍이 붓을 들고 나오고 있었다. 단숨에 걸작을 완성했는지 의기양양한 모습이었다. 혹은 모든 계획을 끝내 걸작을 그리기를 기다리는 것 같기도 했다. 작품은 통쾌하면서도 거리낌이 없었으나 여백이 남아 있었다. 황정견(黃庭堅)*이 활시위를 당기고 있으나 아직 화살을 쏘지는 않은 이광(李廣)**을 그렸던 것처럼, 고개지(顧愷之)***

---

* 북송 시기의 시인이자 서예가
** 서한 시기의 명장
*** 동진 시기의 화가로 인물화에 뛰어났다.

가 배해(裴楷)*를 생동감 있게 그려내 승리를 나타낸 것처럼. 천상묘득(遷想妙得)**이라고 하는 것도 대략 이러할 것이다.

특히 그림 속 단홍의 살아 움직이는 듯한 두 눈은 진짜 사람의 눈 같았다.

단홍은 전신을 움찔 떨었다. 고개를 들어 뚫어지게 소훤을 보았다. 소훤도 냉랭한 시선으로 단홍을 마주 보았다. 완전히 꿰뚫어 보는 듯한 눈빛이었다.

그 눈은 생이별이었다.

단홍은 자신이 곧 죽을 거라는 걸 알았다.

산처럼 거대한 부처의 손이 자기 목을 단단히 움켜쥐는 것 같았다. 손가락 사이로 흐르는 핏물이 두 눈에 선연했다. 검붉은 피가 시선을 사로잡고, 두려움이 단홍을 짓눌렀다. 단홍은 버둥거리는 와중에 야만스럽게 살았던 과거를 떠올렸다. 찢어 죽이고, 싸우면서 생존을 도모하였던 과거를 떠올렸다. 단홍의 삶은 절대 쉽지 않았다.

조금씩 쌓아왔던 수행이 수포가 되어 아쉬울 뿐이었다.

소훤의 붉은 입술이 열렸다.

"네놈의 목숨을 거두러 왔다!"

눈 깜짝할 사이, 처연하게 아름다운 얼굴이 단홍 앞으로 날아왔다. 그래! 소훤의 손에 죽을 수 있다면, 기꺼이 죽어도 좋다. 무수한 청춘의 세월을 자기 두 손으로 앗아갔으니 원망할 것도 없었다. 이것은 인과응보였다.

단홍은 그저 소훤이 자신에게 마음이 동했다고 여겼던 것을 탄식할 뿐이었다.

* 서진 시기의 고위 관리
** 고개지가 주장한 회화이론으로 작가의 상상력과 감정을 기반으로 대상의 본질을 파악하고 성정을 체험해 회화적 구상을 이루는 것을 말한다.

단홍은 그저 소훤이 자신이 요괴라는 것을 진즉 알고 있었던 것을 슬퍼할 뿐이었다.

단홍은 마지막으로 창문 밖을 보았다. 맑고 새파란 하늘은 단홍이 오랫동안 꿈꿔왔던 곳이었다. 하필이면 피를 흘리는 황혼 아래라니, 진흙처럼 검은 하늘색이라니. 단홍이 예전에 살았던 더러운 동굴과 비슷했다. 엄청난 수의 파충류가 꿈틀거리면서 천천히 단홍의 눈앞에 쌓였다. 몸에 있는 일곱 구멍 안으로 들어와 오장육부를 꿰뚫고는 몸에 쌓인 정기를 빼냈다. 남에게서 빼앗아 쌓아왔던 원기를 모두 토해내자 배가 텅 비어 찢어질 지경이었다.

단홍은 모든 걸 잃었다.

결국에는 원형으로 돌아갔다.

이제껏 단홍은 그것이 자신의 전생이라고 생각했었다. 기억할 수 없었다. 차마 기억하고 싶지 않았다. 단홍은 사람이라는 새로운 신분에 익숙해졌고, 몸짓 하나하나가 신선처럼 민첩했다. 신선. 그것은 단홍을 삿된 길로 걸어가도록 유혹했다. 처녀 백 명의 혼을 그림에 숨겨 그 기운을 마시면 우화등선할 수 있었다. 단홍은 사람으로 둔갑해 중생을 미혹했고, 중생 또한 기꺼이 단홍의 손에서 놀아났다.

세상 사람들이 사랑하는 건 껍데기뿐이었다. 단홍은 자신의 껍데기를 극도로 아름답게 만들었다. 또한 세상 여성도 자신의 용모를 영원히 남길 수 있게 했다. 길고 긴 세월에서 사람을 사랑에 빠지게 만들 수 있는 건 순간일 뿐이었지만, 단홍의 그림은 영원했다. 어찌 사람들이 앞다투지 않을 수 있었겠는가?

그러나 이 영원이라는 것도 거짓말일 뿐이었다. 단홍은 침울하게 생각했다. 자신처럼 영원히 축생도에서 벗어날 수 없는 이는 윤회에서 벗어나기 위해 수단 방법을 가리지 말아야 했다. 그것만이 유일한 해결책이었다.

그런데 가장 중요한 관문을 앞두었을 때 운명과도 같은 방해꾼을 만난 것이다. 단홍은 소훤을 사랑했지만, 소훤을 그려낼 수 없었다. 그러나 단홍을 사랑하지 않는 소훤은 단홍의 정기를 붓끝으로 완벽하게 그려낼 수 있었다. 이 얼마나 우스운 일인가.

"어찌하여 나를 사지로 모느냐!"

단홍은 비통해하면서도 분노하며 외쳤다. 원래는 몸에 남은 원기를 모아 최후의 일격을 날릴 수 있었지만, 소훤을 보는 순간, 차마 그럴 수 없었다. 이해할 수 없어서 느꼈던 당혹감과 원망이, 그 모든 감정이 모조리 흩어지면서 쓴웃음이 되었다. 그리고 조금씩 얼어붙었다. 마비될 때까지. 이번에 살아남는다고 할지라도 소훤이 자신을 포기했다는 걸 알게 된 이상 더는 살아갈 수 없었다.

소훤은 단홍의 질문에 망연해졌다. 어찌하여? 확실히 그 이유는 지금의 상황을 만들어냈다. 하지만 자기 과업은 더는 중요하지 않았다. 그저, 멈출 수 없기 때문이었다. 소훤은 멍해져 자기 자신에게 물어보았다. 혹시 연민의 감정이 생긴 건 아니냐고. 소훤은 빠르게 이 터무니없는 생각을 지워버렸다. 그런 뒤 애써 자신에게 되뇌었다. 저 사람은 요괴야. 절대 마음이 약해져서는 안 돼.

두 눈에 담긴 감정을 사랑이라고 얼마나 착각했던가, 그 찌푸림과 웃음을 얼마나 당연하게 정이라고 여겼던가. 그러나 눈을 똑바로 뜨고 그 모든 것이 아무것도 아니었음을 보게 되자 단홍은 비로소 깨달을 수 있었다. 자신을 버둥거리게 만들었던 애착 또한 자기가 붓으로 그려냈던 가짜 몸과 다를 바가 없다는 것을. 어디에서 오고 어디로 가든, 결국에는 '공(空)'이 될 뿐이었다.

혼백은 희미한 연기가 되었다. 가볍고 부드러우면서 실체가 없었다. 텅 비어버린 단홍의 마음처럼. 아무리 마음을 써도 소훤의 마음에 자신을 남길 수는 없을 것이다. 언제든지 죽일 수 있는 벌레와 파리를 누가 기억해주겠는가? 자신은 거들떠볼 가치도 없는 존재였다. 그렇다면, 그냥 떠나버리자!

단홍은 슬픔에 잠긴 채 결연히 그림 속으로 몸을 던졌다.

그림은 연기를 탄토하는 조개라도 된 것처럼 들이마시고 내뱉더니 어느새 단홍을 거뒀고, 곧 죽은 물처럼 잠잠해졌다.

수백 년 버둥거린 것이 무슨 소용이 있겠는가? 고지를 눈앞에 두고 도로 아미타불이 되어버린 것을. 결국 범인의 마음을 버리지 못했으니 이런 숙명을 맞이하는 것도 당연한 일이었다. 단홍의 바짝 마른 껍데기가 허물어지는 담이라도 된 것처럼 요란한 소리를 내면서 무너졌다. 수많은 여인이 연모하던 껍데기가 피와 뼈만 남기며 차마 볼 수 없는 상태가 되었다.

소훤은 멍하게 서 있었다. 그 짧은 순간이 길고 긴 세월처럼 느껴졌다.

소훤의 마음이 무언가에 의해 조금씩 조금씩 도려내졌다. 눈 깜짝할 사이에 삶이 죽음이 되었고, 그림 한 폭은 간신히 살아남은 목숨을 거두었다. 소훤은 요괴를 없앤 걸까, 아니면 삶을 해친 걸까?

눈앞의 모든 것이 꿈 같았다. 소훤은 손을 뻗어보았지만, 더는 그곳에 사람은 없었다.

향을 가지고 돌아온 녹병은 참혹한 현장을 보고 기절했다. 나중에 정신을 차린 녹병은 두려워했지만 놀란 가슴이 진정되자 툭툭 눈물을 떨궜다. 소훤은 그 이유를 묻기도 귀찮았다. 그런데 자기 두 눈에도 눈물이 고이는 게 아닌가.

복잡한 심경이었다.

오직 그 그림을 피할 뿐이었다. 그리움으로 물들었던 두 눈에서 사무치는 증오를 보게 될까 두려웠다.

그날 밤, 환가 사람들은 아주 먼 지역으로 거처를 옮겼다. 소훤의 부친은 가택에 요기가 남았을지도 모른다고 생각했고, 다른 요괴들의 복수도 걱정했다. 게다가 위대한 화공이 의문의 죽음을 맞이하지 않았는가. 멀리 도망쳐 화를 피할 수밖에 없었다. 소훤 또한 거처를 옮기는 게 좋겠다고 생각했다. 단홍의 흔적이 사방에 남아 있는 누각을 종일 마주하는 것보다는 나을 것이다.

그러나 눈으로 보지 않을 수는 있어도 마음마저 못 본 척할 수는 없었다.

멀리 삼천리는 떨어진 황량한 마을에서 소훤은 창문에 기댄 채 밖을 내다보았다. 해가 서산으로 숨자 하늘이 붉은 노을로 물들었다. 핏빛처럼 불길했다. 넋을 놓고 보는 사이, 단홍의 두 눈이 또 떠올랐다. 자신을 똑바로 응시하면서 그 마음을 가늠해보던 눈이었다. 소훤은 당황했다. 고개를 돌리자 서가에 수북하게 쌓인 그림 더미가 보였다. 두 눈이 시렸다. 단홍이 사랑하던 백미도였다.

소훤은 한가로울 때 단홍을 그렸던 그림에 담묵으로 매화를 그렸다. 꽃이 만발한 가지였다. 처음에는 진흙 위에 꽃잎 두세 개만 그렸는데, 단홍이 적막할 것을 걱정해 시냇물을 그려 넣었다. 꽃잎은 흐르는 물을 타고 멀어졌다. 어쩐지 지나간 옛일을 슬퍼하는 듯한 느낌이었다.

소훤은 저도 모르게 〈강남호〉를 떠올렸다. 예언과도 같은 시였다. 매화가 소훤의 정신이라면 둘은 함께 있는 것이니 어쩌면 그림 속에 있는 단홍도 외롭지는 않을 것이다.

그러나 이 마음을 억누를 수가 없었다….

✦ **추시다오(楚惜刀)**

문학 석사, 상하이 작가협회 회원. 광고 회사 크리에이티브 총괄 디렉터로 일한 적이 있으며 지금은 프리랜서 작가이다. 소설 창작과 시나리오 각색에 종사한다. 장편 판타지 《매생(魅生)》 시리즈와 《천광운영(天光雲影)》 시리즈, 장편 무협 《명일가(明日歌)》 시리즈, 장편 로맨스 《소당공자(酥糖公子)》 및 드라마 소설 《적인걸의 신도 용왕(狄仁傑之神都龍王)》 등을 출간했다.

背尸体的女人

시신을 짊어진 여인

◆

츠후이

시신을 짊어진 여인은 북쪽에서 왔다.

여인은 걸음이 아주 느렸다. 한 걸음 내디딜 때마다 쓰러질 듯 휘청였다. 여인은 시신을 받치며 몸을 일으켜서는 계속 걸음을 옮겼다. 다 해어진 바지에는 먼지가 잔뜩 묻었다.

여인의 머리카락은 벌써 반 백발이 되어 있었다. 얼굴에 있는 주름은 골짜기처럼 깊었고, 수심이 가득한 표정이었다.

걸핏하면 넘어졌기에 여인의 몸에는 크고 작은 멍과 찰과상이 있었지만, 여인은 이를 아랑곳하지 않고 중얼거리기만 할 뿐이었다. 여인의 말을 알아듣는 이는 없었다. 여인의 텅 빈 두 눈은 길의 끝을 찾기라도 하듯 앞만 주시했다.

반면, 여인이 짊어진 시신은 밝고도 아름다웠다. 옷에 구김이 없었고, 색도 화사했다. 금실로 끝을 마감해 햇빛 아래에서 반짝반짝 빛났다.

분명히 죽은 이인데도 아주 복스럽게 보였다.

시신을 짊어진 여인은 걷고 또 걸었다. 시신은 금방이라도 떨어질 것처럼 여인의 등 위에서 휘청였지만, 여인은 언제나 단단히 시신을 붙잡았다.

여인은 길에서 한가한 사람과 마주쳤다. 그 사람은 깜짝 놀라며 여인을 붙잡고 소리쳤다.

"세상에, 설마 시신을 업고 있는 거요?"

여인은 답했다.

"맞습니다."

"이 시신을 보세요. 이리 무거운 걸 업고 다니면 당신 허리가 곧 끊어지고 말 겁니다."

그 한가한 사람은 말을 이었다.

"차라리 시신을 버리는 것은 어떻겠습니까?"

여인은 연이어 고개를 가로저으며 말했다.

"버릴 수 없어요. 버릴 수 없습니다."

한가한 사람은 어리둥절하다가 말했다.

"그 이유가 무엇입니까? 혹시 이자가 당신의 가족인가요? 그래서 버릴 수 없는 거예요?"

"그래요."

여인은 말을 이었다.

"그렇습니다."

한가한 사람은 탄식하더니 여인과 함께 눈물을 흘렸다. 그러고는 그곳을 떠났다.

여인은 시신을 짊어지고 계속 앞을 향해 걸어갔다.

지나가던 행인이 시신을 짊어진 여인을 보고는 달려와 큰 소리로 외쳤다.

"어서 그 불결한 시체를 내려놓으세요! 좋은 삶이 앞에서 당신을 기다리고 있습니다!"

"하지만 이 시신은 내 가족입니다."

여인은 말을 이었다.

"이 사람은 나와 함께 살았습니다. 내게 참 따스한 사람이었죠. 비록 지금은 죽었지만, 차마 이 사람을 버릴 수가 없습니다."

행인은 잠시 당황하더니 고개를 끄덕였다.

"아이고, 그런 거였군. 그런 거였어."

행인은 여인을 위로하고는 바로 떠났다.

여인은 시신을 짊어지고 계속 앞을 향해 걸어갔다.

얼마 지나지 않아 여인은 각박한 사람과 마주쳤다. 각박한 이는 여인을 머리부터 발끝까지 세세히 살펴보더니 길에서 손가락질했다.

"저 여자를 보라고."

각박한 사람은 말했다.

"시체를 업고 있다니. 틀림없이 어떤 이가 엄청난 약속을 해주었거나 큰돈을 준 거야. 그렇지 않고서야 저 여자가 저런 일을 할 리가 없지."

여인은 천진하게 웃으며 말했다.

"맞습니다. 맞아요."

각박한 사람은 자기 관찰력에 만족스러워하며 감탄하더니 유쾌한 모습이 되어 자리를 떠났다.

여인은 고개를 숙인 채 시신을 짊어지며 걸음을 옮겼다.

다시 걷기 시작한 지 얼마 되지 않았을 때 여인은 선을 행하는 사람을 만났다. 그 사람은 여인이 시신을 업고 있는 걸 보더니 대경실색하며 달려왔다.

"아이고, 시신을 업고 있는 건 아니겠죠? 이렇게 딱하다니. 어서 시신을 내려놔요. 나랑 같이 저쪽에 있는 집으로 갑시다. 따뜻한 물과 따뜻한 밥이 있어요. 나는 당신을 기꺼이 도울 거예요."

여인은 고개를 가로저으며 말했다.

"고맙습니다. 하지만 나는 이 시신을 내려놓을 수 없습니다. 어떤 이가 큰돈을 주며 시신을 업어 고향으로 데려가라고 했거든요. 시신을 내려놓으면 돈을 받을 수 없습니다."

선을 행하는 사람은 그 말을 듣더니 퉤 하고 침을 뱉으며 몸을 돌려 가버렸다.

여인은 계속 앞을 향해 걸어갔다.

여인의 등에 업힌 시신이 흔들렸다. 묵직한 시신은 아래로 축 늘어졌다. 여인은 걸음을 옮길 때마다 휘청이며 넘어졌고, 몸을 일으키며 다시 한 걸음 내디뎠다. 그러면 또 넘어졌다. 갈림길에 있던 어떤 낙관적인 사람이 그 모습을 보더니 여인을 부축하며 말했다.

"어찌 이 시신을 버리지 않는 거죠?"

여인은 고개를 가로저으며 말했다.

"버릴 수 없습니다."

낙관적인 사람은 이해할 수 없었다.

"설마 이 시신이 자네의 절친한 벗인가요? 허나 마음을 나눴던 벗이라 할지라도 당신이 이렇게 되기를 원하지는 않을 겁니다."

여인은 말을 하지 않았다. 그저 고개를 가로저을 뿐이었다.

낙관적인 사람은 어쩔 수 없다는 듯 탄식하며 말했다.

"이 시신이 당신에게 어떤 사람이었는지, 당신이 어떤 일을 겪은 건지 모르겠지만, 당신 모습을 보십시오. 이 시신보다 더 처참하지 않습니까. 그런데 문득 당신에게 좋은 일일 수도 있다는 생각이 드네요. 생각해보세요. 이자는 이미 죽었죠. 그러나 당신은 살아 있습니다. 당신이 업고 있는 시신은 화려하고 아름다워 확실히 사람들의 시선을 끕니다. 덕분에 당신처럼 평범한 사람도 사람들의 시선을 사로잡을 수 있게 된 겁니다. 이건 좋은 일입니다. 그것만으로도 이 시신을 업고 다닐 만한 가치가 있어요."

시신을 짊어진 여인은 고개를 끄덕이며 말했다.

"맞아요. 맞습니다."

낙관적인 사람은 매우 만족하며 떠났다.

여인은 등에 시신을 짊어지고 계속 앞을 향해 걸어갔다.

어떤 비관적인 사람이 여인을 보더니 달려와 말했다.

"아이고. 설마 나중에 나도 당신처럼 이 지경이 되는 건 아니겠지?"

여인은 업은 시신을 다시 제대로 받치고는 고개를 들어 그 사람을 보고 말했다.

"사실 시신을 업고 다니는 것도 좋은 일입니다. 길을 걸을 때 시신을 데리고 있으면 사람들이 상대를 해주거든요."

비관적인 사람은 말했다.

"퉤. 그 사람들은 당신이 재미있다고 생각하는 것뿐이야. 나는 그렇지 않고. 당신의 불쌍한 모습을 보니 나는 불안해 죽겠네. 당신의 이 무거운 짐을 내려줄 수 없다면, 나 역시 당신 같은 결말을 맞게 될지도 모를 것 같아서 말이야."

여인은 말했다.

"그럼 선생님께서 나 대신 이 시신을 업어주면 되겠네요."

비관적인 사람은 화들짝 놀라더니 비명을 지르며 도망쳤다.

여인은 그 사람의 뒷모습을 잠시 보다가 고개를 숙였다. 시신을 짊어지고 계속 앞을 향해 걸어갔다.

길옆에 있던 똑똑한 사람이 여인을 보더니 수군거리며 말했다.

"저 멍청한 사람을 보라지. 저렇게 분별이 없다니. 왜 저 화려한 옷을 벗겨 자기가 입지 않는 거지. 비단으로 만든 옷이라 따뜻하고 가벼운 데다가 부자처럼 보일 터인데. 다른 이들도 저자를 다르게 보게 될 거야."

그 여인은 이 말을 듣더니 고개를 들며 웃었다. 아주 연로한 웃음이었다. 얼굴에 있던 주름들이 한데로 모였다가 퍼졌다. 두 눈은 아주 싸늘했다. 새카만 얼음처럼 싸늘했다.

똑똑한 사람은 몸을 흠칫 떨며 떠났다. 나지막한 목소리로 같이 있던 이에게 말했다.

"저 사람의 정인인가 봐. 그러니 내려놓지 못하고 저렇게 아쉬워하지."

여인은 그 사람을 잠시 보더니 고개를 숙이며 계속 걸었다.

여인이 걷고 또 걷고 있는데 한 미친 이가 여인을 보았다. 그 사람은 히히 웃으며 달려와 여인에게 물었다.

"이봐. 자네는 시신을 업고 있는 건가?"

여인은 답했다.

"그렇습니다."

"왜 업고 있는 거지?"

여인은 말했다.

"내가 사랑했던 이라서 그럽니다. 죽기는 했어도 여전히 헤어지기 아쉽기 때문이죠."

미친 이는 그런데도 여인을 놓아주지 않았다. 옆에서 폴짝폴짝 뛰며 시신에게 말을 걸었다.

"이봐, 시체, 자네는 이 여인을 사랑하나?"

시신은 당연히 답을 하지 않았다.

여인은 침묵하며 걸었고, 미친 이는 여인을 따라가며 다시 물었다.

"이봐, 자네는 시체를 업고 있는 건가?"

"맞습니다."

"왜 이 사람을 업고 있는 거지?"

"그러면 다른 사람들이 내게 관심을 가지니까요."

여인은 말을 이었다.

"이 사람이 있으면 사람들이 내게 관심을 가집니다."

"이봐, 시체."

미친 이는 물었다.

"자네는 이 여인에게 관심이 있나?"

시신은 당연히 답을 하지 않았다.

미친 이는 웃다가 울었고, 울다가 웃었다. 절반은 걸었고, 절반은 춤을 추었다. 시신을 짊어진 여인은 한 걸음 내디디다 넘어졌고, 넘어지면 다시 한 걸음 내디뎠다. 두 사람은 제법 장단이 잘 맞았다. 잠시 후, 미친 이는 다시 묻기 시작했다.

"이봐. 자네가 업고 있는 건 시체인가?"

"그렇습니다."

"이자를 왜 업고 있는 거지?"

"이 사람을 업고 걸으면 내게 큰돈을 주겠다고 한 이가 있어서 그렇습니다."

"이봐, 시체. 자네는 값어치가 있는 이인가?"

시신은 당연히 답을 하지 않았다.

미친 이는 노래를 부르기 시작했다. 딱히 높낮이가 없었는데 길가에 있던 새들이 그 소리를 듣고 지저귀기 시작했다. 노래 몇 곡을 부른 뒤 미친 이는 다시 묻기 시작했다.

"이봐, 자네는 시체를 업고 있는 건가?"

"그렇습니다."

"왜 이자를 업고 있는 거요?"

"이 사람이 내 가족이기 때문입니다. 내게 아주 잘해주었죠. 그래서 차마 버리지 못하는 거예요."

"이봐. 시체. 자네는 이 여인을 사랑하나?"

시신은 당연히 답을 하지 않았다.

미친 이는 길을 걸으며 노래를 흥얼거렸고 갑자기 손바닥을 쳤다.

"맞아. 맞아. 이건 시체가 아니야. 보라고. 이자는 자네의 가족이자 자
네의 정인이고 자네를 남다르게 만들어주는 이지. 게다가 큰돈을 벌 수
있게 해주는 이야. 틀림없이 자네의 신이야!"

여인은 고개를 끄덕이며 말했다.

"맞아요. 맞습니다."

미친 이는 그런데도 여인을 놓아주지 않았다. 여인의 주위를 빙글빙
글 돌다가 돌연 이렇게 말했다.

"하, 자네 신에게서 싹이 났구려."

"네?"

여인은 시신을 너무 오래 짊어지고 있었다. 흙먼지가 얼굴에 내려앉
았고, 씨앗이 피부 주름과 텅 빈 눈구멍 안으로 떨어졌다. 어떤 건 싹을
틔웠고, 어떤 건 벌써 작은 나무가 되어 있었다. 여인은 계속 시신을 업고
있었기에 이를 보지도 알지도 못했다.

"자네 신에게 싹이 났다오."

미친 이는 손뼉을 치면서 큰 소리로 노래를 불렀다.

"자네 신에게 싹이 났어. 자네 신에게 싹이 났어. 자네 신의 머리 꼭대
기에는 나무가 있고, 자네 신이 꽃을 피우며 열매를 맺었어."

미친 이는 말을 하면서 손을 뻗었다. 작은 과일을 따내 맛볼 생각이
었다.

여인은 다급하게 고개를 돌리다가 실수로 몸을 곧게 세웠다. 그 바람
에 시신이 미끄러지면서 땅 위로 떨어졌다.

여인이 그 모습을 보았다.

"자네는 이 사람을 왜 업었나?"

미친 이는 물었다.

"나도 모르겠습니다."

여인은 말을 이었다.

"내가 기억할 수 있을 때부터 이랬습니다. 등에 아무것도 없으면 길을 어찌 걸어야 할지도 모르겠어요. 나는 이제 어쩌면 좋죠?"

"날 업으면 될지도."

미친 이는 말을 이었다.

"하지만 나는 시체가 되고 싶지 않은걸."

"맞습니다."

두 사람은 서로를 보더니 자리에 앉아 노래를 불렀다. 길가에 구멍을 파고는 시신을 안에 넣었다. 노란 꽃과 붉은 과일, 신선하고 부드러운 녹색 잎이, 쑥쑥 자라난 생명이 바람을 맞으며 흔들렸다.

태양이 천천히 아래로 내려왔다. 구름과 안개는 좁고 기다란 불길처럼 하늘 끝에서부터 차례차례 타올랐다.

미친 이는 모닥불을 피운 뒤 가지고 있던 건조 식량을 여인에게 나눠주었다. 두 사람은 모닥불 옆에서 몸을 말아 작은 점 두 개가 되었다. 곧 잠이 들었다.

천지는 끝이 없었고 길은 사방으로 뻗어 있었다. 먼지는 몰아치며 날아가면서도 몰아치며 날아왔다.

✦ **츠후이(遲卉)**

SF 소설가. 1993년부터 글을 쓰기 시작했으며 2003년에 첫 작품을 발표한 뒤 지금까지 창작을 이어오고 있다. 미식과 게임, 회화와 자연 관찰을 즐긴다. 장편 SF 작품으로는 《종점 마을(終點鎭)》, 《위인 2075(偉人2075)》 등이 있다.

山和名字的
秘密

산과 이름의 비밀

✦

왕뉘뉘

상(上)

　유당주는 산허리 적루(吊樓)*에 살았는데 집으로 돌아가려면 꼭 다랑
이**를 지나야 했다. 다랑이는 산 위에 있었고, 모두 초승달 모양이었으며
여성들이 채화산(踩花山)*** 때 머리에 쓰는 은제 장식과 비슷했다.

　채자(寨子)**** 안 사람들은 일모작을 했지만, 겨울에도 논에 물을 가득
댔다. 첫째는 땅을 비옥하게 만들기 위해서였고, 둘째는 물 부족을 방지
하기 위해서였다. 반짝이는 다랑이에서는 구름을 볼 수 있었고, 태양은
산 전체를 거울처럼 비췄다. 맨발로 논에 들어간 유당주가 진흙을 튀기자
논물이 거울처럼 깨졌다.

　작은 키에 커다란 책가방까지 메고 있던 유당주는 씩씩거리며 달려갔
다. 선생님이 오늘 밤 로켓이 떨어질 거라고 했다. 유당주는 날이 어두워

＊　산간 지대에 있는 목조 가옥

＊＊　계단식 논

＊＊＊　묘족의 전통 명절 중 하나로 음력 일월이나 오월 초에 청춘 남녀가 중앙에 있는 꽃 난간을
둘러싸며 춤을 추는 날

＊＊＊＊　울타리, 수로, 산 등으로 사방이 둘러싸인 마을

지기 전에 집으로 돌아가 할아버지에게 이 소식을 알려줘야 했다.

유당주의 가족은 대대로 산이 주는 걸 먹고살았고, 산은 하늘이 내려주는 걸 받았다. 예를 들어 풍부한 빗물과 우거진 대나무 숲, 붉은 버섯이 그러했다. 그래서 주변에 위성 발사 기지가 세워졌을 때, 새빨갛게 타오르던 일급 로켓의 잔해가 산속으로 떨어지면, 아이들은 로켓 파편을 구덩이에서 빼내 채자로 가져왔다. 그 시절의 사람들은 하늘에서 떨어진 건 모두 복된 것이라고 여겼다.

하지만 하늘에서 떨어지는 철 조각의 수가 점점 많아졌다. 매년 찰벼가 익을 때면 마을은 사람들에게 위성 발사 기지 중 발사 임무가 있는 곳을 알려주었고, 되도록 외출하지 말라고 공지했다.

그리고 그날 밤이 되면, 사람들은 집 안에서도 우르릉 소리를 들을 수 있었다. 뇌공을 때리던 장양(姜央)*처럼 말이다. 처음에 시작할 때는 바람막이 유리가 있는 제등처럼 미약한 빛이었지만, 검은 구름 안에 갇혀 있던 빛은 점점 밝아졌고, 밝은 빛의 꼬리를 몇 줄기나 그려냈다.

꼬리들은 불타며 추락했다. 큰 덩어리가 논에 깊은 구멍을 남기면서 떨어지자 농작물이 대거 몸을 눕히며 쓰러졌다. 풀어서 키우던 잉어가 가장 살이 올랐을 때였지만, 떨어진 로켓 파편이 논을 헤집으며 진흙탕으로 만드는 바람에 잉어는 다음 날 하얀 배를 까고 죽어 버렸다.

작은 로켓 조각이 적루에 떨어지면서 기와가 상당수 부서졌고, 기와 아래에 있던 목판에도 구멍이 났다. 적루 1층에는 돼지와 양을 가둬서 키웠고, 2층에는 사람이 살았으며 지붕에는 온 가족이 1년간 먹을 양식이 쌓여 있었다. 붉은 쇳덩이가 곡식 창고로 떨어져 불이라도 나면, 분주히 일했던 1년이 허사가 되는 거였다.

유당주가 초등학교에 다닐 즈음에는 마을 어른들이 '위성 발사'라는 네 글자를 극히 두려워했다. 호기심을 품은 아이들만이 장양이 뇌공을 때리

---

* 묘족 신화에서 노란 알에서 나온 인류의 조상으로 하얀 알에서 나온 뇌공과 끊임없이 다툰다.

는 듯한 밤에 꽉 닫힌 창문을 열어 빼꼼 고개를 내밀었다. 아이들은 조국인 중국에 부강함을 선사했다는, 삶에 희망을 주었다고 전해지는 위성의 모습을 궁금해했다.

오늘 유당주의 학교 선생은 저녁때 방송 위성인 '중성 9호'를 발사한다고 알려주었다. 위성은 다가오는 2008년 베이징 올림픽에서 방송 신호를 전달하는 임무를 맡게 될 거라고, 올림픽 전사가 금메달을 따는 화면을 조국 각지에 있는 사람들의 텔레비전 화면까지 전해줄 거라고 했다.

유당주네 집은 얼마 전 21인치 컬러텔레비전을 샀고, 적루 위에 위성 안테나도 설치했다. 유당주는 할아버지에게 위성이 영광스러운 사명을 완성하기 위해서 오늘 밤 쏘아진다고 말했다. 그러나 할아버지는 담배 연기만 길게 내뿜을 뿐이었다. 연초는 새것 같았지만, 담뱃대는 오래된 거였다. 은으로 만든 물부리에 있던 구름 번개무늬는 진즉에 닳아 매끈해졌다.

할아버지는 혼잣말했다.

"고생할 팔자로구나."

유당주가 집에 돌아온 지 얼마 되지 않았을 때, 중년 몇 명이 문을 열고 들어왔다. 평소처럼 할아버지에게 점을 봐달라고 찾아온 이들이었다. 로켓의 잔해가 어느 집으로 떨어질지는 누구도 알 수 없었다. 그러나 유당주의 할아버지는 유명한 바다이슝(巴代雄)*이었다. 할아버지는 종족의 눈이 되어 일어나지 않은 일을 볼 수 있었다.

할아버지의 입과 얼굴에는 주름이 가득했고, 연초 연기 때문에 노랗게 변한 지 오래인 두건은 원래 색을 찾아볼 수 없었다. 할아버지의 이름은 '주거우양'으로 성이 없었다. 이곳 사람들은 삼대의 이름을 연명(連名)해 부친과 할아버지의 이름을 아이의 이름 뒤에 붙였다. 이곳의 아이는 세 사람의 이름을 가지고 일생을 사는 셈이었다.

---

*　묘족의 제사장

'거우'와 '양'은 할아버지의 아버지와 할아버지의 할아버지였다. '주'야 말로 조부의 이름이었는데 주(九)는 다리(橋)라는 뜻이었다. 태어났을 때 부터 마르고 허약했던 할아버지는 마을 끝에 있는 돌다리에 의탁되었다 고 한다. 사람들은 다리나 나무 걸상, 돌, 녹나무처럼 쉽게 볼 수 있는 물 건에 아픈 아기를 입양 보내곤 했다. 이런 볼품없는 물건들이 아이에게 무병장수와 지혜를 가져다준다고 믿었다.

 할아버지가 태어난 지 얼마 되지 않았을 때 산기슭에서부터 마을 입 구까지 이어지는 새로운 길이 생겼다고 한다. 그래서 할아버지의 명의상 부친인, 그 돌다리를 찾는 이가 더는 없게 되었다. 사이사이 이끼와 푸른 풀이 돋아난 돌다리는 천천히 산의 일부가 되었다. 주거우양은 매년 쌀 과 고기를 가지고 다리 근처로 가 제사를 지냈고, 돌다리는 할아버지가 가장 우수한 바다이슭으로 자라날 수 있도록 돌봐주었다. 할아버지는 18대에 달하는 왕들의 위대한 공적을 노래하는 장편 시를 읊을 수 있었 고, 일반 사람들을 위해 제사도 지낼 수 있었다.

 그날 저녁, 푸른 겉옷을 입고 푸른 두건을 쓴 할아버지는 마을 입구에 있는 나무 아래로 갔다. 아이 열 명이 손을 붙잡고 빙 둘러야 안을 수 있 을 정도로 아주 오래된 녹나무였다. 중년 열몇 명이 옆을 빙 둘러쌌는데, 그들은 각자 산에서 천 년간 번성해왔던 일가를 대표하는 가장이었다. 몇 년 전부터 로켓이 떨어지는 날이면, 이들은 주거우양을 찾아와 점을 쳤 다. 할아버지는 산의 비밀을 먼저 알 수 있기에 산이 볼 수 있는 재앙도 말할 수 있었다.

 해가 지면서 빛이 줄어들기 시작했다. 멀리 있는 산 정상이 주거우양 이 뱉어놓은 담배 연기처럼 천천히 남회색 하늘 속으로 녹아 들어갔다. 커다란 나무 그늘 아래로 사람들의 얼굴에 의미를 알 수 없는 표정이 떠 올랐다. 키가 작았던 유당주는 그들의 얼굴을 제대로 볼 수 없었지만, 심 각하면서도 엄숙한 표정만큼은, 눈살을 펴며 기뻐하는 이가 없다는 것만 큼은 확실히 볼 수 있었다.

할아버지는 유당주에게 정사각형 모양의 목통을 집에서 가져오라고 시켰다. 오래된 나무라서 그런지 표면에 자연스러운 광택이 있었다. 할아버지는 점복을 청한 사람들이 가져온 쌀과 돈을 통 안에 넣고는 오래된 천 조각을 쌀 안에 얕게 묻었다. 유당주의 낡은 홑저고리에서 찢어낸 천이었다. 할아버지는 향 세 개를 피웠고, 종이 세 장을 태웠으며 연기를 세 모금 들이마셨다. 쌀알을 몇 알 씹으면서 녹나무를 마주하고 자리에 앉았다.

주거우양은 알 수 없는 주문을 웅얼거리면서 목통을 시곗바늘 방향으로 힘껏 흔들었다. 어두운 불빛 아래 새하얀 쌀과 황금빛 돈 그리고 검은 천이 서로 뒤엉키면서 목통 안에서 부딪혔다. 계속 구르다가 유백색 소용돌이가 되었다.

유당주는 소용돌이 안에 있는 색이 별의 모습으로 모이는 것을 보았다. 별은 어둠 속에서 폴짝폴짝 뛰면서 위로 오르다가 어느 순간 폭발을 일으켰다. 새빨간 철 조각이 지면으로 떨어졌다. 어떤 건 논 안으로 떨어져 물을 증발시켰고, 어떤 건 마을 끝자락에 떨어져 돼지우리를 부쉈다. 어미 돼지가 떨어진 파편에 눌리면서 죽었다. 더 많은 철 조각들이 산속으로 떨어지고 사방으로 불똥을 튀겼다….

목통 안에 담긴 색이 열렬히 용솟음치기 시작했다. 유당주가 눈앞에 놓인 광경에 빨려 들어가려고 했을 때, 할아버지는 목통을 흔들던 손을 멈췄다. 색이 분리되더니 원래의 하얀 쌀, 황금빛 돈, 남흑색 천으로 돌아갔다. 이들은 얌전히 그곳에 누워 있었다.

주거우양은 엄청난 기력을 소모한 것 같았다. 천천히 입을 열더니 쉰 목소리로 유당주에게 말했다.

"조금 전에 뭘 보지 않았느냐?"

유당주는 고개를 들어 할아버지를 보며 답했다.

"봤어요. 서쪽."

주거우양은 고개를 끄덕였다.

"서쪽이지."

유당주는 할아버지를 부축해 일으켰다. 유당주는 조금만 당겨도 할아버지가 가을날의 벼처럼 곧장 논 위에 고꾸라질 것 같다고 생각했다. 어떤 이가 철로 된 항아리를 들고 옆으로 왔다. 한 번 익힌 뒤에 말린 찹쌀과 땅콩을 넣어서 끓인 유차(油茶)였다. 유당주는 이런 차를 제일 좋아했다. 기름과 소금, 찻잎을 냄비에 넣고 볶다가 연기가 나면 물을 부어 끓였는데 찻물이 보글보글 끓기 시작하면 옥수수, 황두, 찹쌀밥을 넣었다. 곡식의 향기가 차향과 어우러지면서 코안을 파고들었다.

유차를 마신 할아버지는 기력을 좀 회복했는지 사람들에게 목통 안에 있는 동전과 천의 변화가 무엇을 의미하는지를 설명해주었다.

쌀은 밖으로 나오지 않았고, 동전도 서로 부딪히지 않았다. 이건 이들이 묻고자 하는 일이 정말로 일어난다는 뜻이었다.

하늘에서 떨어진 재난이 마을로 온다.

그리고 천은 쌀과 함께 움직이다가 네 번 접혀 덩어리가 되었다. 이는 하늘에서 떨어진 것이 불에 속하고 논으로 떨어진 후에는 금속이 된다는 뜻이었다. 그리고 그 위치는 서쪽이었다. 화폐가 쌀 안으로 깊숙이 들어가지 않은 것은 낙하물의 수가 많지 않아 큰 재난이 일어나지는 않으며 그저 마을 사람들에게 경제적 손실이 조금 있을 거라는 뜻이었다.

할아버지는 가지고 있던 남색 포대에 목통 안에 담긴 쌀과 돈을 담았다. 관례에 의하면 이는 마을 사람들이 바다이슴에게 주는 보수였다. 목통도 잘 간수했다. 이건 나중에 할아버지의 이름과 함께 유당주가 물려받을 법기였다.

"할아버지, 목통 안에 든 쌀로 어떻게 미래를 볼 수 있는 거예요?"

유당주는 할아버지 뒤를 졸졸 따라가며 물어보았다.

"너도 이제 이런 걸 궁금해하기 시작했구나. 내가 네게 물어보마. 쌀은 어디서 왔느냐?"

"산에 있는 논에서 자란 곡식이 익으면 돌로 된 절구 안에 넣어 빻잖아요. 겨를 없앤 게 쌀이고요."

"쌀로 무엇을 하지?"

유당주는 진지하게 답을 했다.

"할 수 있는 게 많죠. 먹는 거로는 밥이나 죽, 떡을 할 수 있고, 마시는 거로는 술이나 유차도 만들 수 있잖아요. 또 절인 고기랑 같이…."

"우리가 이 산으로 들어온 뒤로 쌀은 이 산에서 자라났다. 우리가 이 산으로 들어온 뒤로 조상님들은 쌀에 기대서 살아오신 거야. 조상님들이 대대손손 이어졌던 것처럼, 곡식도 파종되어 싹을 틔우면서 대대손손 이어왔지. 예부터, 사계절이 생겼을 때부터, 산은 자기에게 떨어진 걸 모두 기억하고 있단다. 그리고 쌀은 산의 화신이야. 우리와 산을 이어주는 끈이기도 하지. 쌀의 비밀을 알 수 있다면, 산이 무엇을 말하고자 하는지도 알 수 있단다."

"잘 모르겠어요."

"우리는 벼를 심고 쌀을 먹지. 쌀도 우리 몸의 일부분이 되었어. 쌀의 말을 배워야만 바다이슭이 될 수 있단다."

할아버지는 이렇게 말하더니 저녁에 별을 쫓을 때 쓸 생물을 준비하기 시작했다. 그들은 적루 아래로 갔다. 그곳에는 닭을 가둬둔 작은 대나무 울타리가 있었다. 유당주는 뭐라고 말을 하면서 닭 떼 안에서 폴짝폴짝 뛰었다. 깜짝 놀란 어미 닭이 둥지를 떠나면서 닭털이 사방으로 날렸다.

"그런데 제가 왜 바다이슭이 되어야 해요?"

"바다이슭은 노래해야 하지."

할아버지는 신비한 미소를 지었다.

"이건 저도 알아요. 바다이슭은 제사를 지내면서 신을 청할 때 노래를 불러야 하잖아요. 조상님과 산림을 연결하는 가사가 있는 선율로요. 그 노래를 들은 조상님은 어느 집에 재난이 있는지를 알고, 그 노래를 들은 산은 어느 집을 도와야 하는지를 알죠."

"젊은 다피가 그 노래를 들으면 네 마음을 알겠지."

다피는 아름답고 젊은 여성이라는 뜻이었다. 할아버지는 유당주에게 더는 닭들을 놀라게 하지 말라고 했다. 유당주는 할아버지가 하는 대로 따라 하면서 닭들의 주위를 오갔다. 사람이 위험하지 않다는 걸 느껴야만 닭들도 안심할 수 있었다.

"다피요?"

"바다이슝은 모두 좋은 목을 가졌지. 그 목으로 제사 시를 읊고, 채화 산 때 노래도 부르는 거야. 할아버지가 젊었을 때는 매년 여름에 있는 채 화산만 기다렸단다. 다피의 눈빛이 유월 날씨보다 뜨거웠지. 하하하… 아 양은 젊은 사람들이 보기에 가장 아리따운 꽃이었어. 할아버지가 입을 열 기만 하면 사슴 눈망울을 닮은 두 눈이 할아버지를 떠나는 법이 없었지."

"여자애들은 짜증 나요. 학교 여자애들은 머리카락이 길어서 체육 시 간에 뛸 때마다 제 앞에서 머리카락을 휘날린다고요. 그걸 당기기라도 하 면 바로 울고요."

유당주의 투덜거림은 소리가 크지 않았지만, 그 말을 들은 할아버지 는 손자의 어깨를 두드렸다. 장차 사랑꾼으로 자라날 게 분명했기에 자기 가 가르칠 필요는 없었다.

할아버지는 몸을 구부린 뒤 자기 주변에 먹을 걸 뿌렸다. 손으로 겨를 움켜쥐자 더 많은 닭이 다가왔다. 할아버지는 부드럽게 닭을 쓰다듬으며 천천히 움직였다. 닭이 모든 경계를 풀자 기회를 포착한 할아버지는 한 손으로 재빠르게 수탉의 다리를 붙잡으며 다른 한 손으로 날개를 붙잡았 다. 깜짝 놀란 수탉이 꾸르륵 소리를 내며 슬피 울었다.

그런 뒤 수탉의 다리는 붉은 실에 묶였다. 유당주는 닭을 녹나무 옆으 로 가져갔다. 날이 벌써 어두웠다. 열몇 명 정도 되는 마을 사람들이 연 이어 초를 가져와 밝히더니 맥주와 돼지고기를 나무 아래에 놓았다. 나 무 옆에는 전등도 있었는데, 노란 불빛이 사람들의 얼굴을 환히 비췄다.

나무 아래에 놓인 네모난 탁자에는 쌀 한 말이 있었고, 쌀에는 향 세 개가 꽂혔다. 그 앞에는 익힌 돼지고기가 담긴 그릇이, 그릇 위에는 젓가락 한 쌍이 놓여 있었다. 수탉을 묶은 붉은 실도 탁자 다리에 묶였다.

옆에 있는 목탄 화로에서는 벌써 불빛이 어른거렸다. 사람들의 준비 작업이 마무리된 것이다.

별을 쫓는 의식이 시작되었다. 할아버지는 밀랍을 엄지손가락만 한 크기로 둥글게 세 덩이 빚더니 타오르는 화로 안에 하나씩 넣었다. 이건 자리에 있는 다른 주술사를 밀랍으로 붙여 술법이 중단되지 않도록 막는 거였다. 그래야 별을 쫓는 의식도 방해받지 않을 수 있었다. 불길이 밀랍 덩어리를 핥자 지글지글 소리가 났다. 그 소리가 할아버지의 허리를 곧게 만들었다.

할아버지는 사람들 앞에서 경문을 읊기 시작했다.

"금 기둥 열아홉 할아버지, 은 기둥 열아홉 할아버지. 너거우 고을에 사시고 너수 마을에 사시지요. 오지 않으시면 제가 뉘로 부르고, 돌아가지 않으시면 제가 뉘로 돌려보내 드리겠습니다. 벼로 중개하고 쌀로 길을 안내하리다."

곧이어 할아버지는 18대 왕의 업적을, 마을 조상들의 이름과 그들의 이야기를 노래했다. 각각의 이름에 있는 고유한 발음을 틀리지 않아야 했다. 순서가 바뀌지도 않아야 했고, 중간에 끊어지는 건 더더욱 안 됐다.

할아버지는 노래를 한 단락씩 끝낼 때마다 점복을 행했다. 유당주는 땅에 떨어진 가오즈(筊子)*를 주워 할아버지에게 돌려주는 일을 맡았다. 식탁 아래에 묶여 있던 수탉은 벌써 목이 잘려 대야 위로 피를 뚝뚝 흘리고 있었다. 닭 피를 남김없이 빼낸 뒤 펄펄 끓는 물에 데쳐 털을 뽑았다. 그런 뒤에는 솥에 넣고 익혔다. 닭은 부위별로 잘려 신에게 바치는 작은 조각이 될 터였다.

* 길흉화복을 점칠 때 쓰는 법기로 소뿔이나 대나무 한 마디를 반으로 잘라서 만든다.

오른손으로 치우령(蚩尤鈴)을 쥐고 있던 할아버지는 단락이 끝날 때마다 점복을 행하며 기복했다. 치우령 끝에 길게 늘어진 천 자락들이 할아버지가 움직이는 대로 천천히 흔들렸다. 방울에 달린 치우 머리 상은 눈을 부라리며 먼 곳을 바라보았다. 유당주를 보기도 했고 할아버지를 보기도 했으며 산에서 살아왔던 무수한 조상들을 보기도 했다.

유당주는 치우의 눈이 살아 있는 것 같다고 생각했다. 치우가 보는 곳으로 시선을 돌렸다. 화로에서 타오르는 빛이 닿을 수 있는 가장 먼 곳이었다. 유당주는 그곳에서 사람들을 보았고, 그중 몇 명은 경문에 등장하는 조상이라는 걸 알아보았다. 예를 들어 검은 얼굴을 가지고 있는 조상은 작물을 가장 잘 심던 '방'이었고, 몸에 호랑이 가죽을 두르고 있는 이는 호랑이를 죽인 적이 있는 '거우'였으며 야위고 쇠약한 이는 뛰어난 사랑 노래를 부를 수 있었던 '상'이었다.

무리 맨 앞에 서 있는 건 조금 전에 죽었던 수탉이었다. 수탉의 다리에는 유당주가 묶었던 붉은 끈이 여전히 묶여 있었는데, 그 붉은 선이 뒤따르는 조상들을 이끌었다.

수탉은 의기양양하게 뒤뚱뒤뚱 걸었다. 마치 자기가 없으면 사람들도 방향을 잃을 거라고 여기는 것 같았다. 유당주는 조금 전 자기 손에서 숨을 거뒀던 수탉의 따뜻한 체온을 떠올렸다. 벌벌 떨던 수탉은 자기 죽음을 원하지 않았던 것 같았지만, 지금은 가슴을 활짝 편 채 조상들을 대동하고 있었다. 이들은 돌다리를 건넌 뒤 마을 안쪽으로 들어갔다.

향 세 개가 모두 탔다. 할아버지는 읊는 걸 멈추었다.

신령한 기운을 얻기 위해 사람들은 쌀밥과 익힌 고기를 나눠 각자 그릇 안에 넣었다. 별을 쫓는 의식도 이제 마무리가 된 셈이었다.

유당주는 그릇을 들고 할아버지 앞에서 물었다.

"조상님들이 뭐라고 하셨어요?"

"조상님들이 오늘 밤 재앙의 별을 데리고 떠나셨다."

"조상님들이 할아버지 말을 듣겠대요?"

할아버지가 유당주의 머리를 때리자 유당주는 통증에 소리를 질렀다.

"말을 듣다니! 옛날부터 지금까지 산은 하늘에서 떨어진 것을 모두 받았다. 우박과 빗물, 혜성, 벼락까지… 조상님들은 안타까운 마음에 우리가 재난을 피할 수 있도록 산의 힘을 빌려주신 거야."

유당주는 물었다.

"그럼 조상님이 남기신 닭 다리를 제가 먹어도 되는 거죠?"

할아버지는 유당주의 그릇 안에 닭 다리를 넣어주며 웃었다.

"먹고 싶으면 먹어라. 지금 이 수탉은 조상님들을 모시고 하늘로 돌아가고 있으니까!"

그날 밤, 위성이 발사될 때 하늘은 여전히 붉은빛으로 물들어 있었다. 하지만 로켓의 잔해는 마을로 떨어지지 않았다. 마을 서쪽에 사는 아주머니가 키우던 어미돼지는 다음 날 새끼를 열 마리나 낳았다. 모두 암컷이었다.

두 달 뒤 베이징 올림픽이 개막했다. 도시에서 일하던 부모님이 돌아왔다. 온 가족이 컬러텔레비전 앞에 앉아 다이빙 결승전을 보았다. 방송 전파는 우리 머리로부터 만 리 위에 있는 중성 9호에서 전해졌다.

"저 사람들은 왜 물속으로 뛰어드는 거예요?"

유당주가 묻자 할아버지는 문틀에 담뱃재를 털면서 말했다.

"물에 물고기가 있으니 그러지! 누가 더 물고기를 많이 잡나 시합하는 거야!"

유당주는 아버지 옆에 붙어 도시 이야기를 들었다. 아버지는 유당주에게 빌딩이 얼마나 높은 지를 높은 빌딩 아래에는 꽃 치마를 입고 걸어 다니는 여자아이도 있다고 이야기해주었다.

할아버지는 아버지의 말을 자르며 말했다.

"빌딩이라는 게 아무리 높아 봤자, 오월의 꽃대보다 높겠느냐?* 꽃 치

---

* 채화산 때 묘족 사람들은 높은 꽃대를 세워 제례를 행한다.

마가 아무리 예뻐 봤자, 아양이 입었던 비단 주름치마보다 예쁘겠느냐?"

아버지가 답하지 않자 할아버지는 웃으며 담배를 한 모금 빨았다.

할아버지는 유당주에게 18대 왕의 행적을 노래하는 시를 가르쳤다. 긴 시는 외우기 어려웠고, 조상과 선왕의 이름은 더더욱 외우기 어려웠다. 하지만 통으로 읊어야 했다. 순서를 바꿔서도, 멈춰서도 안 됐다. 특히 용사들이 수난을 겪는 부분에서는 절대 멈추지 말아야 했다. 그러지 않으면 액운을 가져올 수 있기 때문이었다. 사람들은 제의를 행하던 바다이승이 시를 잘못 읊으면 침을 뱉었다.

유당주는 총명했다. 할아버지가 한마디를 읊으면 그 한마디를 외웠고, 갈대로 만든 생황 연주에 맞춰 노래도 불렀다. 노랫소리는 우렁차면서도 간드러졌다.

할아버지는 말했다.

"나중에 너는 아주 뛰어난 바다이승이 될 게다!"

그러나 유당주는 시를 읊고 쌀 점을 보고 가오즈로 응답을 들으며 조상의 이름을 외우는 것보다는 텔레비전을 보는 게 더 좋았다. 수영복을 입고 대회에 참가한 선수들을 텔레비전으로 보는 게 좋았다. 수중 발레는 사람들이 얕은 물에서 물고기를 잡는 거였다. 아마 연어를 잡는 걸 거다. 다이빙은 사람들이 깊은 물을 헤치며 물고기를 잡는 거였다. 틀림없이 잉어를 잡는 거겠지. 연어는 노릇하게 구운 게 가장 맛있고, 잉어는 작은 새우, 쌀을 넣어 탕으로 끓이는 게 가장 맛있었다.

물고기를 많이 잡을수록 점수가 더 높은 거야!

나중에는 유당주도 올림픽에 참가할 수 있을 것이다.

2주 뒤, 올림픽 성화가 베이징에서 꺼졌다. 논에도 볏짚만 남게 되었다. 아버지와 어머니는 도시로 돌아가면서 유당주를 데려갔다.

유당주는 떠나기 전에 할아버지가 담뱃대로 자기 머리를 쿡 찔렀던 걸 기억했다.

"제대로 외우거라."

말을 마친 할아버지는 돌아서더니 계속 잎담배를 피웠다. 유당주를 문밖까지 배웅하지 않았다.

"아버지."

아버지는 할아버지의 뒷모습을 보고 외쳤다. 세 식구는 벌써 대문까지 나가 있었다.

"가거라. 가. 산은 산대로 결정을 내렸어. 너희는 너희대로 결정한 거고."

유당주는 콧물을 닦더니 울며 말했다.

"할아버지, 제비가 돌아올 때 저도 할아버지를 보러 올 거예요. 할아버지가 가르쳐준 주문을 잘 외워둘 테니까 그때 시험을 보셔도 돼요!"

"주문이 아니다! 그건 조상님들의 이름이야. 언젠가 너도 이해하게 될 게다. 조상님들은 네 이름 안에서 항상 너와 함께 하신단다."

할아버지는 끝까지 돌아보지 않았다.

유당주도 다시는 할아버지를 볼 수 없었다.

그해 겨울 할아버지가 죽었다. 방학을 맞은 손자가 고향에 돌아오기 나흘 전이었다.

산의 비밀을 모두 알았던 것처럼 할아버지는 자기 운명에 숨겨진 비밀도 알고 있는 것 같았다. 할아버지는 집에 혼자 있으면서도 푸른 장포를 걸치고 푸른 두건을 쓴 채로 오래된 나무 의자에 앉아 있었다. 누구도 할아버지를 방해하지 않았다. 주거우양은 그렇게 영원히 잠들었다.

할아버지는 이제껏 사람들을 위해 법사를 행했고, 착한 사람이라 초상이 난 집에도 그 대가로 달걀 세 개만 받았다. 그랬던 할아버지가 죽었기에 마지막 길을 배웅하려는 사람들이 마을을 가득 채웠다. 장례식은 하루 밤낮으로 진행되었다.

바다이숭은 집에서 입관하지 않았다. 사람들은 할아버지를 팔걸이가 있는 나무 의자에 앉혀 산을 넘고 고개를 지났다. 조상 묘로 데려가 그곳에서 염을 하고 입관해 매장했다. 아버지는 의자 옆에서 할아버지의 몸이 떨어지지 않도록 막았다. 서른 살이 넘은 바다이슝 한 명이 의자 앞쪽에서 걸었는데, 이름이 바오였다. 할아버지를 스승으로 모신 이였다. 이번에는 바오가 경문을 읊으면서 할아버지를 하늘로 올려보냈다. 맨 앞에 선 이는 유당주였다. 유당주가 쥐고 있는 커다란 수탉의 다리에는 붉은 줄이 묶여 있었다. 이번에는 할아버지의 말이 없어도 알 수 있었다. 수탉의 다리에 묶인 붉은 줄이 할아버지의 영혼을, 영혼의 삼분의 일을 이끌며 하늘로 올라갈 것이다.

산길은 질퍽거리면서도 추웠다. 길고 긴 장송 행렬이 마을 끝에 있는 돌다리를 건넜다. 돌다리는 할아버지의 명의상 부친이었다. 또 셀 수 없이 많은 다랑이를 지났다. 할아버지는 산에 있는 논을 경작하며 물고기를 키웠다. 그렇게 당을 포함한 자식들을 키웠다. 또 행렬은 산허리에 있는 녹나무를 지났다. 할아버지는 녹나무 아래에서 우렁찬 목소리로 제문을 노래했고, 하늘에서 떨어지는 로켓 잔해를 쫓아냈다. 마을 사람들을 위해 제단을 세워 법사를 행했고 비와 풍년을 기원했다.

마지막 흙 한 움큼이 할아버지의 무덤을 덮었다. 젊은 바다이슝인 바오는 사람들에게 할아버지가 가장 좋아했던 걸 말하게 했다. 이렇게 해야 할아버지가 하늘로 오를 때 행복했던 기억으로 감싸일 수 있었다.

"황금색 연초."

"담뱃대."

"귀한 손자 유"

"키우던 닭."

"암탉을 팔아서 사 온 오래된 술."

"마을 끝에 있는 돌다리."

"조상님의 이름."

"산의 모든 것."

유당주의 차례가 되었다. 마지막이었다. 작은 몸이 새로 생긴 무덤 앞에 섰다. 묘비에는 유당주가 알아볼 수 없는 부호가 적혀 있었다. 모두 조상님의 이름이었다. 할아버지와 아버지 그리고 그 자식의 이름이 연결된 이름이었다. 각각의 음절은 하나로 연결된 시였는데 그 모습이 곧 하늘로 날아오를 창룡처럼 보였다.

사람들의 시선이 유당주에게 향했다.

"아양이요."

유당주는 말했다.

"할아버지가 가장 좋아하시던 아양이요. 채화산 때 가장 아름다웠던 아양이요."

유당주는 붉게 튼 손등으로 얼굴에 흘린 콧물을 훔쳤다.

하(下)

마을은 새해를 맞이하는 날을 '넝양(能央)'이라고 불렀다. 한족처럼 고정된 명절이 아니라 고장왕(鼓藏王)*이 계산해 결정하는 날이었다. 그 오랜 세월 동안 고장왕이 계산했던 날에는 이제껏 비가 내린 적이 없었다. 겨울 중에서도 모두가 흥을 다할 수 있는 좋은 날이었던 게 분명했다. 그 날에는 조상에게 올리는 제사를 지냈고, 갈대로 만든 생황을 불었으며 은으로 만든 뿔과 화관을 쓴 다피들이 나풀나풀 춤을 추었다.

넝양을 지내면 소싸움을 지켜보는 투우절(鬪牛節)과 소를 죽여 제물로 바치는 추우절(椎牛節)이 이어졌다. 이맘때면 유당주도 학교로 돌아가야 했다. 도시 속 생활은 유당주의 생각대로 마을 속 생활보다 빨랐다.

길을 걷는 사람들의 속도도 빨랐고, 달려가는 자동차의 속도도 빨랐다.

---

* 묘족 마을의 정신적 지주로 오직 막내아들만이 계승할 수 있다.

유당주도 쑥쑥 자라나 대학에 들어갔다.

어머니는 말했다.

"눈 깜짝할 사이에 이렇게 컸구나."

아버지는 말했다.

"내가 저 아이 나이였을 때는 성인인 셈이었지. 자기 총도 가지고 있었다고. 산에서 첫 사냥을 마친 뒤 조상님들에게 사냥감을 바쳤어."

하지만 유당주는 자기 총을 가질 리 없었다. 유당주는 대학생이었고, 컴퓨터학을 전공했다. 컴퓨터 코드를 벗삼아 종일 코딩만 하는데 총을 가질 리 있겠는가? 설사 아버지의 기개를 계승해 성년임을 증명할 수 있는 무기가 필요하다고 할지라도 유당주가 원하는 무기는 총이 아니라 손에 잘 맞는 키보드였다.

이게 유당주의 새해 소망이었다. 청축 기계식 키보드를 갖는 것. 따닥따닥 크게 울리는 자판 소리에 교수도 유당주가 열심히 하고 있다는 걸 알게 될 것이다.

넝양이 다가왔을 때였다. 아버지와 어머니는 도시에서 일했기에 유당주는 노트북 하나만 챙긴 채 혼자 마을로 돌아갔다. 그해에는 고향에도 와이파이망이 깔렸다. 냇가 옆에 있는 사당에서 노트북을 켜 인터넷에 접속한 유당주는 산 밖에 있는 세상과 정신적으로 같은 걸음을 걸었다.

그리고 그해부터 인공위성 발사가 빈번해졌다. 로켓의 잔해도 더 자주 추락했다.

작년에는 잔해 하나가 광장 옆에 있는 시멘트 지면으로 떨어졌다. 시멘트는 딱딱했고, 철은 탄성이 있었다. 로켓의 잔해는 그대로 튕기며 날아갔고, 한 여학생의 머리를 절반 날려버렸다.

"그 아이는 그저 길을 걷던 것뿐이었어."

바오는 말을 이었다.

"불쌍하기도 하지! 그 아이를 저수지 끝에 묻었어. 그 아이 아빠는 자기 부인에게 아이의 마지막 모습을 보지 못하게 했지. 딸아이의 모습을 보았다면, 어미도 슬픔에 정신이 나갔을 거야."

바오는 어느새 노련한 바다이슙이 되어 있었다. 농번기에는 깨를 심고 벼를 심었는데 깨는 짜서 기름으로 팔고 쌀은 자기가 먹었다. 농한기에는 점을 봐주고 제사를 지냈다. 매일 담뱃대를 쥐고 있던 사부 주거우 양과 달리 바오는 활기 넘치게 살았다.

"깨꽃은 아래에서부터 마디마디 피어나지."

바오는 유당주를 데리고 깨밭을 걸으며 말했다. 발치에 있는 깨 모종이 꽃을 피우면서 위로 뻗어 올랐다.

"바오 아저씨, 지금도 별을 쫓나요?"

유당주가 묻자 바오는 고개를 끄덕였다.

"응. 가을이 되면 매달 별을 쫓아. 다만 내가 너희 할아버지처럼 수행이 깊은 건 아니라서 말이야. 사부님처럼 조상님들과 친하지는 않지!"

바오는 잠시 말을 멈췄다가 진지한 눈빛으로 유당주를 보았다.

"너희 할아버지는 네가 좋은 기억력과 목청을 타고났다고, 그건 신명이 주신 복이라고 하셨어. 너라면, 네가 푸른 두건을 쓰고 푸른 장포를 입는다면, 어쩌면 조상님도 우리의 기원을 들어주실지도 몰라. 하늘에서 떨어지는…."

유당주는 바오가 또 학생의 참혹한 죽음을 떠올렸다는 걸 알았다. 바오는 교육을 받은 적이 없었다. 그래서 이 모든 불행이 자기 때문이라고 여겼다. 자기가 조상의 신임을 얻지 못해서 추락하는 쇳덩이를 쫓아낼 수 있는 산의 힘을 빌리지 못했다고 말이다.

유당주는 바오를 위로했다.

"사실 로켓 잔해의 추락 지점은 컴퓨터로 계산해서 알아낼 수 있어요. 나중에 기술이 더 발달하면, 알고리즘도 좋아질 거고 추락 예상 지점도 정확하게 찾아낼 수 있을 거예요."

바오는 물었다.

"컴퓨터로 재난을 쫓아낼 수 있어? 우리 조상님들은 문자를 발명하지 않았지만, 귀와 입에 기대 경험을 전해주셨어. 산은 하늘에서 떨어지는 모든 것을 받아들였지. 산과 공존했던 옛사람들은 앞뒤가 이어지는 음절로 산의 지혜를 기록한 거야. 조상님들의 이름에는 먼 옛날에서부터 전해져온 비밀이 있는 거라고!"

유당주는 말을 하지 않았다. 하지만 집으로 돌아오는 길에 참지 못하고 투덜거렸다.

"할아버지보다 고지식한 사람이네. 산한테 무슨 대단한 비밀이 있겠어?"

자기도 모르는 사이에 유당주는 푸른 석판을 따라 걸으면서 어렸을 때 지냈던 적루로 돌아갔다. 할아버지가 돌아가신 뒤로 더는 이곳을 청소하는 이가 없었다. 매년 봄마다 아버지가 사람들을 데리고 찾아와 기와를 손볼 뿐이었다. 방 안은 전보다 훨씬 낡았지만, 원래 모습 그대로 남아 있었다. 대청 중앙에 놓인 대형 컬러텔레비전도 지금은 유행이 지난 블랙박스처럼 보였다. 고장이 났는데도 고치는 이가 없었다.

유당주는 잠시 주저했지만 결국 할아버지의 법기를 넣어둔 서랍을 열었다. 치우령과 푸른 천 그리고 자신이 물려받아야 했던 목통을 꺼냈다.

유당주는 옆집 쌀통에서 쌀을 조금 빌려와 목통 안을 가득 채웠다. 그런 뒤에는 천과 동전을 안에 파묻었다. 유당주는 사람들에게 둘러싸인 할아버지가 쌀 점을 치던 모습을 떠올렸다. 좀처럼 내려놓지 않는 담뱃대를 내려놓은 할아버지는 머리를 흔들면서 복사(卜辭)를 읊었고 목통을 흔들었다. 몸에 달린 방울이 낭랑하게 울렸다…. 그 모습을 떠올린 유당주는 무의식적으로 할아버지가 부르던 노래를 따라불렀다.

딸 진타오를 데리고 옮겨간다. 강에서 유영하는 물고기처럼. 딸 진메이를 데리고 걸어간다. 산비탈 위를 날아가는 새처럼. 일월 열두 쌍이 밤낮으로 달리는구나. 논의 물을 비추니 물이 끓고, 돌을 비추니 돌이 떡처럼 녹는다. 비탈을 비추니 초목이 타는구나….

유당주는 무언가가 천천히 회전하는 것을 불현듯 느꼈다. 처음에는 목통 안에 든 쌀과 동전이었고, 그다음은 자기 몸이었다. 마지막에는 방 전체가 빙글빙글 돌았다. 어린 시절 쌀 점을 했을 때와 비슷한 느낌이었지만 훨씬 더 강렬했다. 눈에 보이는 모든 물체에 축축한 빛이 덧씌워졌다. 새벽이슬이라도 맞은 것 같았다.

유당주는 색들이 점점 녹아들며 하나가 되는 것을, 적루 조명 아래 모호한 형상으로 바뀌는 것을 보았다. 그리고 붉은색을 보았다.

새카만 밤하늘 가장 깊은 곳에서 추락한 완전한 불빛이 마을 정중앙으로 떨어졌다. 산속 마을은 엎어진 화로가 되었다. 나무 지붕은 불타올랐고 기와는 뜨거운 기운에 데워지며 갈라졌다. 더는 빛이 보이지도, 별이 보이지도 않았다. 이웃의 노랫소리도 들리지 않았다. 이를 대신한 건 검은 연기와 붉은 안개 그리고 도움을 구하는 여인과 아이의 외침이었다.

별이 마을에 떨어졌어!

유당주는 몸을 흠칫 떨며 깨어났다. 더는 빙빙 돌지 않았다. 눈앞에 나타났던 풍경이 진짜로 있었던 일처럼 생생했다. 마치 누군가가 비디오로 녹화해 그 영상을 보여준 것 같았다. 몸을 일으킨 유당주는 문틀을 붙잡고 잠시 정신을 가다듬었다. 그런 뒤에 빠르게 결정을 내렸다. 유당주는 발걸음을 내디디며 분주히 하산했고, 바오를 찾으러 깨밭으로 갔다.

유당주는 다랑이를 무수히 지나며 뛰었다. 오늘처럼 길이 멀다고 느껴진 건 처음이었다. 아직 짚을 태우지 않아 억센 벼 잎이 유당주의 다리를 할퀴었지만 그런 걸 신경 쓸 겨를은 없었다. 양식을 수확했기에 창고가 가득 찼다. 이때 로켓의 잔해가 하늘에서 떨어진다면, 시기에 맞지 않는 불씨는 삽시간에 건조한 마을 전체를 태울 것이다.

예전에 어떤 노인이 도시에서 돌아온 대학생 유당주에게 이렇게 물어보았다.

"높은 양반들에게 네가 말 좀 할 수 없겠니? 여기서 위성을 쏘지 말라고 말이야."

"그럼 어디서 쏴요?"

"사람이 없는 곳. 바다나 사막에서 쏘라고 해!"

"인공위성을 쏠 수 있는 위도는 제한적이에요."

유당주는 설명하며 말을 이었다.

"그리고 우리가 사는 산 정도면 사람이 매우 적은 거예요. 나라가 찾아낼 수 있는 가장 적합한 위성 발사 기지가 여기라고요."

"그래도 이럴 수는 없지! 누군지도 모르는 사람들의 임무를 완성하기 위해 내 밭을 망칠 수는 없다고!"

노인은 칼로 대나무를 아주 뾰족하게 깎고 있었다. 이제 두 살이 된 어미소의 코를 뚫을 준비를 하는 거였다. 육백 평 되는 논이었다. 노부부는 원래 대나무로 벼를 눌러 벼꽃을 인공 수분할 생각이었다. 그러나 로켓 잔해가 논을 엉망으로 만들면서 벼가 모두 쓰러져버렸다. 벼꽃마저 물에 잠기면서 꽃가루도 남김없이 흩어졌다. 벼를 일으켜 세우더라도 텅 빈 벼 이삭만 맺을 게 분명했다.

"손해 배상을 해주지 않아요?"

유당주는 노인에게 물었다.

"그 배상금으로는 쓰레기를 버려줄 사람도 못 산다!"

노인은 날카로운 대나무 끝으로 논두렁에 박힌 로켓 잔해를 가리키며 말했다.

"떨어진 로켓이 저 정도면 그나마 나은 거다. 대장장이에게 줘서 괭이라도 만들 수 있으니까! 다른 건 다 엉망이야. 저 쓰레기를 처리하려면 돈까지 주고 사람을 사야 한다고!"

그 노인은 몰랐을 것이다. 로켓이 밭으로 떨어지는 건 행운이었다는 것을. 오늘 밤에 떨어지는 로켓 추진체는 상태가 온전했다. 대기와 빠른 속도로 마찰하다가 마을 바로 위, 인구가 가장 밀집한 곳에서 터져버릴 터였다. 그렇게 흩어지면서 하늘의 별처럼 반짝일 것이다. 사람들이 하늘에서 떨어지는, 곳곳에 떨어지는 불꽃을 피해 대체 어디로 숨는단 말인가?

유당주는 깨밭에서 바오를 찾았다.

"제가 현장에게 있는 지도자에게 알릴게요. 그러니 아저씨가…."

유당주는 잠시 말을 멈추더니 뒷말을 힘껏 짜내며 말했다.

"아저씨가 별을 쫓아요."

"유, 네가 정말 쌀에서 본 거니? 커다란 철이 하늘에서 떨어지는걸?"

"네. 사람이 가장 많은 광장 위에서요. 쪼개지면서 불바다가 된다니까요!"

"그럼… 다른 건 못 봤어?"

"다른 거요?"

"네가 쌀을 통해 미래에 일어날 일을 봤다는 건 산이 너를 택했다는 거야. 산이 그런 결정을 내린 건 다 이유가 있기 때문이고. 틀림없이 쌀을 통해 네게 더 많은 지혜를 주신 게 틀림없어. 우리를 도와 이 난관을 헤치라고 말이야. 그러니 잘 생각해봐라. 쌀이 무언가 다른 것도 보여주지 않았어?"

유당주는 잠시 주저했다.

"없었어요."

집으로 돌아간 유당주는 바로 현(縣) 정부에 전화를 걸었다.

"제 말 좀 들어보세요! 이건 진짜라고요. 저희 현은 로켓 일급의 잔해가 떨어지는 주요 지역이에요. 오늘 밤 저희 마을로 떨어질 로켓의 무게가 몇 톤에 달한다니까요. 그건 중형급 폭탄과 비슷한 수준이라고요! 마을 사람들을 대피시켜야 해요…. 제발, 제발 꼭…! 여보세요? 이봐요!"

바오가 옆에서 물었다.

"현장이 네 말을 안 믿어?"

"현장이랑 통화를 어떻게 하겠어요? 사무실 직원이에요. 추락 위험 지역 보호 작업은 군 사령부와 위성 발사 센터가 공동으로 맡고 있다고 관련 부서가 위험 지역에 연락을 줄 거래요. 지휘부가 이런 회수 작업을 수백 번 했으니 안심하라던데요. 대낮에 망상하지 말라고, 저더러 괜히 불안 심리를 조장하지 말래요."

"망상이라니? 이건 조상님이 너에게 산의 비밀을 보여주신 거야."

"모든 사람이 산의 비밀을 믿는 건 아니에요. 바오 아저씨… 이렇게 해야겠어요. 제가 학교 네트워크를 통해 컴퓨터로 추락 예상 지점을 계산할 수 있는지 확인해볼게요. 그리고 아저씨는, 가서 커다란 수탉을 준비해주세요!"

"정말 쌀이 무언가를 더 보여주지 않았니…."

유당주는 눈을 감았다. 불빛이 하늘을 가득 채웠던 환상을 그렇게 세세하게 따져볼 겨를 같은 건 없었다. 유당주는 도망치고 싶었다. 할아버지의 적루로 돌아가고 싶었다. 어린 시절 뛰어다녔던 다랑이로 도망가고 싶었다.

"정말 못 봤어요."

바오는 말했다.

"산의 지혜는 눈으로 보는 게 아니란다. 마음으로 보는 거야."

사당은 마을 가장 높은 곳에 지어져 신호가 잘 잡혔다. 유당주는 깨끗한 곳을 찾아 자리에 앉았다. 마침 조상들의 이름을 적은 비목이 바로 앞에 있었다.

오후 내내 유당주는 인터넷을 통해 온갖 자료를 검색해보았다. 하지만 그 누구도, 어떠한 이론도 유당주에게 명확한 답을 알려줄 수 없었다. 오늘 밤 위성 발사 기지에서 쏜 로켓 추진체가 위성과 떨어져 나오면서 이곳 산마을로 떨어지고, 큰 재앙을 일으킬 수 있다는 답을 말이다. 무속을 배운 적 있는 컴퓨터학과 학생의 말만 믿고 자원을 쏟아 마을 안에 있는 남녀노소를 피신시켜 줄 사람은 더더욱 없었다.

태양이 서쪽으로 가라앉으면서 마당 안까지 길게 늘어진 사당 처마의 그림자가 조금씩 담을 타고 올랐다. 그림자 속에 웅크린 나이 많은 고양이 한 마리가 코를 골더니 털을 핥았다. 멀리 보이는 산림의 푸르름이, 옛날부터 간직해온 짙은 녹음이 석양의 붉음과 뒤섞였다. 조상님들이 보냈을 수천 개의 평범한 날들처럼 평온하고 고요한 모습이었다. 심지어 유당주조차 이 광경을 보고 쌀에서 보았던 환상이 장난일지도 모른다고 의심했다. 놀랍기는 해도 위험할 일은 없었던 지난 밤처럼 오늘 밤도 비슷할 것 같았다. 날이 어두워지며 귀가한 사람들이 저녁 식사를 준비하고 휴식을 취한다. 날이 밝아져도 산의 모든 것은 여전히 평온할 것이다.

유당주는 고개를 들어 시큰해진 눈을 비볐다. 시야가 또렷해지기를 기다리자 목비 위에 새겨진 이름들이 관심을 끌었다.

바오는 말했었다.

우리 조상님들은 문자를 발명하지 않았지만, 앞뒤가 이어지는 음절로 산의 지혜를 기록한 거야. 조상님들의 이름에는 먼 옛날부터 전해져온 비밀이 있는 거라고!

할아버지는 말했었다.

조상님들의 이름은 틀리면 안 된다. 조상님들은 네 이름 안에서 항상 너와 함께 하신단다.

유당주는 조상님들의 이름을 하나씩 프로그램에 입력하기 시작했다. 처음으로 산에 정착했던 일대 조상부터 시작해 지금에 이르기까지 단 하나도 빼먹지 않았다. 작물을 가장 잘 심던 검은 얼굴의 방, 호랑이를 죽인 적이 있어 호랑이 가죽을 몸에 둘렀던 거우, 마르고 쇠약하지만 뛰어난 사랑 노래를 부를 수 있었던 상.

유당주는 어린 시절의 그날 밤을 떠올렸다. 치우의 시선을 따라가며 보았던 모든 장면을 떠올렸다. 수탉의 다리에는 붉은 실이 묶여 있었고, 붉은 실은 조상들을 이끌면서 돌다리를 지난 뒤에 마을 안쪽으로 향했다.

돌다리!

유당주는 쌀을 통해 돌다리를 본 적이 있었다. 사람들은 돌다리를 통해 건너편으로 도망쳤다. 돌다리 틈에 자라난 이끼와 푸른 풀은 자연의 일부였다.

유당주는 부리나케 자리에서 일어났다. 그림자 속에서 졸고 있던 고양이가 깜짝 놀라 도망쳤다. 다리는 묘어로 '지우'였다. 지우는 할아버지의 이름이었다. 또한 자기 이름의 일부였다. 그건… 자신과 할아버지를 이어주는 음절이었다. 오늘날, 지금 이 순간에도, 할아버지는 유당주의 이름 안에서 자신과 함께하는 것이다.

유당주는 그대로 사당을 박차고 나갔다. 드디어 산의 비밀을 이해할 수 있게 되었다.

산 자체가 무궁무진한 알고리즘이었다. 데이터는 수천만 년 동안 수천만 번 쌓여온 착륙이었다. 햇빛, 이슬, 운석, 타오르는 화산 로켓까지. 그 모든 것들은 산에 떨어졌고, 산은 모든 걸 기억했다. 그리고 산은 자기 지혜를 사용해 가지고 있는 데이터를 기반으로 다음번 추락을 추산한 것이다.

유당주의 조상은 산의 비밀을 알아냈지만, 문자를 발명하지 않았기에 산의 비밀이 담긴 코드를 매번 자기 이름에 음절로 넣을 수밖에 없었다. 그리고 후대 사람들에게 대대손손 그 노래를 이어가라고 가르쳤다. 아기의 이름은 아버지의 이름, 할아버지의 이름과 이어졌고, 모든 이름은 길고 긴 시 안에 담겼다.

조상의 이름은 일종의 코드였고, 산은 알고리즘 그 자체였다!

바오는 산속 돌다리 옆에 벌써 제단을 차려놓았다.

푸른 두건을 쓰고 푸른 장포를 걸친 유당주는 밀랍을 삼등분해 화로 안으로 하나씩 던졌다. 우렁찬 목소리로 18대 왕의 위대한 업적과 조상들의 이름을 하나씩 노래했다. 갈대로 만든 생황의 선율이 강 건너편에서부터 전해지는 것 같았다.

"금 기둥 열아홉 할아버지, 은 기둥 열아홉 할아버지. 너거우 고을에 사시고 너수 마을에 사시지요. 오지 않으시면 제가 뉘로 부르고, 돌아가지 않으시면 제가 뉘로 돌려보내 드리겠습니다. 벼로 중개하고 쌀로 길을 안내하리다."

유당주는 어떤 젊은 남성이 좀처럼 사람이 드나들지 않는 산속 돌다리로 쌀과 고기를 가지고 오는 것을 보았다. 제사를 지낸 젊은 남성이 고개를 돌리자 자기와 똑같이 생긴 얼굴이 보였다. 남성은 자리에서 일어나 히히 웃더니 사랑 노래를 부르기 시작했다. 비단 주름치마를 입은 젊은 여성도 선율에 맞춰 종달새처럼 남성의 주변을 맴돌았다. 저 사람이 아양인 거겠지?

이번에 할아버지는 담뱃대를 가지고 있지 않았다. 젊은 시절의 할아버지는 돌다리 저쪽에서 노래를 부르면서 몸을 흔들었고, 돌다리 이쪽에는 유당주가 있었다. 유당주는 무슨 방법을 써도 저쪽으로 걸어갈 수 없다는 것을, 단 한 걸음도 갈 수 없다는 것을 알았기에 어쩔 수 없이 팔을 뻗어 손을 흔들었다. 손에 들린 치우령이 울렸지만, 할아버지는 이쪽을 보지 않았다.

할아버지 주변에 사람들이 점점 많아졌다. 길고 긴 시에 등장하는 조상들이었다. 그들은 한담을 나누기도 했고 노래를 부르기도 했다. 그중 두 명은 바오가 가져온 곡주도 마셨다. 할아버지는 이제껏 유당주가 본 적이 없는 기쁜 춤사위로 다리를 지나면서 마을 안쪽으로 걸어갔다. 조상들도 같은 속도로 보폭을 맞추면서 그 뒤를 따랐다. 풀을 스치며 지나가는 것처럼 유당주를 스치며 지나갔다.

유당주는 할아버지를 불러 세우고 싶었지만, 입으로 노래하는 길고 긴 시를 절대 멈출 수 없었고, 할아버지의 발걸음을 따라가고 싶었지만, 두 발이 바닥에 붙어 꿈쩍도 하지 않았다. 그래서 유당주는 계속 노래하며 치우령을 흔들 수밖에 없었다. 점점 멀어지는 사람들이 마을 광장에서 사라지는 것을, 붉은빛 속으로 사라지는 것을 지켜볼 수밖에 없었다….

그날 밤, 위성 발사 임무는 순조로웠다. 다만 일급 로켓이 분리되면서 추락하던 추진체가 제대로 연소하지 않았다. 잔해는 마을 끝에 있는, 사람이 좀처럼 지나다니지 않는 다리로 떨어졌다.

아버지는 이 소식을 듣고 매우 슬퍼했다. 유당주를 다시 보았을 때 아버지는 애석해하며 말했다.

"그 다리가 사라졌구나. 네 할아버지는 돌다리의 일부였어. 이제 우리도 할아버지를 뵙지 못할 거다."

하지만 유당주는 그 말을 들었는데도 전혀 슬프지 않았다. 할아버지가 여전히 산속에 살고 있음을 알기 때문이었다. 할아버지는 산과 함께 머물면서 하늘에서 떨어지는 행운과 불행을 모두 감당하고 있었다.

그리고 유당주는, 자신의 이름은 할아버지와 산이 가지고 있는 비밀이었다.

✦ 왕뉘뉘(王諾諾)

SF 작가. 2018년 중국 SF 은하상 최우수 신인상을, 2018년 렁후 SF 문학상 일등상을, 2019년 렁후 문학상 삼등상을, 2019년 샛별 SF 문학상 코드 프로젝트상을 수상했다. 대표작으로는 《지구 무응답(地球無應答)》이 있으며 인민문학출판사에서 출간하는 《중국 베스트 SF 선집(中國最佳科幻作品)》에 3년 연속 작품을 실었다.

海鲜饭店

해산물 레스토랑

✦

왕칸위

내가 인브누스에 도착하던 날, 뉴잉글랜드 지역에는 올겨울의 첫눈이 내렸다.

눈은 세차게 내렸다. 이 계절에는 눈이 이정도로 많이 내리지는 않아야 했다. 비행기는 로건국제공항 위를 선회하며 활주로에 쌓인 눈이 치워지기만을 기다렸다. 나는 비행기 창문을 통해 아래를 내려다보았다. 따스한 노란 불빛이 보스턴의 밤을 꾸미고 있었다. 불빛이 가장 밀집한 곳은 서쪽 가까이였고, 그곳에서 멀어질수록 빛이 줄었으며 조금 더 멀어지면 순수한 어둠뿐이었다. 모든 빛을 집어삼킬 때를 기다리며 조용히 매복하고 있는 거대한 야수 같았다. 드디어 비행기가 착륙하자 나는 실버 라인 버스를 타고 보스턴 기차역으로 갔다. 보스턴 남부역에는 인브누스로 가는 기차가 시간마다 한 대씩 있었다. 바로 앞 기차가 눈 때문에 지연되면서 내가 타려던 기차도 함께 연착되었다. 기차역에 체류하는 사람은 적지 않았다. 피부가 하얀 사람, 피부가 검은 사람, 노란 머리카락을 가진 사람, 녹색 머리카락을 가진 사람이 있었다. 내가 검은 머리카락과 노란 피부를 가졌다고 해서 나를 홀깃거리는 사람은 없었다. 이곳은 미국이니까.

내가 그들과 다르다고 해서 그 차이에 주목하는 사람은 없었다.

기차가 인브누스 광장에 도착했을 때는 벌써 한밤중이었다. 레이든 교수는 기차역에서 나를 기다리고 있었다. 주변 자동차 지붕에는 눈이 두껍게 쌓여 있었지만, 레이든의 포드 자동차에는 눈이 전혀 없었다. 이상한 일이었다. 레이든은 분명 30분 전에 내게 기차역에 도착했다는 문자를 보냈다. 기다리는 사이에 눈을 치우기라도 한 걸까? 차에서 내린 뒤 내 캐리어를 자동차 트렁크 안에 넣어준 레이든은 날 위해 보조석 문을 열어주었다. 우리 두 사람이 차 안으로 들어가 안전띠를 하고 나서야, 휘날리는 눈꽃과 추위가 자동차 내부와 단절되고 나서야 레이든은 나를 향해 손을 뻗었다.

"인브누스에 온 걸 환영합니다."

레이든 교수의 손은 뼈가 없기라도 한 것처럼 유연했고, 피부는 매끄럽고 보드라워 해파리 혹은 다른 해양 생물 같았다. 나는 깜짝 놀라 부리나케 손을 펼쳤다. 추위로 굳은 얼굴을 힘껏 움직이면서 미소를 짜냈다.

"초대해주셔서 감사합니다."

"예의 바른 말은 그만하도록 하지요. 피곤하다는 걸 압니다. 원래는 레스토랑을 예약했는데요, 지거트라고 우리 마을에서 가장 사랑받는 레스토랑이지요. 아쉽게도 시간이 늦어서 문을 닫았습니다. 오늘 밤은 빨리 돌아가서 쉴 수 있도록 즉석식품으로 요기하고, 나중에 제대로 된 환영회를 하는 게 어때요?"

레이든은 말을 하면서 두 손으로 핸들을 반쯤 쥐고 있었는데 손가락이 리듬감 있게 굽혀지다가 뻗어졌다.

나는 이견이 없었다. 나는 레이든의 성격을 가장 좋아했다. 과도하게 친절하지 않으면서도 예의에 벗어나지 않았다.

나와 레이든은 학술회의에서 알게 되었다. 좀 이상한 일이긴 한데 미식 작가를 초대해 기조 강연을 맡긴 종교 학술회의에서였다. 어쩌면 내가 맨 처음 낸 책의 제목이 《음식 종교》라서 내가 종교 쪽 연구를 했다고 오해했던 걸지도 모른다. 그날 회의는 규모가 작았다. 참가자가 스무 명 정도밖에 되지 않았다. 회의가 끝난 뒤 어떤 사람이 종교학 학회에 들어올 생각이 없냐고 물어보았고, 나는 완곡하게 거절했다. 나는 조직에 속하는 걸 원체 싫어하는 사람이었고 종교학에 대해서는 아는 게 전혀 없었다. 왜 사람들은 내가 자기와 같다고 생각하는 걸까. 정말 모르겠다.

레이든은 내가 했던 강연의 주제인 '중국 음식 문화의 숭고성과 세속성'에 큰 흥미를 보였다. 레이든은 허구 문학 속의 종교를 연구한다고 했다. 우리는 차를 마시면서 이야기를 몇 마디 나눴다. 레이든은 효율을 중시하는 사람이었다. 쓸데없는 말은 전혀 하지 않았고, 포인트를 짚는 말만 했다. 레이든과 이야기를 나눌 때는 평범한 인사말 때문에 힘을 낭비할 필요가 없었다. 작별을 앞두었을 때 레이든은 자신이 일하고 있는 인브누스 대학에서 상주 작가 프로그램을 운영한다고, 내게 신청을 해보라고 했다. 레이든은 꼭 필요한 말만 하는 사람이었다. 그래서 나는 레이든의 권유가 예의상 하는 말이 아니라고 믿었다. 하지만 그 말을 주의 깊게 듣지는 않았다. 나는 인브누스라는 지역을 들어본 적이 없었고, 미국의 문학 프로젝트에 참여하는 기회가 내게도 올 거라고는 전혀 생각하지 않았었다.

그 일만 없었어도 나는 절대 레이든과 인브누스를 떠올리지 않았을 것이다. 도망가고 싶다는 간절함에 레이든에게 메일을 쓰지도, 신청 방법을 물어보지도 않았을 것이다. 레이든의 답장은 빨랐다. 너무 빠른 나머지 레이든이 오늘을 위해 미리 준비를 해뒀다는 생각이 들 정도였다. 레이든의 도움 덕분에 나는 신속하게 신청을 마칠 수 있었다. 그래서 추수감사절이 끝나고 성탄절이 다가오기 전에, 분주히 여행 가방을 챙긴 나는 도망치듯 미국으로 떠났다.

다시 말하지만 레이든을 알기 전만 해도 나는 인브누스에 대해 들어본 적이 없었다. 너무 급하게 떠난 나머지 이곳에 대해 제대로 알아볼 시간도 없었다. 나는 도착하고 나서야 인브누스에 150년 역사를 자랑하는 인문 대학이 있다는 걸 알게 되었다. 명문대인 웰즐리 대학과 인접한 이 학교는 건교 당시만 해도 세력이 상당했다고 한다. 하지만 인브누스의 위치가 웰즐리보다 외진 데다가 뉴잉글랜드 지역 내에서도 잡초가 무성한 들판에 몸을 숨기고 있었기에, 거기다 힐러리처럼 유명한 동문을 배출하지도 않았기에 웰즐리의 명성에는 한참 미치지 못했고 학생도 현지인 위주였다. 소문에 의하면 블라디미르 나보코프가 미국에 막 왔을 때 인브누스 대학과 웰즐리 대학 사이에서 출강을 고민했다고 한다. 결국에는 후자를 택했지만. 중국의 여성 작가 빙신(冰心)도 웰즐리에서 유학했다. 훗날 이 두 작가가 유명해지면서 자극을 받은 인브누스는 상주 작가 프로젝트를 시작하게 되었다고 한다.

레이든은 차를 운전하면서 스쳐 지나가는 명소를 내게 소개해주었다. 수십 년 동안 이곳에는 변화라는 게 없는 것 같았다. 시간이 이곳에서만 멈춰 있달까. 날은 어두웠고, 가로등은 적었다. 나는 레이든이 말해주는 곳을 보려고 노력하다가 숲 깊숙한 곳에서 반짝이는 형광을 보았다.

"저게 뭐예요?"

내가 묻자 레이든은 답했다.

"아, 저 나무요? 나보코프가 예전에 저 나무 아래에서 곤충을 관찰했대요."

"아뇨. 저는 저 빛을 말하는 거예요."

"빛이 어디에 있다고요? 잘못 봤겠죠."

"너무 피곤했나 보네요."

나는 눈을 비볐다. 분명히 조금 전에 짙은 남색이 도는 형광을 보았고, 그 순간 숲이 심해처럼 보였다.

레이든은 더는 말을 하지 않았다. 자동차 핸들을 반쯤 쥐고 있는 손가락이 쉴 새 없이 굽혀졌다가 다시 펴졌다. 바다 깊은 곳에 사는 생물처럼.

나는 객실 안에 누워 천장에 있는 바로크풍의 조각 무늬를 멍하게 보고 있었다. 학교 안에 있는, 유구한 역사를 자랑하는 성루 꼭대기 층에 있는 객실이었다. 잠을 자려고 했지만, 아무리 노력해도 잠이 오지 않았다. 중국 도시의 시끌벅적함에 익숙해져서 그런지 이곳의 고요함이 오히려 불편했다. 바람이 휙휙 소리를 내며 지나가자 황량한 들판에 어렴풋한 신음 소리가 들리는 듯했다. 아까 먹었던 햄버거가 내 위에서 발효되고 있었다. 이를 닦았는데도 입안에는 여전히 강한 맛이 남아 있었다. 뭔가 이상했다. 햄버거의 맛 속에 다른 무언가가 감춰져 있었다. 나는 두 눈을 감고 기억을 되짚어보았다. 입을 벌려 햄버거를 물었던 첫입을 떠올렸다. 참깨가 박힌 버거 번, 토마토, 새콤한 피클, 구운 버섯, 체다치즈, 구운 소고기 패티. 씹을 때는 여러 맛이 입안에서 폭발하며 다퉜고 결국에는 화해했다. 삼킬 때는 잘게 쪼개진 음식물이 혼합된 맛과 함께 식도를 지났다. 그런데 다른 무언가가, 이 음식에 있지 말아야 할 맛이 함께 들어왔다. 기회를 틈타 미각을 속이면서 체내로 들어왔다. 뭐지. 그게 대체 뭐지? 나는 트림을 했다. 위에 담긴 음식의 맛이 솟아올랐다. 새콤한 피클과 치즈의 진한 맛이 가리고 있었지만, 비린내가 있었다. 쉽게 알아챌 수 없는 옅은 생선 비린내였다. 맞아. 물. 나는 탄산음료를 마시지 않았다. 그래서 밥을 먹을 때 음료 대신 물을 마셨다. 생선 비린내는 수돗물에서 나는 냄새였던 거였다. 그걸 깨닫자 도저히 참을 수가 없었다. 나는 그대로 침대에서 내려와 화장실을 향해 달려갔다.

나는 해산물을 싫어한다. 내가 기억이라는 걸 할 수 있을 때부터 그러했다. 그런데도 나는 하필이면 해산물로 유명한 바닷가 소도시에서 태어났다.

외지인들은 이곳을 찾을 때마다 곧장 바닷가에 있는 포장마차로 달려갔고, 그 자리에서 필요한 해물을 골랐다. 삼치, 가리비, 랍스터, 꽃게…. 가게는 그 자리에서 해물을 죽였고, 가시를 제거하거나 솥에 넣고 삶았다. 성게 같은 건 산 채로 손질해 그 자리에서 바로 먹을 수도 있었다. 대체로 온 가족이 해산물 포장마차를 경영했다. 남자들은 이른 아침에 바다로 나가 물고기를 잡았고, 여자들은 저녁에 포장마차를 열어 해물을 요리했다. 새로 온 식객들은 이리저리 돌아다니며 가격과 종류를 비교하다가 주문을 끝낸 뒤 자리에 앉아 먹었다. 반면 자주 오던 손님들은 가게만의 어업 기술과 음식 솜씨를 알고 있기에 곧장 단골 가게로 달려가 오늘 잡은 것 중 제일 좋은 걸 달라고 요청하곤 했다. 손님은 파도처럼 쉴 새 없이 몰려왔고, 포장마차 장사도 함께 부침을 겪었다. 이 업계에서 살아남으려면 근면함은 필수 조건이었다. 한 해에 쉴 수 있는 날이 거의 없었고, 낮이고 밤이고 줄곧 일해야 했으며 아이조차 가게로 끌려와 일을 도와야 했다. 우리 집도 예외는 아니었다.

나의 어린 시절은 죽은 생선의 희끄무레한 눈동자와 짠 비린내가 가득한 바다의 맛으로 가득 차 있다. 나는 고무장갑을 끼고 손님들이 남긴 단단한 껍데기를 치웠고, 손님들이 전해주는 축축한 지폐를 받았다. 가장 무서운 건 어쩔 수 없이 매일 해산물을 먹어야 했다는 점이었다. 나는 촘촘한 살코기 속에 있을 지도 모르는 물고기 뼈를 매번 걱정해야 했다. 코를 찌르는 비린내는 아버지의 장화에서부터 어머니의 손가락 끝까지 퍼지다가 결국에는 내 잇새로 들어왔다. 부모님과 소통해 보려고도 했고, 저항하기도 했으며 심지어 금식도 했다. 하지만 부모님의 "다른 사람은 다 먹는데 너라고 다를 게 뭐 있어."라는 말을 이기지는 못했다. 부모님에게 해산물이란 당연히 좋아해야 하는 거였다. 현지 사람들은 해산물을 먹는 걸 좋아했고, 관광객도 해산물을 먹는 걸 좋아했다. 나처럼 해산물을 좋아하지 않는 사람은 별종이었다. 부모님은 자기 딸이 별종이라는 걸 도저히 받아들이지 못했다. 부모님은 바닷가 도시에서 태어난 사람이라면 당연히 어렸을 때부터 해산물과 교류해야 한다고, 해산물을 이해하고 사랑해야 한다고 생각했다. 나이가 들면 어부가 되거나 어부에게 시집가 생업을 이어야 했으며 이곳 생활을 그대로 답습해야 한다고 생각했다. 사람이라면 모두 이 법칙을 따라야 한다고, 선택할 수 있는 권리 같은 건 없다고 여겼다. 심지어 변화를 도모하는 것 자체가 말이 안 되는 거라고 보았다.

"잘 쉬었어요?"

다음 날, 레이든이 나를 데리러 숙소까지 찾아왔다.

나는 가볍게 고개를 가로저었다.

"아직 적응을 못 했어요."

"여기요. 이걸 베게 옆에 두면 숙면에 도움이 될 거예요. 어젯밤에 준다는 걸 잊어버렸네요."

레이든은 작은 라벤더 향낭을 주었다. 꽃향기가 양치 후에도 옅게 남아 있던 물고기 비린내를 순식간에 뒤덮었다.

"아. 고마워요."

냉랭해 보이던 레이든에게 이렇게 자상한 면이 있을 줄은 전혀 몰랐다.

레이든은 더는 말을 하지 않고 나를 데리고 학교 강당으로 갔다. 오늘 나는 강당에서 강연할 예정이었다. 상주 작가 프로젝트가 정식으로 시작되는 것이었다.

눈은 여전히 내렸고, 태양은 보이지 않았다. 세상이 색을 잃기라도 한 듯 온통 흰색이 되었다. 중간중간 검은색과 회색이 뒤섞였다. 레이든은 내 오른쪽, 조금 앞쪽에서 걸었다. 고개를 살짝 돌리면 나는 레이든의 옆얼굴을 볼 수 있었다. 볼록 나온 이마와 회색이 살짝 도는 살쩍, 선이 분명한 광대뼈, 정성껏 기른 턱수염으로 가려진 아래턱. 레이든은 규칙적으로 숨을 쉬었고, 내뱉은 숨은 공기 중에 응결해 하얀 안개가 되었다. 나는 갑자기 기묘한 감정을 느꼈다. 이대로 계속 걸어가는 것도 괜찮을 것 같았다.

어느새 우리 둘은 강당에 도착했다. 내 모자와 목도리에 수북하게 쌓여 있던 눈송이는 따뜻한 실내에 들어서자마자 바로 녹기 시작했다.

"밖에서 눈을 털었어야 했어요."

레이든은 이 말을 하면서 내 얼굴을 향해 손을 뻗더니 뺨 옆 머리카락에 붙은 눈을 떼어주었다. 그러고는 몸을 돌려 걸으면서 자기 목도리를 벗었다.

나는 얼굴을 조금 붉히며 목도리를 벗었다. 목도리 위에 반점 같은 물자국이 남았다. 어쩔 수 없었다. 마른 뒤에는 흔적이 남지 않기를 바랄 수밖에. 이상한 일이었다. 레이든의 외투와 머리카락은 여전히 건조했다. 분명 나보다 먼저 강당 안으로 들어섰는데. 입구에서 눈을 털었던 걸 내가 보지 못한 걸까? 이 남자는 눈을 털 때마저도 내가 알아차리지 못할 정도로 효율이 뛰어난 걸까?

휴게실에는 스탠드형 옷걸이가 있었고, 실내에는 난로가 있어 옷을 걸치고 있을 필요가 없었다. 나는 외투와 목도리, 모자를 벗었다. 옷걸이 고리에 걸려고 다가갔을 때, 나는 놀라 멈췄다. 연체동물의 다리를 모방한 스탠드형 옷걸이라 옷을 거는 고리 부분에 빨판이 가득했다. 모골이 송연했다.

"왜 그래요?"

"아니에요."

나는 고개를 가로저었다. 그런 뒤에는 옷을 개서 소파 옆에 올려놓았다.

"옷걸이 디자인이… 매우 특별하네요."

"인브누스의 상징에 맞춰서 디자인한 거니까요. 이 도시가 발달할 수 있었던 건 다 저거 덕분이에요."

"어떤 거요?"

"문어요. 인브누스가 번성할 수 있었던 건 문어 양식 덕분이거든요."

"네?"

나는 너무 놀라 입을 다물지 못했다.

"아주 이상하죠? 이곳은 바다에서 떨어져 있잖아요. 하지만 미국에서 가장 큰 문어 양식 산지랍니다. 양식한 문어가 유달리 아름답죠. 마을 사람들 모두 문어 양식을 업으로 삼아 삽니다."

나는 하고 싶은 말을 삼켰다. 운수 하나는 정말 기가 막혔다. 결국에는 해안 지역이 아닌 인브누스에서도 문어를 만나다니. 하지만 이미 온 걸 어쩌겠는가. 말해도 소용이 없었다.

"시간이 다 되었네요. 우리 이제 들어갈까요?"

"좋아요."

나는 애써 불안을 누르면서 레이든과 함께 강당 중앙 홀로 들어갔다.

강당 안은 가득 차 있었다. 나는 조금 놀랐다. 첫눈이 내린 날이었고 이른 아침이었다. 곧 기말고사와 방학이었다. 그런데도 이렇게 많은 사람이 무명 외국 작가의 강좌를 듣기 위해 온 것이다. 강단 아래에 있는 학생들은 조용했다. 강좌 할 때면 매번 듣게 되던 웅성거림도 없었다. 흥분과 기대가 공기 중에 감도는 데다가 일부러 억누른 듯한 열정까지 있었다. 나도 모르게 긴장되었다. 그러나 그다음 순간에 긴장은 두려움이 되었다. 강단 맞은편에 있는 벽에는 거대한 벽화가 그려져 있었는데 커다란 문어가 벽 위에 도사리고 있었다. 아니, 저건 문어가 아니었다. 그것은 촉수 여덟 개만 가진 게 아니었다. 구부리거나 뻗어진 촉수는 강당 안에 있는 학생들을 끌어안고 있는 것 같았다. 그것의 색은 암녹색과 짙은 갈색 사이였으며 두껍게 바른 물감은 언제라도 떨어질 점액처럼 보였다. 가장 두려운 건 그것의 새빨간 눈이었다. 사악하면서도 흉악한 눈빛이 벽을 뚫고 강당 전체를 꿰뚫으며 곧장 나를 향했다. 나는 질식할 것 같았다.

문어는 내게 다른 해산물과 같았다. 나는 그것을 혐오했다. 하지만 부모님의 감시 때문에 나는 그것을 먹어야만 했다. 어렸을 때 심해 공포 영화를 봤었다. 그 뒤로 나는 온전한 형체의 문어를 먹지 못하게 되었다. 그 영화가 가짜라는 걸 알았음에도 나는 여전히 두려웠다. 악몽을 여러 번 꾸었다. 꿈속에서는 내가 먹은 문어가 죽지 않았다. 그것은 일부러 내 배

속을 헤집으며 체내에서 나를 잠식했다. 꾸물거리는 촉수로 내 몸 구석구석을 탐색했고, 내 심장을 움켜쥐었으며 내 대뇌를 먹어 치웠다. 결국에는 내 몸에 있는 온갖 구멍을 통해 밖으로 나왔고, 철저히 내 몸을 차지했다. 그래서 나는 문어를 억지로 먹게 될 때마다 그릇 위에 놓인 문어를 잘게 잘랐다. 원래 모습을 찾아볼 수 없을 정도로 작게 잘라 한입에 삼켰다. 누가 알았을까. 문어를 향한 나의 거부감이 열두 살이 되었을 때 더 심해졌다는 걸.

어디서 시작된 유행인지는 모르겠지만, 살아 있는 문어를 먹는 게 갑자기 마을에서 유행했다. 적지 않은 포장마차가 살아 있는 문어를 먹는 장면을 녹화했고, 그 영상을 가게 입구에 있는 스크린에 띄워 반복 재생했다. 손님을 끌어들이는 방법이 된 것이었다. 당연히 아버지도 대세를 따르고자 했다.

"다른 집 애들은 다 먹었대. 너도 하나 먹어라."

나의 첫 반응은 울음이었다. 두 번째 반응은 애걸이었다. 하지만 부모님의 결정을 바꿀 수는 없었다. 촬영 당일, 아버지는 친구에게 가정용 녹화기를 빌렸고, 이른 아침 바다로 나가서 신선한 문어를 잡아 왔다. 어머니는 자기가 가장 예쁘다고 생각하는 꽃 치마를 나에게 입혔고, 처음으로 나에게 화장까지 해주었다.

저항하느라 모든 힘을 소모한 나는 무덤덤하게 되었지만, 막상 접시 위에서 꿈틀거리는 문어를 보자 이건 도저히 안 될 일이라고 생각했다. 그래서 마지막으로 부모님과 소통을 해보려고 했다. 어머니는 나에게 말을 들으라고만 할 뿐이었고, 아버지는 녹화기를 켜며 화면을 조정했다. 부모님이 압박을 가하자 나는 문어가 담긴 그릇을 뒤엎었다. 그러고는 화면 배경으로 나오던 가게 입구를 뛰쳐나가 바닷가 돌더미 뒤에 숨었다. 아예 그대로 숨어버릴 생각이었다.

나는 그곳에서 목욕 가운을 입은 남자와 마주쳤다. 그 남자는 나와 부모님이 싸우던 모습을 모조리 지켜보았다. 내가 집에서 뛰쳐나오자 계속 내 뒤를 쫓았던 거였다. 나는 목욕 가운을 벗던 남자의 동작과 그 몸 위에 매달려 있던 문어의 모습을 영원히 잊을 수가 없다. 나는 가게로 달려갔고, 울며 어머니에게 안겼다. 나는 조금 전에 겪었던 일을 말하고 싶었지만, 어머니는 나를 붙잡으며 내 팔을 꺾었다. 그리고 평소 채소를 볶을 때 사용하던 주걱으로 나를 때렸다.

"네가 대단하다 이거지, 네가 특별하다 이거지. 너만 잘났다 이거지. 그렇게 대단하면 돌아오지를 말았어야지! 녹화 좀 하라니까 그걸 못 해서. 다른 집 애들은 다 한다는데 왜 너만 못하겠다는 거야?"

바로 옆에 서서 팔짱을 낀 채 냉랭한 시선으로 방관하던 아버지는 이렇게 말했다.

"얼굴은 때리지 마. 얼굴이라도 다치면 나중에 녹화를 못 한다고."

나는 입까지 새어 나온 말을 집어삼켰다. 부모님에게 가지고 있던 마지막 미련마저도 삼켜버렸다. 그날 나는 반드시 고향을 떠나겠다는 결심을 했다. 열심히 공부하며 용돈을 한 푼 두 푼 모았다. 부모님을 속여 내륙에 있는 대학에 지원해 완전히 바닷가에서 멀어졌다. 이제껏 나는 부모님에게 학비나 생활비를 보내달라고 한 적이 없다. 또 고향으로 돌아가지도 않았다. 나는 도저히 문어를 견딜 수 없었고, 다른 해산물도 절대 손에 대지 않았다. 나와 사귄 적이 있던 남자 친구들은 모두 내 엄명을 따라야 했다.

스킨십을 원한다면 절대 문어를 먹지 말 것.

하지만 내 머릿속에 있는 악몽을 없애는 방법 같은 건 없었다.

공개강좌가 끝난 뒤에는 학생들과 진행하는 오후 좌담이 잡혔다. 참가 학생들은 모두 인브누스 사람이었다. 어렸을 때부터 마을에 있는 사립학교만 다녀 다들 멀리 나가본 적이 없었다. 그들은 동양에서 온 타지인인 나를 조금 어색하게 대하면서도 매우 신기해했다. 그들은 나에게 인브누스의 역사를 말해주면서 현지의 문어 산업을 설명해줬다. 얼굴에는 자부심이 가득했고, 심지어 도취감마저 엿보였다.

"여기를 사랑하게 되실 거예요. 우리 마을은 단합력이 가장 뛰어나죠. 옆 마을 사람들은 모두 떠났어요. 다른 곳으로 공부하러 가거나 일하러 갔죠. 다시는 돌아오지 않았어요. 하지만 우리 마을은 아니에요. 인브누스 사람들은 이 땅을 사랑하거든요. 이게 다 문어 선생님 덕분이지요. 우리에게는 끝나지 않을 비즈니스가 있으니까요. 마을 밖 사람들은 부러워하기만 할 뿐이에요."

그들의 말을 듣자 나는 먼 기억 속에 있는 고향 사람들을 떠올렸다. 바다 건너편에 있는 나의 고향 마을을. 그곳 사람들도 다들 이렇게 생각하지 않았을까? 바다에 기대 바다를 먹고 살면서 평생 마을 밖으로 나갈 생각을 하지 않았다. 모든 사람이 똑같이 생활하고, 해산물 포장마차도 대대손손 이어갈 것이다.

종일 말을 했더니 머리가 다 어지러웠다. 나는 함께 저녁 만찬을 하자는 학생들의 요청을 완곡하게 거절한 뒤 혼자 숙소로 돌아갔다. 눈이 멈췄다. 석양 볕이 학교 안을 비추며 들어왔다. 성과 하얀 눈을 보자 내가 동화 속으로 걸어들어온 것 같았다. 그런데 갑작스레, 멀리 있는 지면 위의 짙은 색 물체가 내 관심을 앗아갔다. 동그란 머리에 많은 촉수, 암녹색과 짙은 갈색 사이의 색, 서로 교차하며 땅을 짚는 부드러운 촉수들. 그것은 빠르게 땅 위를 이동하고 있었다. 문어인가? 몸에 있던 힘이 순식간에 빠져나가는 것 같았다. 그것은 내 시선을 느꼈는지 움직임을 멈췄다. 곧이어 몸의 색이 점차 투명해졌다. 눈이 쌓인 땅의 하얀색이 그대로 비쳤다. 남색이 도는 형광만이 그것의 존재를 배신할 뿐이었다. 이건 불가능한 일이야. 너무 피곤해 환각을 보는 게 틀림없어. 나는 그것을 보러 가지 말아야 한다고 자기 자신을 설득하며 발을 끌어 다른 곳을 향해 걸어갔다.

나는 방에 들어가자마자 옷도 벗지 않고 잠들었다. 악몽을 꾸었다. 거대한 문어 괴물이 나를 쫓아왔다. 처음에는 도시 안에서 뛰었다. 내가 리뷰를 쓴 적이 있는 레스토랑을 한 집씩 지났지만, 모두 나를 보자 문을 닫아버렸다. 나는 문 뒤에 있는 주인과 종업원의 경계 어린 눈빛을 볼 수 있었다. 얼마 전까지만 해도 내게 자신들의 특색 요리와 창업 이념을 열정적으로 설명해주던 사람들이었다. 하지만 지금 나를 보는 저들의 시선은 굶주린 호랑이와 이리처럼 잔혹했다. 나중에는 고향 마을 바닷가로 도망쳤다. 부모님의 포장마차를 지나쳤지만, 그들은 나를 보고도 도우려고 하지 않았다. 오히려 팔짱을 끼며 고개를 돌렸다. 나는 어쩔 수 없이 바다로 뛰어들었고, 힘껏 앞을 향해 헤엄쳤다. 괴물이 내 뒤에서 바짝 따라붙었다. 그것은 물속에서 더 자유롭게 움직였다. 금세 나를 따라잡아 내 어깨 위에 촉수를 얹었다. 나는 손을 뻗어 그것을 뿌리치려고 했지만, 빨판이 달라붙어 아무리 힘을 써도 떼어낼 수 없었다. 나는 고개를 숙였다. 사람의 얼굴을 한 빨판이었다. 나의 오래된 기억 속 어느새 희미해진 그 남자의 얼굴이었다.

나는 깜짝 놀라 꿈에서 깨어났다. 숨은 거칠었고, 목에는 타는 듯한 갈증이 일었다. 물을 따라 마셨다가 뒤늦게 이상하다는 걸 알아챘다. 물에서 옅은 비린내가 났다. 평범한 비린내가 아니었다. 이건 문어의 비린내였다. 나는 토하고 싶었지만, 도저히 게워낼 수 없었다. 그래서 아예 양치액을 마셔버렸다. 그러자 속이 더 힘들어졌다. 나는 오한이 났다. 더는 서 있을 힘도 없었다. 다시 침대 위에 누운 나는 이불로 몸을 감싸 레이든이 준 향낭에 코를 들이대면서 눈을 감았다. 라벤더 화원에 있다고 생각하려고 애를 썼다. 그렇게 상상에 빠졌다가 의식이 까물거리면서 다시 잠들었다.

다시 깨어났을 때 창문 밖은 어두웠다. 나는 시간을 확인하고 싶었지만, 휴대전화는 배터리가 다 되어 꺼져 있었다. 휴대전화를 충전해 다시 켰을 때, 나는 지금이 다음 날 저녁이라는 걸 알게 되었다. 부재중 전화가 열몇 통이 와 있었다. 스무 개가 넘는 메시지도. 내용을 확인하려고 하던 찰나, 다시 전화가 왔다. 레이든이었다.

"오, 감사합니다. 드디어 전화를 받네요. 괜찮아요?"

"저는…."

"아팠던 거죠? 어제 강연 때 보니 안색이 좋지 않던데. 좌담 때는 더 좋지 않더라고요. 밥도 안 먹고 돌아가고. 어젯밤 잠든 뒤에 이제야 일어난 거예요?"

"네…."

"들어봐요. 아직 기운이 남아 있다면, 잠들지 말고 날 15분만 기다려 줘요. 해물맛 면이 좋아요? 아니면 우육면?"

"우육면이요…."

전화를 끊은 뒤 나는 속으로 기도했다. 부디 물고기 비린내를 다시 맡지 않게 해달라고.

천만다행인 건 레이든이 가져온 음식에는 비린내가 전혀 없다는 거였다. 레이든은 컵라면을 가지고 왔다. 나는 여전히 기운이 없었지만, 배고픔을 느꼈다. 침상 위에 반쯤 누워 라면을 먹었다. 인공 조미료가 만들어낸 우육면은 맛이 강했다. 말린 소고기와 채소 건더기는 수분을 충분히 머금었고, 움츠러들면서 팽창했는데 파도처럼 구불구불한 면 사이에서 유독 돋보였다. 레이든이 수프 한 봉을 모두 넣어 아래쪽이 조금 짰지만, 국물은 따뜻했다. 마음도 같이 따뜻해지는 것 같았다. 심지어 말할 힘도 생겼다.

"맛이 좋네요. 대학 다닐 때 생각도 나고."

레이든은 말했다.

"저는 야식으로 종종 먹어요. 어쨌든 전 아직 대학교에 남아 있잖아요."

"그건 몸에 나쁘잖아요. 돌봐줄 사람을 찾아볼 생각은 안 했나요?"

내가 내뱉은 말에 나도 모르게 얼굴을 붉혔다. 다행히 병세가 나의 곤혹스러움을 감춰주었다.

"생각했었죠. 하지만 어울리는 사람이 주변에 없었는걸요."

레이든은 두 손을 교차하며 무릎 위에 올려놓았다. 손가락이 구부러지다가 퍼졌다.

"그리고, 누가 누구를 돌보게 될지는 모르는 거죠."

순간 국물이 목에 걸렸다.

"천천히 먹어요."

재빠르게 몸을 일으킨 레이든이 내게 휴지를 건네주었다. 내가 진정하자 레이든은 이렇게 말했다.

"미식 작가 맞나요? 컵라면 하나를 먹는데도 이렇게 조급해하다니."

나는 레이든의 비평을 받아들이지 않고 도리어 반박했다.

"하, 미식 작가가 뭐 어떻다고요?"

"미식 작가라면 천하 진미를 모두 맛봤을 거 아니에요."

"맛이야 다 보았죠. 그렇다고 해서 음식의 다양한 맛을 즐기지 못한다는 건 아니거든요."

레이든은 가볍게 웃으며 말했다.

"역시 미식 작가네요. 솔직히 말할게요. 여기는 왜 오셨나요? 여기 음식이 중국 음식보다 맛있지는 않을 텐데."

나는 무고하다는 얼굴로 레이든을 보았다.

"당신이 초대한 거 아니었어요?"

"제가 요청한 지 2년이 지났는데 갑작스레 메일로 신청 방법을 물었잖아요. 될 수 있으면 오래 머물고 싶다고도 했고요. 혹시 중국에서 무슨 일에 휘말렸던 건 아니죠?"

나는 마지막 면발을 먹은 뒤 그릇을 내려놓았다. 나는 레이든을 보며 말했다.

"그거 알아요? 저는 당신의 직설적인 성격을 좋아해요. 하지만 가끔은 스트레스가 되더라고요."

레이든은 어깨를 으쓱했다.

"말하지 않아도 괜찮아요. 당신은 지금 여기에 있으니까요. 그게 제일 중요한 거죠."

나는 가슴이 다시 따뜻해졌다. 언젠가는 말해야 하는 거니까. 굳이 레이든을 속일 필요는 없었다.

"확실히 귀찮은 일에 휘말리긴 했어요. 그런데 당신이 생각하는 그런 문제는 아니에요. 연애 문제 때문에 그런 것도, 위법적인 일에 엮여서 그런 것도 아니에요. 안심해요. 업계 사람들 때문이니까요. 너무 좁아서 무서울 지경인 음식 문학 업계 말이에요."

레이든은 놀리듯 말했다.

"인기가 많아져서 업계 사람들이 배척했나요?"

"인기요? 인기와는 거리가 멀었는데요. 하지만 배척당한 건 맞아요."

나는 쓴웃음을 지으며 말했다.

"미식 작가들이 작가 연대를 결성했거든요. 수를 모아서 작가 대우를 개선해보겠다는 건데, 같은 진영에 모여서 천편일률적인 글을 쓰겠다는 거잖아요. 그래서 들어오라는 제안을 거절했어요. 그때부터 저를 공격하더라고요. 처음에는 댓글 알바를 고용해 제 칼럼에 악플을 달았어요. 나중에는 제가 몇 년 전 칼럼을 썼던 한 식당에 영업 허가 문제가 생겼다면서 일을 크게 부풀렸고요. 독자들도 제 신용에 문제가 있다고 여기게 되었죠. 나중에는 가장 친한 친구조차 제게 그 사람들과 맞서지 말라고 권하더군요. 굽히고 들어가라고, 미안하다고 말하면 될 일이래요. 하지만 저는 그렇게 할 수 없었어요. 그래서 모두에게 버림받았죠. 방세도 낼 수 없게 되었고요."

레이든은 미간을 찔룩이며 물었다.

"그래서 정말 여기로 도망친 거라고요?"

"그런 셈이겠죠. 전 정말 이해할 수가 없어요. 왜 그 사람들은 다른 사람에게 자기들과 같아질 걸 요구하는 걸까요. 자기 몸에서 비린내가 난다고 어떻게든 다른 사람의 몸에도 묻히려는 거잖아요. 그렇게 하지 않으면 안심할 수 없다는 듯 말이에요."

"어디든 같죠."

레이든은 물을 한 잔 따랐다. 손가락이 박자를 맞추며 컵을 두드렸다. 관절이 없기라도 한 것처럼 유연한 손가락이었다.

"특히 작은 집단이 공통된 사상을 가지고 단체로 행동할 때 말이죠. 당신이 그중에 있는데도 같이 행동하는 걸 거절한다면, 당신을 별종으로 여길 거예요. 영원히 그들의 눈엣가시가 되는 거죠."

"맞아요. 그랬어요!"

나는 흥분했다. 놀랍게도 레이든은 나를 이해할 수 있었다.

"인브누스도 그래요. 그래서 삶의 반려자를 저는 이곳에서 찾고 싶지는 않아요."

내 심장이 빠르게 뛰었다.

"다른 곳으로 가고 싶지는 않아요?"

"다른 곳에서 사람을 찾아오는 게 나을 거예요. 저는, 갈 수가 없거든요."

레이든은 웃으며 말했다.

"지거트의 음식을 먹으면 절대 다른 곳으로 갈 수 없어요."

"그렇게 맛있어요?"

"먹어보면 알 거예요."

레이든의 입꼬리에 남아 있는 웃음이 어쩐지 나를 조금 두렵게 만들면서도 기대감에 젖게 했다.

그 뒤의 삶은 평온했다. 상주 작가 프로그램은 느슨한 편이었다. 학교는 숙소를 제공했고, 생활비도 일부 보조해주었다. 나는 미국인들과 달리 수돗물을 마시지 않았다. 대신 마트에서 대용량 정제수를 사 왔다. 밖에서는 될 수 있으면 음료나 술만 마셨다. 물고기 비린내도 더는 나를 괴롭힐 수 없었고, 어디에나 있는 문어 디자인 요소도 이제 그렇게 무섭지 않았다. 그 뒤로도 나는 불확실한 남색 빛을 몇 번이나 보았지만 눈 내린 땅에 반사된 빛이라고 여겼다. 어렸을 때의 기억은 너무도 요원했으니까. 이제는 놓아줄 때가 되었다. 나는 새로운 삶이 내 앞에 펼쳐진 걸 느낄 수 있었다. 심지어 인브누스에서 더 오래 머물 수 있을 것 같다고 생각했다.

레이든은 이곳에서 나와 가장 가까운 사람이 되었다. 주변의 크고 작은 레스토랑에도 나를 데려가주었다. 뉴잉글랜드의 특산품이 해물이고 학교의 상징마저 문어라 나는 사실 마을에 있는 레스토랑이 모두 해산물 레스토랑일 줄 알았다. 하지만 실제로는 그렇지 않았다. 외진 마을이기는 해도 문어 양식업으로 큰돈을 번 부자 가문이 여럿 있었다. 그래서 마을에도 사람들의 다양한 입맛을 만족시킬 수 있는 각국 먹거리가 모여 있었다. 이탈리아 음식도 있었고 지중해 음식도 있었으며 중동 음식도 있었다. 심지어 중국 음식을 파는 식당도 있었다.

자기가 먹을 음식을 따로 시키는 게 미국의 문화였기에 우리도 좋아하는 요리를 각자 시켰다. 레이든은 주로 해물을 시켰다. 나도 더는 그 맛을 싫어하지 않게 되었다. 어쩌면 버터와 치즈가 비린내를 감춰 해물을 견딜 수 있게 된 걸지도. 심지어 하루는 유명한 랍스터 롤을 시도해보기도 했다. 버터, 레몬즙과 함께 버무린 큼직한 랍스터 살이 갓 구운 식빵 위에 잔뜩 얹혀 있었는데, 향이 짙었고 식감이 쫄깃했으며 맛도 좋았다. 나와 레이든은 점점 더 가까워졌고, 전문 분야 이외의 이야기도 나누기 시작했다. 레이든은 나에게 어느 식당이 학생들의 데이트 명소인지, 어디가 명문가 노부인들이 즐겨 찾는 수다의 명소인지를 가르쳐주었다. 그러나 우리는 이제껏 지거트에 가보지 못했다. 레이든은 지거트가 예약하기 어려운 곳이라며 특별한 순간을 위해 남겨두고 싶다고 했다.

드디어 그 특별한 순간이 왔다. 레이든은 크리스마스이브에 함께 지거트로 가서 저녁을 먹자고 했다. 내 생각에 이건 명확한 암시였다. 크리스마스는 미국 문화에서 가족과 함께하는 날이었다. 레이든은 일부러 그날 나를 초대한 것이다. 어쩌면 무언가를 말하고 싶은 걸지도 몰랐다. 나는 정성스럽게 화장을 한 뒤 약속 장소로 갔다.

지거트는 인브누스 마을의 중심가에 있었다. 가로등 사이에는 홍색,

녹색 종이테이프가 걸려 있었고, 나비 리본으로 묶인 방울은 불어오는 바람에 따라 흔들렸다. 상점 쇼윈도는 눈송이와 순록, 긴 양말 등 크리스마스 장식으로 채워져 있었다. 흥겨운 캐럴이 상점 문을 지나 내 귓속을 파고들었다. 덩달아 나까지 흥겨워졌다. 우리는 지거트에 시간 맞춰 도착했다. 산타 모자를 쓴 종업원이 레이든의 예약을 확인하고는 우리를 자리로 안내했다. 이 자리를 예약하기 위해 레이든은 얼마나 애를 썼을까. 레이든이 예약한 2인용 테이블은 레스토랑 중앙에 있었고 다른 자리보다 위치가 높아 사방을 내려다볼 수 있었다. 옆자리에 앉은 손님들이 우리가 앉는 걸 보더니 부럽다는 시선을 보냈다. 심지어 얼굴이 익숙한 사람 몇 명은 고개를 끄덕이면서 인사도 했다. 미란다라고 불리는 종업원은 메뉴판을 주고 가며 레이든의 어깨를 두드리더니 힘을 내라고 나지막하게 말했다.

레이든은 유연한 손가락을 비비며 메뉴판을 펼치더니 나에게 건네주었다. 메뉴를 훑어본 나는 마음이 덜컥 내려앉았다. 해물 요리만 있었다. 현지에서 가장 유명한 레스토랑이니 당연히 해물 요리를 팔 텐데. 나는 이 점을 미리 알았어야 했다. 물론 레이든의 잘못은 아니었다. 레이든은 내가 해물을 싫어한다는 걸 몰랐다.

레이든은 내가 눈살을 찌푸리는 걸 보더니 소개를 해줬다.

"지거트는 해물 수프가 가장 유명해요. 뉴잉글랜드의 평범한 조개 수프와는 전혀 다르죠. 여러 해물을 섞어서 만드는 건데 휘핑크림을 더해 맛이 좋답니다. 특히 소금빵과 같이 먹으면 환상이에요. 다른 곳에서는 이런 조합이 없어요. 허기지면 대구 스테이크나 크랩 케이크를 시켜보는 것도 좋을 거예요. 제철 채소와 함께요. 물론 여기에도 랍스터 롤이 있지만 그건 이미 먹어봤으니 다른 걸 도전하는 게 좋을 것 같아요. 저는 해물 수프를 시키겠어요."

"그럼 저도 해물 수프를 시킬게요."

어차피 여기까지 왔으니까. 나도 희생을 치르기로 했다. 벌써 랍스터

롤까지 먹어보지 않았던가. 게다가 해물을 좋아하는 사람과 함께 살려면 계속 해물을 피할 수는 없을 것이다.

레이든은 손을 흔들어 미란다를 불렀고, 우리가 택한 음식과 백포도주 두 잔을 주문했다.

"지거트의 역사는 인브누스 마을의 역사만큼 길어요. 마을이 막 생겼을 때 지거트가 이 레스토랑을 열었거든요. 주로 해물 요리를 팔았죠."

레이든은 의자 등받이에 몸을 기대더니 주위를 둘러보았다.

"벽 위에 걸린 저 그림들을 보세요. 오랜 세월 동안 걸려 있었거든요. 적지 않은 그림이 진품이랍니다. 그 시절, 지거트가 아주 싸게 샀어요."

"제가 맞춰볼게요. 지금 주인의 성도 지거트죠?"

"맞습니다. 지거트 가족이 대대로 물려주고 있지요. 옛날부터 지금까지 마을 사람들이 가장 사랑하는 레스토랑입니다. 하루도 만석이 아닐 때가 없어요."

"그럼 제가 또 맞춰볼게요. 당신 부친과 조부도 인브누스 대학에서 학생들을 가르쳤죠?"

레이든은 웃으며 답했다.

"틀렸어요. 제 모친과 외할머니였습니다."

"역시 대물림이었군요. 성탄절인데 가족과 같이 있지 않아도 괜찮은 거예요?"

웃음이 레이든의 얼굴에서 굳었다. 잠시 후, 레이든은 말했다.

"다 돌아가셨어요."

"미안해요…."

나는 스스로의 어리석음을 탓했다. 레이든의 가족이 살아 있었다면, 나 같은 이방인을 혼자 초대해 같이 성탄절을 보내지는 않았을 것이다.

미란다의 목소리가 어색한 침묵을 깨뜨렸다.

"여러분, 여기 술이 왔습니다. 해물 수프는 지금 요리 중이에요. 곧 나올 겁니다."

"자, 술을 마시죠. 미식을 위하여!"

레이든은 술잔을 들었다.

나도 술잔을 들었다. 술잔이 서로 부딪치면서 맑은 소리가 났다.

"당신은 가족과 사이가 어떤가요?"

내가 화제를 어떻게 바꿀까 고민하는 사이, 놀랍게도 레이든은 조금 전 화제를 이어가기를 원했다.

"좋지 않아요."

나는 쓴웃음을 지으며 말을 이었다.

"대학을 다닌 뒤로는 고향으로 돌아간 적이 없어요. 가족들과도 더는 연락하지 않았고요."

"왜요?"

"같은 부류가 아닌 것 같아서랄까요. 서로를 이해할 방법이 없어요."

"저는 중국인이라면 모두 가정을 중요시하는 줄 알았는데요."

"그 점에 있어서는 저는 오히려 서양에 더 가까워요. 개인의 자유를 더 중시하죠."

"그래요? 자유를 위하여!"

레이든은 다시 잔을 들었다. 이유는 알 수 없지만, 나는 레이든의 입꼬리에 어쩐지 쓸쓸함이 묻어 있다고 생각했다.

술을 두 모금 마셨을 때 나는 머리가 어지러웠다. 평소 잘 마시지 않는 데다가 지금 마시는 술은 도수가 조금 높았다. 아직 정신이 멀쩡했지만, 필터를 통해 세상을 보는 것 같았다.

"그때 종교학 학회에서 말이에요. 내게 이곳 상주 작가 프로그램을 신청해보라고 한 건, 그냥 해본 말이었어요?"

나는 술김에 질문을 했다.

"그렇지는 않아요. 진심으로 당신이 이곳에 오기를 바랐거든요. 인브누스가 작은 곳이기는 해도 직접 와볼 만한 가치가 있는 곳이죠. 이곳에 머무른 적이 있던 외지인 대다수는 결국 정착을 선택했어요. 제 아버지처럼 이곳을 떠나는 사람은 극히 소수죠."

레이든이 먼저 이야기를 꺼냈기에 나도 더는 회피하지 않았다.

"아버님은 이곳 사람이 아니었어요?"

레이든은 고개를 가로저었다.

"아버지는 인브누스 상주 작가 프로그램에 참여했던 첫 번째 작가였어요. 그동안 유일하게 참여했던 작가이기도 하죠. 아버지 이후로 이 프로젝트가 중지되었거든요."

"아버님은 어머님을 사랑하게 되신 거예요. 그래서 결국 이곳에 남으신 거죠?"

"몇 년은 머무셨죠. 그런 뒤에 이곳을 떠나기로 하셨어요."

"당신과 어머님을 데리고 떠나지 않은 거예요?"

"당연히 우리를 데리고 떠나려고 하셨죠. 하지만 떠날 수 없었어요. 지거트의 음식을 먹은 사람은 절대 인브누스를 떠날 수 없어요. 아버지는 떠나기 전에… 돌아가셨어요. 몇 년 뒤에는 어머니도 아버지를 따라 돌아가셨죠."

"미안해요…."

"괜찮아요. 아주 오래전 일인걸요. 나중에 저는 어머니의 직업을 계승했어요."

"맞아요. 당신도 외국 학술회의에 자주 참가하잖아요? 그건 떠나는 게 아닌가요?"

"저는 달라요. 그건 임시로 떠나는 거니까요. 반드시 돌아오게 되어 있죠."

"그럼 저도 다시 생각해봐야겠네요. 오늘 밤에 금식할지 말지."

내가 놀리듯 말하자 레이든은 웃었다.

"이미 늦었어요. 이곳의 술을 마셨잖아요."

"그럼 기왕 마신 거 더 마시도록 하죠."

나는 술잔을 세 번째로 들며 레이든의 두 눈을 응시했다. 짙은 녹색을 띤 눈동자가 보였다. 약간 갈색이 돌기도 했다. 바다처럼 깊어 한 번에 바닥을 볼 수 없는 그런 눈이었다. 레이든의 눈빛에는 추억, 슬픔, 교활함, 경건함 그리고 기대감이 담겨 있었다.

"해물 수프 나왔습니다. 소금빵과 같이 드세요."

미란다는 우리 앞에 수프 그릇을 하나씩 내려놓았고, 사이에 빵 바구니를 놓았다.

"맛있게 드세요!"

아주 평범해 보이는 탕이었다. 커스터드 색이 감도는 표면에는 초록 바질이 뿌려져 있었다. 모락모락 피어오르는 음식 향에서 비린내가 느껴지지 않았다.

"따뜻할 때 드세요. 해물 수프는 따뜻할 때 먹어야 제일 맛있어요."

레이든은 빵 바구니를 내 쪽으로 밀어주었다.

나는 소금빵을 하나 집어 조금 뜯어낸 뒤 해물 수프에 살짝 적셨다. 그런 뒤에는 주저하며 입안으로 밀어 넣었다. 기이하지만 향기로운 맛이 가득 퍼졌다. 심금이 울리면서 식도 전체에 꽃이 피어나는 것 같았다. 나는 빵 조각을 조금씩 씹었다. 부드럽지만 씹는 맛을 잃지 않는 빵과 맛있는 수프는 정말 뛰어난 조합이었다. 나는 두 번째 조각을 뜯었다. 이번에는 수프 안에 넣어 흠뻑 적셨다. 더 오래 적셨기에 스펀지 구조로 된 빵은 국물을 제대로 빨아들였다. 그런데도 원래 가지고 있던 탄력을 잃지 않았다. 한입 물자 국물이 사방으로 퍼졌다. 놀라운 맛이 입안에서 폭발했다. 나는 해물 수프 안에 대체 무슨 재료가 들어간 건지 감도 잡히지 않았다. 확신할 수 있는 건 여러 종류의 해물이 들어갔으며 고급 버터와 양파, 감자 그리고 베이컨이 추가되었다는 거였다. 이들은 평화롭게 공존했고, 녹아버린 황금처럼 부드러우면서도 빛을 발했다. 나는 남은 빵 조각을 수프 안에 모두 넣은 뒤 숟가락을 들어 수프를 한입 마셨다. 신선함과 감칠맛이 공존했다. 나는 잘린 식재료들이 수프 안에 들어가 천천히 익혀지는 것을, 몇 번이나 거름망을 통과하는 모습을 상상할 수 있었다. 그렇게 해야 이렇게 완벽한 식감을 만들어낼 수 있다. 나는 숟가락으로 수프 안에 담겼던 빵을 건졌다. 오랫동안 적셔져서 그런지 생선 살을 닮은 식감이 빵에서 느껴졌다. 그런데도 전혀 싫지 않았다. 이제껏 내가 해물을 혐오했던 게 모두 편견이었다는 생각이 들 정도였다.

"맛이 어때요?"

레이든은 빵을 하나 집으며 자기 수프를 먹기 시작했다.

"너무 맛있어요. 이렇게 맛있는 수프는 처음인 것 같아요. 당신이 지거트의 음식을 먹으면 절대 인브누스를 떠날 수 없다고 했잖아요. 당신이 왜 그렇게 말했는지 알 것 같아요. 이 수프 하나만으로도 여기에 남을 가치가 있어요."

레이든은 웃을 뿐이었다.

"맛있다니 다행이네요. 앞으로 자주 와요."

"자리 예약이 어렵다고 하지 않았어요?"

"처음이라 그런 거예요. 이 자리랑 깜짝 요리는 정말 예약하기 어렵거든요. 다른 건 괜찮아요."

"깜짝 요리가 있다고요? 세상에. 이 해물 수프만으로도 저는 이미 깜짝 놀랐어요."

"맞아요. 하지만 해물 수프 정도로는 사람을 떠나지 못하게 만들 수 없잖아요. 이따가 나올 깜짝 요리야말로 그게 가능하죠."

나는 한입 또 한입 먹었다. 주체하지 못하고 해물 수프를 모두 마셔버렸다. 이제껏 살면서 가장 맛있게 먹은 해물 요리였다. 포장마차에서 팔던 신선한 생선과 새우도 이와 비교할 수는 없었다. 심지어 이 요리는 이제껏 내가 먹어본 미식 중에서도 최상에 속했다. 나는 이 요리에 관한 최고의 명문을 쓰고 싶어졌다.

레이든은 말했다.

"사실, 저는 우리가 같은 부류라고 생각했어요. 처음 봤을 때부터 알았어요. 당신이 반드시 이곳에 올 거라는 걸요."

나는 수프 그릇에 고정되어 있던 고개를 들며 말했다.

"네?"

"이곳에 남을 생각은 없어요? 가지 말아요. 다른 사람들처럼 그러지 말아요."

그 순간, 가슴이 떨렸다. 이곳에 남는 것도 좋을 것 같았다. 나는 진즉에 고향을 떠났으니까. 조국에서 멀어지는 것도 나쁘지는 않을 것이다. 복잡한 일에서부터 완전히 도망쳐 이곳에 정착하자. 나와 레이든이야말로 같은 부류니까. 그렇지 않나?

"여러분. 잠시 실례할게요. 저희 가게의 특선 요리가 나왔습니다. 여러분들이 기쁘게 받아들이시길 바랄게요."

미란다는 커다란 접시를 내려놓고 떠났다.

레이든은 접시를 내게 밀어주며 말했다.

"먹어요. 이걸 먹으면 우리는 같은 부류가 될 거예요. 영원히 떠나지 않을 거예요."

나는 고개를 숙여 접시에 담긴 걸 보았다. 순식간에 정신이 또렷해졌다.

"아뇨, 아니야, 아냐, 난 이걸 먹지 않아요. 이건 먹을 수 없어."

접시에 놓인 건 살아 있는 작은 문어였다. 반투명한 피부 아래로 파란 심장 세 개가 뛰는 게 보였다. 문어의 촉수가 레이든의 손가락처럼 꿈틀 거렸다. 나는 불현듯 신비로운 남색 형광이 어디서 온 건지를 깨달았다.

레이든의 입꼬리에는 처량한 미소가 걸려 있었다.

"이미 늦었어요. 여기까지 왔잖아요. 이제 당신도 떠날 수 없어요."

나는 몸을 일으켜 도망치려고 했지만, 주변의 손들이 나를 붙잡았다. 레이든은 한 손으로 나의 턱을 부드럽게 받치고는 다른 한 손으로 내 입 안에 문어를 밀어 넣었다. 레이든의 민첩한 손가락이 내 입술에 달라붙은 문어 촉수를 떼어냈다. 그런 뒤에는 내게 입을 맞췄다. 혀를 사용해 그것을 내 입안에 제대로 넣어주었다. 그것은 나의 입안을 휘저었고, 촉수에 있는 빨판은 내 식도에 달라붙었다. 그것이 천천히 아래로 내려갔다. 미끄러운 촉감이 입에서 위까지 이어졌다. 그것은 내 위벽에 달라붙어 영양분을 흡수하기 시작했다. 얼마 지나지 않아 그것은 내가 될 것이다. 그리고 나는 더는 내가 아니게 될 것이다.

미식 작가가 죽은 뒤, 우리는 오랫동안 외지인 숙주를 찾지 못했다. 너무 어려운 일이었다. 인브누스에 오고 싶어 하는 사람이 많지 않기 때문이었다. 어쨌든 이곳은 너무 외졌고, 누군가 실종되면 외부의 의심을 살 수 있었다. 그래서 우리는 어쩔 수 없이 이 외딴 황야에 몸을 숨겨야 했다. 우리와 용모가 비슷한 지구 하등 생물들 사이에 우리 몸을 숨겨야 했다. 인브누스는 우리의 터전이었다. 마을 사람들은 대대로 전해진 생활 방식을 계승했고, 우리를 향한 절대적인 복종과 숭배를 이어갔다. 시간이 지나면서 마을 사람들은 근친 관계를 이루게 되었다. 우리는 외부에서 숙주를 데려올 필요가 있었다. 지거트의 깜짝 요리를 먹게 해 우리 동류로 만들면, 그들은 이곳을 떠날 수 없게 되니까. 미식 작가는 본래 레이든과 결혼해야 했다. 두 사람이 낳을 아이가 우리의 새로운 제사장이 되어야 했다. 하지만 우리는 미식 작가가 그렇게 저항할 줄은, 레이든의 부친과 똑같은 결말을 맞을지언정 우리 동류가 되기를 거부할 줄은 미처 몰랐다.

✦ **왕칸위(王侃瑜)**

1990년생. 중국어와 영어로 글을 쓰며 푸단대 서사창작과를 졸업했다. 상하이 작가협회, 상하이 과학 보급 작가협회, 세계 화인(華人) SF 협회, 미국 SF 판타지 작가협회의 회원으로 혜성 SF 국제 단편 대회 에서 우승했으며 여러 SF 상을 수상하였다. 또한 작품이 영어, 스페인어, 독일어, 이탈리아어, 핀란드어 등 여러 언어로 번역되었다. 단편집으로는 《운무(雲霧) 2.2》 등이 있다.

작품해설

✦

스징위안

　　당대* 중국 SF에서 젠더는 다른 문학 장르에서도 그러하듯 아주 까다로운 문제이다. 중국 현대문학은 20세기 이후로 비슷한 문제를 마주했었다. 무엇이 여성 혹은 논바이너리(non-binary) 작가의 작품을 다르게 보이도록 만드는가. 이런 차이점이 작품 독해에 어떠한 영향을 미치는가. 주변화된 젠더를 위해 다른 기준을 만드는 것이 오히려 제약으로 작용하는 건 아닐까. 여성 작가의 작품이 다르게 분류되면서 더는 시스젠더(cisgender) 남성 작가가 쓴 작품과 비견할 수 없게 된 건 아닐까.

　　이러한 문제들은 다른 장르 소설에서도 여전히 발견된다. 이번 단편집이 획기적인 건 이러한 문제 뒤에 숨겨진 의의를 함께 탐색했다는 점에 있다. 각각의 이야기는 삶의 종결이나 타자 돌봄, 기술 제약으로 유기 자아와 내면의 감정을 강화할 수 없게 된 우리, 혹은 자원이 고갈된 세계 속에서의 공존 등 특정한 방식을 상상으로 그려내면서 유한성을 사유했다. 영원한 약속은 때로 사랑, 세상에 대한 애착, 시간, 사랑하는 이를 향한

---

* 　중국에서는 5.4운동(1919년) 이후부터 중화인민공화국 수립(1949년) 이전까지 나온 문학을 현대 문학, 그 이후에 나온 문학을 당대 문학이라고 칭한다.

그리움으로 표현되었고(우상) 우리의 생존 능력을 시험하는 리트머스지가 되었다. 반면 영생과 사망 그리고 영성을 향한 갈망은 테크네(Techne) 뒤에 있는 "진정한 사람"(츠후이, 션다칭)을 나타냈다. 이번 단편집에 참여한 작가들은 보편성을 지닌 화제를 다루면서도 보편주의에 얽매이지 않았다. 자녀 부양과 양육 시뮬레이션을 논의하고 우주로 이주한 인류를 이야기하면서도 그들은 거대 서사를 거부하였다. 대신 각각의 이야기에 정체성을 다루는 질문을 담으면서도 이데올로기적인 의제를 뛰어넘는 배려와 사려를 택했으며 무거운 역사를 솜씨 좋게 빚어냈다.

　이번 단편집에 참여한 작가들을 시스젠더 집단 혹은 주변화된 집단이라고 단순하게 정의하기는 어려울 것이다. 젠더가 무엇인지를 명시하고자 한다면 성별 본질주의라는 틀에 갇힐 가능성이 커지고 성별과 관련이 없을 수도 있는 여러 특징들을 감소시켜 오히려 선입견에 영합하는 도구가 되어버릴 수도 있기 때문이다. 이번 단편집은 여성 그리고 주변화된 젠더에 관한 SF 작품과 이들이 쓴 SF 작품에 차이가 있다는 것을 보여주고 그와 함께 작가의 젠더와 그들의 문학 창작을 동일시했을 때 또 다른 현실적인 문제가 생긴다는 것을 드러낸다. 작가들은 창작의 자유를 원한다. 글을 쓰게 된 영감과 목표로 한 독자층을 제외하면, 그 무엇도 이들을 얽맬 수 없다. 그러나 SF에는 다른 장르와 구분되는 특정 제약이 있다. 그것은 현실과 반대되는 조건법적 서술을 전제로 진행된다는 것이다. 또한 현실을 다룬 그 어떠한 장면에도 깊이 빠져들지 않는다. 어떤 이들은 SF의 가치가 문학 창작의 문턱이라고 할 수 있는 문학 언어의 숙련성보다는 상상력에 있다고 주장한다. 그러나 다른 이들은 SF가 미래를 위해 현재를 버렸다고 볼 수는 없으며 사회 현실을 향한 은유적 비판을 포함하기에 환상의 전제에 완전히 부합하는 건 아니라고 본다.

　SF는 진실과 환상을, 현재와 미래를 자유롭게 오간다. 이 책은 영문판으로 출간된 중국 SF 중 여성 작가와 논바이너리 작가의 작품만을 수록한 최초의 단편집으로 다음의 질문들을 피할 수 없을 것이다. 이 단편집을 특별하게 만드는 것은 무엇인가. 혹은 이 단편집의 목적은 무엇인가. 현실을 담고 있지는 않지만, 생각해본 적이 없는 미래를 상상하고자 하는 장르에 젠더 이야기를 어떻게 담을 수 있을까. 어떻게 해야 우리는 SF에 젠더 해방의 책임을 지울 수 있을까. 그리고 그렇게 해야만 하는 걸까?

백여 년 전인 1905년에 출간되었던 한 중국 소설은 위와 같은 의문을 제기했다. 《여와석(女媧石)》은 더 나은 사회를 만들기를 원했던 중국인 여성 자객이 전동 말을 타고 세계 각지를 돌며 자원을 찾는 이야기이다.* 주인공은 여정 동안 대뇌 재프로그래밍, 가공 보존식품, 인공 수정 등 여성과 재생산 그리고 가족에 대한 전통적인 관점을 전복시키는 새로운 기술들을 발견하고, 세계를 여행하면서 자신과 비슷한 뜻을 지닌 급진적인 여성들을 만나게 된다. 이들은 과학 기술의 인도 아래 평화롭고도 안전한 새 시대를 만들겠다는 사명을 가지고 세계적인 혁명 연맹을 조직해 주인공을 초대한다. 이들은 모두 무술에 정통했고, 서구의 기계와 전기에 관한 지식을 갖추고 있었으며 목표를 실현하기 위해 폭력과 순도도 불사했다. 이들이 원했던 건 자신과 사회의 공동 해방이었다.

이 소설은 상당한 분량을 할애해 과학 환상과 기술 진보를 묘사했지만, SF라고 불리지는 않았다. 이 소설이 상상했던 "현대 여성"이 현대 남성이 욕망했던 현대 여성상에 부합했기 때문이었다. 확실히 "SF"는 당시 새로운 장르였고, 아서 코난 도일과 같은 추리 소설을 쓰는 작가들처럼 쥘 베른의 번역작을 통해 중국으로 유입되었다. 중국 독자에게 이러한 소설들의 서사 기법은 매우 새롭게 느껴졌고 서구 소설을 읽는 것 자체도 매우 새로운 경험이었다. 젠더 역할의 탐색이란 신체적 한계와 사회, 심리적 제약을 오롯이 남겨두면서도 누군가를 전혀 다른 자리에 놓는 것을 의미한다. 19세기 말과 20세기 초에는, 기존의 문학과 전혀 다른 다양한 장르의 작품들이 엄청난 수로 쏟아져 나왔다. 중국 전통 문학에서 "소설"은

---

* **저자주** 해천독소자의 《여와석》 (동아편집국, 1905년)

도덕, 수신, 치세에 관해 유학자가 기록한 경전만큼 진지하지 않고, 시정에서 논해지는 잡담처럼 사소하거나 자질구레한 글이라고 여겨졌었다.

《여와석》을 쓴 작가의 필명은 해천독소자(海天獨嘯子, Lone Howler)이다. 알려진 바에 의하면 남성 작가인 해천독소자는 일본의 미래주의 소설을 번역해 중국에 소개했다고 한다. 해천독소자는 《여와석》이 애국주의 소설에 속한다고 홍보했으며, 여와의 보천 신화에서 모티브를 얻은 소설의 서사 또한 애국 소설을 기반으로 재구성했다. "규수"를 주인공으로 삼은 것이다. 그때 중국은 아직 국가가 아니었다. 마지막 황조는 힘겨운 숨을 내쉬다가 1911년에 일어난 신해혁명에 의해 숨을 거두었다. 서구 제국주의에 둘러싸여 있던 당시 사람들은 어떻게 설욕하고 봉건주의를 끝낼지를 두고 열띤 논의를 펼쳤다. 이때 했던 논의가 아편 금지와 전족 폐지였다. 단단히 묶여 변형된 발을 아름다움과 신분의 상징으로 삼는 것을 거부하고 케케묵은 유교적 가르침을 없애고자 한 것이다.

그래서 여성들은 새롭고도 이상적인 미래 시민으로 간주되었다. 과거에는 압제에 시달렸으나 새로운 중국에서는 해방되는 집단이기 때문이었다. 이들의 해방은 여성 해방에서 더 나아가 사회 전체의 해방을 의미했다. 여성 문제를 다루는 글을 쓰는 것은 남성 작가에게 진보의 휘장이었고 하나의 유행이었다. 전통적인 중국 문학에서 여성 캐릭터나 "여성적인" 목소리는 학대받은 이들이 자신들의 원망을 표출할 때 쓰는 하나의 은유였다. 그렇기에 여성의 이미지를 형상화하고 비전을 제시하는 데 있어서 실제 여성이 참여하는 일은 흔치 않았다.* 여성이 남성의 정신을 담는 그릇이 되어버린 것이다.

문학사를 살펴보았을 때 우리는 문학 변천의 불안전성을 이해할 수 있고, 받아들일 수도 있지만, 여성 작가와 SF의 관계에 대해서는 아직도 아는 게 없다. 시스 여성 작가는 더는 남성 작가가 해왔던 걸 모방하거나

---

* 여성 해방 운동에 힘썼던 치우진(秋瑾)과 쉬에샤오후이(薛紹徽)는 예외다.

젠더 이분법으로 성차를 논의하지 않게 되었다. 대신 SF와 판타지 소설을 통해 더 넓은 공간을 만들어냈고 주변화된 젠더 집단을 망라하고자 했다. 새로운 분위기는 새로운 문제를 가져오기도 했다. 예를 들어 새로운 평가 기준에 맞는 목표와 맥락을 결정하는 문제였다. 충분한 여성 SF 작가를 보유하고 있는지, SF 속에 더 두드러지면서도 생동감이 넘치는 여성 캐릭터들이 있는지, 아니면 더 많은 여성 작가들이 SF를 배우도록 장려하거나 단념시킬 수 있는 문학 교류의 인프라가 갖춰져 있는지 등이었다. 근래 중국 SF는 우주 탐험과 식민, 우주의 수수께끼, 인류 운명 등 큰 주제를 다루면서 전 세계적인 인기를 얻게 되었다. 그러나 여성과 다른 주변화된 집단이 가지고 있었던 사회적 관심과 급진적인 사고는 별다른 호응을 얻지 못했다. 세계적으로 큰 반향을 일으킨 류츠신의 《삼체》 삼부작도 여성 캐릭터가 지나치게 평면적이라는 평론가의 지적을 받았으나 이러한 목소리는 대거 파묻혔다. 디스토피아 세계관을 기반으로 사회를 비판했던 단편 〈접는 도시〉로 류츠신에 이어 휴고상을 수상한 하오징팡은 주변화된 젠더 집단에 속하는 작가들이 급증하는 가운데 주변화된 작가가 주류의 인정을 얻은 흔치 않은 사례이다. 이번 단편집의 주요 특징 중 하나가 이들의 목소리를 실은 것이듯 이들은 이제야 작품을 발표할 지면을 얻었다.

여성과 당대 SF의 관계는 처음부터 문학의 문제가 아니라 사회학과 인류학의 범주에 속하는 문제였을지도 모른다. 지식, 과학 그리고 기술에 접근할 수 있는 이가 누구인지를 보자. 이들이 생각하는 경계성과 주변성은 단순히 주류를 벗어난 것이 아니다. 다른 경계나 주변에 의해 만들어지는 위치다. 이러한 위치는 다른 것과 연관되어 계속 재정립된다.

오늘날의 작가들은 기술 속에서 숨을 쉬고 살아간다. 우리처럼 말이다. 그러나 《여와석》의 시대에서는 SF에 과학적, 기술적 제약이 있었다. 정보 접근이 매우 제한적이었기 때문이었다. 소수의 작가만이 과학을 현실에서 접하거나 실험을 할 수 있었다. 그 외의 나머지 작가들이 접할 수 있는 건 비전문가 독자에 맞춰 서구의 기술 관련 소식을 전해주는 권위 있는 정기 간행물 한두 개가 다였다. 만약 작자가 국제적인 대도시인 상하이에서 살고 있었다면 전문적인 열람실에 가서 오래된 실험 기구를 구경하거나 잡지와 신문을 통해 제한적인 정보라도 얻을 수 있었을 것이다. 그 외에도 선교사들에 의해 형편없이 번역된 수학, 화학, 해부학 관련 자료들이 수십 권은 있었을 것이다. 그러나 그 자료들은 서구의 실질적인 기술 발전 상태보다 오래되었을 것이며 최소한 한두 단계는 뒤처져 있었을 것이다.

오늘날의 상황은 완전히 다르다. 중국 SF 작가들은 자신들이 20세기 초반 중국에서 발전했던 SF를 계승했다고 보지는 않을 것이다. 혹은 고대 철학이나 민족지 고전과도 관련이 없을 거라고 여길 것이다. 특히 이국이나 먼 타자에 관한 부분이 그러하다. 대신 그들은 1930년대 말과 1940년대의 미국 SF를 계승하며 기술 낙관주의 시대를 찬미했다. 반면, 이번 책에 수록된 작가들은 전혀 다른 길을 제시했다. 오늘날의 SF와 판타지 소설 작가가 판타지와 중국 전통 역사의 관련성을 다시 찾아내고자 한 것이다. 이는 단순한 노스텔지아적인 회귀와는 다르며 신화와 민간 전설을 기반으로 새로운 탐색의 길을 빚어내고자 한 것이다(뉘뉘, 구스, E 백작, 천첸, 링천, 바이판루솽 그리고 추시다오). 어떤 작가들은 전통적인 무협 장르를 판타지와 능숙하게 결합하기도 했고(션잉잉), 다른 작가들은 발생할 수 있었지만 발생하지 않았던 결과들을 탐색하며 역사를 다시 방문하기도 했다.

SF는 단순히 장르로만 횡단하는 게 아니다. SF의 공동체와 독자층은 항상 세계적이었고, 현실과 상상의 공간을 오갔다. 20세기 초 중국에서 일어났던 첫 번째 SF 붐을 돌이켜 보면, 그 시절의 작품은 장르와 작가의 성별이 모두 변동적이었으며 사람들의 기대에 부합하지 않았다. 반면 오늘날의 SF는 젠더뿐만 아니라 우리 시대의 과학 기술 현황 등 더 폭넓은 범위의 문제를 생각해보도록 요구하고 있다. 지금 우리가 있는 이곳은, 우리가 마주한 사회 환경에서는 더는 다양성과 다원성이 선택으로 존재하지 않는다. 이것은 이미 현실이다.

전동 말과 비교했을 때 오늘날의 우리에게는 우주 비행선과 고속철도가 있다. 유전자 변형 식품은 벌써 우리의 소비 생활 곳곳을 파고들었다. 비건용 햄버거에 헤모글로빈 성분을 집어넣어 피가 흐르는 듯한 고기 맛을 낼 수 있고, 냉동 난자 기술과 클론 기술을 통해 생식을 수십 년 늦출 수 있으며 전통적인 성별 분업을 철저하게 전복시킬 수도 있다. 의학의 발전은 인류가 죽음을 피할 수도 있다는 희망을 만들어주었고, 인공 지능 기술과 결합하면서 삶의 질을 크게 높여주었다. 오히려 SF는 과학의 초현실성을 따라잡느라 어려움을 겪어 왔다. 때때로 과학이 지나치게 정치화되면서 작가는 상상할 여지를 얻지 못하기도 했다.

더 중요한 것은 과학이 복잡하게 발전함에 따라 사람들이 하드 SF와 소프트 SF 사이에 경계선을 긋고 있다는 점이다. 또한 사람들은 전자의 세계에 등장하는 여성 작가가 극도로 적다고 생각하는 경향이 있다. SF 작가는 더는 단순한 작가가 아니다. 이들은 기술 기업의 고문이나 브랜드 홍보 대사, 번역가, 사업가, 휴머니스트 혹은 저널리스트이다. 이들은 여전히 팬들의 숭배를 받고 있지만 정치적 각광을 받고 있기도 하다. 중국의 문화적 위상을 높이는 데 도움이 되기 때문이다. 향후 세계 기술 발전을 이끌어가겠다는 현재진행형 야망을 품고 있는 중국은 이들이 나름의 역할을 할 거라는 기대를 품고 있다.* 이런 상황에서 중국 SF를 읽고 이해하는 데 있어서 젠더적 접근법을 취하는 것이 어떤 의의가 있을까. 이것만큼은 확실하다. 우리가 여기서 논의했던 것들이 더는 문학 작품의 문제로만 남지는 않을 거라는 점이다.

과학 기술과 정치의 소용돌이를 마주하면서 우리는 창조와 실무의 틈에 놓이게 되었다. 중국 SF는 오늘날 자신에게 딱 맞는 자리를 찾지 못했음에도 다양한 방향으로 당겨지고 있다.

---

* **저자주** 2020년 8월 중국과학기술협회는 "SF 10조항"을 발표하며 과학 기술 발전을 위해 힘쓸 것을 밝혔다. 중국과학기술협회는 중국 정부, 과학자, 엔지니어 단체가 긴밀하게 협업하는 비영리 조직으로 "SF 10조항"의 목적은 영화 산업 내 SF의 IP 발전이다.

＊

중국 SF를 단순히 픽션으로만 여길 수는 없다. 오히려 그것은 기술에 대한 우리 자신의 불안과 희망으로 가득 찬, 국제 지정학 내의 새로운 긴장으로 강화된 우리 시대의 바로미터이다. 주변화된 젠더의 작가는 그들의 지분을 주장할 새로운 기회를 얻었다. 확실히 이번 단편집에 참여한 작가 개개인의 이야기는 가능성이 있는 대안을 구현하였다. 작가가 창작한 허구의 세계에 몰입하지 말아야 하는 건 이번이 처음일 것이다. 대신 독자들은 질문을 해야 한다. 작가가 어떻게 소설로 들어갔는지를, 중국 SF가 어쩌다가 더 넓은, 더 복잡한 환경 속에서 항해할 것을 강요받았는지를.

젠더는 장르가 그러하듯 매번 새로운 문제를 마주하게 될 것이다. 이제껏 그러하였듯 앞으로도 그러할 것이다. 중국 SF는 여전히 새로운 장르지만, 온갖 새로운 방식으로 독자를 사로잡을 것이며 세상의 미래를 끊임없이 생각해보도록 만들 것이다.

✦ 번역 감수 | **임보람**
강원대 인문과학연구소 전임연구원, 언어로써 타자들과 관계 맺는 방식을 연구하고 있다.

✦ **스징위안**(石靜遠)
예일대 동아시아 어문학과, 비교문학과 교수로 중국 현대 문학과 사상, 문화사 및 과학 기술을 연구한다. 구겐하임 기금회, 앤드류 멜론 기금회, 하버드 대학, 스탠포드 대학, 프린스턴 대학 등 다수의 고급 연구 기관에서 수상 및 기금을 지원받았다.

역자 후기

2019년 베이징 국제도서전에서 번역 살롱 행사에 참여한 적이 있다. 중국 문학 번역가들을 대상으로 진행했던 행사였는데, 하루는 중국 SF 작가인 천추판의 출간 행사가 열렸다. 정확히는 개정판 출간 행사였다. 천추판 작가의 대표작이자 2013년에 출간되었던 《황조(荒潮, Waste Tide)》가 영문판 출간과 함께 중문 개정판으로 나왔기 때문이었다. 천추판 작가는 자리에 앉은 번역가들에게 이번 개정판을 출간하게 된 계기를 가장 먼저 이야기해 주었다.

천추판 작가가 총 98곳에 달하는 부분을 수정하게 된 계기는 놀랍게도 켄 리우였다(한국에서는 켄 리우가 작가로 유명하지만, 중국에서는 번역가이자 중화권 SF 작품을 영미권에 소개해주는 에이전트로도 유명하다). 그렇다면 켄 리우는 왜 천추판에게 작품을 수정하라고 권했을까. 그건 천추판 작가의 작품 속에, 소설을 이루는 언어에 여성 혐오가 담겨 있기 때문이었다. 그날 천추판 작가는 이제껏 당연하게 써왔던 모국어인 중국어에 여성 혐오적인 부분이 그렇게 많을 줄은 몰랐다고, 무지했던 자신의 과거를 반성하면서 작품을 수정했다고 했다.

확실히 중국어에는, 한문에는 여성 혐오적인 부분이 많다. 여성을 뜻하는 '女'가 두 개가 되면 '송사할 난(姦)'이 되고, 셋이 되면 '간음할 간(姦)'이 된다. 요(妖)는 한 끗 차이로 '요사할 요'가 되거나 '아리따울 교'가 된다. 글을 쓰는 작가라면 언어 속에 담긴 혐오를 예민하게 포착해야 할 것이다. 작가가 구축한 세계는 결국 언어로 이루어졌기 때문이다.

그 때문에 혐오가 담긴 언어를 수정하는 것은 작가로서도 번역가로서도 독자로서도 당연히 환영할 만한 일이었다. 그런데 나는 어쩐지 아쉬운 마음이 들었다. 그 자리에 여성이 없었기 때문이었다. 심지어 여성 혐오를 논하는 자리였는 데도 말이다. 그날의 '여성'은 스징위안의 표현대로 '남성의 정신을 담는 그릇'으로만 언급되었다. 그날 사람들은 천추판을 이야기했고, 류츠신을 이야기했으며 켄 리우를 이야기했다. 그들의 작품 속에 담긴 '여성'을 이야기했다. 하지만 여성 SF 작가는 누구도 논하지 않았다. 나 또한 아무 말도 할 수 없었다. 내가 알고 있는 여성 SF 작가와 작품이 없었기 때문이었다.

그래서 이 선집을 처음 검토하였을 때, 나는 정말 기뻤다. 중국 여성 SF 작가들의 작품으로만 엄선된 선집이라니! 웹진 거울과 중국 미래관리사무국이 함께 진행했던 '한중 SF 문화 교류 프로젝트'와 당대 중화권 소설만을 출간하는 '묘보설림' 시리즈 등을 통해 중국 여성 SF 작가들의 작품이 한국에 소개되기는 했지만, 이렇게 풍성하게 완비된 여성 작가 라인업은 처음이었다. 검토 보고서 의뢰에 며칠 동안 원고들을 읽었고, 며칠 동안 애정을 담아 작품을 소개했었다. 그리고 얼마 뒤, 출간처를 찾았다는 기쁜 소식도 들었다. 출간을 결정해준 아작 출판사에 감사드린다. 부족함이 많은 사람임에도 장르 소설 작가이자 문학 번역가라는 직업 덕분에 가끔 과분한 기회를 얻게 되는 데 이번 작업이 그러했었다.

다만 역자의 부족함으로 인해 여러 사람들이 함께 고생을 해주셨다. 출발어인 원문을 고민할 때는 문학 연구자이자 시인인 서강대학교 중국문화과 허야원 선생님에게 가장 큰 도움을 받았다. 특히 백화문 번역을 찾아볼 수 없는, 잘 알려지지 않은 고전 시가 인용되었을 때에는 선생님의 도움에 절대적으로 기댔다. 반면 도착어인 한국어를 고민할 때는 편집부와의 논의가 큰 도움이 되었다. 특히 상세히 논의하며 첫 단추를 끼워줬던 설재인 편집자(작가)에게 꼭 감사를 전하고 싶다. 그/그녀라는 표현을 최대한 지양했고, 혐오적인 언어를 다른 말로 대체하려고 하였으며, 한국 독자에게 쉽게 다가갈 수 있도록 가독성을 고려하였다. 함께 채웠던 첫단추들이 길잡이가 되어 고민에 빠질 때마다 방향을 일러주었다.

물론 아쉬운 점도 남았다. 〈우주 끝 레스토랑〉은 시간 여행이라는 장르적 특징이 신해혁명을 기준으로 나뉘는 외래어 표기법 기준과 충돌해 여러 고민을 해야 했다. 결국 시점을 이끄는 화자가 신해혁명 이전의 인물인지, 미래에서 온 인물인지에 맞춰 다르게 표기하였는데, 그로 인해 명말 청초의 실존 인물인 '張岱'가 장대로 나오기도 하고, 장다이로 나오기도 했다. 독자의 혼란이 크지 않았기를 바랄 뿐이다.

마지막으로 퇴고, 혹은 편집 과정을 거치면서 삭제된 주석들에게 안부를 전하고 싶다. 그 중에는 언어는 있으나 문자가 없는 묘인들의 말을 좀 더 원어에 가깝게 전달하기 위해 고민했던 주석도 있었고, 명사 하나일 뿐이지만 중국 역사나 문화와 맞닿아 있기에 그 맥락을 전하고 싶다는 욕심까지 담았던 주석도 있었다. 이렇게 삭제된 주석들은 보이지 않는 어딘가에 남아 독자의 이해를 돕는다고 믿고 있다.

2023년 봄
김이삭

옮긴이 **김이삭**

평범한 시민이자 번역가, 그리고 소설가. 지워진 목소리를 복원하는 서사를 고민하며 역사와 여성 그리고 괴력난신에 관심이 많다. 제1회 황금가지 어반 판타지 공모전에서 〈라오상하이의 식인자들〉로 수상하면서 작품 활동을 시작했다. 장편 《한성부, 달 밝은 밤에》, 《감찰 무녀전》(근간)을 썼고, 《우리가 다른 귀신을 불러오나니》, 《판소리 에스에프 다섯 마당》 등 여러 앤솔로지에 참여하였다. 자전적 에세이로 《북한 이주민과 함께 삽니다》가 있다. 홍콩 영화와 중국 드라마, 대만 가수를 덕질하다 덕업일치를 위해 대학에 진학했으며 서강대에서 중국 문화와 신문 방송을, 동 대학원에서는 중국 희곡을 전공했다.

THE BEST OF
CHINESE SF
베스트 오브 차이니즈 SF: 중국 여성 SF 걸작선

초판 1쇄 발행   2023년 4월 10일

지은이   구스, 녠위, 링천, 바이판루솽, 샤쟈, 션다청, 션잉잉, 시우신위, 왕눠눠, 왕칸위, 우솽, 자오하이훙, 천첸, 추시다오, 츠후이, E 백작
옮긴이   김이삭
펴낸이   박은주
표지 디자인   김선예
본문 디자인   이수정
마케팅   박동준

발행처   (주)아작
등록   2015년 9월 9일 (제2021-000132호)
주소   04050 서울특별시 마포구 양화로 156 LG팰리스빌딩 1428호
전화   02.324.3945-6   **팩스** 02.324.3947
이메일   arzaklivres@gmail.com
홈페이지   www.arzak.co.kr

ISBN   979-11-6668-718-1 03820